于忠民 著

红碱滩

一场发生在芦苇荡中的"血色浪漫"。
一段红海滩旁演绎的凄婉绝恋。
一代人的青春记忆,一代人的非常命运。

武汉大学出版社

图书在版编目(CIP)数据

红碱滩/于忠民著. —武汉:武汉大学出版社,2012.6
黑土地之歌
ISBN 978-7-307-09733-9

Ⅰ.红… Ⅱ.于… Ⅲ.长篇小说—中国—当代 Ⅳ.I247.5

中国版本图书馆 CIP 数据核字(2012)第 073100 号

责任编辑:聂勇军　　责任校对:刘　欣　　版式设计:马　佳

出版发行:武汉大学出版社　(430072　武昌　珞珈山)
　　　　　(电子邮件:cbs22@whu.edu.cn　网址:www.wdp.com.cn)
印刷:武汉中科兴业印务有限公司
开本:880×1230　1/32　印张:14　字数:318 千字
版次:2012 年 6 月第 1 版　　2012 年 6 月第 1 次印刷
ISBN 978-7-307-09733-9/I·548　　定价:26.00 元

版权所有,不得翻印;凡购买我社的图书,如有缺页、倒页、脱页等质量问题,请与当地图书销售部门联系调换。

编 委 会

主　任　张福臣

编　委（以姓氏笔画为序）

邓　贤　叶　辛　白　描　刘小萌

刘晓航　陆天明　张承志　张福臣

肖复兴　岳建一　胡发云　姜汉芸

晓　剑　郭小东　高红十　董宏猷

谢春池

总　序

叶　辛

　　40多年前，中国的大地上发生了一场波澜壮阔的知识青年上山下乡运动。"波澜壮阔"四个字，不是我特意选用的形容词，而是当年的习惯说法，广播里这么说，报纸的通栏大标题里这么写。知识青年上山下乡，当年还是毛泽东主席的伟大战略部署，是培养和造就千百万无产阶级革命事业接班人的百年大计，千年大计，万年大计。

　　这一说法，也不是我今天的特意强调，而是天天在我们耳边一再重复宣传的话，以至于老知青们今天聚在一起，讲起当年的话语，忆起当年的情形，唱起当年的歌，仍然会气氛热烈，情绪激烈，有说不完的话。

　　说"波澜壮阔"，还因为就是在"知识青年到农村去，接受贫下中农的再教育，很有必要"的指示和召唤之下，1600多万大中城市毕业的知识青年，上山下乡，奔赴农村，奔赴边疆，奔赴草原、渔村、山乡、海岛，在大山深处，在戈壁荒原，在兵团、北大荒和西双版纳，开始了这一代人艰辛、平凡而又非凡的人生。

　　讲完这一段话，我还要作一番解释。首先，我们习惯上讲，中国上山下乡的知识青年，有1700万，我为什么用了1600万这个数字。其实，1700万这个数字，是国务院知青办的权威统计，应该没有错。但是这个统计，是从1955年有知青下乡这件事开始算起的。研究中国知青史的中外专家都知道，从1955年到1966年"文革"初始，十多年的时间里,全国有100多万知青下乡,全国人民所熟知的一些知青先行者,都在这个阶段涌现出来,宣传开去。而发展到"文革"期间,特别是1968年12月21日夜间,毛主席的最新最高指示发表,知识青年上山下乡,掀起了一个前所未有的高潮。那个年头,毛主席的话,一句顶一万句;毛主席的指示,理解的要执行,不理解的也要执行,且落实毛主席的最新指示,要"不过夜"。于是乎全国城乡迅疾地行动起来,在随后的10年时间里,有1600万知青上山下乡。而在此之前,知识青年下乡去,习惯的说法是下乡上山。我最初到贵州山乡插队落户时,发给我们每个知青点集体户的那本小小的刊物,刊名也是《下乡上山》。在大规模的知青下乡形成波澜壮阔之势时,才逐渐规范成"上山下乡"的统一说法。

我还要说明的是,1700万知青上山下乡的数字,是国务院知青办根据大中城市上山下乡的实际数字统计的,比较准确。但是这个数字仍然是有争议的。

为什么呢?

因为国务院知青办统计的是大中城市上山下乡知青的数字,没有统计千百万回乡知青的数字。回乡知青,也被叫作本乡本土的知青,他们在县城中学读书,或者在县城下面的区、城镇、公社的中学读书,如果没有文化大革命,他们读到初中毕业,照样可以考高中;他们读到高中毕业,照样可以报考全国各地所有的大学,就像今天的情形一样,不会因为他们毕业于区级中学、县级中学不允许他们报考北大、清华、复旦、交大、武大、南大。只要成绩好,名牌大学照样录取他们。但是在上山下乡"一片红"的大形势之下,大中城市的毕业生都要汇入上山下乡的洪流,本乡本土的毕业生理所当然地也要回到自己的乡村里去。他们的回归对政府和国家来说,比较简单,就是回到自己出生的村寨上去,回到父母身边去,那里本来就是他们的家。学校和政府不需要为他们支付安置费,也不需要为他们安排交通，只要对他们说，大学停办了，你们毕业以后回到乡村，也像你们的父母一样参加农业劳动，自食其力。千千万万本乡本土的知青就这样回到了他们生于斯、长于斯的乡村里。他们的名字叫"回乡知青"，也是名副其实的知青。

而大中城市的上山下乡知青，和他们就不一样了。他们要离开从小生活的城市，迁出城市户口，注销粮油关系，而学校、政府、国家还要负责把他们送到农村这一"广阔天地"中去。离开城市去往乡村，要坐火车，要坐长途公共汽车，要坐轮船，像北京、上海、天津、广州、武汉、长沙的知青，有的往北去到"反修前哨"的黑龙江、内蒙古、新疆，有的往南到海南、西双版纳，路途相当遥远，所有知青的交通费用，都由国家和政府负担。而每一个插队到村庄、寨子里去的知青，还要为他们拨付安置费，下乡第一年的粮食和生活补贴。所有这一切必须要核对准确，做出计划和安排，国务院知青办统计离开大中城市上山下乡知青的人数，还是有其依据的。

其实我郑重其事写下的这一切，每一个回乡知青当年都是十分明白的。在我插队落户的公社里，我就经常遇到县中、区中毕业的回乡知青，他们和远方来的贵阳知青、上海知青的关系也都很好。

但是现在他们有想法了，他们说：我们也是知青呀！回乡知青怎么就不能算知青呢？不少人觉得他们的想法有道理。于是乎，关于中国知青总人数的说法，又有了新的版本，有的说是2000万，有的说是2400万，也有说3000万的。

看看，对于我们这些过来人来说，一个十分简单的统计数字，就要结合当年的时代背景、具体政策，费好多笔墨才能讲明白。而知识青年上山下乡运动中，还有多多少少类似的情形啊，诸如兵团知青、国营农场知青、插队知青、病退、顶替、老三届、工农兵大学生，等等等等，对于这些显而易见的字眼，今天的年轻一代，已经看不甚明白了。我就经常会碰到今天的中学生向我提出的种种问题：凭啥你们上山下乡一代人要称"老三届"？比你们早读书的人还多着呢，他们不是比你们更老吗？嗳，你们怎么那样笨，让你们下乡，你们完全可以不去啊，还非要争着去，那是你们活该……

有的问题我还能解答，有的问题我除了苦笑，一时间都无从答起。

从这个意义上来说，武汉大学出版社推出反映知青生活的"黄土地之歌"、"红土地之歌"和"黑土地之歌"系列作品这一大型项目，实在是一件大好事。既利于经历过那一时代的知青们回顾以往，理清脉络；又利于今天的年轻一代，懂得和理解他们的上一代人经历了一段什么样的岁月；还给历史留下了一份真切的记忆。

对于知青来说，无论你当年下放在哪个地方，无论你在乡间待过多长时间，无论你如今是取得了很大业绩还是默默无闻，从那一时期起，我们就有了一个共同的称呼：知青。这是时代给我们留下的抹不去的印记。

历史的巨轮带着我们来到了 2012 年，转眼间，距离那段已逝的岁月已 40 多年了。40 多年啊，遗憾也好，感慨也罢，青春无悔也好，不堪回首也罢，我们已经无能为力了。

我们所拥有的只是我们人生的过程，40 多年里的某年、某月、某一天，或将永久地铭记在我们的心中。

风雨如磐见真情，

岁月蹉跎志犹存。

正如出版者所言：1700 万知青平凡而又非凡的人生，虽谈不上"感天动地"，但也是共和国同时代人的成长史。事是史之体，人是史之魂。1700 万知青的成长史也是新中国历史的一部分，不可遗忘，不可断裂，亟求正确定位，给生者或者死者以安慰，给昨天、今天和明天一个交待。

是为序。

引 子

十二年一个轮回，那么二十六年呢？

妻子翻出方怡玫的照片，没完没了地让我解释照片上那个年轻漂亮的女人是我的第几个"铁子"。我无法给她满意的答案，家里就成了总也打扫不清的战场。邻居和儿子开始还常来劝解，时间长了，无所事事的儿子就腻在网吧里很少回来。妻子咬破了嘴唇恐怖地对我说："别让我看见那个女人，不然你身上溅的不是她的血就是我的血！"二十六年后邱玉明春风得意。这小子在交通局当科长，据说他老婆比他职务还高，但这并不影响他周旋于酒杯和裙子之间。更让我嫉妒的是，他那水葱般美丽的女儿，竟然还是音乐学院的高才生。

邱玉明一脸坏笑又满是同情地拍拍我的肩膀说："老白，知道你为啥混成了今天这个样子吗？告诉你，伺候老婆要有帮忙的，挣钱得有拉套的，教育孩子要有戴面罩的，这些都是书本上学不到的东西。"见我一脸的狐疑，这小子失望极了："唉！你不仅是糊不上墙的稀泥,还是撞了南墙也不回头的犟货。你呀,只配和方怡玫生活在那个年代,生活在少有人烟的芦苇荡,对着红碱草发痴呆。"

虽然前面的话我没弄明白,但后面的话让我听得目瞪口呆。后来有段日子,我的思绪始终围绕着现在的沈阳和多年以前的盘锦,围绕着现在的老婆和过去的情人。

我决定去趟盘锦。

大客车刚刚启动,豆大的雨点便噼里啪啦砸下来。

我将脸贴近车窗向外望去。雨点刷刷地打到玻璃上,逐渐模糊了外面的景色。

不知是盘锦特有的仙鹤、苇塘,还是红海滩的吸引,反正车上座位已满。我身旁唯一的空座也被我那塞得鼓鼓的大包占据着。

车驶出客运站,刚一加速就来了个急刹车。在众人的惊叫和怒骂声中,只见顺着打开的车门蹦上来一位身材修长的姑娘。她肩上斜挎一个精致的黑色小皮包,上身穿一件领口很低、袖子很短的白色紧身衣。

姑娘补了一张票,歉意地朝司机道声"谢谢",便顺着中间的过道往里走。她左顾右盼地寻找空座,走到车尾又转了回来。最后在我身旁停住脚。她犹豫片刻,这才指着我放包的座位轻声问道:"大叔,这儿有人吗?"

她手里拿着一束美丽的百合,鲜花和发梢仍在滴着水。

我虽不愿身边坐着一个湿漉漉的人,可想想出门的难处,就拎起座上的包放到货架上,说:"没人。"

"谢谢。"她朝我礼貌地点下头,轻轻坐下。

我稍稍挪动一下身子,留出一道不明显的空隙。

这时，车厢里响起了音乐声。我寻声望去，车子前上方悬挂的电视开始播放一部叫《我的兄弟姐妹》的电影。

"哎，你瞧哇，"前座的女孩一捅男友，"忆苦、思甜，这名儿可真逗。"

"操，搞电影的实在编不出好名来了。"小伙子接道。

我心里涌起一股莫名的苦涩。忆苦、思甜让我回忆起自己的童年和青春。现在的小青年生在蜜罐里，他们能理解那个年代的孩子吃的苦、受的磨难吗？

影片结束了，可我仍无法摆脱那沉重的故事情节。我深深地叹息了一声。一扭脸，恰巧与姑娘的目光相碰。她那双大眼睛挂着晶莹的泪珠正惊诧地瞅着我。

我不禁一怔，这双眼睛，这上翘的嘴角，咋这么熟悉？

我不禁脱口而出："姑娘，我们在哪见过吧？你很面熟……"

姑娘警觉地扫了我一眼，答道："我们不认识吧？"

沉默了一会儿，也许感觉我不是个危险的人，她主动搭话："大叔，您上哪儿？"

我抬起头说："去大洼。你呢？"

她微微一笑："我也去大洼。"

我问："是旅游、办事，还是探亲？"

"是……"她欲言又止，一副不知该如何回答的样子，只是垂下眼皮，默默地瞅着手中的鲜花。

我发觉自己有些冒昧，于是，便将视线移向窗外。

雨已经停了。外面的景象变得清晰起来。啊，已经进入盘锦地域了。

我的心开始躁动,朝窗外痴痴地凝望。平坦宽阔的柏油路旁,一片片翻着金波的稻田,一幢幢拔地而起的新式住宅楼,一个个花园式的工业园区,纷纷在眼前闪过。若没有沟内那茂密的芦苇,我简直不敢相信,这就是当年的"南大荒"。

车到了终点。我随着人群下了车。

那位姑娘问一位三轮摩托车车主:"师傅,东方农场的卫红大队怎么走?"

"哦,上卫红村呀,我拉你去。"车主殷勤地招着手。姑娘随即上了他的车。

我随后跳上另一辆车,对车主说:"去卫红。"心里却萦绕着一个谜团:这个姑娘我在哪儿见过呢?

第一章

天已完全黑了。凛冽的北风狼嚎般在盐碱滩上怪叫。枯干的芦苇瑟瑟颤抖，发出凄楚的呻吟。

颠簸了半天的破旧"嘎斯"大货车像个病牛，气喘吁吁晃荡到青年点二连的宿舍前。我顾不得到屋内暖和一下几乎冻僵的身体，急赤火燎地想找个地方排泄膀胱里憋了一下午的液体。我四下撒目，惨淡的月光下，房山头边上的草垛引起了我的注意。那儿既背风又不易被人发觉。我正要跑过去，身边的同学邱玉明急不可耐地解开裤带，猴急地说："还磨蹭啥呢？哥们儿憋不住了，就在这儿得了。"我朝草垛方向一扬头说："这前后一帮人，瞅你好哇？哎，往里点儿。"邱玉明不耐烦地哼了一声，提着裤子，刚到草垛边就浇上了。我刚解开裤带，忽听"啊"的一声尖叫，浑身霎时起了一层鸡皮疙瘩，僵硬的手抓紧了肥大的裤腰。

寻声望去，草垛里有两个人影在晃动。邱玉明惊得提着裤子兔子似的噌噌往回跑，我的心怦怦乱跳，尾随他钻进了宿舍。

我俩惊魂未定,忽然门被咣当一声踹开,一个长得像大骆驼的青年满脸杀气地蹿进屋内。

正在闲聊的几个老知青一见这个人,像遇到"瘟神"似的赶紧闪到一边。不知谁小声嘀咕了一句:杜金彪来啦。

杜金彪瞪着眼珠子扫了一圈,见我还在哆哆嗦嗦系着裤带,霎时眼露凶光,直扑过来。没等我反应过来,头上便重重地挨了他一个"电炮"。我头一晃,只觉耳膜嗡嗡响。我一愣怔,问:"凭啥打我?"

"凭啥?"杜金彪张开大嘴露出一对咬人的虎牙,气哼哼地说:"刚才浇尿的是不是你?你以为猫这儿就没事啦。操你妈的,跟哥们儿装傻。"他照我的前胸咚地又是一拳,我只觉胸口像被大锤猛然击中,憋闷得快要窒息。我噔噔地倒退了好几步。

"不是你是谁?"杜金彪龇着虎牙冲我厉声喝道。

"是……"我下意识地瞥了一眼邱玉明。突然意识到了什么,将到嘴边的话又咽了回去。

杜金彪眼珠滴溜儿一转,发现邱玉明的裤裆湿了,恍然大悟。他噔噔地来到邱玉明跟前,两眼直勾勾地说:"嗬,你小子够流氓的,胆儿挺肥呀?你他妈的没长眼睛,敢往女青年身上浇尿。"

邱玉明惊得小脸煞白,额头渗出汗珠,他手扶着炕沿儿哆哆嗦嗦,挪着身子往炕上蹭,声音颤抖着:"这……黑灯瞎火的,谁知道草垛里有人哪?"

杜金彪抡起大手,啪地扇了邱玉明一个重重的耳光,邱玉明的小脸霎时出现几道红红的手印。邱玉明嗷地怪叫一声,头向后一仰,棉帽子甩到了一边,露出一头鬈发。他身子一趔趄,倒在了炕上。

我吓得一激灵,生怕那拳头再落到我身上,赶紧向边上闪了闪。

"嗬,头发还带卷儿呢!"杜金彪嘿嘿一声冷笑,一把揪住邱玉明的头发说,"曲了毛,挺厉害呀。"

"大哥,饶命……"邱玉明手捂着脸哀求道。

杜金彪向下一拽邱玉明的头发,迫使他的脸向上仰起,说:"小兔崽子,不给你点颜色,你他妈的不知我杜金彪的厉害。"杜金彪猛一撒手,回头操起门后的铁锹吼道:"今天我非把你鸡巴剁下来不可。"

"大哥,别,别价,我错了,我再也不敢了。"邱玉明发出了哭腔,眼泪刷地流了出来。

"去你妈的,少他妈的装熊。"杜金彪吼着,抡圆了铁锹拍过来。邱玉明吓得身子一歪,铁锹在他棉袄上开了一个大口子,又重重地砸在炕上,咚的一声,炕上凹下去一大块。

站在一旁的黎义鸣黑着脸耷拉着眉毛,也斜着瞪了一眼杜金彪,鼻孔翕动,喘着粗气。我知道黎义鸣在校时打架出了名,今天见两个同来的战友挨了打一定心里憋着气。幸好杜金彪没注意黎义鸣的表情,不然的话说不定会发生一场恶斗。

杜金彪怪叫着又举起了铁锹,这时,门忽地被踹开,涌进来两个人。一个抓住杜金彪的胳膊,另一个抱住他的腰。

抓胳膊的那人中等个儿,长得瓷实,有点O形腿,像个蒙古人。他说:"金彪,你跑这儿干啥?这新青年咋惹乎你啦?"

杜金彪气哼哼地说:"达子,你是连长,你说说这小兔崽子,没事儿往女的身上浇尿,你说该揍不?"

"啊,天挺黑的,兴许他没看见。"被称为达子的人说。

刚才抱住杜金彪的人也说:"他们刚来,不知道咋回事儿。"

"不知咋回事儿?他在家也往他妈身上浇尿哇?"杜金彪对那人说,"大鹏,你是车老板,你说这小兔崽子是牲口不?换了你,准给他两鞭子。"

被称为大鹏的人长得膀大腰圆,肥头大耳,脸上光溜得没几根胡子,眼睛亮得像灯泡。他一把夺下杜金彪手中的铁锹说:"得了,别撒野了。跟新青年来什么能耐,不就是浇着个女的吗?什么大不了的,他又不是故意的,别没完没了的。"

杜金彪瞅着他:"哎,雷大鹏,啥叫……"

"走吧,别跟他们一般见识,给哥们儿个面子。快回你们三连吧。"雷大鹏不由分说连推带拽将杜金彪拉出门外。

达子见我正揉着脑袋,问:"你也挨打了?"

我小声嗯了一声。

达子嘀咕了一句:"跑这儿立什么棍!"

他扭头望着惊魂未定的邱玉明问:"咋样儿,伤着你没?"

邱玉明揉着脸说:"身上倒没伤着,就是脸贼啦疼。"

"哦,没伤着就好。"达子随即对屋里人说,"大家都到食堂去开会,欢迎新战友。"

我沮丧地跟在大伙儿后面走出屋子。

邱玉明手捂着脸来到我身边,他怨恨地瞅着我:"操,啥鸡巴人?一车来的,还整这儿事儿。"

我正懊恼,没好气地回道:"我整啥事儿?你嘴干净点儿。"

"你干吗说是我?"

"我说你了吗?你自己惹的祸,害得我不明不白挨俩'电炮'。

我没说你,你倒反咬一口。"

"你不瞅我,那家伙能冲我来吗?你那眼神不明明告诉他吗?"

"啊,我瞅你咋的?瞧你裤裆都湿成那样,谁看不出来,还用人说呀?"

"装什么牛×,你以为还是坐'伏尔加'那会儿呀?"邱玉明轻蔑地说,"哼,不知道自己现在啥身份?"

"啥身份?"我心里咯噔一下,这小子敢揭我疮疤。我冲他一瞪眼,"你忘了当初围我屁股转,像个跟屁虫。这会儿你倒像见水的豆芽——支棱起来了。"

"谁是你跟屁虫?操,别做梦了。"邱玉明头一歪,脖子一梗。

我气得直哆嗦:"好小子,你有种,你记着今天你说的话。"

"你俩叽咕啥呢,怕别人不知道咋的?"同学谢元庭过来了,他一捅邱玉明,"走,开会去。"

邱玉明不服地哼了一声,摇晃着干巴身子骨随谢元庭而去。我瞅着邱玉明的背影,心里不知啥滋味。

邱玉明确实是我的跟屁虫。从上学起邱玉明始终与我同班,那时他特羡慕我家。

我父亲是万人大厂的党委书记。打我记事起,家有保姆,父亲出门有轿车。邱玉明是普通店员的孩子,七个子女的负担使他成了父母无法顾及的对象。他常年穿着哥姐剩下的补丁摞补丁的衣服。邱玉明像跟屁虫似的整天围着我转悠,为的是得到我赏给他的几块高级奶糖,或是一支价钱高出普通铅笔几倍的墨绿色中华牌铅笔。我爱看他受到恩惠时那欣喜若狂、哈巴狗似的对我俯首帖耳的神态。

老师也对我另眼相看,让我当了班级宣传委员。

为父亲开车的是住在我们院西厢房的尚大爷。他是我班女生尚慕春的父亲。父亲平时不让我坐他的小车。可我还是趁父亲到外地开会之机,让尚大爷开车拉我到郊外兜风。邱玉明借光跟我坐了一回轿车,便神气地挺个胸脯,逢人便讲坐小车真过瘾,一副骄傲无比的样子。

"四清"运动一开始,父亲从当时有些紧张的社会空气中似乎嗅出了什么。上下班不再坐小车,还特意买了一辆凤凰牌自行车,并果断地辞退了在我家干了十多年的保姆。

成凤芝成了我家的常客。她二十七八岁,尚未结婚,在父亲厂里做秘书。她虽长相一般,但那对善于察言观色滴溜乱转的眼珠让人过目难忘。每到星期天,她会主动跑来干家务,还不时带来糖果和小人书给我。她嘴很甜,对父亲一口一个"白书记、白叔叔"地叫着。母亲表面对她客客气气,实则从内心有一种说不出的反感。

成凤芝常在父亲面前对厂办主任说三道四。父亲总是笑着要她多看人家的长处,有一次还慈父般关爱地拍拍她的脑袋要她好好工作,虚心向别人学习。父亲考虑她大龄女青年的特殊情况,破例通过后勤部门分给她一处厂附近的平房。她感动地噙着泪说,这辈子都忘不了白书记的恩情。

就在我即将升入初中时,"文革"开始了,从此她再未登我家的门。她顿时变成了另一个人,狂热地投入到运动中,积极参与并组织了"风雷激"战斗队,成了其中的头头,并联合另一伙造反派夺了厂里的大权。后来厂成立了革委会,军宣队长理所当然地成为革委会主任,她借机混进班子成为了副主任。

一九六八年,声势浩大的知识青年上山下乡的热潮席卷全国,我们这些红小兵则"复课闹革命",踏入中学校门。我们自豪地戴上红卫兵袖标,继续燃烧大批判的烈火。我这个班级的宣传委员,整天忙活着写大字报,揪斗学校的走资派。看着老太太校长剃个"阴阳头",挂着走资派的大牌子,龇出大板牙,隔三差五被拎到台上来个"喷气式"捉弄一番,我被这开心的场面刺激得嗷嗷大叫。

回到家我眉飞色舞地向父亲描述我们的"革命行动",满以为会令整天在家郁闷得生出白发、一脸愁容的父亲开心,不料他却紧蹙眉头,眼睛一瞪说:"你又到外面瞎闹哄啥?你知道不,这是人身摧残。你还觉得挺有意思?"

我本来兴致勃勃,却被父亲兜头泼了一盆冷水,心里不禁打个寒战,我胆怯地嗫嚅着:"我……这是积极参加运动,造走资派的反。"

父亲那方头大脸涨得通红,胡子直抖动,他狮子般冲我吼道:"你懂个屁,黄嘴丫子还没脱净,你造谁的反?"

我嘀咕了一句:"谁对抗无产阶级专政,我们就要造谁的反。"

"啪!"我脸上挨了一记重重的耳光。父亲那积攒已久无从发泄的怨恨和恼怒都集中到这一掌上,打得我头嗡嗡直响。我捂着火烧似的脸,撞开另一间房门,一头栽到自己的床上。

没过几天,令我担心和恐惧的事情发生了。成凤芝带着一伙造反派突然气势汹汹地闯进我家。他们像抓胡子似的抓走了父亲,把我家翻了个底朝天。我顿时傻眼了。我曾经暗自庆幸父亲靠边站可以躲过这一劫难,没想到还是被铁扫帚扫了出来。这个成凤芝为什么不放过父亲?当初在我家她那温顺似绵羊的劲儿哪去啦?这个可恶的骚货,怎么翻脸不认人?

我惦记着父亲,第二天偷偷溜进了工厂。偌大的空场上聚集着黑压压的人群。临时搭起的大台子上,高音喇叭传出对父亲尖厉的声讨。

我悄悄溜到台前,只见成凤芝两手叉腰站在台上,正恶狠狠地瞪着身边的父亲。父亲弓着腰,头发又白了许多,中间被剃了一道明显的"沟",比那"阴阳头"更难看。他们管这叫"刨地沟"。

两个戴着"风雷激"红袖标的造反派使劲儿摁着父亲的头。成凤芝扬脖儿指着父亲声嘶力竭地吼道:"你这个反革命、走资派、老流氓,当年迫害我就是迫害工人阶级。你要老老实实交代你的罪行,向全厂工人阶级低头认罪。"

父亲的眉头拧成一个疙瘩,痛楚失望地斜了一眼他曾女儿般关爱的成凤芝。

成凤芝的眼睛顿时立起来:"咋的,斜楞啥?当初你是怎么对待我的?你摸我的脸,又摸我胸脯,还想强奸我,你个老流氓。你招降纳叛,结党营私,反对文化大革命。雇保姆,坐小车,骑在人民头上作威作福。今天,我叫你尝尝被工人阶级踩在脚底下的滋味。"她说着便脱下鞋子,照父亲的脸扇起来。

父亲的头晃了晃,瞪了她一眼。这时成凤芝手一挥:"他不老实,就让他尝尝无产阶级专政的威力。"话音未落,腾地蹿上好几个戴红袖标的人,对着父亲一阵拳打脚踢。我看着心惊肉跳,真想上去替父亲受罪。战争年代父亲受过伤,哪能经得起这帮人毒打?父亲身子一歪,咚地倒在地上。我吓得心一阵痉挛,痛苦地闭上了眼睛。

待我睁开眼时,那伙人硬将父亲架起来,父亲蓬乱的胡茬上挂着黏糊糊的血。我终于忍不住了,跳上台扑过去撕心裂肺般喊着:"爸……"父亲强睁开眼,嘴唇吃力地翕动了一下,尽管没出声,但他的眼神分明让我赶紧离开。

成凤芝见到我,不禁一愣。随即冲我叫道:"吓,小狗崽子,想捣乱哪?"

我气得指着她大骂:"操你妈成凤芝,你忘恩负义,恩将仇报,绝没有好下场。"

成凤芝脸气得煞白,对那伙人喊道:"赶紧把这小狗崽子撵走。"

那帮人不容我争辩,硬把我拖下台。我仍不甘心,指着成凤芝吼道:"我跟你没完……"

我被这帮人连拉带踢地拽出了厂外。

晚上回到家中,母亲靠在床上咳嗽着。我捂着脸气得直哆嗦。邱玉明像小猫似的溜进来,悄悄把我拽到门外。

他眨着一双小眼问:"老白,你这嘴巴子肿这么高,咋样儿啊?"

我咬牙切齿地说:"这个成凤芝,我饶不了她。"

邱玉明眼珠一转,悄声说:"我有办法。白天有造反派护着,咱干不过她。趁天黑咱俩上她家干她。走。"

"走!"我应着。随手从地上捡俩砖头,借着昏黄的路灯找到了她住的那间平房。

我俩刚走到窗根下,里面就飘出成凤芝咪咪的浪笑声。又传出一个男人的声音:"这回老白头被收拾了,你满意了吧。"我侧耳细听,这不是军宣队长、厂革委会主任吗?他咋跑这儿来啦?

邱玉明一吐舌头,贴近我耳朵说:"看见没,成凤芝这骚娘们跟军宣传队队长勾搭上了,刚才我在窗底下听得真真的,她哼哼得像猫叫。"

里面又传出了男声:"哎,你不是说老白头摸你胸脯,把你强奸了吗？你这处女是真的假的？"

成凤芝娇滴滴地说："谁骗你了，那老白头胆小得要死，他能碰我吗？我不那么说，咋给他定罪啊？人家把姑娘身子都给了你，你还对我猜疑啊？"

"哈……"听到里面一阵浪笑，我肺都要气炸了。我将手中的砖头恶狠狠地朝玻璃上砸去。"哗啦"一声玻璃迸碎了。霎时从里面传出一声惊吓的尖叫。我和邱玉明赶紧撒腿跑开了。

父亲不久被送进了监狱，从此再没相见。

在父亲被揪斗的第二天，我的宣传委员立马被拿下。校红卫兵团的一个小头目一把撕掉我胳膊上的红袖标。

我不解地望着他："我也是红卫兵啊。"

他鄙夷地瞪着我，朝地上吐了一口吐沫："呸，没看自己啥身份？还以为自己是革命子弟呀。你现在是黑五类啦。"

我的头嗡的一下大了，霎时感到天要塌下来，心里惶恐得像被掏空了似的。

在同学们面前我一下子从革干子弟变成了狗崽子。我的周围到处是轻蔑和鄙夷的目光，连从前的"跟屁虫"也疏远了我。在操场上，我不时被冷不丁不知由哪儿飞来的篮球砸中脑袋，随之一阵开心的哈哈大笑。我书包里的铅笔、钢笔常常不翼而飞，椅子上突然冒出的图钉扎进我的屁股。班里开批判会时那一声声义愤填膺的批判让我心惊胆寒。我每日惶恐不安，如坐针毡。校团委书记找到我，问我能否与父亲划清界限，我痛苦迷惘，不知所措。我真的不知父亲犯了什么错，又怎么能与之划清界限？

终于熬到了毕业。此时有两个去向：一是近郊；一是被称为

"南大荒"的盘锦。大部分同学选择到近郊插队，报名上盘锦的寥寥无几。我早想离开这备受歧视的校园，躲得远远的，哪怕上北大荒，上边境线与苏修作战我都认可。

第二章

我垂头丧气地进了食堂。

食堂其实就是做饭的伙房,一个大仓库似的简陋房子,有四十多平方米,肮脏的棚壁挂着蜘蛛网似的灰吊。靠墙角处是两口大铁锅,上面盖着脏兮兮的锅盖。两个大水缸立在旁边。水缸边是一个案子,上面放着一块切菜用的厚木板,中间部位明显出现一大片凹陷,残留着切碎的冻白菜帮子。案子底下堆着一堆冻白菜。看来以后我们每天就要吃这个了。

地面上布满泥土黏结形成的一个个黑色的小包,脚踩在上面硌硌棱棱的。

左侧有一个带两个小窗口的小屋,看来平时就在这里打饭。小屋的窗口下摆着一个破旧的三屉桌,盆边粘着饭粒和菜叶的大铝盆冰冷地躺在上面。

右侧的小屋并排有两个门。外边那个门里有一铺小炕,是伙食员的宿舍。里边的小屋是装粮食的仓库。一只肥硕的老鼠从门下的缝隙里噌地蹿出来,吓得仨女同学哎呀惊叫着抱在一起。

伙房里没有桌子和凳子,几十号知青挤站着。男知青大多是头发蓬乱,裹着大棉袄,腰上系一条麻绳子,嘴里叼着手卷的大老旱,辛辣呛人的烟气浓雾般充斥整个屋子。

我们新来的知青站在一侧。三个女同学捂住鼻子,尚慕春被烟呛得流出眼泪,不住地咳嗽着。

我讨厌抽烟,一闻到烟味就恶心。今天处在这样浓烈的烟气中,头被熏得迷迷糊糊,可还得直挺挺地站着。看来今后是躲不过这烦人的烟味了。

"人都到齐了吧?"一个声音从门外传来。我抬眼望去,一个高个的年轻人大步踏进了门。我认出来了,这不是接我们的大队长吗?他看上去有二十四五岁,棱角分明的长方脸。浓眉下,一双大眼睛炯炯有神。脸膛儿黑红,上唇有一排胡茬。身披草绿色军大衣,头戴羊剪绒棉军帽,很有精神。

他操着浓重的口音说道:"我叫吴大山,今天很高兴迎来了十一名新战友。从六八年下乡到今天,你们是我亲自迎接的第三批下乡知识青年。你们响应毛主席'知识青年上山下乡'的伟大号召,自愿到这里插队。我代表大队,哦,应该叫营,代表全营的贫下中农和知识青年对你们表示热烈的欢迎。"

他拍了几下巴掌,随后大家跟着鼓起掌来,呱唧呱唧的掌声参差不齐,但我还是有些激动,毕竟我要开始一种新的生活了。

他说:"我先介绍一下这里的情况,只是简单介绍,以后你们会慢慢熟悉的。我们这儿是盘锦垦区大洼县东方农场卫红大队。参照生产建设兵团的编制,农场下设十四个营。我们卫红大队是十营,下面有四个小队,也叫连,每个连又分三个排。我们营是纯青年点,四个连加一起将近四百人。小队长是当地贫下中农,连、排长和指导员由知青担任。"

"这里是水田区,你们都看到了。盘锦原是一片盐碱滩,地上白花花的像撒了一层大粒盐,种啥啥不长。经过知青的艰苦努力,已开垦出大片的稻田。全营的水田面积有近千亩。人们说这里是辽宁的'南大荒'。我相信,只要我们吃苦耐劳,大干苦干,用不了多久,这里就会变成南大仓。"他激昂地打着手势,稍稍停顿一下,又说,"你们十一名新知青暂时先在二连,等以后几栋宿舍盖好后再重新分配。今后你们有什么要求,可以找小队长或找我都可以,我们会尽力解决。"

"营……营长,"一个知青从外面风风火火跑进屋,气喘吁吁地看着吴大山,"你快到三连看看吧,杜金彪和鞍山知青打起来了。"

邱玉明一听杜金彪三个字像被马蜂蜇了,脸上肌肉抽搐了一下。我心头也不禁一震。

"别人没拉架?"

"杜金彪那么横,谁敢上前?"

"这个杜金彪,真是没事找事。好,我马上过去。"吴大山说,"我先走一步,下面由连长接着讲话吧。"随即,转身出去了。

回到宿舍,伙食长拿着一个小木箱走了进来,我们已从达子的介绍中知道了她叫齐素芬。不知是缺少日晒,还是因贫血的缘故,她脸上缺乏青年人应有的红润,白得像涂了一层石灰。她脸庞很扁,下巴稍向前翘着,眼睛细长,目光中有一种冷峻,只有笑时才给人一丝和善的感觉。她从小木箱里翻出一摞饭票,分别递给我们说:"每月十二元伙食费，三十斤粮票，你们可要计划着用。"

"十二元伙食费"，我心里盘算着，每天只有四角钱，每顿饭也就一角三分钱。

"才三十斤定量啊？"邱玉明疑惑地问。

齐素芬对他说："这还是县里照顾咱们知青呢。当地老农每年只分三百斤稻子。去了皮，你算算，他们每月才多少斤大米！"

"那不够吃咋办？"邱玉明又问。

"每月的月底提前五天发下月的饭票，这不就接上捻儿了吗？"齐素芬说完，抱起那个小木箱回去了。

我揣好饭票，开始与大家整理行李。老知青帮我们八个男同学摆好箱子。

屋子面积不足二十平方米。南炕住着六名老知青，一个个将铺盖卷起，露出苇子编的炕席，有几处已变黑，留下烤煳的痕迹。

北炕有一拐角稍长一些，我们八个人的行李就放在上面，邱玉明抢先占领了炕梢，我在中间，左边是我班同学，右边是别班同学。炕头的黎义鸣和我的铺位下是两个炕洞。

老知青给我们抱来三捆稻草，我和黎义鸣开始往各自的炕洞里烧稻草。

稻草有些潮，加上风向的关系，炕很不好烧，满屋是呛人的浓烟。我从这潮湿的烟气中，闻到一种从未体验过的淡淡的稻香味。这种感觉只持续了短暂的一瞬，便被那浓烈扑鼻黄白混合的成团烟雾呛出了眼泪。我强忍着草草烧完一捆稻草，便不顾一切地跑出屋外。黎义鸣随后也跟了出来。

外面很冷，天阴沉沉、黑漆漆的，烟囱里慢腾腾升起了一缕缕青烟,更多的烟是从门里涌出的。

过了好一会儿,屋里的烟渐渐散尽,我们才回到屋内。扫净炕上的灰土,各自铺开被褥,渐渐感觉到屁股底下有了些热气,于是我赶紧脱衣钻进被窝。

在家住惯了床,冷丁儿睡炕,感到身下硬邦邦的不舒服。折腾一天,总算可以平静地躺下休息了,硬就硬点儿吧。困意上来,闭上眼睛只想睡个好觉。

一会儿,隐隐听到邱玉明的声音:"这炕梢也不咋热呀。"随后便感觉一股烟味钻入我的鼻孔。我睁眼扭头一看,邱玉明正在我身下的炕洞里烧稻草。一位老知青说:"别烧太多,小心烧煳。"

"没事,烧完这捆草就睡觉。"邱玉明满不在乎,好像这炕上就他一人似的。

一捆草烧完,又开门放了一会儿烟,邱玉明才慢腾腾地上炕睡觉。老知青熄灭了灯,一会儿工夫我便听到了鼾声。受这声音传染,我渐渐进入了梦乡。

睡得正香,我忽然感觉炕上热得烫人,仿佛自己成了被烧烤的鱼干。我突然闻到一股焦煳的气味,一骨碌爬起来,下地打开灯,猛地揭开褥子。

啊!印着美丽小花的大红新褥面,此刻正冒着刺鼻的灰烟。我赶紧拿饭盒到水缸里舀起一饭盒水,向烧煳的褥子泼去。刺啦一声,褥子冒出一股白色的水蒸气。我身旁的周庆福也爬了起来,帮我扑打烧煳的褥子。整个屋子的人都被惊醒了。邱玉明睁开睡得惺忪的眼睛,默默地看着。

第二天,当我睁开眼时,天已大亮。南炕的老知青已下地干活了。我摸到棉衣棉裤，冰凉冰凉的，只得哆嗦着穿衣下炕。

一会儿，三个女同学过来了，见到我烧煳的褥子，便一齐埋怨邱玉明。

"干吗都冲着我？我又不是故意的。"邱玉明极力辩解着。

突然，门开了，从外面急急走进一位女知青。她个头中等，梳着五号头，脸庞被风吹得通红。她忽闪着一双大眼睛关切地问道："谁的褥子烧煳了？"

"啊，是白剑峰的。"女同学尚慕春指着我说。随后又向我介绍，"这是咱屋的女生排长韦翠花。"

韦翠花过来抱起我的褥子说："小白，别着急，我先拿过去给你补上，下晚儿睡觉前你就能铺上了。"

我心中一热，却不知说什么才好。

"嘟……嘟……"一阵急促尖厉的哨声将我从睡梦中惊醒。达子当当地敲着各屋的玻璃，催命似的大声喊着："起床啦，快点儿起床。"

我揭开蒙在头上的棉袄，发觉天还未亮。南炕的老青年打开灯懒洋洋地打着哈欠。

我极不情愿地从被窝里钻出来，迷迷糊糊地穿上衣服。从褥子底下抽出昨晚放进去的毡垫，塞进黑色的胶皮棉靰鞡。

四周的墙壁上缀着点点霜花。水缸里结了一层薄冰，我将饭盒伸进去，捅开薄冰舀洗脸水。

我从小就没用凉水洗过脸，这儿的水凉得让我受不了。手伸进脸盆就像伸进冰窟窿里，冷得钻心刺骨。刷牙时，那凉水刺激得牙根都发酸、发麻,仿佛无数根冰针扎向口腔。

  我翻出兜里的饭票数了数,这成了我每次打饭前的一个必要程序。在家时从未在吃饭上算计过,这回独自在外不能不考虑。来了近一个月了,后天才能发下月的饭票。我数了数,勉强可以维持到后天。这儿的伙食极清淡,菜汤里见不着油珠,能数出的仅有几片菜叶,大伙儿形象地称之为"军舰汤"。饭盒里的饭菜搅在一起像猪食,呼噜呼噜几下就扒拉进肚,总像没饱。周庆福长得瘦小,可饭量却挺大,每天饭票都不够花。我劝他计划着花,他却总吵吵饿了睡不着觉。我们这肚子就像个无底洞,总也填不满。这些老知青可怎么过来的?别说整天累得拽猫尾巴上炕,就是吃不饱饭的劲儿,都让人难受哇。

  我拎着饭盒刚走近伙房,就听里面乱哄哄的。门口围着一堆人,有人敲着饭盒叮叮当当地跟着起哄。我走近探头一看,不禁心头一颤。一个蓬头垢面小脸尖瘦的青年站在伙房中央,他耷拉个脑袋,脖上挂着两只盛泔水的破铁桶。这不是周庆福吗?一伙人对着他像斗地主似的连踢带打,骂骂咧咧。他的脸青一块紫一块,眼皮肿得老高,一定挨了不少打。我悄悄问身旁的同学谢元庭,谢元庭凑近我的耳朵说:"刚才这小子趁伙食长没注意偷了两天的饭票,被人逮着了。"

  我打了一个寒噤。这个周庆福平时蔫啦吧唧的咋还能干这事儿?饭票不够也不能偷哇,多给我们新知青丢脸。唉,这个没骨气的家伙。

  达子拨开众人,上去踹了周庆福一脚,脸一沉怒斥道:"妈的,真没出息,跑这儿当贼来啦。丢人不?这回扣你十天工分。"

  周庆福身子一翘趄,小声说:"连长,我饭票没了,想借两天的。"

"什么他妈的借,你这是偷。全连要都像你这样食堂还不早黄啦。"达子瞥了他一眼,"看你刚来这回饶了你,再有下次非把你送专政队关三个月。滚吧。"

周庆福这才哆嗦着摘下脖上的沺水桶,灰溜溜地钻出人群。

我打完饭稀里糊涂地吃着。想到周庆福的狼狈相,只觉脊梁骨直冒凉气。

天刚放亮,上工的哨声骤然响起。老农队长黄树川出于安全和进度的考虑,没安排我们新知青上脱谷机,只让我们几人将脱谷下来的稻草背到几十米远处的稻草堆。

黄队长向我们强调了一遍"要注意安全"事项。随后,达子将闸刀一推,脱谷机顿时轰隆隆地转起来。霎时,脱谷机上稻粒飞溅,像散落的金色雨点,刷刷地打在地上。脱谷机前,一会儿就堆成了一堆儿稻粒。黄队长带着几个男知青在另一块平地上扬场。一个个木锨将撮起的稻粒向空中扬去,成堆的稻粒变成了好看的扇面形,借着风势,将混在其中的草屑等杂物分离出来。

女知青们戴着口罩,只露出两只眼睛,看不清面容。口罩上粘满飞溅的稻粒。她们每人背着两捆稻草,从后面望去,像爬行的蜗牛。

男知青穿着的棉袄,大都剐出一个个口子,翻露出来的棉花粘满稻粒。我心想,这要是扫下来,差不多有一斤,磨成米也够一人吃一顿的。

我要显出比女同学能干,便背起四捆稻草,像背座小山。垂在背后的稻草撞击着脚后跟,走起来磕磕绊绊。我偷眼一瞧,邱玉明和周庆福只背两捆。他们二人一前一后,迈着小碎步,像个小脚老太太。

这活也不轻,刚走几趟,脸上的汗就下来了。衬衣贴在身上湿漉漉的,棉帽里汗津津的也不敢摘下来,怕风吹着感冒。除了中午吃饭休息了一会儿,我们一直熬到天黑才收工。

吃完晚饭,我刚要烧炕,达子马上通知我们,为了抢进度,从今天开始,全连分成两班轮流夜战。我、周庆福、谢元庭和三个女同学被安排头一班,现在就去场院夜战。

场院上,灯火通明。脱谷机的上方临时扯了电线,接着好几个500瓦的灯泡。老知青在脱谷机前紧张而有序地忙碌着。灯光下,一双双手敏捷地完成各自的工序,一绺绺稻子在脱谷机上飞快移动,显得有条不紊。只一瞬间,稻子便分离成稻粒和稻草。这些看起来机械枯燥的动作被他们做得如此娴熟、轻巧。

达子拿着木锨在闸刀开关周围的空地上转悠,不时撮起散落在地上的稻穗。稻草有些潮湿,连接脱谷机的钢轴上缠绕了很多稻草,飞快地甩成一个个黄色圆圈。平时老知青经常从轴上跨越。达子没少警告,但他们仍不在乎。

突然,一个圆形金属物闪着亮光弹到地上。这时一个女知青飞快地向这儿跑来。连接轴缠着稻草飞快地旋转着,她并不理会,抬腿就跨。达子刚好发现,惊得大叫:"别跨呀,危险!"即刻用手中的木锨猛地钩下闸刀开关。

可是已经晚了,这位女知青就在跨越钢轴时,上面的稻草已死死缠住她的裤脚。开关虽被拉下,但钢轴的巨大惯性仍然将她甩倒。她顿时来了个"嘴啃地",脸重重地撞到冻硬的地面上。

"韦翠花。"大伙惊叫着赶忙放下手中的活,一齐围了上来。达子亲自赶着停在场院的马车,由郎晓忻护送拉到营里卫生所。

我来到韦翠花摔倒的地方,眼见地上的稻粒已染上斑斑血迹,心里一阵痛楚。我下乡后最先认识的女知青就是韦翠花。她主动为我缝补烤煳的褥子。晚上铺褥子时见到那块补上的红布便想到她。她那双热情真诚的大眼睛,那关切直爽的话语,深深印在我的脑子里。

我在一小堆稻粒中,找到她掉下的那个圆形金属物,原来是一枚毛主席像章。我用手擦拭着,小心揣进棉袄的内衣兜。这是她最心爱的,我一定要亲手交给她。

有人到小窝棚拿来一把镰刀,一点点剔下缠在钢轴上的稻草。这时我才感到后怕。曾听达子说过,别的点就有知青不注意,被脱谷机绞了手指,甚至有的被绞住胳膊,造成终生残废。幸亏达子发现及时,如果再晚关一会儿电门,韦翠花的后果将不堪设想。

稍微平息了一下情绪,一排的男生排长李冬生招呼大家继续干活。

脱谷机又轰轰地转起来。气氛忽然变得异常沉闷,大家默默地一直干到天边露出鱼肚白。指导员领着另一班人来接班,我们才疲惫地回到青年点。

我惦记着韦翠花的伤情,顾不得休息,径直来到她的宿舍。我敲门进了屋。韦翠花闭着眼睛靠在被垛上。头上缠着白纱布,上嘴唇点着红药水,发紫的嘴唇涂上红色,像抹了一层口红,原本红扑扑的脸显得有些苍白。

"翠花,你看谁来啦!"郎晓忻轻声说道。

"哦,小白呀,快坐吧。"韦翠花睁开眼说。她一张口,我发现她的门牙缺了两颗,也许是嘴漏风吧,吐字不如以前那样清晰。

"怎么样?伤得严重吗?"我平时见女的就腼腆,一时不知该怎样称呼。

韦翠花强忍痛苦，朝我笑笑。她抿着嘴说道："还好，只磕掉了两个门牙，以后怕是要影响市容了。"

"影响市容倒不怕，是怕影响你在小白心中的美好形象吧。"郎晓忻诡秘地冲我笑笑。我觉得她的眼神不如韦翠花坦然，有一种说不出的轻浮。

我很少这样近距离地与女青年面对面说话。郎晓忻也许是一句玩笑，想逗韦翠花开心，可她的眼神让我觉得心里很不舒服。

我将目光从韦翠花脸上移开，却不想又落到了郎晓忻的脸上。她面色微黄，脸庞不大，眉毛稀少，但看上去黑黑的成细弯的柳叶状，明显是用什么描过的。薄薄的嘴唇，小巧的鼻子。眼睛不大，瞳孔有些发黄，看人的时候，眼珠的转动放射出一种故作妩媚的神情。

我受不了这种眼神，低下了头。

韦翠花也看出来了，冲郎晓忻说："人家才刚出校门，看你把小白说得不好意思了吧。"

我抬头看着韦翠花，从棉袄的内衣兜里掏出毛主席像章递了过去。郎晓忻一把抢过去，说："让我戴几天吧。"

"什么你都想要，"韦翠花用手推她一下，"戴几天可以，千万别弄丢了。"

"你放心吧。"郎晓忻兴奋地将像章戴在胸前，美滋滋地摇晃着头，眼珠不住地转动，"怎么样，精神不？像个毛主席忠实的红卫兵吧。"

"像。"我随口说。

"小白，干活时千万要小心，别像我似的。"韦翠花关切地对我叮嘱着。仿佛受伤的不是她，而是我。

冷霜月出来送我。在学校时我们两班只隔一道墙，那时我和她都是班级的宣传委员。晚上在教室的黑板报上写大批判文章，她常过来跟我学美术字。她夸我的文笔好，尤其羡慕我的字。我平时在班里极少与女同学说话，可每次她来，我觉得与她谈话并不拘束。

后来，我父亲被打成走资派，尽管老师喜欢我，但迫于形势的压力，还是撤了我的宣传委员一职。我当时情绪极低落。从那以后，冷霜月再没机会与我接近。几次在走廊相遇，我低着头与她擦肩而过。一直到下乡前，我们再没有单独在一起说过话。

也许，是上苍的有意安排，让我们在这个地方再次相遇。为避风也为了有个说话的机会，我们不约而同在房山头站住了。

冷霜月忽闪着大眼睛，关切地询问着她班的几位男同学是否适应环境。我介绍了黎义鸣等同学的生活情况。当说到周庆福与我挨着睡觉时，她的眼睛一亮，问："他还是那样不爱吱声吗？"

"跟别人是不大爱说话，可跟我有时还能唠几句。"

"你看他情绪怎么样？"

"挺消沉，尤其在伙房被打后，见谁都抬不起头，你说他咋能干那事？"

"唉……"

我瞧了她一眼说："看样子，你俩关系不错。"

"你想哪儿去了。"冷霜月脸上微微泛起红晕，"一个班的同学，家离得又近，就不兴问问呀？"

我没再吱声。

韦翠花真要强，第二天又戴着口罩来到了场院。达子让她休息几天,她说:"现在脱谷大会战这么忙,大家干得热火朝天,我哪儿呆得住哇。"

她脱谷的速度极快,下来的稻草也多,这可苦了我们几个背稻草的新知青。平时往返一次,我们能休息几分钟。现在没有了喘气的机会,一趟接着一趟,累得我们筋疲力尽。但看到韦翠花带伤上阵还这样猛干,便觉得自己跟她比差远了。再说跟脱谷比,这活没什么危险,应该知足了。

脱下的稻草越来越多,稻草垛随之越堆越大。稻草垛之间留有几米宽的空隙,既背风又寂静。休息时,我们都爱到这里。用稻草在四周堆成一人多高的堵墙,遮挡住人的视线。躺在里面暖呼呼的。抬头看天上的星星一眨一眨的,也有几分惬意。每次休息只有短暂的十分钟。哨声响起时,虽没歇过乏,但也要立刻从里面爬出来。

那天晚上,我背稻草来到了草垛旁,隐约听到里面有悄悄的说话声,便轻轻放下稻草往回返。当我再一次背着稻草走来时,见从那草垛里钻出俩人,一前一后拉开了距离。走在前面的人,我认出是周庆福。后面那人脸上捂着大口罩,看不清面容。那个人见我走过来,躲闪着急速向脱谷场走去。我低头背着稻草,心中好生纳闷:跟周庆福在草垛里说悄悄话的人会是谁呢?这个周庆福平时看上去挺老实的,怎么下乡没几天就跟哪个女青年拉扯上了?

我腼腆又固执的性格,大概是父亲严厉的家教所致。小时候,父亲对我管教极严,限制我出去玩,整天让我练毛笔字,记日记,完不成就训斥我,有时还打我。我一度憎恨他,可现在我明白父亲是想让我从小打好基础,将来好有出息。他是恨铁不成钢啊!"文革"开始后,尚慕春的父亲因新中国成立前加入过国民党被当作潜伏的特务揪斗。尚慕春当天就站出来揭发父亲，毅然断绝父女关系，一时间在学校引起轰动。可我却做不到。尽管我也要求革命，可我竟鼓不起勇气与父亲划清界限。从感情上讲，我不忍心在这个时候为了自己的前途，在父亲的伤口上再撒一把盐。我的内心真是既矛盾又痛苦啊！从此，我在班级里备受歧视，变得郁郁寡欢。

如今，在异地他乡，周庆福尚能有一位女青年与他亲密接触，而我却形单影只，像一只受伤离群的孤雁，凄苦冷寂。

晚上，我躺在炕上，身边的周庆福蒙头缩进被里，不知在干什么。下乡后我们俩经常在一起，加上性格相近，晚上睡觉时便唠嗑解闷，彼此关系比其他同学自然要近一些。

周庆福的举动令我感到好奇，我悄悄掀开他的被，冲他"嗨"了一声。他一惊，脸上的肌肉抽搐了一下。见是我，才松了口气，他说："我以为是谁呢？"我看见他耳朵上插着耳机正在听收音机。这个收音机有三个波段，其中有两个是短波。

我推了他一把："哎，猫被窝听什么呢？"

"听样板戏。"

"样板戏天天播，我差不多都能背下来，你还听那干啥。"

"呆着没事，听着玩呗。"

"哎，"我一本正经地说，"问你点儿事儿，你可得说实话呀。"

"啥事儿呀？"周庆福关掉收音机，望着我。

我盯着他："那天在场院的草垛里，你跟哪个女青年在一起？"

"没有哇。"他脖子一梗。

"得了吧，我背草刚到那儿，听见一个女的正跟你说话，我差点把稻草扔进去，你想唬我！"

"你问这干啥？我哪圪垯做错了。"他睁大眼睛望着我，不觉冒出了地道的沈阳话。

"是冷霜月、尤金珠、尚慕春，还是哪个老知青？"我问。

他眼珠子翻了翻，瞅着我说："你说是谁？"

我瞥他一眼："我问你呢，到底是谁？"

"我不像你，个头标准，体形又好，浓眉大眼，白白净净的招人稀罕，还有人给补褥子。咱小眼厚嘴唇，个头还不到一米七，整个一二等残废。谁能看上咱哪？"没想到他竟冒出这话，反倒奚落起我来了。

"行了，我不问了，总有一天我会知道的。"我装作生气的样子，转过身子不再理他。

周庆福也不吱声，又蒙上大被，一定是被半导体里的广播吸引住了。

脱谷已接近尾声，我们不用打夜班。晚上烧完炕，坐在褥子上打发着寂寞的时光。营里在室外的电线杆上安装了两个高音大喇叭。每个宿舍都透风，那喇叭里的广播声便像无数个飞行的针，顺着各种缝隙挤进屋内，钻入人们耳中。每星期大约播两个晚上，由营里的兼职女播音员播放《盘锦日报》的新闻和各连送去的稿件。刚开始我听着还觉得新鲜，后来感觉总是那些套话，枯燥乏味。南炕的老知青似乎都不怎么听，凑在一起扯闲淡。这天晚上，他们谈论起青年点里的女青年，讨论谁漂亮。

有人说，韦翠花长得还行，脸蛋像红苹果，大眼睛，性格也开朗，只是腰粗了点儿。这时立刻有人反驳说，原先看还可以，磕掉门牙后就不行了，像个豁嘴，说话都漏风。

有人说，郎晓忻长得也不错，别看个不高，眼睛不咋大，可挺会撩人。

于是又有人说，你这什么眼光？没看见她肩窄胸鼓腰细，再瞧她那屁股，简直像个大磨盘。六个人在上面打扑克，还带观众。

立刻引起哄堂大笑。

一个叫老黑的知青说，三连有个鞍山女知青，长得挺好看，那天咱连正开欢迎新知青的会，杜金彪却跟人打架，就是为争这个女的。

老知青胡立仁闪着狡黠的眼神，有些诡秘地说："你们眼光都不行。要说漂亮，还得属三连的方怡玫，瞧她那脸蛋，那腰条，那个头，简直像电影演员，全青年点没一个能比得上。那天晚上被杜金彪硬拽进草垛里，让新知青浇尿给搅黄了的就是她。"我心里咯噔一下，又想起挨揍的那个惊恐之夜。

排长李冬生推了他一把说："你个大色迷，看上她啦。你没看她父亲是什么？顽固不化的走资派、反革命。别人都躲着她，你还敢说她好，小心批判你。"

"是呀，你小子被她迷上啦。那可是个狐狸精，谁挨上准倒霉，你可别掉进去呀。"大家七嘴八舌，眼神里充满了鄙夷。

"我也没说她好，只是说她的长相。我不明白，怎么反革命、走资派会有这么漂亮的女儿？"胡立仁为自己辩解着。

这些老知青怎么对女青年这样感兴趣？我觉得有些无聊。尤其是提到反革命的子女，一下子联想到自己，心里忐忑不安。还是出去走走，自己清静一会儿吧。想着牙膏已经用完了，我便穿上棉衣向营里的小卖部走去。

小卖部与营部在一趟房，位于青年点的北面，有五六十米远。

我推开小卖部的门走了进去。这个房间不大，外间有一个铁架子镶玻璃的柜台，面靠墙是一个货架子，上面摆放着少得可怜的日用品和食品。

售货员是位去年下乡的鞍山知青，听连里人说叫兰桂芳。她不到二十岁，圆脸，白白胖胖，一看就知没经过风吹日晒，说话时带着少女纯真的微笑。

我买了一盒中华牙膏。

忽然外面风声大作，吹得门窗乱颤发出咔咔的声响。我得赶紧回去。我抓起牙膏急匆匆奔向门口。

我刚推开门，外面一人似被大风推搡进来。我毫无准备，一下子与那人照了个顶头碰，只听咚的一声，两个脑袋撞在一起。我只感觉眼冒金星，头嗡嗡作响。那人"哎呀"叫了一声，我立即听出是女人的声音。我晃了下头，定睛一看，一位个头与我相近的女青年立在我的面前。

她，高挑的个子，尽管穿着厚厚的棉衣，仍难掩饰匀称的体形。瓜子脸，细弯的眉毛，一双晶亮的大眼睛，瞳孔又黑又亮，长长的睫毛忽闪着。我的脑海里蓦地闪出电影《五朵金花》中的女主角。

显然女青年被我撞疼了。她手捂着额头，眉头微蹙。我感到很尴尬，低头不敢正视。

"呀，是方怡玫，快来。"兰桂芳说道。

啊！这就是被大伙议论的方怡玫。我不禁一怔，忍不住又好奇地偷着瞟了她一眼。

"对不起，我……"我朝方怡玫道歉，却不知怎样表达。

"没关系，你没事儿吧？"方怡玫仔细打量着我，友好地向我笑一笑，露出一口碎玉般的白牙。那一口北京腔，在这个地方显得有些特别。

"没事。"我说。我感觉自己的脸发热。借着这个台阶，还是早点离开吧。

我惊慌失措地跑出小卖部，迎着呼啸的大风一口气奔回了宿舍。

第三章

对苇塘，我充满了好奇心。

达子说过，去苇塘割苇子别看能挣到现钱，那活不是谁都能干的。

我心里合计，再艰苦也比遭人歧视强。可我听说全营只去二十多人，没我们新知青的份儿。韦翠花真能耐，不知怎么说服了黄树川让我也跟去。这次带队的正是他。

黄树川四十多岁，个不高，但结实得像个石礅。黄树川长得特像扮演黄世仁的电影演员陈强，加上干活好较真儿，平时总绷个脸，大伙背后叫他"黄世仁"。

他家原本在离青年点四五里地的黄屯，自从当上青年点的小队长后，就把家搬到青年点房后的那片土房，与十几户当地和兴城迁来的农民做伴。

他有一儿一女。儿子黄来宝，年龄与我相仿，长得黑瘦，像条泥鳅。女儿黄喜凤十五六岁，圆脸大眼睛。

黄树川初中毕业，在青年点的老农队长中文化程度最高。他特喜欢实干的人，曾手把手教我扬场和磨镰刀，就是脾气过直。韦翠花告诉过我，一九六九年冬知青放寒假，本来农场党委已经通过黄树川的入党申请，只等春节后让他填入党志愿书。可他有天深夜看场院，因一场莫名其妙的大火被送进看守所关了一年，眼看即将到手的党票被无情地烧没了。

我与黄树川接触的时间不长，但他的品格却深深地影响过我。

黄树川特意找到我问："听说你要去苇塘？"

"嗯。"我点点头。

"那儿可苦哇。"

"我不怕。我下乡时已做好了吃苦的准备。"

"这可不同于脱谷，一般人可受不了。"

"别人能干，我就能干。"

"可咱连割苇子的人已定下来了，名额有限，要不就下回吧。"

我急了，连忙说："黄队长，我就是想去苇塘见识见识。只要让我去，干什么都行，不挣现钱也没关系。"

黄树川瞅着我："你小子真有股犟劲儿，我就喜欢你这样的。这么着吧，你帮韦翠花做饭，但不算连里名额，只能记工分，不能挣现钱了。"

"行。"我爽快地点点头，"谢谢队长。"就跑回屋做准备去了。

这次去苇塘，黄树川点名让李冬生、郑义平、胡立仁、雷大鹏、韦翠花代表我连参加。李冬生、郑义平是我连最能干的。胡立仁人称"狐狸"，给人的印象十分狡猾，干活好投机取巧。这割苇子是累活，他怎么削尖了脑袋要去呢？我感到纳闷。郑义平性格直爽，对胡立仁说："狐狸，行啊，全连就去几个，怎么有你？你小子怎么跟队长磨的？这活你能吃得消吗？"

胡立仁眼珠转着："这你就别管了，咱这是专捡重担挑在肩。"说着吊起嗓子，唱起了样板戏："明知征途有艰险，越是艰险越向前……"

"行了，别干号啦，硬装什么杨子荣！你那点儿心眼谁看不出来，去苇塘割苇子，不光记工分，还挣现钱，你是奔现钱去的吧？"郑义平好揭他的底。

"你小瞧人是不？"胡立仁眼珠一转，"哎，不管咋说，我怎么也比韦翠花能干吧。韦翠花不就是磕掉了两颗门牙吗？这次上苇塘光做饭不割苇，又拿工分又挣钱，不比我合算哪？"

噢，刚才我还合计，韦翠花一个女青年，怎么让她也到苇塘割苇子？原来连里是照顾韦翠花，才让她跟去做饭。

"小白，上苇塘可不是闹着玩的呀，"郑义平瞅着我，"你可得有足够的心理准备啊。"

我嗯了一声，抬头注视着他。他的脸黑黢黢、灰土土，像是几年没洗过，嘴角上还挂着几个饭粒。

第二天天还没亮，我们已坐上了马车。不知走了多久，当太阳快偏西时，马车才在土屋前停了下来。

茫茫的荒野上，孤零零伫立着两个小土屋，成为每年割苇人的暂时住所。周围长着细细的苇子和杂草，听说距大苇塘还有几里远呢。

两个土屋相距不过几米，土屋的外间不大，靠墙处有两个炉台，安着的大铁锅泛着厚厚的黄锈，破锅盖裂出一道大缝，看样子是连做饭带烧炕。里间是南北两铺土炕，破苇席上落了厚厚的尘土。墙角和苇子编的棚顶，到处是蜘蛛网似的灰吊，一看就是好久没人住了。听黄队长说，这土屋原来曾有看苇塘的人住过，听说割苇子的人要来他们早就搬回家了。

我们二连和三连的人住在东头的土屋，一连和四连的住在另一间屋。

韦翠花在外屋收拾大铁锅，锅台边孤零零地立着一口缸，灰土土的缸沿儿狼牙锯齿地露着豁口，缸体的裂纹处用水泥抹得疙瘩溜秋。她瞧缸里空空的，便拎起钢钎，挑着带来的两只水桶到外边去寻水。

我把屋子打扫完毕，老知青才把行李搬进了屋。黄队长进来安排住宿位置。除了韦翠花和我住在南炕炕头，其余二连的人跟他住北炕，让三连的人住南炕。看得出黄队长不想让三连的人说他偏向二连。韦翠花是唯一的女青年，而我年纪最小，照顾我南炕睡，这些人也无话可说。

韦翠花是青春少女，和我们这些大小伙子挤在一个屋子，能方便吗？可两个屋子都挤满了人，不可能单独为她腾出一间。毕竟男女有别，黄队长思索了一会儿，想出一招，在我和韦翠花的褥子中间挂了一条线毯，又在炕沿儿前搭一条她带来的床单。这样，便遮挡了外面的视线，临时为她围成一小块儿封闭的空间。

放好行李，见韦翠花还没回来，我有些着急。问黄队长挑水的地方离这儿多远，队长告诉我，北面二百多米远处有一个大水坑，只能吃那里的泡子水。我心想，这距离不算太远，挑水也该回来了，是不是出了什么岔头？

我不安地走出屋。狂风呼呼刮着，天干巴冷。我向北望去，只见一个身影在那个大水坑上晃动着。我赶紧跑过去。水坑早已封冻，韦翠花正用钢钎砸冰窟窿。她扭动着身躯,双手紧握着钢钎用力地在冰面上砸着,溅起的冰块崩在她的身上和脸上。她忙活得头上冒着热气,脸红扑扑的。

我过去换她,用力砸开一个冰窟窿。她将水桶伸进冰窟窿里,顺势从坑中提上水来。我接过水桶放在一旁。她正要提另一桶水,忽然,她脚下一刺溜,仰面摔倒在地,一只脚倏地滑进冰窟窿,水桶咚地甩出好远。我赶忙上前拉住她的手,使劲儿将她拖了出来。

她的右腿膝盖以下已浸透了水,裤腿和棉鞋湿漉漉的,转眼就结成了冰。我要扶她,她坚持自己走,还要继续挑水,那怎么行?我忙抢过扁担,将另一桶水打满,挑起两桶水在冰面上小心地走着。二百米的路我感觉走了很长时间。

来到小屋,我放下水桶。韦翠花踮着脚跟进来。黄队长见状,赶紧扶着韦翠花坐在炕上。韦翠花抬起脚要解鞋带,却发现鞋已冻成冰坨,一时竟脱不下来。黄队长提醒着,要稍稍暖和一下,硬脱是不行的。

我忙着刷锅烧水,屋里开始有了些热乎气。坐车冻了好几个小时,我的脚几乎冻僵了,这回屋里有了温度,感觉脚恢复了知觉,竟痒得有些难受。

我舀起大锅里的热水倒进韦翠花的脸盆,端进里屋。

此时,黄队长连揉搓带扯拉,终于解开了韦翠花的鞋带。他轻轻扒着鞋帮,将韦翠花的脚缓缓从那只冻硬的鞋中抽出来,露出湿透了的线袜。韦翠花慢慢脱去袜子,只见脚已呈紫红色,五个脚趾粘连着,凸起一个个小包。脚后跟裂出大口子,渗出殷红的血迹。这哪里是青春女性娇柔的脚?简直像个冻实心的紫皮萝卜。我的心一阵紧缩,急着说:"快用热水烫烫脚。"顺手将热水盆放到韦翠花的脚下。

"你想毁了她的脚哇?"黄队长三角眼一瞪,厉声训斥我,"冻伤的脚哪能用热水烫,那冻秋梨要用热水烫会是啥样?快到外边舀盆雪来。"

我这才反应过来,猛然想起小说《林海雪原》中白茹用雪医治孙达德冻伤脚的情节,忙端起脸盆向屋外跑去。

几天前这儿仅下场小雪,积雪很少。我用手在地上细心划拉着,将雪捧到盆里。我端着满满一盆雪来到韦翠花面前,黄队长要亲自动手。我说:"黄队长,让我来吧。"

"嗯呐。抓把雪在脚上搓,劲儿要匀。"黄队长在一边指导着。

我蹲在地上捧起了韦翠花的脚。呵,冰凉冰凉的,像握着一个冰块儿。我抓起雪轻轻地揉起来,抬起头来问她:"疼吗?"

"不疼。"她微微皱了一下眉头。

不疼是假,我的脚冻得都隐隐作痛,更何况她被冰水浸泡过。

搓了好一阵子,我的腿蹲得有些麻木了,才渐渐感觉她的脚有了温度。揉着她开始温热的脚,我忽然感觉到她的呼吸有些急促,一股热气流断断续续地扑到我脸上,我抬头发现她正红着脸,盯盯瞅着我。我忙羞涩地低下头,用水浸湿了毛巾,轻轻擦去她脚上的血迹。她感激地冲我笑笑,然后用枕巾缠好脚,伸进了被里。

我说:"你好好休息,我来做饭。"

"那怎么行,大锅饭你焖不好。"她边说边下了炕。

我不安地看着她:"你的脚……"

"没事儿,大伙都饿了。"说着她来到了外屋。

吃完饭,天已黑了下来。小屋没有电,为了节省蜡烛,大家早早钻进了被窝。

韦翠花在炕头,我挨着她的铺,中间隔着挂着的线毯,我另一侧是三连的杜金彪。我和邱玉明已领教了他的厉害。他是青年点的"棍"之一。全营共有四个"棍",分布在各连,听说都很厉害,一般人惹不起。而这四个"棍"中,杜金彪是最出名的一个,不仅好打架,而且是一个好色之徒。三连有几个女青年就受过他的骚扰,但都敢怒不敢言。

李冬生曾讲过,刚下乡时,各连都很乱,一些人都想立"棍"。经过一番激烈的血肉搏斗,终于每连冒出一个最凶狠的,自然成了连里的"棍"。营里为了安抚他们别闹事,不是安排当连长,就是干俏活,有些像《水浒传》里朝廷招安宋江。一连和四连的"棍"都当了连长。营长也想让二连的雷大鹏当连长,可他不干,让给了他的同学达子。自己要求做车老板,图个自在。只有三连的杜金彪没当上连长,但平时连里也很少管他,他爱干什么活随他挑。这次他主动要求来苇塘也是图挣点儿现钱。

这个杜金彪高得像个骆驼,一脸横肉,大大的发红的蒜头鼻子上,长着一些小点点,像个草莓。大嘴一张,露出两颗虎牙,一双大眼睛冒着凶光,让人望而生畏。

挨着他睡,我真有点胆怵。可他自己选择了这个位置,我也没办法。好歹我也是个男的,想必不会遭到骚扰。折腾了一天,我感到困乏。迷迷糊糊睡到半夜,感觉身边有窸窣的响动,仿佛一条大蟒掠过我的被子钻进线毯。韦翠花突然惊醒,猛蹬了下腿,正踹到我脚上。

我小声说:"不是我。"

一记重拳,咣地砸在我的被上。我感到胸口一阵疼痛,却不敢出声。一定是身旁的"大蟒"对我的话不满。

我睁开眼，屋里黑黢黢，只觉身旁杜金彪的被窝动了动。

韦翠花翻了下身，裹紧被子，没出声。

过了一会儿，杜金彪竟支起身子，又将手伸入线毯内。

"哎呀。"杜金彪忽然大叫一声，像受伤的野兽发出的怪吼。

我断定韦翠花狠狠地咬了他的手。

那条"大蟒"猛地缩回去，蹭着我的被子，感觉胸口又被重重压了一下。

"闹哄啥，爪子都老实点儿！"黄队长突然喊了一嗓子，"不爱睡觉，到外边呆着去。"

屋内顿时安静下来。

韦翠花拽紧被子蜷曲着身子，被子在微微抖动，一定是躲在被窝里哭泣。

我战战兢兢，大气不敢出，生怕那"大蟒"再钻出来。

静静听了一阵儿，身旁的杜金彪没再动作，一会儿竟打起了呼噜。

我烦躁地蒙着头。我讨厌这呼噜，翻来覆去睡不着，只盼快点儿天亮。迷迷糊糊中，感觉线毯内有起床的动静。韦翠花轻轻推了我一把："唉，小白，起来吧。"

我揉揉眼睛，屋内仍是一片漆黑。韦翠花已穿好衣服，她掀起线毯，用手电筒照着自己手腕上的旧上海表说："四点多了，一会儿五点钟他们就下苇塘。"

韦翠花转身到外屋，我赶紧爬起来，摸黑穿上衣服。

当饭菜快熟时，黄队长已起来了。他吆喝大伙起床吃饭。这些人哈欠连连地钻出被窝。

"下苇塘干啥起这么早？天还没亮呢。"胡立仁发着牢骚。

"不起早行吗？苇塘离这好几里地呢。你自己要来，就别那么多事儿。"黄队长说得直来直去。

我来到屋外。昨夜的一场小雪仍难遮住凸凹不平的荒野，稀疏的枯草在寒风中瑟瑟颤抖。土屋的东房边，临时用圆木和旧帆布支起马棚，两套车的四匹马，嘎吱嘎吱地嚼着草料，鼻子上的毛挂着冰霜不停地抖动。马蹄子不时踢在地上，发出嗒嗒的响声。

"小白，在那儿站着不冷啊？"韦翠花在门口招呼我，"那马有什么好看的，快进屋暖和暖和，中午还要给他们送饭呢。"

我进了屋同她一起忙活午饭。

想到夜里发生的事，我对她解释说："昨晚真不是我伸的手。"

"看你咋多心了？"韦翠花瞅着我，"我迷迷糊糊踹了你一脚，还疼吗？"

"没事儿。"我说。

"我知道是杜金彪那个大色鬼。"

"你可得防备着点儿啊。"我提醒她。

"咋防啊？昨晚不咬他一口，他还没完。"韦翠花气愤地说，"这号人，真招人烦。"

做完饭，已接近中午。我们将饭菜盛在桶里，包上塑料布，用厚棉絮捂上，又将大家的饭盒塞进麻袋里，装上马车。雷大鹏啪啪甩起大鞭子，策马向苇塘前进。

马车走了约半个小时才到苇塘。我和韦翠花跳下车，眼前茫茫的芦苇漫无边际，凛冽的朔风刮得芦苇沙沙作响。这里的苇子高足有两米以上，苇秆如矛，苇叶如剑，苇子极其茂盛稠密。若称它是芦苇的海洋，一点也不过分，像天公为大地铺设的巨大而又厚厚的地毯。芦花悄然飘零，而穗架上边挂着零零的白雪随风摇曳，仿佛汹涌的层层浪花，被白刺刺的阳光耀出熠熠光彩。

冰天雪地中，我抬头寻找着那些割苇人。二十几个人分散开来，各人占据一片苇丛，向纵深挺进，身后是或躺或立的苇捆。他们只穿一件秋衣，挥舞着镰刀，一扫一大片，苇子成排成排地倒下。

"哎……开饭喽！"韦翠花双手拢成喊话筒状，大声地喊。

"嘟……"黄队长一声哨响，人们纷纷从不同方向聚到马车前，从车上的麻袋里取出饭盒。他们真饿了，手端着饭盒大口吞咽着只有温热气的饭菜，眼见两桶饭菜顷刻间一扫而光。

苍茫壮观的大苇塘，谜一般地吸引了我。我想，既然来到苇塘，不妨体验一下在这儿割苇子的感受。说不定可以捡到野鸭蛋，还能改善一下伙食。

我来到正在割苇子的郑义平跟前说："郑大哥，让我割一会儿。"

郑义平转过头来，说："想试试？好。"

我刚要接镰刀，胡立仁不知从哪儿冒了出来，一把拽住我说："要割苇子，到哥们儿那儿去。"不容分说，把我拽走了。

"哎，我这儿好割。"胡立仁说着抬起了左手朝我晃了晃，我的手割破了，得跟车回去包一下。你替我先割着，收工听到哨声你就回去。"

"行。"我不假思索地说。

我拾起镰刀，埋头哈腰一气猛割，半天不见野鸭子的影，甚至连一个野鸭蛋的皮也没看到。只有割不完的苇子。苇子梢头上的雪不时掉下,像盐似的颗粒落在我的脸上,灌进脖子里,凉丝丝的。

一会儿身上出了汗,头顶冒着热气。我甩掉了棉帽子,苇毛、尖叶儿、蒲絮挂了满头。我只好又戴上帽子。

拼了一阵子,劲儿也减弱了,手上顿感乏力。苇子又硬又长,捆在一起,谈何容易。我用膝盖顶压苇子,双手使劲儿缠绕,一会儿膝盖就磨破了。

我试着将苇捆立起来。刚立起来,一阵大风吹过,苇捆子顷刻倒下,将我压倒。我从地上爬起来,已是气喘吁吁,我一下子瘫倒在苇捆子上。我将破棉袄蒙住头,刚想歇会儿,有人踢了一下,说:"狐狸,别他妈的装睡,替哥们儿磨磨刀。"

原来,他把我当成胡立仁啦。我拉下棉袄,探头一看,霎时惊出一身冷汗,杜金彪站在了我面前。

杜金彪一看是我,大嘴一张露出虎牙:"原来是你这个小兔崽子,我叫你昨儿晚上多嘴。"他大吼着,一拳打过来。我躲闪不及,脑门重重挨了一拳。

我晃晃头,刚站起来,他上来又是一脚,正踢在我的腰上。我忍着疼痛刚要躲闪,杜金彪挥动两只大拳,带着风声向我袭来。我眼冒金星,顿觉天旋地转,咚地栽倒在地,昏了过去。

不知过了多久,我被冷风激醒了,浑身冻得麻木。我强睁开了眼。天空灰蒙蒙的,大雪打着旋儿,狂舞的雪片刷刷地扑到我的脸上。我的身体已被雪埋没了半截。这天气咋说变就变?我觉得自己像在冰窖里,身体冷得缩成一团。我浑身无力,不想动弹。可我听说,曾有人被风雪困在苇塘而冻死。我不能就这样等死呀。

我挣扎着从地上爬起来,腰一阵阵痛,面颊肿胀。我穿上棉袄,捡起草绳子系紧在腰上,跟跟跄跄向土屋方向跑去。

我不顾一切,漫无目的地向前跑着。可哪儿是回去的道儿啊?大雪怎么来得这么突然?覆盖了地上的一切痕迹,根本找不着来时的脚印和车辙。

我大声呼喊着:"黄队长——李排长——郑义平——"

黄队长他们在哪儿?他们能派人找我吗?可这昏天黑地的,他们上哪儿找我呀!

天已黑下来,风雪仍在狂舞着,我挣扎着跌跌撞撞地寻找着。

我忽然发现前面不远处有一堵墙,覆盖着厚厚的积雪,有墙就有屋就有人,我不假思索,急急奔了过去,脚下被什么绊了一下,来了个嘴啃地。我爬起来,借着雪光,看绊倒我的东西,原来是一捆苇子。我扒去上面的积雪,顿时惊呆了,这不是我捆的吗?我的头轰地一下大了。我拼命挣扎、寻找,转了半天,竟又回到了原地。原来那堵"墙"正是我割的苇丛,落满积雪,远看真似一堵墙。那有一个豁口,不正是我割的吗?

我像一个泄了气的皮球瘫倒在苇捆上。

盘锦,我为什么要上这儿来?遭人歧视,受人欺负,今天又无缘无故挨一顿毒打。我活在这个世上,还有什么意义?杜金彪,你这个王八蛋,你调戏韦翠花不成,把气撒到我身上。我招你惹你了,你对我这样?你干吗不把我打死,让我在这儿活受罪?

可是,我真的不甘心啊。我才十七岁呀!父亲被关进牛棚,母亲又那么憔悴。她已够痛苦了。假如,我再离她而去,她能经受得了吗?

不行,为了母亲,我也要坚强地活下去。我挣扎着站起来,一点儿一点儿向前爬着。最后,我连爬的力气也没有了。我终于动弹不得,绝望地闭上了眼睛……

不知过了多久,似乎有人在呼唤我的名字,我吃力地睁开眼睛,一个熟悉的面容渐渐清晰起来。

"小白,你可醒了。"韦翠花惊叫起来,红扑扑的脸上挂着晶莹的泪珠。

我这才确认,自己还活着,而且就躺在土屋的炕上。

韦翠花正蹲在地上,搓着我的双脚,我感觉脚有了温度,刺痒痒的痛。心中霎时涌起一股热流,我望着她说:"谢谢你!"

"谢啥?昨天你给我搓脚,这回该轮到我为你服务啦。"韦翠花说,"昨晚,他们把你抬进屋时,你干脆冻得不省人事,可把我们吓坏了。"

"谁把我抬回来的?"我急着问。

郑义平走过来,摸着我的额头,说:"昨天,刚一起风,黄队长就吹哨集合,却发现少了狐狸。我说,狐狸让白剑峰替他,他先跟车回去了。黄队长一听急了,马上让李冬生带着这些人赶紧回去,他让我跟着去找你。我们凭感觉来到狐狸的地里,没发现有人。这时,我俩大声喊你,根本没有回音。黄队长说,坏了,白剑峰一定走到别处去了。我们俩就四处走哇,找哇,喊啊,就是不见你的影子。风越刮越大,雪越下越急,黄队长担心时间长了你会冻僵,便不停地走,不停地吹着哨子,吹得嘴都木了,到后来,干脆吹不出声了。

"天黑下来,我们还是没找着你。我说,会不会他又转回去了。就这样,我们又返回去,发现地上有个雪堆,我过去一扒,正是你。"

"啊，睁眼了，"黄队长走过来，"多悬哪，以后别到苇塘里去了。"

我望着黄队长和郑义平，激动得不知说什么。没有他们我这条小命就搁在大苇塘里了。我鼻子一酸，一股咸涩的液体不自觉地从眼眶里流了出来。

第四章

昨晚从苇塘回来,本想睡个懒觉,不料却被谢元庭扒拉醒。我强睁开眼,不耐烦地说:"干啥呀,人家睡得好好的。"

"你看太阳都照屁股啦。"谢元庭指着窗外说。

太阳光倾泻到我的脸上。我揉揉眼睛,扭头一看,屋内就我一个人躺着。

我穿衣下了炕。这才想起昨晚达子说过,今天连里放一天假。这些人大概自寻乐趣去了。

谢元庭瞅着我说:"听说苇塘老大了,挺有意思的,快给我讲讲。"

我瞥了他一眼说:"有啥好讲的,那苇塘是大,把我都转迷糊了,差点儿冻死在里头。"

"真的吗?"谢元庭瞪起眼睛,目光有些惊诧。

"那还有假吗?"我说,"那天下午,我正替人割苇子,忽然来了白毛风,风搅着雪,根本看不清道儿。要不是郑义平和黄队长找来,我早成冻死鬼了。"

"真悬哪。"谢元庭眼珠一转说,"可你走这些天,还有人说你上苇塘是假积极,显大眼,混白吃,还想挣现钱。"

"什么?"我睁大眼睛盯着他问,"谁这么说的?是不是邱玉明?"

谢元庭眼珠转了转没吭声。

我猜想一定是邱玉明看我上苇塘眼气,才背后说风凉话。他要去,干不了两天准得累趴下。遇见那白毛风,他能不能活着出来,真不一定呢。

"邱玉明这两天净干些啥?"我问他。

"他……跟大伙儿一块上工呗。"谢元庭说话有些支支吾吾,"不过……有人看见,他没事儿就往郎晓忻那儿跑,俩人挺投缘的。"

平时,邱玉明、田达利在屋时,谢元庭从不主动跟我说话。尽管他家离我家较近,但上学时也很少与我来往,倒是他和邱玉明、田达利他们经常在一起。

谢元庭中等个,因皮肤黑,班里同学叫他刚果人。他长长的脸上长满了青春痘,大鼻子,厚嘴唇。屁股蛋瘦尖,像连里叫瘦狗的那匹马。他大我两岁,样子挺憨厚,其实心眼蛮多,善于见风使舵,人送绰号"谢老转"。他看出邱玉明对我有发泄不出的怨气,加上我又是这么个家庭状况,在公众场合他对我的态度一向谨慎,他这样做也情有可原。这年头谁不想保护自己。农村可比学校要复杂得多。

今天他趁邱玉明没在场,跟我说话才随便了些。

他张嘴刚要说什么,邱玉明、田达利嘻嘻哈哈走进了屋。他装作若无其事的样子,主动跟邱玉明打着招呼:"玉明,你们上哪去了?"

"跟胡立仁上三连去了。"邱玉明眼睛放着光,扭头对田达利说,"没想到还碰到这事儿。"

"可不是咋的。"田达利应和道。

田达利与邱玉明站在一起,形象截然不同,显得极不协调。邱玉明小眼睛,薄嘴唇,黑黄脸,细眉毛,鸡胸脯,干巴身子骨。田达利则浓眉大眼,黄白脸,身材魁梧,只是微微有些驼背。很奇怪,短短几天,他俩就好得像一个人,达到形影不离的程度了。

胡立仁推门进屋,嘴上叼着烟卷,冲邱玉明、田达利一眨眼说:"咋样?哥们儿领你们到三连没白去吧。她长得咋样?"

谢元庭眼神有些疑惑:"'她'是谁呀?"

"谁?"胡立仁说,"方怡玫呗。"

方怡玫!我不禁一怔。

邱玉明说:"以前胡立仁说她漂亮,我还有点纳闷。今天一见,啧,长得贼靓。"邱玉明又转过脸问我:"老白,你说是不?"

"我哪知道?我又不跟她在一个连。"我故意这样说。那天在小卖部跟方怡玫撞在一起的事儿,他们并不知道。

"敢情你们到三连就为去看方怡玫呀?"谢元庭问。

"谁说的?"胡立仁眨着狐狸眼说,"我本来领他们到三连是去打扑克,可刚摸牌就听外边有吵吵声。我们放下扑克,推门一看,方怡玫阴沉个脸从宿舍出来正朝房后跑去。我心里纳闷,一问别人,原来杜金彪刚才跑到她那儿去,想挂她。可她理都不理,扭头就走。杜金彪气得在后面指着她骂。这个方怡玫也真是的,不就是长得好点儿吗?装什么清高?她现在这身份,谁搭理她?她真不知趣。你们说说,她真要跟杜金彪好上了,谁还敢歧视她?哼,真不知这人咋合计的!"

当当,有人突然敲了两下窗户,传来韦翠花的声音:"狐狸,在这儿白话啥呢？达子让你上俱乐部磨大米，后天就放假了。"

"真的呀？"一听说要放假，胡立仁顿时来了精神头，立马蹿出门。

第二天晚上每人分了五十斤新磨的大米，旅行包被大米撑得鼓鼓的。为了防止拉锁撑开，我们用白线将拉锁缝紧。

这一夜，大家兴奋得睡不着觉，谈论着回家后各自的打算。邱玉明坐在炕梢，撩起内衣抓虱子。抓一个放在嘴里一咬，嘴里叨叨咕咕："叫你吸我的血。"

胡立仁更绝，他把抓到的虱子一个个弄到破罐头盒里，大约有一个排，然后划着火柴扔到里面，发出劈啪的爆响声。

望着他们的举动，我忽然感觉自己身上也痒痒起来。前些日子干活忙，躺在炕上就睡，觉不出身上痒。下乡已两个月没洗澡，多干净的身子也会生虱子。我将手伸进线衣里，不一会儿就抓出个虱子，个头真不小。我用两个大拇指盖一挤，指甲上立即出现了一块血迹。这可恶的虱子，真让人恶心。抬头望望老知青，也在抓虱子。但神情那么坦然，有说有笑，掐得嘎嘎响，仿佛抓虱子也是一种乐趣。

本想换一套新衬衣，可换上后身上照样有这寄生虫，还是回家彻底换吧。

书包里装上需要换洗的衣服，想着明天就要回家了，躺在炕上竟激动得难以入睡。

第二天一大早，各连出动了马车，但仍装不下这些人，营里又出动了所有车辆：两辆马车，两台叫"小蹦蹦"的手扶小型拖拉机和一台带拖车的胶轮"东方红"拖拉机。

大家将自己的旅行包扔到车上，挤靠在一起，有说有笑。我和韦翠花贴身坐在拖拉机的拖斗里。

"小白，割苇子的钱昨天发下来了。"韦翠花说着从兜里摸出两张五元的递给我，"我得了二十块钱。你帮我做饭没少挨累，咱俩对半分，这十块钱你拿着。"

当初黄树川定的上苇塘只记工分，不挣现钱。韦翠花挣这二十块钱多不容易，我怎能要她的钱？我忙说："你的心意我领了，可这钱是给你的，我不能要。"

"怎么，瞧不起我呀？多少是点意思，回去给家里买点儿啥。"韦翠花说着硬往我兜里塞。

我抓住她的手腕，阻止她将钱塞进我的兜里。身旁的知青看着我俩推搡着，以为在抢什么东西。韦翠花急得满脸通红，小声说："小白，别这样。叫人看着不好，快拿着。"

看来不收这钱是不行了。我松开手，从她手里抽出一张五元钱，说："那我就收下一张吧。"韦翠花还要将手里剩下的钱给我，见我实在不收，只得作罢。

几个小时后，我们到达了盘山火车站。不久前，正是在这儿，那辆"嘎斯"大货车将我们拉到了青年点。今天，我们又要从这儿回沈阳。这一来一回，却使我们的命运发生了根本的变化。

火车站很简陋，售票处与候车室在一个大厅内，里面仅有的几排长椅，堆满了知青装大米的旅行袋。人群拥挤，地面肮脏，大厅里充斥着难闻的气味。

看到大厅里拥挤不堪，我们索性在车站栅栏外休息。

盘锦始发，去沈阳的只有下午一点的一趟列车，此时正静卧在铁轨上。

就要检票了,我扛起旅行袋,随着人群来到检票口。忽地发现许多人爬上栅栏跃进站台,纷纷向停着的火车奔去。站台的工作人员想制止也无济于事。

站台上,黑压压的人群蝗虫般扑向列车。从车门已挤不进去,大伙儿纷纷从窗口往里爬。我跟着韦翠花奔向车窗口。我俩将旅行袋从窗口投了进去。韦翠花手扒着窗口两脚乱蹬却上不去,我急忙抱起她的双腿将她从窗口塞进去。随后我也从窗口爬进来。转眼工夫,全连的人像钻地道似的顺窗口爬了进来。

列车启动了,发出咣当咣当的声音。车厢里人挤人,乱成一团。我疲惫地靠在座椅上。一抬眼,发现对面坐着个女青年,那不描自黑的细眉,那笔直的鼻梁,真是与众不同。这不是在小卖部相撞的方怡玫吗?

方怡玫侧脸瞅着窗外。在这乱哄哄的车厢里,她矜持、淡漠的表情显得极不和谐,却莫名地引起了我的注意。那出水芙蓉般的纯美,让我的心跳骤然加快。我的视线完全被这少见的气质吸引了,连韦翠花问我的话也听不清。我只是机械含糊地"嗯嗯"着。

方怡玫突然转过头,认出了我,轻轻点了下头。她嘴唇嚅动了一下,似乎要说什么。就在我俩目光相碰的一瞬间,韦翠花终于忍不住捅了我一下:"哎,你瞅啥呢?只会嗯、嗯的,我刚才问你的啥?"

"啥?哦……"我这才回过神,忽觉脸发热,赶紧将视线移开。

方怡玫又转过脸去。

这时,两个脑袋长得像大冬瓜和小土豆的男青年,喷着酒气,裹着黑棉袄,一溜歪斜地挤过来。他俩晃荡到我身边四下撒目。"大冬瓜"斜靠到我身上,一股难闻的酒糟发酵的气味扑鼻而来。我厌恶地推了他一下。他醉眼惺忪地瞪了我一眼："你，你推我……干啥？"

瞅他那样，我恶心得要吐，我眉头一皱，刚想开口，韦翠花拽了我一下小声提醒道："别搭理他，你没看他醉成那样？"

"大冬瓜"向我对面扫了一眼说："哎，就这儿还松快点儿。"他打了一个嗝，冲方怡玫一晃脑袋："嘿，往里靠靠，给哥们儿腾点儿地方。"

方怡玫一捂鼻子，说："烦人。"

"你，你说谁烦人？""大冬瓜"晃着脑袋一屁股坐下，正压到方怡玫的腿上。方怡玫疼得"哎呀"一声，声音都变了调："挤啥？往哪儿坐？"

"咋的，坐火车哪有不挤的？""大冬瓜"眯缝着眼，嬉皮笑脸地盯着方怡玫的脸说，"嘀，这是哪个资产阶级的千金小姐，对革命知青这么冷酷无情？"

"你咋这么说话？"方怡玫眉头一皱，"这车是挤，可也不能往人腿上坐呀？"

"小土豆"这时凑过来一挤"大冬瓜"，嘿嘿一笑："冬瓜，往里串串，让哥们儿也搭个边儿。"本来三个人的座位已挤上了四个人，哪还有边儿可搭？

"大冬瓜"晃动着身子使劲儿往里挤。他的头已经贴到方怡玫的脸上了。

方怡玫再也坐不住了，猛地站起，愤怒地说："耍什么流氓。"

"你说耍流氓，今天我就耍你了。""大冬瓜"头一歪，眼睛斜楞着吼道，"操，别以为你是女的，哥们儿就不敢碰你。"

"你……"方怡玫气得涨红了脸。

"大冬瓜"抬腿就是一脚,不想却踢到我腿上。我疼得一咧嘴,腾地站起,指着"大冬瓜"道:"喂,你干吗踢我?别太过分了,跟女的逞凶算什么能耐?"

"呀!哪冒出这么个小白脸?你是哪庙的和尚对这臭尼姑发善心。我看你他妈的皮紧了。""大冬瓜"把矛头转向我,对我就是一拳,我感到胸口咚的一声,身子一晃,险些倒下。

我定定神,对"大冬瓜"还了一拳。"小土豆"趁机对我也动了手。

身边大部分是我连的知青,大伙嗷嗷地起哄,让他俩滚开。那个"小土豆"见势不妙,刺溜从人缝中钻到另一节车厢。"大冬瓜"被我连的人困在当中,借着酒劲儿叫喊着:"你们仗着人多算个屁,呆会儿咱的人过来有你们好瞧的。"

"你找人去呀,我还真不怕。"我一指他的鼻子。

"谁他妈的说不怕。"突然从后面传来一声吼,像闷雷一样在车厢里炸响。我一惊,一个光头大脑袋、圆眼珠的青年人从人缝中挤过来,身后跟着十几个人。

刚才溜走的那个"小土豆"又挤了回来,他用手指着我对那"光头"说:"就这小子。"

"就你这小白脸还敢起刺儿?""光头"上来就是一拳,正砸在我的额头上。我只觉头嗡的一下,用手一摸,黏黏糊糊的一抹殷红。方怡玫刚拽住那"光头"的胳膊,"光头"胳膊一甩,方怡玫一个趔趄倒在座椅上,我用身体护住了方怡玫。"光头"怪叫着又扑向我。韦翠花急得直喊:"你们凭什么打人?"

我连的老知青见自己人吃亏了,一拥而上。另一方也不示弱,大叫着往上蹿,整个车厢顿时炸了锅。拳头挥舞,叫声连连,噼里啪啦的打斗声贯满车厢。

"光头"见我们人多,气得刷地从身后抽出一把枪刺大叫着"我操你妈",直向我的胸口刺来。我一闪身,枪刺扑地扎到座椅的靠背上。

我倒吸了一口凉气。

"光头"眼冒凶光,拔出枪刺,大吼着:"谁他妈的敢上,我先给他放血。"

他握着枪刺又奔向我,我被挤得再也无法躲闪,惊得两眼一闭,心说:完了,今天算交待了。

"啪",有人击中了"光头"的胳膊。我猛一睁眼,杜金彪已蹿到跟前。

我一激灵,这回倒好,又蹿出个杜金彪。看来我今天是凶多吉少。可杜金彪并未理我,他抓住"光头"的手腕喝道:"和尚,干啥动这么大的肝火?"

"谁?""光头"一愣,扭头见是杜金彪,这才收住手中的枪刺。"彪子,是你呀。这小子他妈的欺负咱连的人。""光头"对杜金彪愤愤道。

"和尚,他是咱点的新知青,没眼力见儿,你看哥们儿的面子放他一马,回沈阳哥们儿请你喝酒。"杜金彪拍拍"和尚"的肩膀。

"今天要不是你来,哥们儿非废了这小子不可。""光头"说着,又瞪了我一眼,放下了手中的枪刺。

"行了,小白脸你起来,让这哥儿几个坐这儿。"杜金彪对我说道,向"光头"显示出高姿态。

"光头"见杜金彪这样大方,态度缓和下来。他对自己的人说:

"你们跟哥们儿到下节车厢去。"

"光头"冲着杜金彪说声"回头见",便领着那帮人向另一节车厢挤去。

我摸着被打伤的额头,心里一阵后怕。要不是杜金彪赶来,今天我说不定咋样呢?这杜金彪关键时刻还挺英雄啊!

胡立仁挤了过来,好奇地问杜金彪:"你说的'和尚'是哪儿的?看样子在点里也是一霸。"

"这鸡巴货是八营的。平时好剃光头,大家都叫他'和尚'。这家伙挺驴,点里的人都怕他。"杜金彪说,"有一次,我坐营里'小蹦蹦'到大洼,正碰上他和一伙人打架,他被打得满脸是血,我让他爬上车,赶紧开车一阵狂颠,那伙人才没追上,要不然,他早就被放趴下了。"这真是一物降一物。我暗想,这两个点霸碰在一起还挺讲义气。

杜金彪盯着方怡玫问:"刚才,吓着你了吧?"

方怡玫抬头看了他一眼,淡淡地说:"没事儿。"

杜金彪说:"不行跟哥们儿到下节车厢去,那松快点儿,保准没人敢起刺儿。"

方怡玫不卑不亢地回道:"谢谢,我在这儿挺好。"

杜金彪色迷迷地盯着方怡玫,嘴唇贪婪地嚅动着,但见周围的目光齐聚过来,他"哼"了一声,便失望地走了。

列车经过五个多小时的颠簸,终于到达了沈阳站。我扛起旅行包随潮涌的人流出了站台。

邱玉明追上来,冲我一挤小眼:"行啊,你今天可是英雄救美人。"

"你少拿我开涮。"我头也不回地应道。

第五章

我扛着沉甸甸的旅行包噔噔地踏进了家门。昏暗的灯光下,母亲见屋内突然出现一个人,不禁一愣,问道:"你找谁呀?"

我消瘦而疲倦的脸上沾满了尘土,更为特殊的是,我在大棉袄外的腰间系了一条麻绳子,活脱脱一个进城的老农。

"妈,是我,你儿子回来看你来啦。"我放下旅行袋对母亲说。母亲疑惑地打量了好一会儿,才上前拉着我的手说:"孩子,这才离家几天哪,咋变成这样了?妈差点儿认不出来你了。"

母亲轻抚我额头上的血印,心疼地说:"孩子,你跟人家打架了?"

"没有,"我怕母亲伤心,故意说,"火车上人太多,头让车门磕破点皮儿。没事,妈。"

"唉,以后可得注意啊!"

母亲转身去厨房给我做饭。我打来一盆水,脱去棉衣痛痛快快地洗脸。转眼间,一盆清水变成了黑泥汤。

一会儿,母亲端上来一大碗热腾腾的手擀面条,我三下五除二扒拉进嘴里,片刻工夫,碗已空了。母亲又将锅内的面条全都盛到我的碗里。母亲默默地看着我狼吞虎咽的样子,她鼻子一酸,两行热泪顺着脸颊流了下来。

我吃完面条,抬头看着母亲问:"妈,你咋啦?"

母亲用手擦着眼泪问:"青年点是不是吃不饱?"

"哪能呢,我们知青一天一斤半定量,比城里还多呢。"我故意逗母亲,"城里每月供应那几斤陈大米像宝似的,我们那儿顿顿吃新大米。这次带回五十斤,让您尝尝咱盘锦大米,油汪汪,喷喷香。"

"行了,妈知道。"母亲说着,转身从衣柜里找出我的内衣、内裤,塞进了一个人造革兜子,递给我说,"把这衣服带上,快去浴池洗个澡吧,去晚了该下班了。"

我急匆匆来到西华门附近的连奉堂浴池。我将身体浸入冒着热气的大池子里,只露出个头。浴室里蒸汽弥漫,棚顶的水珠不时滴落到我脸上。我闭上眼睛。下乡后一直没有洗澡,身上长了一层漆似的污垢。这回在热水里泡澡,真是舒服。若不是浴池有时间限制,我真想在这儿痛痛快快地泡上一宿。

回到家已半夜。我将换下的脏衣服扔在大盆里,钻进了被窝。一觉醒来,太阳光已射进屋内。我长长地伸了一个懒腰,扭头一看桌上的闹钟,已经九点多了,这才起床。

母亲正用热水烫我脱下的那堆脏衣服。那上面的虱子挺顽强,用凉水洗不掉,只能用开水烫。回家没给家带点什么,却捎来一堆令人厌恶的寄生虫。母亲心疼得直掉眼泪。

下乡前，衣服都是母亲洗的，现在再让母亲洗，自己感觉也不得劲儿。

"妈，我自己洗吧。"我不好意思地望着母亲。

"你这身脏衣服，不用搓衣板还能洗干净？行了，还是妈给你洗吧。"母亲说着指着锅，"那是用你带的米焖的干饭，你赶快趁热吃吧。"

"妈，您也一块儿吃吧。"

"妈刚吃过。这盘锦大米是比城里供应的米油大，挺香的。"

喝惯了青年点的"军舰汤"，我冷不丁吃着母亲用大油做的白菜炖豆腐，感觉胜过山珍海味。

母亲看着我说："明天就是农历三十了，一会儿妈上街买点菜。"

"妈，这五元钱给你。"我从兜里掏出韦翠花给我的钱。

"怎么，队里结算了？"母亲感到意外，并没有接我的钱。

我说："队里得过完春节才能结算完，这是我上苇塘挣的。"

"你还上苇塘了？"母亲眼里透着担忧，"听说割苇子那活可苦了，去的人都要脱层皮。"

"我没有割苇子，是跟着做饭。"我说得很轻松。想到苇塘里我从死亡线上挣脱过来的那一幕，至今仍心有余悸。可我不能对母亲讲，母亲知道了一定会受不了。

我将那五元钱硬塞给了母亲。

母亲拿出家里积攒的一斤肉票和一斤鸡蛋票，上街去了。临近春节，城里的副食供应很紧张，虽然凭票供应，商店里依然人头攒动，排起了长队。平时攒得可怜的副食票不一会儿就全都花光了，可餐桌上也仅仅能见到零星的肥肉片。

晚上，母亲开始拆她穿的那件毛背心。我不解地问："妈，这毛背心没破，您拆了干啥？"

母亲指着床上的一团新毛线说："妈用你的五块钱买了点毛线，加在我拆的毛背心上，我想重织个大点儿的。"

我说："妈，那您不如织件毛衣，反正费一回事儿。"

母亲说："妈自有打算。"

除夕之夜，外面静得出奇。我和母亲坐在一起吃年饭。一盘花生米、一大碗猪肉炖酸菜。小饭桌上摆着三双筷子，三只小碗。

父亲不在，屋内异常冷清。往年阖家团聚的那种温馨与祥和成了奢侈的回忆。

母亲打开桌上的一瓶二锅头，向三个小碗里浅浅地倒了一点儿。我一下又想起了父亲。

父亲被关进监狱后，我费尽心机打听到父亲的下落。那天我偷偷跑去看父亲。把门的人一听我是反革命的儿子，便厉声训斥道："小狗崽子，胆儿不小哇，不躲远点儿，还敢上这儿来。"

"我咋不能来？"我疑惑地望着他。

"你老子是什么东西你不知道哇？他要当权，我们工人阶级就要吃二遍苦，受二茬罪。"把门人瞪着我，"你还认他为父亲，还想当狗崽子？"

"大叔，我跑了这么远的路，好不容易找到这儿，您就让我见我爸一面吧。"

我带着哭腔，像个乞丐般地不住向他哀求："我求您了，求求您了。"

把门人轻蔑地瞅着我："你这小狗崽子，咋这么没脸没皮？亲不亲线上分,赶紧滚开。"随后将大门咣当一声关上。

我气得咣咣地拍打着大门,直拍得手肿起来。

一会儿,门又打开,突然一盆冷水泼到我头上。我激得浑身起了一层鸡皮疙瘩,蹲在地上瑟瑟发抖。

"滚,快滚!"那人叫道,照着我就是一脚,随后扬长而去。我丧气地跌坐在地上……

"妈,爸来过信吗?"想到父亲我忍不住问了母亲一句。话一出口,又感到后悔,这不又触到母亲的痛处吗?

"唉——"母亲重重地叹息着,"前些日子,你爸托人带回了一张字条,上面只写着:我在这儿挺好,不要挂念。"母亲直怔怔地望着桌上斟了酒的小碗,眼圈一红声音颤抖着:"你爸苦哇,他浑身净是病,可他不肯说,唉。"

母亲的眼泪扑簌簌地滚落到端起的小碗里。我一阵心酸,跟着端起了盛酒的小碗。

母亲抽泣着说:"你爸除了过节喝点儿,平时从不碰酒。这碗酒是你爸的,来,咱俩敬你爸一杯。"母亲和我端起小碗同父亲平时用的那只碗碰了一下,她扬脖将碗里的酒一饮而尽。

辛辣的酒呛得母亲咳嗽起来。母亲手捂着嘴脸涨得发红,可她仍端起父亲用过的那个小碗。

"妈,您别喝了,我替爸喝。"我抢过母亲手里的小碗,屏住气一口干了。

这酒足有六十多度,我感到嗓子像着火似的发热,呛得咳出了眼泪。

母亲心疼地轻轻拍着我的后背,随手从那大碗里夹起一片肥肉递到我的嘴边:"孩子呀,快吃块肉,压压酒。"

我贪婪地嚼着肉,止住了咳嗽。下乡后头一次尝到肉,哇,真香啊!我劝母亲也吃几块。这肉炖酸菜里只有薄薄几片肉,母亲全都夹到我的碗里。

"妈,你也吃块肉吧。"我给母亲夹起一块肉。母亲又将这块肉夹回到我的碗里说:"孩子,妈不爱吃肉,妈知道青年点伙食清淡,你正是长身体的时候,你多吃点肉,妈才放心。"母亲瞅着我消瘦的脸颊,声音有些哽咽:"看你才去几天,就瘦成这个样子,妈心疼啊!你别惦记家里,这城里咋说也比你们青年点强啊!"

我一下怔住了,放下手中的筷子,仔细地瞧着母亲。

母亲怎么变得这样憔悴、苍老。才四十多岁,脸上已出现那么多皱纹,下巴颏儿尖尖的,颧骨明显地突出来,仿佛只有一层皮包着骨头。母亲脸色干黄,两腮深深凹陷,泪水不住地流淌着。

"妈……"我激动地喊着,再也说不出话来。

"我的天哪……这是怎么啦?"大年初一早晨,一位女人悲怆的哭声将我惊醒。

我走到院内,见西厢房那家的门大开着,屋内一位中年妇女披头散发地跪在地上,手拍打着地号啕大哭。母亲和几位邻居在她身旁劝着,陪着掉眼泪。

"孩儿他婶,人死不能复生,你可要想开呀,哭坏了身子可咋办?"我的老邻居韩大妈流泪劝着。

这哭得死去活来的女人不是我们院的尚大婶吗?难道尚大爷他……

我心里咯噔一下。从邻居的口中我得知尚大爷上吊死了。

在我们这个四合院，住西厢房的尚大爷一家与我家的关系挺近。尚大爷大脸盘短粗脖子，身体像个圆筒子。他脾气火暴，每晚必喝三两白酒。他爱下象棋，每到星期天晚上，便邀父亲杀上几盘。他老伴儿在街道工厂当勤杂工。家里只有三个丫头，又都下乡了。

尚大爷在新中国成立前被国民党抓过壮丁，在运输队中学会了开车，他斗大的字识不了一筐。一天，连长给他填好了一张表，让他按手印，他不知上面写的是什么，便稀里糊涂地按上了手印。后来他才听说按了手印就表示参加了国民党。

辽沈战役中，他们团投诚，他被留在部队开车。新中国成立后就来到父亲的工厂当了司机。他曾向组织如实交代了那段历史。组织上经调查，认为他入国民党属于被人欺骗，便没作任何处理。

哪知"文革"开始后，清理阶级队伍。造反派将他揪了出来，说他是国民党安插的特务，让他交代历史问题。他生性倔强，不承认是自愿加入国民党，说自己并没有做对不起人民的事。造反派将他关押，打得他遍体鳞伤。今年的三十晚上才放他回家，并叫他初一的早晨回去，继续交代问题。

我的心沉得像坠着一个铅砣，脚步沉重地走进尚大爷的家。屋内的大炕上立着一只破旧的炕柜，上面摞着带补丁的被褥。一个瘸了腿的旧立柜歪在墙角。家里没一件像样的东西。地上是堆未及打扫的碎玻璃碴子。

尚大娘抽泣着道出了尚家那个凄凉的三十之夜。

尚慕春两个在农村插队的姐姐在当地过革命化的春节未归。已与父亲断绝关系的尚慕春，一听说三十晚上父亲要回家过年，扭头跑到班里一个叫"棺材头"的淘气包家中躲了起来。满怀希望能与女儿相聚的尚大爷见家中冷冷清清,他红着眼青筋暴跳地对尚大娘大发雷霆:"瞧你生的这些小兔崽子,真是他妈的白眼狼,大过年的一个都不在家,养她们算作了孽。"尚大娘垂丧个头只顾掉眼泪。尚大爷拿起酒瓶一口气将一瓶酒灌下肚,随后朝墙上愤怒地砸去。"哗啦"一声,家中唯一的镜子霎时成了一堆碎片。

大年初一的凌晨,他趁老伴儿刚刚睡着,来到院里的公共厕所上吊自尽了。有人上厕所见里面吊着个人,吓得赶紧喊人。待解下绳套时,发现人已断气多时。

尚大娘哭得背过了气,母亲急忙掐人中,好一阵忙活才醒过来。她抓住母亲的手说:"老尚怎么想不开呀?他扔下我们娘儿几个不管,我可怎么办呐?老尚啊,你咋这么狠心呢?"母亲不知该如何劝慰,只是默默流着眼泪。

尚慕春突然回来了。她一见僵硬的父亲翻着白眼,舌头伸出老长,顿时惊呆了。她扶着门框,身体却软得像面条,一下便瘫倒了。她面色苍白,两眼发直,身体不住地哆嗦,嘴半张着说不出话来。

我不禁想起尚大爷在世时的情景。尚家的三个女儿中,他最疼爱的老丫头尚慕春却最令他头疼和无奈。尚慕春从小就厌烦学习,她性格泼辣像个假小子,整天跟班里淘气的男孩在一起疯。有时还逃学,考试常常不及格,气得尚大爷没少扇她。尚大爷常来我家,在父亲面前发泄对尚慕春的失望情绪。父亲没少安慰他。他羡慕我的用功和听话,对我表现出特殊的亲近。有一次他到我家拍着我的头说:"你小子,学习这么好,长大肯定有出息。看你尚大爷没文化,多受憋。"

我说:"开车多神气,长大了我跟你学开车。"

"哎,开车以后也得有文化。要是你能当科学家、工程师什么的,那不比当司机更好吗?"尚大爷瞧着父亲说,"白书记,你说是不?"

父亲笑而不语。

如今,尚大爷就这样走了,走得这样仓促,这样悲惨。

尚大爷为什么要选择这条绝路?生命对于人只有一次,难道他不渴望生存下去,他不留恋这个家?

两天后,居委会左大妈领着一群造反派来到尚家,宣布说,尚大爷不老实交代问题,畏罪自杀,自绝于人民。要家里人认清形势,不要执迷不悟,如不检举他的罪行,绝没有好下场。

尚大婶怒不可遏地指着他们厉声道:"人都让你们逼死了,还要我检举什么。你们这些丧尽天良的,还我老尚……"她突然发疯般地扑过去冲他们又抓又挠。有个领头的人,当时脸上被挠出了血道子,疼得龇牙咧嘴地怪叫。

这伙人一看不好,赶紧灰溜溜地跑掉了。

天上飘着纷纷扬扬的雪花。我裹紧棉袄在屋内来回走着。家里的空气实在沉闷,大年初六母亲就上班了,我一个人在家里觉得无事可做。本想春节回家能见到父亲,可今天都过了正月十五了,还不见父亲的影子。我的粮食关系已迁出沈阳,这次回家母亲要从她的口中挤出定量给我,我心里真不是滋味。

离规定的假期还有三天,我决定明天一早提前返回青年点。晚饭后,我告诉母亲,明天一早坐五点的火车回盘锦。

母亲一怔,放下手中赶织的毛线活问:"假期还没到,干吗急着回去?"

我说:"我已呆了十多天了,提前两天返回坐车的人能少点。"

"唉,早点也是应该的。你能陪妈这些日子,对妈心里也是个安慰。"

"妈,您的心思我懂,"我说,"早晚也得回去,何必跟大伙一齐挤车,多遭罪。"

"唉!"母亲叹了口气,"你这孩子就是犟。既然这样,你就自己决定吧。"

母亲为我做好了肉酱,装了满满的一罐头瓶,又烙了几张饼,让我带上,怕提前回青年点不开伙。

夜很深了,母亲仍坐在灯下不停地织着毛背心。

我劝母亲早点休息。母亲说:"你睡吧,我不困。"

一阵急促的闹铃声将我唤醒。我揉揉惺忪的睡眼,见时针正指向三点。我家离车站有十几里路,得早点启程。

我刚穿上衬衣,母亲便走了过来。她将织好的毛背心递过来说:"孩子,快穿上吧。"

"妈,您原来是给我织的呀。"我惊讶地瞅着母亲。只见她眼圈发黑,面色憔悴,看样子母亲一宿没合眼。我心一热,说:

"妈,您身体不好,还是您穿着吧。"

母亲说:"妈听说盘锦风大,冬天又冷。你下地干活穿上这毛背心,多少能挡挡风寒。"母亲的眼里盈满了泪水:"妈离你远不能照顾你,你要学会照料自己。"她不容分说将毛背心套在了我身上。

我眼圈一红,只喊了一声"妈"便说不出话来。

母亲用手抻了抻毛背心，擦了把眼泪，转身出去了。

一会儿，母亲默默地为我端来一大碗热腾腾的手擀面，里面还有两个鸡蛋。

我低头吃着，心里却酸酸的。

我提起旅行包，母亲送我到门外。一阵冷风吹过，我不禁打个冷战，又紧了紧腰间的绳子。母亲过来扯扯我的衣角，摸摸我的领子，用纤弱的细手再次为我系紧棉帽耳，就像我小时候，领我上幼儿园时那样，生怕我的衣服漏风冻着。

母亲借着门外昏暗的路灯，盯盯地看着我，大滴的泪珠无声地滚了下来。

我心里一阵战栗，眼睛顿时湿润了。我不敢正视母亲，只觉心里堵得难受。片刻，我声音颤抖地说："妈，我走了，您要多注意身体。"

"到点里别忘给家来信。"母亲大声说着。

我不敢再看母亲，咬咬牙，大步朝公共汽车站走去……

第六章

三轮出租车载着我离开了县城,在乡间公路上突突突地跑着。雨点落在车篷上,沙啦啦地不停吵闹。当年这条坑洼泥泞的土道已被平坦的柏油路取代,走出很长一段路也不见马车的踪影,取而代之的是各种农用运输车。

路旁沟里的芦苇簇拥着朝同一方向倾斜,似列队夹道欢迎的长长队伍。苇子顶端抽出毛茸茸、灰白、淡紫的芦花,如少女飘逸的秀发,在秋风中轻舞。路边时常可见那种紫红色的红碱草。

离开二十多年了,我仍对这条路记忆犹新。路两旁依然是闪着金波的黄澄澄的稻田,只是有的田埂四周围上了塑料布,这是近些年发展起来的稻田养蟹。间或可见蔬菜大棚,看来种菜难的问题已经解决。在很长的一段时间里,我生活在痛苦的记忆里,那段生活梦魇般折磨着我。我在此涉过青春的沼泽,那儿埋葬了我的初恋,也埋葬着曾经与我朝夕相处的战友。这些往事如锥般刺痛着我的心,那炼狱般的磨难令我刻骨铭心。而令我始终牵肠挂肚、苦苦寻找的芳芳,依然没有音信。她的失踪,使我对方怡玫的负罪感与日俱增。正是这种负罪感逼迫我拼命学习和工作,事业上的成功并未减轻这种愧疚的心理,反而愈发勾起我对方怡玫的怀恋。当年,正是在这条路上,我与方怡玫相识了,才有了后来那段悲苦凄绝的恋情。

我清楚记得三十年前,我提前回青年点的那个清冷的日子。

火车上,我靠着车窗向外张望,忽然飘来一轻柔的女声:

"这有人吗?"

我心情郁闷,头也没回便生硬地甩了一句:"没人。"

这是开往锦州的慢车,不对号。这个女青年将旅行包放到行李架上,坐在了我对面。

列车上的座位已满,但过道上人不多。由于大批知青尚未返回青年点,才使车厢有了些许宽松与安宁。

我慢慢转过头,对面的那个女青年正侧脸瞅着窗外,我觉得有些眼熟。

她穿着灰色制服大棉袄,衣架上挂着黄色的棉军帽,脸色有些苍白。她转过脸时我才看清,原来是她。当我俩的目光相碰时,她眼睛忽然一亮说:"是你,你是二连的白剑峰吧。"

"咦,你怎么知道我的名字?"我诧异地望着她。

她微微一笑:"是兰桂芳告诉我的。"

哦,我想起来了,那天买牙膏,兰桂芳问过我的名字和所在连。

"我叫方怡玫,在三连。"她大方地自我介绍,目光里透出纯真的热情。

方怡玫忽然发现我额头上的疤痕,说:"那天在火车上你为我挨了打,真对不起。"

"没什么,"我说,"在小卖部我不是也把你撞得够呛。这回咱俩扯平了。"她嘴角微微一翘,嫣然一笑。

一阵沉默,车厢摇摆着发出咣当、咣当的声响。我转脸向外望去。沿途的树木光秃秃,枝头尚未发芽,显得干巴巴,田野里一派清冷,毫无生机。

方怡玫问道:"白剑峰,你怎么没到假期就提前回来了?"我说:"哦,在家呆着没意思,提前两天回点,还可给家里省点儿定量。"

"那你咋提前回来啦?"我反问她。

"我和你的想法差不多。我不愿到日子回来,坐车特挤。"方怡玫朝我微笑着,"看样子咱俩挺有缘,今天又碰到一起。你是我认识的第一个新青年。那天你在小卖部像个大姑娘,书生气十足,所以我一下子就记住了你的名字。"

没想到,我竟然在她的心中有了深刻的印象。这样一位清秀的少女能注意到我,令我很惊异。

列车到达盘锦站,我们一同走出月台,登上了开往大洼方向的公共汽车。

车到大洼已是下午,开往农场方向去的最后一班车已开走了。这条线路每天只有上午和中午的两趟车,今天想坐公共汽车回青年点是没指望了。

从大洼县到青年点几十里路,这得走多长时间呀!我沮丧地望着方怡玫。

方怡玫大概看出了我的心思,说:"咱俩走吧,道上能截辆车更好。"

我们在公路上边走边张望。这条坑坑洼洼的土道，布满了深深的车辙。初春的风仍很冷，沟里的冰尚未开化，路旁的小柳树在风中摇曳。风在一马平川的田野上肆虐横行，飞扬的尘土刮得人睁不开眼睛。方怡玫戴着的口罩，转眼间就变成了灰色。

走了几里路，偶尔遇到几辆货车，不管我怎么招手，就是不肯停下来。正当我急得直跺脚时，嘣嘣的声音从身后传来，一台被称为"小蹦蹦"的小型手扶拖拉机驶过来。这"小蹦蹦"后面有一个拖斗，由于上下颠簸，发出嘣嘣的声响。

开"小蹦蹦"的人看上去三十来岁，脸灰土土，棉袄上满是油污，分不清是老农还是知青。

我对截车已失去了信心，只好用眼神示意方怡玫上去试试。方怡玫立刻跑向路中央，冲着"小蹦蹦"司机招手喊道："大哥，求你拉我们一段，我们实在走不动了。"不料却一脚绊在车辙里，身子一趔趄，栽倒地上。

"小蹦蹦"一个急刹车，司机被座椅腾地掀起来。"操……"他刚要发火，见是个清秀的女青年，这才缓和了口气，"哪有你这样的，多危险？"

"哦，对不起。"方怡玫眼里露出歉意，拾起掉在地上的棉帽。司机瞅了她一会儿，这才问："上哪儿？"

"去东方农场十营。"方怡玫说，"大哥，您要是顺道就拉我们一截吧。"

司机说："可我不到那儿，只能拉一段，你要不嫌颠的话，就上来吧。"

"谢谢大哥。"方怡玫感激地说。我俩翻身进到拖斗车里手紧紧抓住挡板。

坐在"小蹦蹦"的拖斗里，好似上了蹦蹦床，屁股被颠得生疼。有几次竟颠得我俩头碰在一起。

"小蹦蹦"颠簸到一个岔路口停了下来。司机说："我要拐了，只能拉你们到这儿了。"

我们跳下拖斗，再次向司机道谢。

前方还有十里路，越往前走道越窄，很难见到机动车了。我们走出约二里地，才遇见一辆马车，我兴奋地对方怡玫说："走，咱俩坐这辆马车。"

"能让咱们坐吗？"方怡玫有些怀疑。

我说："不管那套，咱们跳上车，他还能撵咱哪。"

我俩紧跑几步，跳到车上。

"谁让你们上来的？"我还没坐稳，车上的妇女就恶狠狠地瞪起了眼睛。

我说："大嫂，我们搭一段路好吗。"

"不行，哪有你这样的？连个招呼也不打就想搭车？快下去！"那妇女冲着车老板喊道，"快停车，把这俩人撵下去。"

"吁——"车老板按住车闸，迫使马车停下来。他回头吼道："下去！"

方怡玫拽了下我，自己先下了车。我却没动，心说我就不下，看能咋的？

车老板见我还在车上，突然抡起鞭子啪地向我抽来。我一低头，鞭梢抽在我的帽子上，没等我反应过来，那妇女一脚将我踹下车。车老板就势扬鞭催马，那车卷起一股尘土向前奔去。

我气得嘴唇打颤,要追那辆马车,方怡玫一把拽住我说:"算了吧。"

我怒气难消,手指前方愤恨地骂了一句:"臭老土!"

"老土"是我下乡后才听说的。老知青管当地老农直呼"老土"。在知青眼里,老农穿得土,说话也土,行为举止处处显露出土气。

方怡玫气得胸脯起伏着,不觉冒出了北京方言:"这老农真特,真格色,以后见这号人甭搭理。"

天色见黑时,我们才疲惫地走到青年点。

分手时,她主动向我伸出手,我犹豫了一下,还是握住了她的手。这只手纤细温热,极富弹性。头一次跟女青年握手,我浑身像过电一般麻酥酥的。以后回想起来,心里仍热乎乎、甜丝丝的。

青年点异常冷清,伙食人员都没回来。还是母亲想得周到,给我烙了几张饼,不然这两天我真要饿肚子。

方怡玫的住处与我相隔一趟房。整个青年点就我们俩,我感到寂寞时,就不自觉地溜达到她那儿,她便热情地拿出糖块、饼干招待我。

她的房间不大却很整洁,她住在炕梢。墙上糊着过期的《盘锦日报》,房梁上残留的大字报的墨迹清晰可见。她的被褥叠得方方正正。

她说话的北京味引起了我的兴趣,我问她:"听你的口音,你一定在北京住过很长时间。"

她告诉我,她家原先在北京,她的父母都是抗战时期参加革命的。她父亲抗战时,在贺龙手下当营长,新中国成立后,在北京一个军工研究所当副所长。她的小学就是在北京念的。刚要升初中时,她父亲被调到沈阳的一个科研所当所长,她的家也搬到了沈阳。刚上高中不久,"文革"就开始了,1968年秋天,她随着上山下乡的浪潮来到了盘锦。

我静静地听着她的讲述。我不敢问,怕引起她内心的伤痛。父亲的问题已让她在青年点里备受冷落和歧视。这次她提前回青年点,也许是不愿与那些鄙视她的人坐同一趟车吧。

她孤独地被排斥在群体之外。眼下与我这个不谙世故心地单纯的新知青在一起,或许能释放孤苦的压抑,寻到暂时的心理放松。

她在火车上与我不期而遇,难道是一种巧合?或是上苍有意的安排。我们的家境和遭遇有许多相似之处,只是我父亲的现状只有同学知道,尚未在青年点扩散开来。

她专注地瞅着我像要看透我的内心世界。长时间被一个漂亮女青年这样注视,我还是头一次。我不自然地将视线游移到墙上,心里却突突跳个不停。

她关切地问:"你家里人都好吗?"

我说:"这次回家只见到我妈,她身体不好,比以前又消瘦了许多。"

她唉了一声,又问:"那你父亲——"

我的心忽然揪了一下,不安地瞥了她一眼。我该怎么说呢?点里的老知青曾关切地问过我的家庭,我始终没有透露父亲的现状。此时面对她的询问,我不知如何回答。我料想她不会向外传播,可还是不愿说出实情。

我犹豫地支吾着:"父亲他不在家,他……谁知道他现在啥样?"

"你父亲怎么啦?"她惊诧地瞅着我,"你是不是有什么难言之隐?"

"我……"我迟疑地望着她。

"你难道不相信我吗?"她真诚地望着我,目光忽然变得忧郁,"其实每个人都有内心的痛苦,也许我不该问。"

"不,"我忽然从她的眼神中读出了什么,我说,"我相信你。"

她真诚的目光打消了我的疑虑,我终于坦诚地对她说:"父亲被打成现行反革命被关押着,春节也不让回家。"

"啊!"她惊诧地半张着嘴,深深地凝视着我。片刻,她语调变得异常沉重:"我父亲不仅是顽固不化的走资派,也被打成了反革命。"她的眼里盈满了泪水:"父亲被关进监狱,那些造反派春节期间抄了我的家。我实在受不了了,这才提前回点的。"

"那你母亲呢?"我急切地问。

她语调愈发悲切:"造反派让我母亲揭发父亲的问题。母亲说,不知道父亲犯了什么罪。造反派说我母亲不老实,揪住头发打她,身上青一块紫一块。他们还到处贴大字报,污蔑我母亲包庇反革命。我真不明白,他们为什么对我父亲、母亲这样狠毒。母亲本来心脏不好,这么折腾下去,我真担心她挺不住哇……"

方怡玫呜咽着,她脸色苍白,泪水在她脸上肆意流淌。

望着悲凄哀痛的方怡玫,我忽然联想到自己的父母,心似被钢针扎得刺痛难忍。我们像一根藤上的两个苦瓜,彼此泪眼相对,默默无语,独自舔着心上那无法愈合的创伤。

第七章

偌大的青年点,如荒无人迹的孤岛。我和方怡玫成了这"孤岛"上的落难者,相怜相惜地互慰着。两颗受过创伤备感孤独的心灵自然贴近了。我甚至幻想,假如青年点只有我们两个人该有多好啊!

这样的安宁只维持了两天。随着大批知青的返回,又重新热闹起来。我们只得中断接触。

同学们互相说笑着却没人搭理我。我心里忽然涌起孤寂与烦躁。我默默地走出屋,毫无目的地在旷野里游荡。

放假期间的一场大雪,使这儿的地面肿起来,积雪蒙上了一层尘土。小碗口粗的杨树、柳树,裸露着枝干,稀稀拉拉地在路旁伫立,被风吹得摇摇晃晃。

"穿林海,跨雪原,气冲霄汉……"一阵高亢激昂的京剧唱腔顺风飘了过来,打破了旷野的寂静。我顺着声音寻去,见前方不远处,一个矮胖的青年背对着我引吭高唱。

我好奇地来到他的身旁,他竟没发觉,手臂正在不停地挥舞,模仿京剧《智取威虎山》中杨子荣的动作,继续唱道:"抒豪情,寄壮志,面对群山……"他神情专注,一副如醉如痴的样子,仿佛这个世界只有他自己。

这不是另一班同学"小地主"孙福禄吗?他大脸盘,圆眼睛,薄嘴唇,大嘴叉。他爷爷是个地主,但到他父亲时,已破落得没剩几亩地。新中国成立前夕,他父亲到城里做小买卖,把地租给了别人,土改划成分时,便将他家划为地主。班里同学为此都称他为"小地主"。

"文革"开始后,文艺舞台上只剩下几个样板戏。这个孙福禄闲着没事儿,就跟着收音机天天学唱腔,渐渐唱得有点味道。学校演出文艺节目,就让他上台唱两段样板戏。下乡后,他累得没闲心唱。

我站在他身后,默默聆听这熟悉的唱腔。他的音域很宽,拖腔唱得高亢激越,委婉起伏,听着让人热血沸腾,仿佛走进了茫茫的林海雪原。我不忍打扰,静静地看着他痛快淋漓地唱完这段《迎来春色换人间》。

他转身发现了我不禁一怔,问:"你啥时候跑这儿来的?"

"刚来一会儿,"我望着他,"好久没听你唱样板戏了,唱得真好。"

"好啥?"他咧开大嘴,"随便解解闷呗。"

"哎,你也来一段。"他瞅着我说,"我就爱听你唱刁德一的那段。"

其实我对京剧的喜好,完全是受父亲的影响。父亲是个京剧迷。小时候,我就听他常说起"四大名旦"、"四大名生"。他最爱听马连良演唱的《借东风》。晚上，只要有空，就来他几句。耳濡目染，我对京剧唱腔也有了一些了解。什么西皮、二黄、慢板、快板、流水等，也能听出来。后来，《红灯记》、《沙家浜》、《智取威虎山》、《奇袭白虎团》等现代京剧成为样板戏时，收音机天天播放，我跟着学会了很多唱段。

我在学校当班级宣传委员时，学校组织文艺汇演，从我们年级选出三个人登台演出。选择的是《沙家浜》中的《智斗》一场中男女对唱。团支书演阿庆嫂，我演刁德一，孙福禄演胡传魁。

如今，在这片荒凉的盐碱滩上，听到孙福禄那久违了的唱段，竟是那样的新鲜亲切，我真想也喊上几嗓子。

"嗬！唱得真棒，这回我可找到人选了。"指导员崔红英不知什么时候悄然而至。

崔红英是六八届知青，口才极佳。她下乡前是中学红卫兵团里的一个头头。大串联时全国各地没少去，见过世面，敢说敢为，颇有革命闯将的气概。下乡不久，因为会来事，便当上了二连指导员，又入了党。她个头很高，肩窄腰粗，走路一拧一拧的像个鸭子。长了一副雷公脸，说话眼皮一眨一眨的。不少男知青背后称她"母猴子"。胡立仁没事就说，这母猴子贼精八怪，嘴上净唱高调，干活可不咋样，就会摆弄人。

孙福禄见是崔红英，问道："指导员，你怎么上这儿来了？"

崔红英说："我一出门就听见有人唱样板戏。过来一看，原来是你俩呀！没想到新知青里真有人才。"

"是他唱的。"我指着孙福禄对崔红英说。

"随便哼两句，唱得不好。"孙福禄谦虚地说。

崔红英仔细打量孙福禄说:"现在全国都在唱样板戏。这段时间农活不忙,过几天营里要咱们知青搞个样板戏选段汇演。我和连长商量了,咱连也不能落后,从全连中选拔。男的就选你了,女的我再找。"

"我行吗?"孙福禄望着崔红英。

"刚才你唱得挺好,没问题。这也是为咱连争光嘛。"崔红英鼓励着。

"指导员,别光让我上啊。白剑峰唱得不比我差。"孙福禄用手指着我。

"我可不行。"我不愿出头露面,忙摆摆手。

"怎么不行,大小伙子得有点勇气。你也一块儿上,正好来一段《智斗》,大家准保爱听。"崔红英瞅着我们,"看看你俩谁来演刁德一,谁来演胡传魁?"

"当然他来演刁德一,我来演胡传魁啦。"孙福禄抢着说,"学校汇演时,咱俩就这样唱的。"

"好,就这样定了。你俩先准备着,我还得找阿庆嫂去。"崔红英说完扭头刚走了几步,突然发现从宿舍出来的尚慕春,于是拧着身子迎上去,大声喊道:"尚慕春,你跟我到小队部去一趟。"

尚慕春不禁一怔:"指导员,找我啥事儿?"

"到那儿你就知道了。"崔红英一指我们宿舍北面的小队部,领着她走了。

孙福禄得到指导员的赏识,显得异常兴奋,美滋滋地咧开大嘴嘿嘿笑了两声。他挺胸昂头地回宿舍,嘴里得意地哼唱着样板戏。

我呆愣愣地立着。望着尚慕春的背影,心生疑问:莫非崔红英让她演阿庆嫂？可尚慕春嗓音挺粗，唱李勇奇还差不多，她会不知道？

一阵冷风吹来，我打了一个寒战，这才回过神。我低着头刚转到房山头，不料与尚慕春照了一个顶头碰。

尚慕春中等个，脸微黄，鹰钩鼻，嗓音大而粗。她一抬眼，我发现她平时滴溜乱转的大眼珠子已没了神韵，两眼通红，显然刚哭过。

我惊讶地问："是不是指导员让你演阿庆嫂，你为难啦？"

"什么呀？"她那鹰钩鼻一抽一抽的。她想挤出一丝笑，却突然又红了眼圈，两汪泪冻得颤颤的，不肯掉下来。她委屈地带着哭腔："我咋恁倒霉？厂革委会往这儿寄公函说我爸是畏罪自杀。人都死了，咋还没完没了？"

我心头猛然一震，小心地问："屋里还有谁？"

她眼皮低垂道："还有黄队长。"

我问："他们啥态度？"

"黄队长绷个脸，只说了句这是咋搞的。"尚慕春一撩红肿的眼皮，"可指导员却问我啥态度。"

"你咋说的？"

"我早跟父亲断绝了关系。我说不信你问咱班同学。"

"也许她不知道吧。"

"哼，她叫我用书面写出来，明确表示自己的立场，别像方怡玫似的，不跟反革命的父亲划清界限，那样对自己不利。"

我一下子又联想到自己的家庭。一阵惊惶掠过心头，不禁打了一个寒噤。我低声问她："你打算咋办？"

"有什么了不起，不就是写那东西吗？我要让她对我另眼相看。"尚慕春紧咬嘴唇强忍着不让泪珠掉下来，扭头走了。

尚慕春递交了血书，表明与父亲一刀两断的消息令我震惊和疑惑。一个女孩子竟这般勇敢，难道她自己用刀划破了手指？俗话说，十指连心哪。

邱玉明盘腿坐在炕梢眨巴着小眼睛，对田达利、谢元庭故作神秘地讲着尚慕春写血书的经过。田达利问邱玉明："尚慕春真把手划破写的血书？"

邱玉明嘿嘿一笑："别看她平时瞅着挺泼辣，放血也哆嗦。"

谢元庭好奇地问："听说血书写了两页，那得放多少血？"

"这你们就不知道了吧？"邱玉明得意地仰起脖说，"刚开始她用针扎破了手指，可就挤出了一点儿血，写不了几个字。她想用镰刀割手指，又怕疼。这可咋整？她眼珠一转想出一招。正赶上那几天她来事儿，就蹲在墙角用那血写的。交到崔红英手上时，崔红英看着血书直发愣，一个劲儿夸她好样的。"

"你咋知道的？"谢元庭问。

"郎晓忻说的，她亲眼看见的。"邱玉明瞅着他俩作保密状，"哦，对了，郎晓忻不让哥们儿说。你们知道就行，可别往外传哪。这不是啥光彩事儿。"

"放心吧。"田达利、谢元庭异口同声说道。

这阿庆嫂可真难选。崔红英在女知青中打听谁京剧唱得好，可就是没人响应。她找了好几个人，可她们都以嗓子不行、五音不全等理由拒绝了。

她急得团团转。临近汇演，再定不下来阿庆嫂就没时间排练了。无奈之下，崔红英只得亲自出马扮演阿庆嫂。

排练时，崔红英站在我的眼前神情倒也庄重。可一见她那张雷公脸，直想笑，却不敢。心想，阿庆嫂要这模样，"春来茶馆"的顾客不都得让她吓跑？

郑义平操起京胡，雷大鹏敲打着扬琴做伴奏，雷大鹏是营里四个"棍"之一。杜金彪以好色出名，他却以凶狠著称。他个头比杜金彪矮半头，脑袋像胖头鱼，金鱼眼，大嗓门，火暴脾气。他刚当车老板时，有匹马欺生尥蹶子。他气得抡起鞭子照马耳根啪啪一通乱抽，抽得马耳朵鲜血直淌，终于被驯服。他打架不要命。别人见杜金彪像老鼠见猫，可杜金彪对他却不敢小觑。杜金彪撒野时，只有他能上前制止。没想到这个外表粗野的"棍"，竟也能熟练地摆弄乐器。

崔红英的嗓音很高，唱腔也很准确。闭着眼听，还真有点阿庆嫂的味道。

我和孙福禄在学校曾配合过，并不陌生，我们和上伴奏感觉很好。崔红英来了劲头，要加一段《智取威虎山》中的唱段《只盼着深山出太阳》。她演小常宝，让孙福禄演杨子荣。

练完《智斗》，我独自回宿舍。孙福禄仍留在那儿，与崔红英合练《只盼着深山出太阳》。

我钻进被窝好一会儿，孙福禄才得意地哼着曲调晃晃地回来。

邱玉明说孙福禄借排练的机会想跟指导员套近乎。孙福禄冲着他阴阳怪气地说："咱这是参加政治活动，是指导员对咱的信任。咋的，你眼气啦？"

邱玉明翻了翻小眼睛道："有能耐你跟她天天唱，谁稀罕管你们的事儿。"

"这就不用你操心啦。"孙福禄白了他一眼，又哼起了样板戏。

文艺汇演如期在俱乐部举行。俱乐部是一九六九年盖的,面积同城里的小电影院相仿。光秃的地面,只有一个水泥砌的半人高的台子,棚顶吊着八个墨绿色搪瓷灯伞,内装500瓦的灯泡。若没有那个台子,更像是一个大仓库。

台下,全营的知青按连分成四片,大家盘腿席地而坐。

吊灯照得舞台亮堂堂。台子上方挂着"十营知青样板戏选段汇演"条幅。

站在台上,我有些紧张。感觉台下黑压压的人群都像是在盯着我。我不敢正视台下,瞅着崔红英心里突突直跳。崔红英镇定自若地用目光鼓励着我。

郑义平的京胡响起,我学着刁德一的样子,张口唱道:"这个女人哪——不寻常。""寻"字是一个高音,练时不觉得费劲,今天有点紧张,觉得嗓子发紧,就像被人踩了脖子。虽硬拔了上去,可声音却有些发涩。

崔红英抖擞精神,她穿着那件蓝底白点上衣,腰间系一条白花布当围裙,紧接着唱道:"刁德一有什么鬼心肠。"

她的雷公脸引得台下一阵哄笑。

孙福禄腆个大肚子,大嘴一张,真有点像胡传魁。

我心里清楚,他虽然胖点儿,但也没那么大肚子。临上台前他往棉袄里塞进了稻草,立马变得大腹便便。

他这副模样又引起台下一阵笑声。

唱完这段《智斗》,我先下了台。崔红英和孙福禄则到台边,换完服装又回到台上。

崔红英头戴狗皮帽身穿黑棉袄，腰系线围脖，转眼由阿庆嫂变成小常宝。

孙福禄外套黄衣服，头戴黄军帽，棉袄里的稻草已拿掉，立刻没了肚子。

我回到台下，坐在胡立仁旁边观看台上的表演。台上的崔红英神情投入，唱到动情处竟从眼中挤出几滴眼泪。唱腔结束她便学着戏中小常宝尖尖地长声叫道："爹——"

"怎么管孙福禄叫爹？"胡立仁嘴一撇，"这不差辈了吗？"

"别瞎白话，人家这是在演戏。"旁边的李冬生说，"看，杨子荣要唱了。"

台上的孙福禄眼睛一直盯着崔红英，被她的表演所打动，顿时也来了情绪，满怀激情地唱起杨子荣的唱段。高亢激昂的声音在俱乐部震荡回响，听得人热血涌动情绪亢奋，赢来一片掌声。

汇演结束了。大家从侧门蜂拥而出。我等人都走净了，才慢腾腾地走出了俱乐部。我借着月光正往前走，忽然身后传来一阵脚步声。我转过身，一个熟悉的声音传来。

"白剑峰，今晚你唱得真好。"方怡玫站在了我的眼前。

"不好。上台有点紧张。"我谦虚地对她说，其实心里挺兴奋。

"真的，我感觉你唱得特棒，只是形象不像刁德一。"

"那像谁？"

"像戏里的英雄人物。你要是演郭健光或杨子荣，也许会更好。"

"是吗？"我感到特惊奇，头一次听人说我像英雄人物。我可没有这种感觉。剧中的郭健光、杨子荣，足智多谋、坚毅果敢、英武潇洒，我身材瘦弱沉默寡言的，怎么跟这些人相比？

月光水银般泻在她的身上,她白皙的面容由于兴奋泛着微微的红润。看来,这台节目她看得很投入,暂时忘记了烦恼。

我说:"你的声音那么好,样板戏一定唱得不错。"

"会唱几段,可——"方怡玫欲言又止。

"是不是连里不让你登台演唱?"我不解地问,"全国人民都在大唱样板戏,为什么你不能登台演唱?"

"不是,连里让自愿报名。我怕唱不好,没敢报。"方怡玫显然是怕我多心,她说,"其实,看你上台演出不是也很好吗?"

我望着她不知该说些什么。

我刚进宿舍,就见胡立仁坐在炕上手比划着:"阿庆嫂让崔红英演糟蹋了。她那孙猴子脸哪像阿庆嫂,演个地主婆还差不多。"

"是啊!怎么没让狐狸上呢?"郑义平逗着胡立仁,"你上台化化妆,咋的也比崔红英俊哪。"

"得了吧,"李冬生说,"他那狐狸脸上台还不吓昏一大片?"众人哈哈大笑。

胡立仁故意眨着眼睛做了一个鬼脸:"我要有那能耐,先把你吓昏。"

邱玉明在北炕上问孙福禄:"哎,你那肚子咋恁大,里面塞的啥?"

"稻草呗。"孙福禄也不隐瞒。

"难怪胡传魁让阿庆嫂给耍弄了,原来是草包肚子呀。"邱玉明说完,指着孙福禄的肚子哈哈大笑起来。

"你说谁呢?"孙福禄脸一红,上去对邱玉明就是一拳。

"哎,你这个小地主,竟敢跟哥们儿动手。"邱玉明从炕上腾地蹦起来。

"我小地主剥削你啦？"孙福禄气得大嘴一撇，"你家好，穷得没裤子穿。你忘啦？那年你家欠咱家的租子，后来你爸把你姐当租子送给咱家，让我给干了。我玩够又给退了回去。"

"放你妈的臭屁。"邱玉明气得眼珠通红，对着孙福禄就是一脚。

孙福禄也不示弱，啪地扇他一个耳光。邱玉明手捂着，嗷嗷怪叫。田达利见状蹭地冲上前拽着孙福禄的脖子，挥拳向他砸去。

黎义鸣一个箭步冲上去，对着田达利就是一脚。谢元庭赶紧上来拉架："都一块儿来的，别动手，有话好好说。"

黎义鸣瞪着眼，冲着田达利和邱玉明大声喊道："别他妈的装凶，谁敢欺负咱班同学，别说哥们儿不客气！"

黎义鸣在学校就好打架，他跟孙福禄关系很好。邱玉明胆怯地转着眼珠悻悻地说："我逗他玩，他还真生气了。"

孙福禄看见有人给他撑腰，也来了劲儿。他指着邱玉明的鼻子骂："你少来这一套，别人逗我行，以后你再撩闲先把你的嘴巴撕烂。"

邱玉明气得小脸黢青，呼呼地喘着粗气……

第八章

这天晚上,排长李冬生带我去了地窖。

李冬生的五官小而手脚大,长得面相老,一笑一脸褶,那脸就像干裂的混合面馒头。他细高挑儿,平时总弓个腰,大伙儿形象地叫他"虾米"。别看他长得干巴巴,却特能干。我真怀疑他的劲儿从哪儿来的。他见我干活不惜力,又不多言,对我便多了些关注。

这地窖距青年点二里地,两米多深。我们顺梯子下到里面,只见窖里排满大缸,缸里浸泡着稻种。李冬生告诉我,这叫催芽。为了保持一定的温度,在地窖中间生了一个站炉子,根据插在大缸里的温度计的显示来调整炉火。靠土墙处搭了个铺,窖里弥漫的潮气,使蒙在被褥上的塑料布挂满水珠。

我连的宗伟光就住在这儿。

头一次到地窖,我见什么都新鲜,不时问这问那儿。宗伟光告诉我,育苗前,稻种都要在这里浸泡一段时间。只有掌握好温度,才有利于催芽。缸里的稻种,隔段时间要翻一翻。李冬生带我来正是为了帮他翻稻种。

我们大汗淋漓地翻完稻种,稍事休息正准备回青年点,一个女青年顺着梯子爬了下来。她手里拿着一个纸包,笑盈盈对李冬生说:"我带点儿吃的,你们尝尝。"

"东雪梅,你还挺关心伟光的。"李冬生故意逗她。

东雪梅瞅着李冬生说:"他一个人在这儿挺孤单的,咱不兴来看看?"

李冬生偷偷扫了一眼宗伟光,抿嘴一笑,脸上堆了一层褶子。

东雪梅打开纸包,露出了小卖部卖的那种黑面饼干。她抓起几块递给我和李冬生,随即头一歪,略带羞涩地瞅着宗伟光:"你就不用我送了吧。"

宗伟光不语,抓起一块饼干大口嚼着,瞧着东雪梅微笑。

东雪梅的脸色比宗伟光稍黑,梳着两个过耳的小辫,两腮略宽,脖子稍短,显得憨厚,眼睛细长,笑时变成两个弯弯的月牙。

宗伟光依然没有吱声,他用欣赏的目光凝视那笑弯的"月牙"。李冬生见状对东雪梅说你先坐着,便领着我离开了地窖。

回到宿舍,胡立仁像跟屁虫似的凑近李冬生,笑嘻嘻地说:"虾米,在地窖里碰到谁了?是东雪梅,还是韦翠花?"

"你咋这么好信儿?打听这儿干啥?"李冬生斜了他一眼。

"我是说宗伟光这小子是跟东雪梅好,还是跟韦翠花近乎?"

"你咋啥都管,他和谁好,跟你有啥关系?"

"是不是东雪梅?"胡立仁眼神透着狡黠,"前几天我在宿舍外,看见韦翠花跟宗伟光唠嗑呢。这小子对她挺冷淡,可他见了东雪梅就不一样了。别看他不吱声,可那眼神放着光呢。宗伟光这小子真行,有两个女的看上他。"

"你看她俩谁好?"郑义平问道。

"怎么说呢?"胡立仁晃着脑袋,"韦翠花性格开朗,泼辣能干。东雪梅比较温柔。要是我选对象,就找东雪梅这样的,保证听话。要是和韦翠花在一起,她总想说上句,那还不成天干仗啊。"

"就你这熊样还想找东雪梅那样的?"郑义平笑道,"我看找崔红英还差不多。让崔红英好好管管你,给你上上课,兴许你还能有点进步。"

"哎,你这山东棒子,说话也不考虑影响。"胡立仁眨着狐狸眼手比划着,"一瞅她那脸,就想到母猴子,谁敢要哇!"

"哎,你可别讽刺人家。崔红英可是党员,叫她听见了,还不批你个底朝天。"郑义平故意吓唬他。

胡立仁一吐舌头:"得,山东棒子,别拿大帽子压我,我可受不了。"

郑义平四方大脸,黑得像煤,满脸的络腮胡子上经常挂着饭粒,长得膀大腰圆。他的胡子长得很快,每隔两三天就得刮一次。他的胡子硬得像钢针,一个刀片顶多能用两次。每次刮完,脸皮发青,看着发愣。他因性格直率,敢说敢做而得罪了一些人。尽管能干,却没当上排长,可他并不在乎。

听胡立仁叫他山东棒子,我好奇地问郑义平:"你真是山东人?"

"那还有假?"他瞅着我,"哎,白剑峰,你老家是哪儿?"

我说:"山东。"

他盯着我问:"山东什么地方?"

"沂蒙山区。"

"太巧了。"他一拍大腿,"没想到咱俩竟是老乡啊!"

他兴奋地看着我:"老乡见老乡,两眼泪汪汪。以后你就是我弟弟,谁欺负你告诉大哥。"

我感激地望着他。在苇塘里他救过我的命,今天又肯认我做弟弟,我不知怎样表达此时的心情,只深深地叫了一声:"大哥。"

郑义平拍着我的肩头说:"我就喜欢你那股要强劲儿,咱山东人就这样。"

胡立仁凑过来:"你不是'偓县''犟村'的吗?啥时成沂蒙山区的啦?"

"去你的。"郑义平举起巴掌冲他一晃,"别说我把你这狐狸头扇掉。"

"得,哥们儿不跟你扯了。"胡立仁一缩脖子,溜出了门。

翌日,我穿着新发的农田靴,随大伙儿到苗床埋防风的苇栅栏。

拖拉机翻过的土地,像层层黑色的波浪,稻茬露出根须,点缀着这黑色的浪花。上水沟里涌动着来自辽河的发红的桃花水,部分田地已开始上水。

盘锦的春天仍然寒气逼人。上水的地里结了薄薄一层冰,尽管脚上套着毛袜子,可穿着农田靴踏在冰碴儿里,那凉气仍从脚心钻入一直扩散到全身。

在城里穿惯了布鞋,冷丁套上这厚重的靴子,感觉特难受。靴里整天湿漉漉的,捂得脚指头发白。每到中午休息时,宿舍的窗台和墙根摆满一排排晾晒的靴子,黑压压一片,散发着难闻的气味。

刚到地里,风就像是从巨大的鼓风机里喷出,呼呼地在大地上狂舞。胡立仁本来身体单薄,被风吹得一溜歪斜。

"什么他妈的鬼天气,真烦人。"胡立仁眯缝着眼不住嘴地咒骂。

"我听老知青说这儿一年就刮两次风,"我问胡立仁,"是这样吗?"

"对呀,"胡立仁揉着眼睛说,"一次就他妈的六个月。"

刮风也得干活。我们在苗床的四周,用桶锹先挖一道深一尺宽一柞的沟,然后将编成帘状的苇子立到沟里,两边同时培上土,再用脚踩实。

第一次用桶锹,我感觉很稀奇。这桶锹锹头长方形,宽不足半尺,长度由使用者确定。新桶锹头很长,但老知青都用砂轮将锹头磨得很短,刃口磨得极薄。锹头上部钻两个眼,粗铁线绑在锹把上,两头穿过锹孔,弯成小圆圈与锹头连成一体,起到延伸锹头、托起泥土的作用。这桶锹挖泥土最合适,锹头轻,刃口快,通过铁线托住泥土,两臂用力一挥,甭管多黏的泥土都能被甩出去。

我将领到的新桶锹到营部的机修房用砂轮磨去一截,并绑上铁线。可真使用时,还是感觉不适应。看看老知青,锹头被泥土磨得又薄又亮,刃口更是锋利无比,削芦苇根刷刷地如切菜一般,让人羡慕。看来我这把锹要用到他们那种程度还需要相当的时间啊!

我吃力地挖着沟,一会儿掌心就磨出了水泡,疼得钻心也得硬挺着。

沟挖完了,我们又去扛苇栅栏。潮湿的苇捆似大山压在肩上。呼呼的大风飘忽不定在地上打着旋儿,我们被吹得东摇西晃。我吃力地在前边走着,身后的邱玉明嘀嘀咕咕骂着鬼天气,不住地催促着我:"快走哇,别像个小脚娘们儿,一会儿风会把我刮倒了。"我顿时烦躁起来。这大风天我扛着苇捆能迈动步就不错了,你还像个催命鬼。

一阵旋风刮来，我不由自主地在原地打了一个旋儿，回头发现紧皱眉头、怨声不断的邱玉明，突然间产生了一个念头，今天借着大风我要报复他一下，让他哑巴吃黄连——有苦说不出。风一阵紧似一阵，我摇摇晃晃险些跌倒。我估计邱玉明已接近我的身体，借着猛烈的大风，我突然向后一仰，连人带苇捆整个翻倒。只听他"啊呀"一声怪叫，蛤蟆似的被砸倒在地。不远处的孙福禄幸灾乐祸地咧开大嘴。我一骨碌爬起来，故意往脸上抹了一把泥，像是摔得很重的样子。我瞅着被苇捆压得龇牙咧嘴的邱玉明，心中暗喜却极力装出关心的样子，过去搬开苇捆将他拽起。邱玉明疼得直掉眼泪，嘟哝着："你咋搞的，也不看着点儿？"我摆出一副无可奈何的样子说："这鬼天气，真坑人，把我摔够呛。玉明，你咋样儿？"

邱玉明见我满脸泥水，心里憋了一股火却发不出，气得直哼哼。这时韦翠花跑过来，一把拽起邱玉明说："风大，注意点儿。"她回头又瞅瞅我说："小白，瞧你摔得像泥猴，能行不？"

我说："没事。"

"那好，咱们一块儿去立苇栅栏。"韦翠花说着，领我们直奔挖好沟的苗床。

风像一匹不知疲倦的野马嗷嗷呼啸着，刮得尘土飞扬，天昏地暗。我们将苇帘子刚竖到挖好的窄沟里，立即被大风刮倒。几个人吃力地扶起，刚要培土又被大风掀翻。韦翠花领着几个女知青本来是培土的，可这苇栅栏就是立不住。她急得喊道："来，咱们用身体顶住。"东雪梅、冷霜月、尚慕春、尤金珠等即刻跑过来，用身体抵住苇栅栏。

我冲孙福禄、周庆福使了个眼色，随即也参加了她们的行列。我们几个人排成一堵人墙,手扶着苇子,艰难地将苇栅栏又立了起来。郑义平、李冬生等人七手八脚地培上土,然后用脚狠狠地踩实。

收工后,我正疲惫不堪地往回走,忽然觉得被谁拽了一下,我一扭头见是周庆福。他悄声对我说:"哥们儿,你觉得这儿咋样?"

我随口道:"这还用说吗?"

周庆福神秘地凑到我身边说:"你就不考虑自己的前途,甘心在这儿?"

我疑惑地望着他:"哎,你说我能有啥前途?你是不是又从半导体里听到啥新闻啦?"

周庆福看着我,刚要张嘴说什么,邱玉明不知什么时候来到我们身边,他好奇地问:"你俩嘀咕啥呢?像特务接头似的。"

周庆福一愣,支吾着:"啊,没啥,我跟白剑峰闲唠。"说完匆匆地走了。

我望着他的背影,心头掠过一丝疑问。

"还是宗伟光享福,咱们下大地埋苇栅栏累得狗爬兔子喘,个个像泥猴,他在地窖里一猫,风吹不着泥沾不着,小脸捂得恁白。"胡立仁坐在炕上,摸着被苇子划伤了的手愤然道,"咱们挨累,他却清闲自在,真不公平。"

"你咋知道他不累?"李冬生说,"那大缸里泡的稻种,他不得翻哪?"

"他是挺累,东雪梅总往他那儿跑,两人在一起说不定干啥呢,能不累?"胡立仁叹了口气,"我要有女的陪着,累点也愿意。"

"你胡说什么,"郑义平一边刮着胡子一边说,"宗伟光可是正经人,不像你总惦记着女人。你要是单独跟女的在一起,早就越轨了。"

"你以为宗伟光不想啊,他是巴不得越轨,就怕东雪梅不给他机会。"胡立仁故作神秘地眨着眼睛,"想听点儿新鲜事不?"

"你有啥狗屁新鲜事,全是扒瞎。"郑义平摸着刚刮完胡子显得发青的脸说。

胡立仁瞧着身边的几位老知青说:"不爱听,我就不说了。"

"别听他的,快给咱讲讲。"几个老知青一个劲儿地催促着。

胡立仁点着烟重重吸了一口,吐出一个个烟圈:"好吧,哥们儿开讲了。那是一个漆黑的夜晚,月亮贼圆贼亮,天上有数不清的星星,一眨一眨的。"

漆黑的夜晚怎么会有那么明亮的月亮和清晰可见的星星?这胡立仁净瞎扯,我心里觉得可笑,但没出声,想听听他到底讲什么。

"我来到了地窖边上,想进去陪他翻翻稻种。突然传来一阵脚步声,只见一个身影向地窖走去,从走路的姿势一看就是个女的。

"我怕被这人发现,赶紧藏到边上的稻草堆后面。我悄悄地探出头来,盯着地窖,只见那个女的掀开地窖口的木板,刺溜钻了进去。我等了一会儿,不见那人出来,就好奇地来到地窖口。那块木板没放好,露出条大缝,里面的灯光从那缝里射了出来。

"我悄悄地挪动了下木板顺着缝向里看,宗伟光拉着那女的手,两眼直勾勾盯着,那眼神就像猫见了鱼似的。女的脸背对着我,别看瞅不着脸,可一听声音就知道是东雪梅。

"东雪梅站那没动,宗伟光没说两句话就要解东雪梅的衣扣,东雪梅不好意思地推了他一下。可这小子不甘心地说:'咱俩处了这么长时间了,你还有啥不好意思?这没别人,就让我摸摸吧。'东雪梅还是扭扭捏捏，但有些拉松了。宗伟光就势把她上衣解开了。东雪梅身子一侧，正好被我看见，哇！两个奶子一下露出来，像两个又白又嫩的精粉馒头，乳头红红的就像插在馒头上的两个小红枣。

"这宗伟光一见，发了疯似的摸着这俩馒头，揉得那奶子直颤。啧，那个白啊，真是白如雪。那嫩啊，好像豆腐脑儿，一碰就要出水似的。"

我只觉脸发烫，身体似有一股莫名的力量在催动膨胀，心慌得咚咚跳个不停。我偷眼一扫，身边的几个人，都瞪大眼珠子，竖着耳朵，被胡立仁眉飞色舞的举动所吸引。胡立仁越讲越来劲儿。

"宗伟光揉着揉着就把嘴贴上去了。他叼着那红枣，像小孩似的使劲地裹，叼完这只，叼那只。东雪梅被他作践得闭上眼睛直哼哼。"

胡立仁顿了一会儿，看着几个老知青被他煽惑得两眼发直，如痴如醉，他得意地嘿嘿一笑。就像听评书正在兴头上突然中断，那几个老知青不约而同地催促胡立仁赶紧接着讲。

胡立仁向身旁的一位老知青要了一根烟划火点着，这才讲下去："东雪梅忽然发现宗伟光越来越胆大，手竟敢伸到自己那地方，这才清醒过来。她双手护住下身，死活不让宗伟光碰。宗伟光急得直哀求，说我受不了，就给我这一次吧，就这一次，还不行？

"可东雪梅却坚决地说：'我都让你摸了，你还不知足？咱俩没结婚，哪能越格啊？要是被人知道，我的脸往哪儿搁？'

"宗伟光急得脸通红像下蛋的鸡，要扒东雪梅的裤子，东雪梅死死地拽着裤腰，他们就这样僵持着。

"宗伟光急了，将东雪梅摔在铺上，就要往她身上压。东雪梅哭叫着，两脚使劲儿地踢。宗伟光按着她的手还要上，东雪梅急得照宗伟光的手腕就是一口。宗伟光疼得大叫了一声，立刻撒手。他蹲在地上，疼得耷拉着头。

"东雪梅从铺上下来，系好衣服，来到宗伟光身边，轻轻揉着被她咬伤的那只手，流着泪说：'我是迫不得已，你别往心里去。其实，我也很爱你。我们都二十多岁了，不下乡的话，或许已成家了。可在这儿不行啊，要是整出点事，咱俩可咋办哪？以后我们真能结婚的话，我一定加倍补偿你。'

"宗伟光低着头说：'我是真心爱你的。既然你不愿意，我也不能勉强。可我们什么时候能结婚哪？'"

胡立仁突然停住嘴。一位老知青猴急地问："那后来呢？"

"后来呀，"胡立仁瞅瞅那位老知青，"当时我一看，得，今天的节目到此结束了。这时，我听东雪梅说要回去了，我怕被她发现，急忙盖好地窖盖，悄悄跑回了青年点。"

第九章

新生的苇子冒出了头。几场春雨过后,竟蹿出了一尺多高。黄绿色细嫩的小苇叶,嫩得像婴儿的小手,仿佛轻轻一捏就能出水。

滚滚的辽河水,涌进了贯穿盘锦的总干渠,经过干渠支干组成的灌溉网络,到达农场各营、各连地里的上水沟,那粉红色的桃花水缓缓地注入深翻的土地,将消融的冰土浸泡松软了。

一年的耕作,就由平地开始了。

郑义平、李冬生等几个老知青牵马在泥水里耙地。马蹄子踏起的泥水,四处飞溅,那人就像是从泥潭里刚拔出来。

其余的人,仨一群俩一伙儿在地里用桶锹平地。

韦翠花领着我和另外几个女知青在一格地里干着。地里结着一层薄冰,尽管我穿着毛袜子,可寒气依然渗透了腿脚。靴子在泥里陷着,每迈一步都要拧脚扭胯才能将靴子拔出来。一会儿脚上的毛袜子便串到脚底,硌得脚生疼。

尚慕春满脸是泥,边干边发着牢骚:"让咱女的干这活,弄得浑身是泥。"

韦翠花用手拢了一下五号头,说:"开始不习惯,慢慢适应就好啦。"

"唉,早知道水田这样,当初不如到近郊种旱田,省得沾泥水。"尚慕春沮丧地说着,用铁锹挖出一大块泥,甩了一下,那泥像胶似的粘在锹头上。她气得再一用力,泥没有甩出去,身体却被铁锹的惯性带到泥水里。待她爬起时,变成了大花脸。旁边的女知青瞧着她那狼狈相,格格格地笑个不停。

尚慕春气得一屁股坐到田埂上,呜呜地哭起来。韦翠花走到她身边劝道:"快到沟里洗把脸,歇会儿再干吧。"尚慕春哭泣着把铁锹狠狠地插到地上,来到沟边洗起脸来。

我们点的知青分别来自沈阳、鞍山两个城市,年龄相差较大。六八届知青从初一到高三,年龄、文化参差不齐。我在新知青中算是年龄最小的一个,与最大的老知青相差六七岁。为了排遣枯燥的业余生活带来的寂寞,大家纷纷自寻乐趣。于是点里刮起了一股认干姐之风。

认干姐与处对象不同,这是有别于爱情,更侧重于亲情的一种特殊现象。只要两人成了干姐弟,那关系就不一般了。干姐为弟弟洗洗涮涮,缝衣做被,弟弟则为干姐抢干力气活。下地干活时,常见姐弟互助的情景,两人之间的走动也自然频繁得多。

邱玉明是我们同学中行动最早的。他在女知青面前很会来事,当着郎晓忻的面一口一个"姐",叫得挺甜。郎晓忻听着高兴,索性就当了他的干姐。他的衣服、被褥全由干姐来洗,还可以正大光明地到女宿舍找干姐散心。认了干姐,邱玉明去女宿舍更加随便,每次大大咧咧推门而入。有一次,他找郎晓忻没敲门就进去了。屋里一个女青年正在换衬衣,见突然闯进一个男的,吓得双手护住前胸。"你咋不敲门就往屋里闯?"那女青年涨红了脸质问他,随即背过身去,迅速套上线衣。

"我找我姐。"邱玉明一脸的尴尬,却为自己的莽撞寻找借口。

"郎晓忻不在。"那女青年瞪着他说。

这事第二天传遍了全连。郎晓忻找到邱玉明,让他以后去女宿舍一定要敲门,里面有"请进"的声音再进去。还说,别人说她认的弟弟不懂礼貌,这不是给她这个干姐戴眼罩吗?邱玉明低着头,小眼睛眨巴着不做声。

胡立仁在宿舍里当着大伙儿的面问邱玉明:"你小子挺有眼福啊!快讲讲都看见了啥。"

邱玉明没好气地说:"啥也没看见。"

"这有啥啊?大丈夫敢作敢当嘛。你又不是女的,有啥不好意思?"胡立仁朝他挤眉弄眼,"她的乳房大不大?"

邱玉明被羞得脸红一块紫一块,说不出话来。

胡立仁摇晃着脑袋说:"认干姐真好,什么都能看见。明儿咱也认个干姐。"

旁边有个老知青说:"你快去认呀,回来也好给咱讲点见闻。"

胡立仁故作骄傲状:"咱这小伙儿差啥?认干姐也得扒拉扒拉。"

"别吹了。"李冬生拍着他的肩膀,"哪个女的能看上你,别做梦了。"

胡立仁脖子一歪，不服地说："哎，虾米，别瞧不起人。"

听着他们关于干姐的话题，我的内心一阵骚动。远离家乡和亲人，谁不希望身边有个姐姐似的人关照啊。起码有个人陪你说说心里话，排遣心中的烦闷寂寞啊。在这股认干姐之风中，多数男知青都有了自己的目标。

就连我们这些新知青也大都有了干姐。谢元庭不怪人们叫他"谢老转"，他经常上伙房跟伙食长套近乎，他认了齐素芬为干姐后，打饭时齐素芬有意多盛一勺他肚子便占了便宜。田达利不甘落后，认了东雪梅为干姐，自己的衣服有人给洗。只是东雪梅正与宗伟光处对象，要同时承包两个人的衣服。

孙福禄同指导员的关系，从排练样板戏时就开始密切。崔红英主动当了他的干姐。对孙福禄来说，起码在政治上有了依靠。尽管有人叫他"小地主"，但口气中不再有歧视，反而有一种不见外的亲近感。

在学校时就好打架的黎义鸣，也都有了干姐。唯独周庆福和我没有认干姐。周庆福性格孤僻，不爱跟人接触，自然缺乏女青年的关注。可毕竟在草垛里曾有一个女的悄悄跟他在一起呀。可我呢？为什么至今没人愿做我的干姐？

我躺在炕上心绪难平，苦苦思索，自卑感悄悄袭上心头。以我现在的身份有资格认干姐吗？

这天一早，我扛着桶锹去平地，前面几个老知青已要完地，开始干上了。忽然，韦翠花在前面的一格地里喊住了我："小白呀，我给你要了一块地，咱俩挨着，快下来吧。"

我抬眼一看，发现她前面那格地空着，看上去很好平。

"还愣着干啥?"韦翠花指着那格空地,"就这儿,咋样?"

"挺好的,谢谢你。"我冲她笑笑,跳到那格地里。

这块地确实很好干,看来韦翠花真向着我。我心合计,她今天咋想起这么做?我默默地挥锹干着,心里却画着问号。

韦翠花干活泼辣。她挥锹一阵猛干,溅了一身泥水也不在乎。她的桶锹用得锃亮,轻快又锋利,真是"手巧不如家什妙"啊!

一会儿工夫她就平出了半格多地。受她感染我也来了情绪,干得特起劲儿。

"咱俩先歇会儿吧。"韦翠花从泥水里拔出靴子,走到田埂上对我说,"剩下这点儿活一会儿就能干完,别太累着。"

我把桶锹往地里一插,跟着她上了田埂。

"来,到我跟前坐会儿。"韦翠花指着她屁股底下像暖气包似的黑棉袄。

我坐到她身旁,搓着手上的泥,眼睛却瞅着地里。

她转过脸瞅着我,像唠家常似的询问我的家庭状况。我感到纳闷,她问这些干啥?出于礼貌我还是如实回答了她,只是父亲的事没提及。

她眨着明亮的眼睛问我,对这儿的生活适应吗,想家不,是否感到寂寞。

我狐疑地望着她。我随口说,农活儿累点不怕,就是有时感到一种说不出的孤独和寂寞。

她静静地听着,睁大眼睛注视着我,那目光含着异样的关注。我被她看得有些莫名其妙,低下头,继续搓着手背上的泥。

可她的目光仍停留在我的脸上。过了一会儿,她开口说:"是啊,其实我也有这种感觉。有时我真的很孤独。环境的艰苦可以忍受,可那种孤独感却难排斥啊。大家凑到一起不容易,我们真应该相互理解和帮助,你说是不?"我睁大眼睛看着她。她的声音忽然变得异常温柔:"你看我这人咋样?"

咋样?还用问吗?我下乡后没少得到她的帮助,我始终对她心怀感激。

"你这人挺好,没少照顾我。"我向她袒露出心声,"我没有姐姐。即使有姐姐,相隔这么远,也不能像你这样照顾我呀。"

"那你把我当成你的姐姐好吗?"韦翠花眼睛倏然一亮,腮上泛起红霞,她紧紧抓住我的双手。我感觉这双长满茧子的手忽然变得柔软温热。

我终于明白了,原来她要做我的干姐呀。

在她那发烫的目光里,我感觉到难得的真诚与温馨。一股暖流霎时涌遍了全身。"姐……"我动情地喊道。本来,有千言万语要对她倾诉,可此时直感觉胸中热血涌动,竟激动得不知说什么。

"剑峰,哦,应该叫弟弟啦。"韦翠花眼里闪着泪花,再次握紧我的手。她像忽然想起了什么,"弟弟,你宿舍现在有人吗?"

"有一个老知青。"我说。达子喊我们上工时,胡立仁借口肚子疼没上工。

"那我先回去了,你帮我把剩下的那点儿活干完。"韦翠花站起身,刚迈几步,突然又转过头说,"用我的锹干吧,比你的锹好使。"

我使着她的锹真的很轻快。平完自己这格地后,我又将她剩下的地平完。

中午回到宿舍,我发现自己的被衬、褥单不见了,好生奇怪。胡立仁说:"让韦翠花拆走了。"他又问我:"看她那高兴劲儿,她是不是成了你干姐了。"

"嗯。"我点了点头,心里美滋滋的。

"行啊,小伙儿,挺能拉咕啊。以后就有人主动给你洗衣做被了。"

晚饭后,韦翠花抱着为我浆洗好的被衬、褥单走了进来。她跪在炕上,一针一线地缝着被褥。我坐在炕沿儿看着,这本应是双细嫩的手,可常年握锹、持镰与泥水打交道,使得这双手失去了青春少女应有的娇嫩柔润。掌心凸起一层小包状的茧子,手背像晒干的紫皮茄子,让人联想常年下地劳作的农村妇女的粗糙肌肤。望着韦翠花那双饱经风霜的手,我的心涌起一阵酸楚。

我从被垛底下翻出一盒蛤蜊油,递给她说:"姐,拿去抹手吧。"

韦翠花抬起头说:"我习惯了,你留着用吧。哪天谁上县城我让带一盒。"

"快拿着吧,跟弟还客气?"我将这盒蛤蜊油塞到她手里。

"那你用什么?"韦翠花问我。

"哦,我妈给我带了两盒,现在箱子里还有一盒呢。"其实,我只带了一盒,怕她不肯收下才这样说。

韦翠花果然相信了:"那我就收下了,谢谢你。"

"谢啥,你不是我姐吗?"我冲她调皮地眨眨眼。

韦翠花脸上漾满幸福,两腮又泛出红晕。

这天,我正平地,郑义平骑着马一阵风似的来到我跟前。见他威风凛凛的样子,我心里怪痒痒,便说:"郑大哥,这马能不能让我骑一骑,过过瘾。"

"你啥都想试试,这可不是好玩的。"郑义平在马上对我说,"这马没鞍子,你坐不稳,它跑起来非把你颠下去不可。"

"我不怕,你就让我试试吧。"我对他恳求。

郑义平犹豫了片刻,从马上跳了下来,想将缰绳递给我,可还是不放心,"你真要骑?"

"真的!"我态度坚决地瞅着他。

"那你可要小心啊!"郑义平这才将缰绳递过来。

眼前这匹马,古铜色的毛,不知是累的还是缺乏营养,那毛乱糟糟的没有光泽。再一看身体,瘦骨嶙峋,皮包着骨头,肋骨一根根地凸出,四条腿细得像锹把。看那单薄的身躯,风稍大点都能把它刮倒。可就是这样的马,连里也没几匹。拉车、耙地照样使唤。

"瘦狗"骨头架倒挺大,我抓住马鬃往上蹿,郑义平将我刚搁到马背上就感觉屁股硌得生疼。这"瘦狗"脊背上几乎没有肉,敢情我是坐在骨头上了。本想翘起屁股不碰脊背骨。可这马没有鞍子,更谈不上马镫,只得小心翼翼地坐着。我右手抓住马缰绳,左手抓着马鬃,等待着马前进。

"坐稳了。"郑义平说着,用手狠狠捶着马屁股,大喝一声"驾"。"瘦狗"打了一声响鼻,迈起碎步在狭窄的田埂上走起来。它走路一颠一颠的,我的身体随之上下颤动,屁股被一下下硌着,说不出的难受。

这样慢慢地颠下去,我的屁股能受得了吗?这时想起老知青说过的话,骑马越慢走越颠屁股,跑起来就好了。

对呀,何不让马快跑起来。我一抻缰绳,两腿用力一夹马肚子,大喝一声:"驾。"

这"瘦狗"发觉背上坐的是生人,显然不愿意。听这一声吆喝,霎时来了劲儿,箭一般向前蹿去。它嘶叫着撒开四蹄猛跑起来。这马突然加速,令我措手不及。我吓得死死抱住马脖子,将身子紧紧贴在马背上。耳边忽忽生风,身体仿佛在空中悬浮着,心已提到嗓子眼儿。

我想立即让"瘦狗"减速停下来,于是大声喝着"吁、吁"。

可"瘦狗"偏偏与我作对,仍然我行我素地向前飞奔。当跑到一条小水沟前,那"瘦狗"犹豫了一下,前蹄踩到沟沿儿,脖子一低,突然来了个急停。

我毫无心理准备,巨大的惯性像风一样将我的身体托起,再想抓住马脖子已晚了。那马屁股向上一撅,将我从马背上掀了下来。我来了个"倒栽葱",扑通一下砸到沟里,溅起一人多高的水花。

我躺在沟里,屁股和腿一阵酸痛。我挣扎着爬起来,嘴里已灌了几口泥汤,像个落汤鸡。我抬眼一看,那"瘦狗"正颠颠地往回跑。

郑义平在后边看得真切,他急忙撒腿跑过来将我从沟里拽出。他扶着我慢慢往回走,看着我龇牙咧嘴的样儿,说:"叫你慢点,偏不听。这回可好,摔得不轻吧?"

我一拐一瘸地走着,疼得不愿说话,心里一阵懊悔。

中午刚收工,韦翠花顾不上打饭,风风火火地跑进我的宿舍,我正闭着眼睛躺在炕上。

"呀,弟弟,摔得咋样?"韦翠花焦急地问。

"没事,就是……有一点……疼。"我睁开眼睛,断断续续地说。

"你呀,净逞能,干啥非骑那'瘦狗'?真是的。"韦翠花皱着眉埋怨道。

"我……"

"得了,别说了,我扶你到卫生所看看。"

"姐,我没事儿,躺一会儿就能好。"

"啥没事儿?别挺着啦。"

"白剑峰,快起来吧,到卫生所看看。"韦翠花不由分说架着我来到卫生所。卫生员让我脱下裤子检查。我迟疑地瞅着韦翠花,她脸一红扭头出了屋。

"摔得真不轻呀,"卫生员说,"我给你上点药,回去躺炕上,别乱动啊。"

回到宿舍,上工的哨音就响了,我挣扎着爬起来。韦翠花一把摁住我:"就你这样还要上工啊?别逞能了。听姐的话,在炕上老老实实地躺着,啊。"

我叹了口气,无奈地躺下。

韦翠花说:"我地里还有点儿活,干完马上就来看你。"她走到门口,又转过头叮嘱道:"哎!别乱动,等我回来。"

上工的人都走了,我静静地躺着,本想睡上一觉,那屁股和腿一阵阵疼,怎么也睡不着。

我呆呆地望着天棚又不敢动弹。心里盼着韦翠花,感觉时间过得太慢。

韦翠花回来了,她手拎着一个纸包和一只从小队部借来的暖瓶。

韦翠花用手擦了擦额头上的汗,问:"弟弟,着急没?"

"没。"我冲着她莞尔一笑。

"啊,没想姐姐呀?"韦翠花故意睁大眼睛,嘴一撇瞅着我。

"想,谁说没想。"我望着她沁出汗的脸,心头一热,"可我不忍心打扰你。"

"啥时候学得这么客气?"韦翠花说着打开纸包,"快点儿吃蛋糕吧。"

这是小卖部卖的那种黑面蛋糕。我伸手抓了一块放进嘴里嚼着,韦翠花又将暖瓶的水倒进我的饭盒里。

我说:"姐,你中午为我忙活得没吃上饭,你也吃点儿吧。"

"嗯。"韦翠花只吃了两块蛋糕便说自己吃饱了。

她静静地看着我吃完蛋糕,问:"还疼吗?"

"不疼了。"我说。

"你骗我。"她说着伸手碰了一下我的大腿。

"啊——"我疼得叫了起来。

"让我看看。"韦翠花庄重得像个医生,全然不见了在卫生所时的难为情。

我慢慢卷起线裤,露出腿上裹着的厚厚的纱布,纱布边缘的皮肤呈青紫色。

她小心翼翼地轻轻撩起纱布的一角,细细察看着伤情。看着看着,她眼圈红了,晶莹的泪水在眼窝里直打转。她紧咬着嘴唇,强忍着就要夺眶而出的泪水,可眼泪还是涌出来。她啜泣着,泪水滴到了我的腿上。

第十章

青年点新盖了两幢房，共二十间，每间住四人。弓形的屋顶，向上开的窗户，极具盘锦特色。营里重新调整了各连的人员，我班同学仍留在二连。冷霜月、尤金珠、周庆福、孙福禄分到三连，黎义鸣、朱长根则插到一连。

黄树川与三连的黄树山对调。杜金彪和方怡玫也被黄树山带了过来，别看黄树川平时总绷个脸，可他正直，嘴冷心热，我真不愿他走。这新来的黄树山不知以后会啥样，我心里真没底。

我被分到把西山的那间，同屋的还有邱玉明、老知青石钟玮。而最令我头疼的杜金彪竟搬到了炕头。我住在炕梢，尽管中间隔着俩人，但心里还是惴惴不安，感觉挨着个定时炸弹。

隔壁的谢元庭、田达利比我幸运得多。郑义平、胡立仁跟他们住在一起。郑义平直性，胡立仁幽默，总能调节空气。

我躺在炕上正为今后的处境担忧,突然从窗外传来"嘟——嘟——"的哨声。达子大声吆喝着:"大伙儿都到伙房开会。"

我刚推开伙房的门,一团烟雾忽地扑脸而来,辛辣刺鼻的烟味呛得我喘不过气来。我稍稍定了定神,屋内几十张嘴正在喷云吐雾。

四周挤满了人。大部分人披着大棉袄,有那种工厂发的人称"暖气包"的黑色工作服棉袄,有蓝色斜纹布四个兜的制服棉袄,也有灰色的棉猴。再一看下身,打着补丁的裤子都吊着,露出里边的线裤腿,红的、蓝的、粉的、绿的……色彩鲜艳。我刚下乡时,大家都穿着棉裤,看不出什么。这回脱去棉裤和靴子,那吊腿裤便露了出来,五颜六色形成一道独特的风景线。

黄树山、达子、崔红英三个连干部并排站在地当间。

黄树山敞着身上的"暖气包"露出了的确良草绿色军上衣,头上歪戴着军帽,硬充"转业兵"。下身穿蓝的确良空军裤,裤角挽起两圈,故意露出粉红色的线裤腿,脚蹬农村常见的绿色高勒儿胶皮鞋。他这身打扮,真是工农兵相结合。

胡立仁悄声对身旁的郑义平说:"看见他那身皮没?全都是知青送的。"

郑义平乜斜地捅了他一下,胡立仁舌头一吐,这才闭上嘴。

我好奇地瞅着黄树山。这是个极有特点的小个儿。脸蜡黄,一双鼠眼滴溜溜乱转。稀稀拉拉的胡子在唇上支棱着。他说话时总要舔舔那薄嘴唇,像有饭粒粘在上面。

他声音发尖,就像是公鸡被踩着脖子。他挺着干瘪胸脯,小眼睛扫视了一圈,故意清了清嗓子,说道:"同志们,一年一度的插秧大会战开始了。营里叫母(我)到二连,母这回就和大家在一起并肩战斗。插秧大会战老知青都经历过，新知青可是大姑娘上轿——头一回。这可是关系到全年收成的关键一仗。母们就是要吃大苦，耐大劳，出大力，流大汗，宁可掉几斤肉，脱几层皮，母要'大干红五月，不插六月秧'。从明天起，全连有一头算一头都得参加大会战，一律不许请假。一个蛤蟆四两力，多一个人就多一份力量嘛。就是头拱地也要完成任务。"这个黄树山小嘴巴巴的，说出话来一套一套的，真是当队长的料。不像原来的队长黄树川，少言寡语直来直去，就知道干活。

黄树山深深地吸了口烟，说："大伙儿都清楚，这活成是累了，可再累也得坚持。没有苦，哪来的甜呢？你们说，母说得中不？"

"中——"人群里响起了应和声。

黄树山的眼睛扫了一圈说："母就说到这儿，下面由连长和指导员讲话。"

达子讲话向来干脆。他说："咱们都是年轻人，有热情，有干劲儿，插秧大会战不能落在别连后头。我不多说了，下面请指导员讲话。"

崔红英手拿着小笔记本，亮开她那脆嗓道："以上，队长和连长对插秧大会战的重要性已讲得很清楚。我想，大家都知道应该怎样做。我们连是有着光荣传统的，是一支敢打、善打硬仗的集体。每次大会战，在全营都是第一个完成的。我相信，今年的大会战，相信我们二连也会走在全营的前列。插秧大会战是艰苦的，但越是艰苦，就越能锻炼我们的革命意志。我们知识青年就是要在广阔天地里经风雨、见世面。我们要用青春的汗水浇灌这片土地，用丰硕的成果，为无产阶级文化大革命谱新篇、立新功。"

崔红英慷慨激昂地挥动手中的笔记本说:"谁英雄谁好汉,插秧大会战比比看。好了,我就说到这儿。"

大伙儿熙熙攘攘地拥出伙房,我默默地跟大伙儿拉开了距离。我慢腾腾地回到宿舍。此时,田达利正和邱玉明唠嗑。杜金彪不知又上哪儿去了。石钟玮用搓衣板搓着线衣,盆边溢满肥皂泡沫。男青年像他那样自己洗衣服的真不多。

我厌烦他们,转身来到了隔壁,胡立仁正跟郑义平、谢元庭闲侃。

他学着黄树山的腔调,说着当地的土话:"嗯哪,这次插秧大会战成是重要了,俺老土没文化,你们别笑话,你们说,母说的中不?"

郑义平哈哈大笑:"城市重要农村就不重要啦?你说得不中还嗯哪啥。"

我问:"那'成是'啥意思?"

胡立仁说:"这是当地方言,'成是'的意思就是非常、特别。"

"噢。"我点点头。

胡立仁瞥了一眼郑义平:"下乡都好几年了,连'成是'啥意思都不知道,还说什么城市、农村的,也不怕人笑话。看来你真得向贫下中农好好学习。连他们的话都听不懂,怎么接受再教育?"

郑义平说:"你别光耍嘴皮子,这回你是插秧还是挑苗?"

胡立仁说:"插秧得弯大腰,再说那是女人干的活。挑苗嘛,又太累。"

达子推门进来说:"白剑峰、谢元庭,你俩是新知青,看看是想插秧还是挑苗?"

"邱玉明、田达利他俩干啥?"谢元庭问。

达子说:"我刚才问过了,他们说插秧。"

谢元庭说:"那我也插秧。"

"行,我找个老知青,让她带带你。"达子又回头看看我,"你呢?"

我也听说插秧弯大腰,心里合计,一个大小伙子像个女的弯腰在田里插秧,自己感觉也不得劲儿。挑苗虽然累,但那是男人干的活。

我说:"我挑苗吧。"

达子眼睛一亮,说:"行啊,小伙子,挑苗可累呀,你能挺得住?"

"能!"我斩钉截铁地说。

胡立仁跟达子磨了半天,达子终于答应他去苗床里抢苗,这算是俏活了。

插秧大会战开始了。

沟里的苇子蹿到半人高,密密匝匝,青翠欲滴。沟沿儿和田埂长满了绿莹莹的小草。苏醒的青蛙呱呱叫着跃入水中,两脚登水展示标准的泳姿。

我穿着厚重的农田靴,挑起满土篮的秧苗,小心地走在狭窄的田埂上。那秧苗粘着厚厚的泥土,将肩上的小扁担压成了弓形,发出"吱嘎吱嘎"的响声。肩头仿佛压着两座山,累得我喘不过气来。

刚走了一会儿,就觉肩头被扁担压得火辣辣的疼。不敢停下来,咬紧嘴唇吃力地向前走着。那田埂又窄又滑,稍不小心就出溜到泥水里。靴底被厚厚的泥土包裹着,如同套着两个铅砣。

苗床距插秧地足有二里地，途中要经过几个上下水沟。老知青挑着担子一颤一颤的极富节奏感。过沟时，他们两脚一跨，扁担一悠就过去了。我看得心痒痒，却不敢跨沟，只能绕道走，无形中多走了不少冤枉路，挑秧的速度自然慢下来。

我供的两个插秧手是韦翠花和方怡玫。听说她俩插秧速度之快，全营出了名。韦翠花说，刚开始她想和郎晓忻在一起插秧，可女知青都不愿和方怡玫在一组。她的漂亮与清高，加上反革命女儿的身份，使她被鄙夷、忌妒所包围。

但插秧需要两个人配合，于是，崔红英找到韦翠花，让她跟方怡玫配对。韦翠花开始不肯，崔红英便反复做工作，说方怡玫插秧是把好手，只要她俩联手，对完成插秧大会战大有好处，并强调这是连里的决定，只要在思想上与之划清界限就行了。韦翠花这才勉强同意。

别的男知青已将秧苗挑到地里，很多人已开始插秧，可我仍在半路上晃荡。韦翠花、方怡玫俩人早就插好纤绳，分别站在地的两头，正等着我的秧苗。

我咬紧牙关，忍着肩膀的疼痛，努力加快脚步，身子摇摆得像个鸭子。那满满两土篮秧苗随着我的脚步，上下左右乱晃。我发觉自己笨得像个狗熊。看着老知青一个个从我身边走过，既羡慕又焦急。

终于到达目的地。我放下扁担，将秧苗天女散花般撒到地里，然后好奇地看她俩插秧。

地里插着两根纤绳，韦翠花由左向右，方怡玫由右向左，她俩像比赛似的刷刷地将撮撮秧苗均匀地插到水田里。两手迅疾如飞似蜻蜓点水。

我真想坐下来好好欣赏她俩插秧，可她俩插秧的速度实在太快，看得我眼花缭乱。我挑的这点秧苗一会儿就要没了,我只能匆匆返回苗床。

我挑着秧苗跟着郑义平。可郑义平身高腿长,一会儿就与我拉开了距离。

正走着,眼前出现了一个水沟。郑义平挑担已跨了过去。我本想绕道走,可一抬眼,发现韦翠花、方怡玫正焦急地张望着。

我来到沟边,鼓足了勇气,两手抓紧提梁,右腿猛地向前跨去。只觉肩上的担子猛然一晃,右脚正踩在沟内斜坡上。我脚底一滑,身子一歪,扑通一声摔倒在沟里,两只水靴灌满了水,土篮重重地沉在沟底。

郑义平听到身后有响声,突然停下脚步。他扭过头发现我掉进沟里,急忙跑过来将我从沟里拽出说:"怎么搞的,想跨沟招呼我一声呀,我好教你。"

"谁曾想会掉到沟里。"我看着他说。

"咳,我刚开始挑苗时,也常掉进沟里。你不能太性急,要慢慢适应。"

"可那边还等着我呢。"我用手一指韦翠花的方向。

郑义平帮我把从沟里捞出的秧苗装进土篮里,说:"今天你真想跨沟呀?"

我点点头。

"那好,我教你。"郑义平说着,挑起我的扁担,"看好了,过沟时腿要用力,借着担子的惯性,顺势一悠,准能过去。"

他随即为我做了示范。我记住了要领,挑起秧苗真的跨过了沟。我兴奋地望着他,说:"谢谢郑大哥。"

"甭客气。"郑义平笑着说,"前面还有几道沟,就照我教你的自己跨吧。"

我鼓起勇气大胆地跨越了几道沟,将秧苗送到地里。

下午,刚上工不久,天就阴下来。大片的乌云如黑锅底般压下来。忽然,天空出现一道闪电,轰隆轰隆的雷声骤起,接着雨点噼里啪啦砸下来。

我挑着沉甸甸的秧苗,浑身浇得像个落汤鸡。窄窄的田埂变得愈发湿滑。我心里想着,这下雨天也该收工了吧。不知不觉放慢了脚步。我左顾右盼,期望插秧的人能从地里走出来,这样我便可以名正言顺地避雨了。可出乎我的意料,竟没有一个人走出来。

一个声音突然传来:"同志们,考验我们的时候到了。"崔红英站在地里尖叫着:"下点雨怕什么,我们要坚持,与天奋斗其乐无穷。"

大雨倾盆而下,田埂愈发泥泞。过沟时再不能一跨而过,我只得挑担从沟里蹚水而过。我晃晃荡荡地把秧苗送到地里,韦翠花用手抹了把脸上的雨水,关切地注视着我说:"弟弟,下雨路滑,少挑点,别摔着。"

"没事。"我满不在乎。

方怡玫默默望着我,目光中透着忧虑、爱怜。

我想跟方怡玫说什么,但一想到韦翠花对她的冷淡,便止住了。我不愿引起韦翠花的不快,毕竟她是我的干姐。

如注的雨水刷刷地打在我脸上,模糊了我的视线。面对青年点两个我最亲近的女人,我真的不知所措。

"扑通",韦翠花突然摔倒在泥水里。方怡玫忙奔过去,刚伸手扶着她的胳膊，不料，韦翠花手一甩，鄙视地瞅着方怡玫。方怡玫睁大眼睛吃惊地看着她，茫然无措。我见状赶忙下到地里。郎晓忻、邱玉明也赶了过来。

我和郎晓忻将韦翠花扶到田埂上。只见韦翠花脸色惨白，紧闭着眼。

邱玉明突然惊叫了一声："她的裤裆咋出血了？"

我低头一看，鲜血从她的大腿处向下淌着，血浸透了裤子。我一怔，这是咋回事儿？

郎晓忻扒拉一下邱玉明："你啥也不懂，韦翠花正来……"她瞪了一眼邱玉明："你回去吧，这没你事儿。"

邱玉明嘀咕了一句什么，扭头走开了。

郎晓忻瞅着韦翠花，大声道："翠花，你咋不注意？快，我扶你回去休息。"

韦翠花慢慢睁开眼睛，有气无力地说："我没事儿。"

"还没事儿？"郎晓忻说，"看你都晕倒了。别逞强了，这可要生病的呀！"

韦翠花挣扎着站起来，又下到地里。

郎晓忻一看，大叫着："你不要命啦？"

韦翠花头也不回，又继续插起秧来。

"咳！"郎晓忻跺了一下脚。

韦翠花扭头对她说："你回去吧，我没事儿啦。"

"你呀！"郎晓忻瞪了一眼韦翠花，无奈地走开了。

雨仍在下着。韦翠花皱着眉头哈腰在地里吃力地插着秧，我心头一酸，泪水伴着雨水倏然而下。

我们一直坚持到天黑才收工。我草草吃完饭，脱下湿衣服，把自己扔在炕上。血从磨破的肩头渗出，粘在背心上，火辣辣的疼。

杜金彪不知又上哪儿去了。邱玉明掏出烟，给石钟玮点上。

石钟玮抽了几口，用舌头舔了一下干涩的嘴唇来到水缸边，用饭盒舀水。

我听见饭盒碰到缸底发出的响声。

"今天谁值日？"石钟玮不满地说，"水缸都见底啦。"

我们宿舍有个规定，轮流挑水。杜金彪不常在屋，只有我们三人挑，昨天我值日，挑了一缸水。我只用了一盆水，他们连洗带涮那水还不用光？今天轮到邱玉明了。我看看邱玉明。他靠在被垛上正抽着烟。

"邱玉明，你去挑点水？"石钟玮用商量的口吻说。

"今天我贼累，让白剑峰挑吧。"邱玉明懒懒地说。

"谁不累呀？"我回了他一句。

"行了，小白脸你就挑一趟吧。"石钟玮对我说。

我瞧着他，没吱声。

"咋的，哥们儿说话不好使啊？"石钟玮朝我瞪起眼睛。

我真想发作，明明邱玉明值日，干吗要我挑水？我瞅瞅他俩，迟疑了一下，无奈地站起了身子。

我应该上水泡子挑水。水泡子在营部后面，距离我们宿舍有二百多米远。春天上水时，用抽水机灌满水，能用一年。平时，我们青年点就吃这泡子水。水很浊，水底混进一些小鱼。刚来时，听说吃这水，我真感到头疼，过了很长一段时间我才适应。

这石钟玮、邱玉明不是熊人吗？我累了一天，却让我去挑水，不能这样便宜了他们。我干吗跑那么远上水泡子,青年点门前不远就有个积水坑,里面生长着许多癞蛤蟆。正好今天下雨,坑水已满,就近到那儿挑一桶。

我挑着水桶向这个水坑走去。雨淅淅沥沥下个不停,靴子沾满了稀泥,虽然身上披着块塑料布,可下半身还是被雨水浇湿了。我走到坑边打水,怕带上泥土,便轻轻将桶斜摁到水里,不等灌满便提上来。我挑起水桶到了房山头,正要向宿舍的大门走过去,突然意识到,如果我马上挑水回去,他俩一定怀疑我是在附近的坑里提的水。我故意在房山头站了一会儿,估摸着时间差不多了,这才慢悠悠地挑水进了宿舍。

我刚将桶里的水倒进缸里,邱玉明一下子蹦到地上,抓起他的饭盒急不可待地舀了一盒水,一口气灌了个水饱。

邱玉明,今天就让你喝个够,喝拉稀才好呢。我暗自高兴。我真希望石钟玮也像邱玉明那样,灌个大肚。

"石大哥,你喝水吧。"邱玉明抹了一下嘴说。

"刚才我到隔壁喝完了,这会儿不渴。"石钟玮说。

我尽管很渴,但不敢喝这水,怕真的坏肚子。到别的屋去要水,又怕引起他俩的怀疑,只好忍着。我脱下衣服,急忙钻进被窝。

第二天晚上,我刚吃完饭,就见邱玉明捂着肚子跑了出去。他和郎晓忻在一起插秧,下午已拉了几次。郎晓忻遇见我直问,他吃了什么东西,这么拉肚子。我说没见他吃什么呀。其实,我心里清楚,一定是喝多了我挑的脏水。

邱玉明瞪着小眼睛冲我吼道:"白剑峰,你他妈的真坑人,昨晚在哪个臭水坑里挑的水?"

"咋啦，喝跑肚啦。"我笑着说，"昨晚我到水泡子挑水，先喝了一肚子，我咋没事呢？"

"少给我装蒜，你出去挑水时，我在窗户上看见你往门口的水坑去啦。"邱玉明眼里冒着火。

这小子是不是诈我？这么黑的雨天，他怎么能看见？对，即使他真的看见，我也不能承认。

我说："我要是到那水坑，不早就回来了吗？何苦让雨浇了半天。"

"放你妈的臭屁。"邱玉明一下蹲到我跟前，手指头差点碰到我的鼻尖。

我的火腾地一下起来了，再也忍不住了。他几次三番找我茬，我都没搭理。今天竟然指着鼻子骂人，我不能再迁就他了。

我把他的手扒拉过去，愤怒地冲着他吼："你嘴干净点，少跟我妈妈的，你是吃屁长大的呀！"

邱玉明没有想到我会这样，气得涨红了脸。他挥起拳头，对着我的鼻子猛然一击："你他妈的欠揍哇。"

我毫无防备，鼻梁被重重一击，顿时酸酸的，感觉一股腥咸的黏液从鼻孔里流出。我用手一抹，啊，殷红的血粘在手上。长这么大没让同学打过，今天竟让你小子给我鼻子打出血。我霎时红了眼，飞起一脚，踢在他的小肚子上。这小子一屁股跌坐在地上。他爬起来，眼珠子通红，嗷嗷怪叫着。他四下趔摸，发现门后立着几把铁锹，便发疯般地向那儿冲去。

我一激灵。在他刚触到锹把时，我顺手操起搪瓷脸盆向他头上砸去。这小子低头想躲，可是已经晚了，盆底咣地砸到他的脑盖上。盆底顿时凹进去一大块,脱落的搪瓷四处迸溅。他身子一晃,倾靠在墙上。

石钟玮突然过来拉住了我,他是怕邱玉明吃亏。我还要往上冲,门被人踢开了。田达利忽地冲进来,拽住我的胳膊,随手给了我一巴掌。邱玉明见有人帮忙,更来劲儿了,直奔我扑来。石钟玮却拽着我胳膊。我气得大叫:"快松手。"

石钟玮大嘴一咧牙花子全都龇出来。他冷笑道:"小样儿,还敢耍横。"

他使劲儿一扭,将我的胳膊背过去。邱玉明、田达利见状更猖狂了。两人一齐向我袭来,拳脚相加,对我发起狠来。

我被他们打得东倒西歪,头上满是黏糊糊的血。我仍奋力挣扎着,可鲜血模糊了我的视线。我仿佛成了一只没头的苍蝇,找不到方位和攻击的目标,完全丧失了抵抗能力。我眼看就要被打倒了。

"住手!"突然一声大喝如同闷雷炸响。我强睁开眼,见郑义平正怒目瞪着石钟玮,"你少拉偏架,三个人欺负一个算啥能耐?"

石钟玮仍不放手。郑义平急了,挥手照石钟玮的脸猛扇过去。石钟玮"啊"地叫了一声,松开了手。我急忙抢起一把铁锹,要跟邱玉明、田达利玩命。

郑义平一把拽住我的胳膊,说道:"小白,别胡来,看他们能咋样?"

郑义平这几天没刮脸,满腮的胡子硬邦邦地支棱着,双目圆睁像个猛张飞。邱玉明、田达利见状,已有几分胆怯,不敢再向我攻击。

邱玉明见有人帮我,气急败坏地大叫:"白剑峰,你这个反革命、走资派、大流氓的儿子,狗崽子。我要让全营的人都知道你是什么东西。"

"我是狗崽子？你是狼崽子。"我愤恨地指着他,"你连狗崽子都不如。"

"什么？狗崽子。"郑义平瞥了我一眼。我心一下子紧缩起来。可他随即又扭头对着他们道,"他爸有问题不代表他呀。他有什么错,你们仨打一个？不管咋说,他是我们的战友啊。"

"谁跟他是战友？"邱玉明愤愤地指着我,"我们根本就不是一条战线上的人。他爸是臭流氓。厂里的漂亮娘们儿让他干了好几个。"

"你少埋汰人。"我气得反驳道,"你这是污蔑！"

"呀嚯,还有这事儿？"田达利也跟着添油加醋,"老邱,还有啥花花事儿都抖出来。"

石钟玮嘿嘿一阵冷笑："平时看这小子不爱吱声,像挺仁义的,敢情一肚子坏水。也难怪,他爹那种人教育出来的儿子能好吗？"

我的天哪,我这是怎么啦？我气得浑身哆嗦,有口难辩。

我感到五雷轰顶,脑子像炸了一样。今后,我在人前还能抬起头吗？我悲痛欲绝,松开握锹的手,桶锹啪的一声掉在地上。我双手捂着脑袋蹲在墙角,手指缝还在渗着血。

郑义平紧皱着眉头看着我,紧紧咬着嘴唇。良久,他突然冲那伙人大声吼道："你们他妈的别欺人太甚,骑人头顶上拉屎还嫌不够,还要拉稀,恶心人不？我不管白剑峰他爸是什么,我就知道他是我的老乡,是我的弟弟。"他拎起桶锹用力地晃着,咬牙切齿地说："你们别他妈的丧良心。以后,谁敢欺负白剑峰,别说我拿锹劈了他！"

在这关头,有人肯出来替我说话,我真的感激涕零了。我情不自禁地喊了一声："郑大哥。"便激动得再也说不出话来。

郑义平用毛巾默默地为我擦去额头上的血迹。

这一夜，我躺在炕上，脸上的伤口伴着肩头磨出的血印，火烧火燎地疼痛，折磨得我翻来覆去睡不着觉。明天还要下地挑苗，我强迫自己不再胡思乱想。可我仍睡不着，今后我可咋办哪？

邱玉明说到做到，他不仅在二连散布我是狗崽子，而且还窜到其他连添油加醋大肆宣传。没出几天，闹得全连都知道了我的底细，大家像谈论新闻一样议论纷纷。往日对我友好的人用异样的眼光瞅着我。我常常在众人轻蔑目光的逼视下变得局促不安，心神惊乱。

"早上三点半，中午含着饭，晚上看不见。"这是老知青对插秧大会战的形象描述。每天挑苗累得我筋骨酸痛，浑身像散了架。而内心遭受的巨大创伤，更使我身心疲惫，苦不堪言。

韦翠花刚开始听到传言，还有些不相信。在地里相遇时，她忽然问我："你父亲真是反革命、走资派？"

我低头默默不语。

她顿时缄默了。我心想，她这么积极的人，知道我的底细，一定会对我冷淡。我不敢与她正视，双眼盯着自己的脚尖。

她看出我情绪低落，不禁叹了口气："哎，现在有多少老干部被打成走资派、反革命，连累了他们的子女。"

几天来我头一次听到这样的话，心头为之一震。看来她还是有同情心的。

她说："弟弟，打起精神来。出身不能选择，但走什么路却是自己决定的。现在的政策对可教育好的子女还是给出路的。"

"我还能有什么出路？"我沮丧地说，"那么多人的眼神看我像看犯人似的，我实在受不了。"

"别管他们,姐姐相信你是革命的。"韦翠花真诚地说。

"姐姐,"我心一热动情地说,"你不怕我这个弟弟连累你吗?"

"我怕啥?"韦翠花语气坚定,"我爸是老工人,咱根红苗正,怕谁呀?"

"不过……"她见方怡玫没在跟前,问我,"前几天方怡玫给你饭票了?"

啊,我想起来了,有一天中午上伙房打饭,方怡玫悄悄塞给我一些饭票,一定是被韦翠花看见了。

我不想隐瞒,"嗯"了一声。

"她父亲是啥你不知道哇?别人都躲着她,你咋还敢跟她近乎?"她关切地望着我,"你饭票不够吃,朝姐姐要哇,千万别干那傻事儿,啊。"

我怔怔地看着她,心里不是滋味。

晚上我心情郁闷独自走出屋。刚到房山头,一个人与我来了个顶头碰。我一愣神,周庆福神秘兮兮地站在我面前。插秧大会战累得大家腰酸腿疼,懒得动弹,周庆福怎么有精神头跑到我连?

"哎,我正要找你呢,"周庆福说,"没想到在这儿碰上了。"

"你还敢找我?"我看着他,"邱玉明这小子到处揭我的老底埋汰我,弄得我在人前抬不起头。你和我接触,不怕受牵连?"

"牵连?这儿没人看见。"周庆福说,"我都听说了。这小子真不是东西。那天他们三个人欺负你,听说把你打得够呛。哎,伤的咋样?"

"没事,就是脸出点血。"

"唉,这鬼地方,挨累不说,还受人欺负。你就甘心总在这儿?"

"不呆这儿咋的？城里咱回不去，你还能把我整到外国去呀？"

周庆福悄悄靠近我，小声说："真不想在这儿受气，我可以替你想办法。"

"想啥办法，你自己都顾不了自己，还帮我？"

"听说香港那边挺自由，"周庆福说，"你想去不？"

"什么？你跟香港那边有联系呀？"我感到有些惊讶，"那边可是资本主义社会，打死我，也不去。"

周庆福仍不甘心："我这是为你好，你别太死心眼了。你累死累活地干，差点儿把命搭上，咋样了，还不照样受气？"

我诧异地瞅着他。

他不满地说："你记得不？咱们刚来一个月时我饿得受不了，拿了点儿破饭票，瞧他们那狠劲儿，把我当阶级敌人对待。你说，这儿是人呆的地方吗？"

"……"我一时无语。

他又问："哎，你看最近点里的知青都有啥不满情绪？"

"你问这干啥，是不是没累着闲的？"

"你这个木头脑袋。得了，我不跟你说了。"周庆福说着从兜里掏出二十块钱递给我，"平时想吃点啥就买点啥，自己身体可要注意啊。"

"你这是干啥？你家里挺困难的自己留着花吧。"我推开他的手。

"拿着。"周庆福硬塞进我的兜里，"我回去了，以后有啥事尽管找我。"

周庆福一转身，刚要走。

"哗——"

我听到身后有动静,猛回头见一个人正在小解。天很黑,看不清面容。

"谁?"我喊了一声,那人立刻停止了小解,提着裤子跑向宿舍。看那身影好像是邱玉明。

周庆福惊慌地走了。我摸着兜里的钱,怔怔地望着他远去的背影。

第十一章

收了周庆福的二十元钱，我内心忐忑不安。他家里生活困难，能一次给他寄那么多钱吗？那他的钱又是从哪弄来的？尽管我对这事感到疑惑不解，可眼下这钱对我来说真是及时雨，管他钱咋来的，先请谢元庭，等家里寄来钱再还给他。

第二天晚上，我来到隔壁，将谢元庭悄悄叫出来。

"啥事儿？"他跟我向房后走着，不解地问。

"上小卖部，哥们儿请你吃蛋糕。"我说。

"真的？"谢元庭显得很兴奋。

自从上次同邱玉明打架后，谢元庭见我总是躲躲闪闪的。这"谢老转"很油滑，见到邱玉明、田达利抱着团整我，不敢同我公开接触。

尽管郑义平仗义，关键时刻敢帮我，但毕竟势单力薄。我切身感受到，要想在青年点立足，没有几个朋友真的行不通。尤其像我这种身份的人，处境更尴尬。我不能再这样下去了，应该寻找自己的朋友。我寻思了一番，我们班的同学只剩下谢元庭可争取了。我早就看出来，别看谢元庭平时跟邱玉明显得挺近乎，但从他谨慎地与我的几次接触中，我隐约感觉到他对邱玉明并非真心实意。

来到小卖部，我买了一斤蛋糕，又要了两盒红玫瑰烟。这烟柜台没有，兰桂芳真够意思，从后屋取来两盒。

我们从小卖部出来，我将蛋糕和两盒烟都给了谢元庭。

谢元庭见我如此慷慨，便说："哥们儿真够意思，以后有啥事儿吱声。"

我说："这回全营的人都知道了我的底细，你不会嫌弃我吧。"

"那算啥，全国像你这样的人多着呢。咱俩是同学，你还信不过我吗？"

我感激地望着他："今后咱俩就是朋友了。我这个人直性，不会来事，你得多提醒着我点。"

谢元庭拿起蛋糕一个劲儿往嘴里塞，一会儿就全进了肚。他抹了一下嘴，说："没问题，别看我学习不如你，可这社会上的事比你懂得多点。"他看着我说："这插秧大会战可算结束了。我真佩服你，头一次挑苗就供两个快手，承受那么大的精神压力，硬是挺着没趴下。你好好干，别人自然会转变态度。"

我静静地听着，后悔没有早一点请他吃蛋糕。平时，我看见邱玉明不时上小卖部买饼干同田达利一起吃，这也是交人的一种最直接有效的方法。此时，我才似乎有所感悟。

"哎，你知道不？冷霜月当上三连指导员了。"谢元庭说。

"是吗？"我感到很惊奇。

"看样子，你不爱走动，啥消息也不知道。"谢元庭说，"冷霜月真不含糊，插秧时表现得确实出色。听说，她跟三连插秧最快的一起干，硬是没落下，手都插肿了，也不休息。冷霜月在校时就是班干部，有组织能力，加上自己能干，得到了黄树川的欣赏。黄树川在咱连当队长时，你还不知道哇，他就喜欢能干活的。插秧刚一结束，他们连的指导员就被借到农场，留下一个空缺，黄树川就向营里举荐了她，营里连奔儿都没打就同意了。咱营新知青当指导员她可是蝎子屎屁独一份呀。"

我暗自为冷霜月高兴，毕竟她给我们新知青争了脸。我也佩服黄树川，他为人正直。黄树川在二连时，对我挺关照。他喜欢踏实肯干的人，可这新来的队长黄树山却与黄树川大不相同，整天背着手在地里转悠，像个监工。能干的人，他未必赏识。倒是有几个偷懒耍滑的老知青，因常请他喝酒，他便给安排俏活。我搞不明白，我这样拼命地干，黄树山他是嫌我家庭有问题，还是我没有请他喝酒呢？我真的怀念黄树川了。假如他继续留在我连，我的处境不至于这样。

我瞅着谢元庭，他正惬意地吐着烟圈。

我说："你好好干，争取当个连长、排长，我也好跟你借光啊。"

"难啊。"谢元庭猛地吸了一口烟，"这么多老知青，啥好事儿能轮到咱新知青头上啊？"

"冷霜月不是当上指导员了吗？"

"她不是赶点子上了吗？"他的口气不知是羡慕还是嫉妒。

"点子。"我自言自语着。我的点子在哪儿？吃苦挨累受气遭罪的点子我全都赶上了，至于别的我做梦都不敢想。

夜色已深，我们不知不觉来到宿舍的房山头。

我说："你先回屋，让别人看见你跟我在一起，不好。"

他说:"那有啥?"

"还是注意点好。"我推他一把,"你先走吧,只要咱俩心里好就行啦。"

谢元庭没说什么,转身走了。

几天后,当听到周庆福被公安局抓走的消息时,我不禁大吃一惊。

我疑惑地问谢元庭:"不会是谣传吧?"

"啥谣传,昨天我到三连,三连的人都说,亲眼看见周庆福被两个公安的人铐上手铐带走了,这还能有假?营里正在调查谁跟他来往密切哪。"谢元庭语气肯定,令人不容置疑。

"为啥抓他?"我急切地问。

"听说是偷听敌台。"谢元庭说,"你说这小子缺心眼不?你偷听就偷听呗,谁也不知道。干吗往香港去信?还要跟台湾的特务取得联系,让那边给他寄钱。那边真的给他寄了些钱,说是作为他的活动经费。还让他在这边发展组织,收集情报。他也不是高干子弟,能收集啥机密?顶多收集点青年点知青的不满情绪呗。这小子得人家的钱,还真的发展了一个叫'狗熊'的老知青。这次他去信汇报成绩,还让那边给他寄钱,信还没出县就被人怀疑上了。公安局立马把信扣下。那还有他好,不抓还留着他?"

啊,怪不得他总猫在被窝里听收音机,原来是偷听敌台,我才明白那天夜里他找我的用意。当时我还以为他说说而已,没想到他真那么做了。我忽然感到后怕,后脖梗儿直冒凉气。这小子能不能招出给我钱的事儿?要是那样我就是浑身是嘴也难以分辨,跳进黄河也洗不清呀。

我顿时心惊肉跳,嗫嚅着问谢元庭:"你听说这小子都招了些啥?"

"审讯他时,我也不在场,谁知道他都说了些啥?"谢元庭说,"不过听三连的人说,那个叫'狗熊'的老知青被营里的民兵关起来,正让他交代问题呢。"

"哎,白剑峰,"谢元庭望着我,"过去你俩睡觉挨着,这小子没发展你?"

"没……没有。"我支吾着,心里像揣了个兔子怦怦乱跳。我不能承认周庆福找我的事。我说:"他就是想发展我,我也不能干。"

"那是。"谢元庭看着我,"我知道你不会上那小子的当。"

"你还听到啥消息?"我想从谢元庭口中探听青年点对这件事的反映,看是不是牵连到了我。

"别的倒没听到啥。"谢元庭小眼睛一眨,凑近我耳根,"咱哥们儿不错,我跟你说句实在话,就怕有人说周庆福和你关系密切。你真得有心理准备。"

"嗯。"我顺口答应着。心里在想,别人万一问起此事,我该如何回答?

小队部里,黄树山、达子和崔红英坐在炕沿儿上,六只眼睛像六把利剑直刺向我。我站在地当间,不敢面对那像审视犯人般的目光,低头思考着对策。

"白剑峰,你老实交代周庆福找过你没有?"黄树山大声训斥道。

"没有。"我脖子一梗,硬邦邦甩过一句。

"你还想抵赖!"黄树山猛吸了口烟,冲我喷出一团烟气,"有人看见了,有天晚上,在房山头周庆福塞给你钱。是不是他发展你啦?"

我脑袋嗡的一下大了。那晚有个人在房山头小解,看背影像邱玉明。对,肯定是他。一定是他揭发了我,别人绝不会干这种出卖同学的事。我仔细回忆着当时的情景,周庆福先前说的那些话,他肯定没听见。看来想隐瞒是不行了,我应该找个恰当的理由来搪塞他们,好为自己解脱。

我装着被烟呛的样子,咳嗽了一声说:"哦,是有天晚上,我要到小卖部买牙膏,刚走到房山头周庆福就过来了。他上月管我借了二十元钱,他是来还我钱的。我还推辞,他硬塞给我就走了。"我瞟了一眼黄树山,"怎么,他还我钱,我不能收吗?"

达子瞥了我一眼没吱声,但目光不像刚才那样犀利。

黄树山小眼眨了眨,半张着嘴似乎想说什么,崔红英却先开口问我:"周庆福收听敌台,你知道不?"

"我哪知道?平时我都不跟他来往。"我抬头望着她,"要不是你们把我叫来,我还不知他被公安局抓走呢。"

"你俩以前睡觉不是挨着吗,你没听他向你散布什么?"崔红英继续追问,一脸的严肃,只是声音不那么严厉了。

"在北炕时,我们好几个人在一起,不信你问问他们,周庆福跟我讲过什么?"我已经看出,他们只是猜疑,并没有真凭实据。即使邱玉明添枝加叶,我也不怕。那天晚上既然周庆福没能说服我,他未必会招出我。

黄树山斜睨了我一眼,说:"跟母(我)去趟营部。你态度要老实,争取主动。"

到了营部刚进屋,就见一个老知青正对着三连那个人称"狗熊'的老知青吼着:"说,周庆福怎么发展你的?"

"狗熊"长得五大三粗,蓬乱的头发,黑黑的脸皮,手掌像熊掌一样宽厚。他耷拉个脑袋,瓮声瓮气地说:"刚才我不是说了吗,你还让我说啥?"

"你这个狗熊,装什么傻。"那个老知青说着,啪地扇了"狗熊"一个耳光。旁边另一个老知青,上去又是一脚。这两个人是营里的基干民兵,下手特狠。我不禁打了一个寒战,看来今天是凶多吉少。

营长吴大山绷着脸坐在椅子上抽着烟,他不动声色地瞅着我。我惧怕与他的目光相遇,眼睛看着椅子腿,心里惴惴不安。

冷霜月神态冷峻地站在一旁。她刚提升为指导员,连里就出现这种事,不知对她有何影响。

两个基干民兵横眉立目对着我,其中一位说:"这小子,白白净净挺精神啊。你就是那个走资派的儿子?"

另一位接道:"你坦白交代,周庆福找你到底有啥勾当?"

看来,营里已知道周庆福和我在房山头相遇的事。一定又是邱玉明告的密。我极力装出镇定的样子,重复着在小队部说的话。

"真的吗?你唬谁呀?"那俩基干民兵瞪着我。

"我看不揍你是不能讲实话。"其中的一位过来就要揍我。

我本能地向冷霜月投去求救的目光。

冷霜月扫了我一眼,过来拦住民兵,说:"看样子白剑峰没有说谎,谅他也不敢跟周庆福勾搭。"

那位民兵疑惑地看着冷霜月,又冷冷地瞪着我,慢慢地将手放了下来。

吴大山扔掉手中的烟头站起身,严肃地看着我:"你再好好想一想,周庆福跟你说了些什么。我们给你一次机会,希望你能同周庆福划清界限。"

"他真的没跟我说什么。"我极力为自己辩解着,脸上显出委屈的样子。

屋里出现暂时的寂静。

"过两天营里要开批判大会,你好好想一想。"吴大山瞟了我一眼,"你先回去,有事我们再找你。"

我悬着的心稍微放松了,起码暂时躲过一顿胖揍。

俱乐部内灯火通明,全营知青齐刷刷坐在台下。"狗熊"被两个民兵押到了台前,我在台侧被人看着成了陪斗对象。我惊悸地低着头,心揪成了一团。

会场气氛严肃,充满了火药味。冷霜月带头发言。她拿着厚厚的发言稿,对周庆福偷听敌台的行径展开了批判。周庆福被押在公安局没有到场,可"狗熊"却遭了大殃,人们把愤怒都集中到他的身上。冷霜月一下台,各连的指导员纷纷上台,矛头指向"狗熊",不时有人捎带批判我几句。我战战兢兢地立在那儿,心里对周庆福满是怨恨。那天晚上他要不找我,我哪会遭这洋罪?我愈发记恨邱玉明对我突施冷箭。再一看"狗熊",弯着熊腰脸上淌着豆大的汗珠,腿不住地发抖。

我偷偷扫了一眼台下,邱玉明一副得意的神情,不时跟田达利耳语着。我真想过去狠狠揍他一顿。

批判会达到了高潮,有人带头高喊:"打倒周庆福!""批臭白剑峰!"台下的人跟着附和,声音不齐却极响亮,仿佛沉雷向我袭来,我默默地闭上眼睛。

我心里一阵恐慌,感觉耳膜嗡嗡鸣响,台上的发言也听不清,只盼着这批判会马上结束,我好早点儿脱离这痛苦的煎熬。

良久,我才缓过神来。这时,吴大山走到前台,他望了望台下,又看看"狗熊"和我,亮起大嗓门:"今天这个批判会开得很好,很成功,使我们更加清醒地认识到当前严峻的形势。目前国外的敌对势力仍很猖狂,他们利用我们知青中的意志薄弱者进行拉拢煽动,搞破坏活动。周庆福竟然偷听敌台,与特务保持联系,这是我们国家和人民所不能容忍的,今天受到人民的制裁是罪有应得。县里已来了通知,判处周庆福有期徒刑七年。"

台下出奇的静,几百双眼睛齐刷刷盯着台上。

吴大山顿了一下,瞅着我说:"经过我们调查核实,尽管白剑峰没被周庆福拉拢,但也给我们敲响了警钟。我们大家都要提高警惕,要站稳无产阶级立场。今天所以让白剑峰站在台上,是想让他受受教育。希望白剑峰要擦亮眼睛,吸取教训。我们每个人都应该加强思想改造,才能避免犯错误。"

吴大山稍微缓和了口气,对我说:"白剑峰,你先下去吧。"

我就盼着这句话。营长已下了结论,我感到如释重负,匆匆走下了台。

吴大山又宣布对"狗熊"的处理决定,说他虽被周庆福拉拢,念他是受蒙蔽者,营里没有将他移交公安部门。但他要做出深刻检查,以观后效。

回到宿舍,我仰躺在炕上。几天来营、连的轮番讯问,搞得我焦头烂额,寝食不安,嘴上起了一串大泡。

我长长出了一口气,总算躲过了一劫。可周庆福现在啥样?

这天中午,我正躺在炕上睡午觉,突然被两声砰砰的枪声惊醒,我一骨碌爬起来,只见午休的知青纷纷跑出屋,向枪响的方向奔去,我也跟在了人群后面。

路旁停着一辆警车,几个法警威严地持枪立在车旁,令人生畏。

营长吴大山,各连的连长、指导员等迅疾赶到了现场。两个法警像拖死狗一样从苇丛中拽出一个人扔到地上。这人浑身泥土,胸口满是黏糊糊的血,看样子已被枪打死了。

好奇的知青呼啦一下围了上去。胡立仁挤上前一看,不禁一怔:"这不是周庆福吗?"

"什么?周庆福。"我心里一阵紧缩。壮着胆悄悄凑了过去。从人缝中一看,真是周庆福。

周庆福小脸煞白,左腮粘了块烂泥,一双小眼睛瞪着,嘴角紧闭。胸口被子弹打穿,涌出的血溅满全身,粘上的泥土变成黑红色。我头一次看见这种惨状,惊悸得头发晕。我突然感觉胸闷得像堵了什么东西,我不忍再看下去,赶紧扭过头。

吴大山瞟了一眼地上的周庆福,问身旁的法警:"怎么回事?"

那个法警用脚踢了一下周庆福的尸体说:"我们坐车押他到监狱,刚走到这儿,这小子就说有尿憋不住了。我们就给他打开手铐,让他下去。可这小子刚一下车就往路边的苇子地里钻。我们喊他,他就是不回头。我们在后边追,这小子像兔子似的一个劲儿往里跑。我们一看这小子要逃跑,就朝他开了两枪,这小子被放倒了。拖出来一看,死了。"

法警看着吴大山问:"这小子是不是你们青年点的?"

"啊——是呀。"吴大山说。

"这小子是畏罪潜逃,死有余辜。"法警严肃地说,"你们大队给出个证明。大队长在不在?"

"我就是。"吴大山自我介绍。

"你带钢笔没有?"

"带了。"

法警面无表情地说:"车里有纸,你到车里出个证明,就写这小子畏罪潜逃,被打死的。"

"叫我写啥证明?"吴大山白了那法警一眼,"我又没看见他是咋跑的?"

那法警生硬地说:"这地方是归你们大队管的不?"

"是啊。"

"既然他在你们这地方跑的,你当大队长的就没责任?叫你写个证明很正常嘛。"

"话不能这么说,你们押着他走到这儿,是你们让他下车解手的,我有啥责任?"

"你要知道,这可是政治问题。"法警说着,晃了一下手中的枪。

"你少扣帽子。"吴大山不甘示弱,蔑视地瞅着那法警,"我当过兵,摆弄过这玩意儿,少拿这个吓唬我。你们没看住,拿枪打死了人,谁知道咋回事儿?这证明我不能出。"

"你写不写也是这回事儿。我不跟你废话,尸体你们自己处理吧。"

法警说完扭头跳上了车,砰地关紧车门,发动了车子。

吴大山气得脸发紫,怒视开走的车,呸了一声:"上这儿装什么横。"

吴大山走到尸体旁,他眉头拧成了一个疙瘩,脸上的肌肉不停地抽搐着。他慢慢蹲下身子,用手轻轻擦去周庆福脸上的泥块,重重地叹息了一声。

他缓缓站起身对身边的人说:"你们回去取锹镐,就近挖个坑,埋了吧。"

一会儿,那俩人扛着锹镐回来,找了一块干爽的地儿,连刨带挖,一会儿就出现了一个两米长、一米宽的深坑。几个人过来,将周庆福拖进坑里。

尤金珠、冷霜月俩人刚才还站在人群后面不敢看。这回要埋她的同学了,忍不住上前看了一眼,顿时眼泪就下来了,呜呜地哭泣着。

冷霜月两眼有些发直,盯盯瞅着周庆福,似乎想哭,却又极力忍着。

挖出的土,带着杂草和苇根一起又被填进坑里。周庆福下乡不到一年,就这样被埋进了这片盐碱地里。

过了两天,有人发现在埋周庆福的地方凸起了一个坟包,边上插着一块木板,上面是用仿宋体写的几个字:周庆福之墓。

全营立即引起一片骚动。吴大山命令各连的连长、指导员查找是谁干的。"狗熊"仍然受到民兵的严密监视,连上厕所都有人跟着,不可能有这种机会,他被排除了嫌疑。有人又想到了我。这两天我跟大伙儿一起上工，晚上早早就钻进了被窝。杜金彪这几天晚上没出屋。达子和崔红英上我屋调查时，邱玉明和石钟玮说没注意我，杜金彪却肯定地说："白剑峰这小子，这两天晚上真没出屋，哥们儿可以作证。"这才打消了人们对我的怀疑。

可究竟是谁干的？这人胆子也太大了，竟敢为周庆福堆坟立碑，我在心里也画了一个大大的问号，看来此人一定与周庆福有着特殊的关系。我从头至尾想了一遍他班的同学，可平时周庆福与他的同学并没什么接触，那到底是谁呢？

会不会是那个神秘的女人？我突然想起，刚来时在场院脱谷，我背稻草时发现有一个女的在稻草垛跟周庆福在一起，说不定是这个女人偷偷干的。

莫非是冷霜月？她最了解周庆福，两家距离又不远。可周庆福刚被抓，冷霜月就带头批判他，仿佛与他有深仇大恨似的。她现在是连指导员，干得正红，她能不顾自己的前途，冒着风险为一个罪犯去堆坟立碑？

我又想到尤金珠。那天埋周庆福时，她哭了，而且哭得很伤心，可她平时与周庆福并没什么来往。当时她哭也许是为自己同学的悲惨下场感到痛惜。尤金珠一向谨小慎微，借她个胆也不敢这样做。

尚慕春在女同学中是最泼辣的一个，与我们男同学在一起常开玩笑。可她与周庆福不是同班同学，我没见她与周庆福有过什么接触。那天埋完周庆福，她才赶到，没见她有什么过度悲伤的表情。她都能与父亲断绝关系，会对一个罪犯加以同情？她去给周庆福培坟立碑，岂不是笑话？

她们三个都不是，那能是谁呢？

第二天，吴大山叫三连连长和冷霜月带两个民兵到那儿，铲平了坟头。

可没过几天，在原地又堆起了一个坟包。那个被扔的木牌，又奇怪地插到了坟边。吴大山领着冷霜月和两个民兵怒气冲冲地来到这里。他上去一脚踩倒木牌，气得对民兵大声说："把它给我铲平。"

两个民兵用桶锹铲平了坟包。吴大山怒气未消，对身边的冷霜月说："今晚从你连找俩男的，在这儿守一夜，非把这事儿给我整明白，看看究竟是人还是鬼。"

当晚，冷霜月派三连两个老知青蹲在旁边。夜里很凉，两个男青年披着破棉袄来回走着，嘴里嘟哝着："哪个小子胆儿这么肥，这么折腾咱们。"

各连每晚轮流出两名老知青在这儿守着。几天过去了，再没见坟包出现。

总算平静了几天。可民兵一撤，第二天又神不知鬼不觉地出现了坟包，只是那个木牌却不见了。

吴大山气呼呼地领人赶来，再次铲平。他愤愤地说："真他妈的闹鬼了，难道这坟包会自己长起来？"

冷霜月望着吴大山问："今晚还派人守着不？"

"不用啦。"吴大山用脚踢了一下身旁的苇子，"谁爱培坟就叫他培吧，反正周庆福也活不过来。有精神头，他就培。总有一天抓住他，非把他也埋在这儿，让他陪周庆福这小鬼做伴吧。"

第十二章

周庆福死时插秧大会战刚刚结束,仅仅过了一个多星期,那一片一片的嫩叶就从薄薄的水面上钻出。原来还是灰色的田地,此时被绿色缀满了勃勃生机。水田地里,我们换上了薄靴子,大伙儿一字排开,每人把着两根垄,一齐向前推进。我们哈着腰,屁股撅得老高,双手在地里不停地挠秧除草,像刨地的小狗。达子特意叮嘱我们新知青每一棵秧苗都要挠到,不能糊弄。

在我的左右是胡立仁、韦翠花。方怡玫距我也只隔几根垄。我挽起袖子,双手在地里挠着。而女生都戴着套袖。这大热天,戴那玩意儿干啥?扭头看看胡立仁,刚开始,他还能双手挠两下。过了一会儿,见达子走了,他突然加速,噌噌几步就蹿到前面。

胡立仁咋干得这么快?我直起腰好奇地向前望去。胡立仁左手背着,右手在地里紧着搅水,根本没挠秧。水被他搅浑了,别人真看不出来。

我哪干过这活。挠了一阵秧,手指甲嵌满泥。时间一长,感觉腰像折了似的酸疼。我直了直腰,只见胡立仁正坐在前边的地头悠闲地抽着烟卷。

身旁的韦翠花闷头仔细地挠着,落下我有十几米远。这活真腻歪。我真恨不得像胡立仁那样把水搅混,早点儿到地头休息。

"胡立仁,你小子捣腾得挺快呀,都挠到了吗?"黄树山突然问胡立仁。

"队长,咱干活快也不对呀?这么多地,不快点儿干啥时能完哪?"胡立仁说着,从兜里掏出一支烟,递给黄树山。

黄树山瞅了瞅,划火点着说:"红玫瑰啊,你小子还净抽好烟啊。"

"给队长不上支好烟,你不得收拾我呀?"胡立仁调皮地冲黄树山笑笑。

"哎,白剑峰你看啥哪?快点挠,顶数你干得慢。"黄树山冲我嚷道。

我真倒霉,刚直下腰向前看了一眼,就被这个黄树山盯上了。你下来挠一会儿?真是站着说话不腰疼。

"这个臭老土,比周扒皮还邪乎。"我心里暗骂道。

太阳像个火球悬在天上,巨大的热浪向我扑来。脸上的汗水刷刷往下淌。成群的如小米粒般的小虫子,密密麻麻成帮成团地在我身边围绕着。它们扑到我的脸上、胳膊上,赶都赶不走,真让人心烦。老知青管这小虫叫"小咬"。这"小咬"可真厉害。落到人的胳膊上,立马就起个小包,钻心的刺痒。怪不得女青年都戴着套袖,原来是防备"小咬"啊。

总算熬过了一天。我的脸上、胳膊上却起了一片片的包。

晚饭后，我无聊地躺在炕上，翻着一本毛主席诗词。倏地，感觉腰间有个什么虫子在叮咬着我的皮肤，一阵阵刺痒，当时情绪就没了。我急忙掀开衬衣，眼见一只跳蚤从我身上蹿到褥子上。那动作极迅速。我伸出手掌用力一拍，却扑了空。那只跳蚤像个小精灵，只一闪便蹦到地上。再想找踪迹不见。我心里合计，这炕上哪来这么多跳蚤？上工挨"小咬"叮，回来遭跳蚤咬，我被这些小虫咬得浑身是包，简直无法休息，我干脆下了炕，穿上布鞋向屋外走去。

天渐渐黑下来。我漫无目的地走着。胳膊刺刺痒痒，我忍不住用手挠着。

"白剑峰。"一个轻柔的女声从身后飘来。

我回过头，方怡玫手拿着一副套袖到了近前。

"刚才我到兰桂芳那儿做了一副套袖，你戴着干活'小咬'就叮不着你胳膊了。"方怡玫说着递过来一副套袖。一看就是用旧衣袖改的。

"那你戴什么？"我问，并未伸手去接。

"我还有一副，快点儿拿着。"方怡玫将套袖塞到我手里，"我怕你屋里有人，就没进去，在外面转悠着等你，没想到你在这儿。"

啊，我想起来了，下午收工时，我走在后面，在田埂上遇到了方怡玫。她见我胳膊起了一层包，就问："你怎么不戴套袖？"我说："没有。"她默默地看着我的胳膊，随手拽自己的套袖。她刚拽下半截，见已沾上了泥水，又戴上了。快到青年点时，她说："我先回去了，别让人看见咱俩在一起。"她刚走了两步，又转回头问我："晚上你在屋呆着不？"我说："不一定，没准在外边溜达。""噢。"她冲我点下头说，"我先回去了。"

方怡玫真是细心,不声不响地给我做了套袖,却又不到宿舍找我,她是怕引起别人的猜疑。

我们身上被镀上一层清冷的月光。方怡玫看着我挠破的胳膊,心疼地说:"看你胳膊让'小咬'咬的,唉——"

"没事。"我装作无所谓的样子,故意甩了下胳膊。

"以后拔草可得戴上套袖,别再让'小咬'咬了。"方怡玫看着我,"干活也要注意啊,别让黄树山找你麻烦。"

我想起在地里挠秧时黄树山对我的态度。我跟他无冤无仇,他怎么就看不上我?是不是邱玉明、石钟玮等人在他面前说我的坏话?我干活并没有偷懒,他为什么那样对待我?谢元庭曾悄悄地告诉我,邱玉明、石钟玮等人没事就到小队部。有一次,谢元庭在他窗前经过,发现俩人正跟黄树山喝酒呢。

我又想起原队长黄树川。那人正直,待我们知青也好,可偏偏却调走了,弄来个黄树山像个监工。听说俩人还沾点亲,可秉性咋相差恁大?

我瞅着方怡玫问:"你和黄树山以前在三连,他这人咋样?"

"哼,咋样?你慢慢品吧。"方怡玫嘴角一撇,口气变得有些怨恨。

"他怎么想起把你调到咱连?"我问。

她的眼睛含着忧郁:"他这是黄鼠狼给鸡拜年——没安好心。杜金彪要跟他过来,他同意了。开始也想让我过来,我没同意,可后来他到营里硬说我调过来是工作需要。吴大山竟同意了。我能有啥办法呢?我不愿跟杜金彪在一个连。谁不知道杜金彪是个大色迷,现在他晚上还总到三连的女宿舍。"

啊!我这才明白,怪不得杜金彪晚上总不在屋呆着。

"黄树山也像杜金彪那样吗?"我问。

"别看他是队长,表面像个人似的,其实,他见着女青年就想占便宜。有一次,他在女宿舍外,扒窗户看人家换内衣,被屋里人发现了,冲着窗户大喊大叫,这家伙急忙溜走了。我一直在躲着他,没想到这回又到了他手底下,真不知以后会怎样?"方怡玫露出无奈的神情。

"真是个流氓。"我愤愤地骂道,"简直给贫下中农脸上抹黑。"

"小声点,别让人听见。"方怡玫用食指凑近嘴边,"嘘"了一声。

我抬眼望去,不远处有几个知青正悠闲地散步。

方怡玫说:"早点回去吧,别人看见咱俩在一起,又该说闲话了。"

第二天上工,我戴上方怡玫给我的套袖拔草时不再担心"小咬"。尽管我仍被这些小虫子包围着,但套袖阻挡了它们对我胳膊的猖狂侵袭。

那草也怪,几天没拔就长得超过了秧苗。草的生命力极顽强,只要留一点根就疯长,害得我们整天撅个屁股在田里拔草。这草似乎有意跟我们作对,刚拔没几天,又蹿出一茬。秧苗就不行了,插得不好都不成活。地里常看到有的秧苗漂浮在水面上,叶子已经枯黄。往往事与愿违,希望生长好的却长不好,想要消灭的却又除不净。这个世界就是这样令人费解。

夏季的芦苇长得密密实实,两三指宽的苇叶相互拥挤碰撞着,在沟边竖起一道密不透风的绿色屏障。

我连水田地的最西头,便是十余米宽的总干渠,大伙儿称之为

"总干"。

"总干"的大堤上长满芦苇,比我们连里的上下水沟的芦苇长得粗壮而且稠密。每天干完活,我们都要到"总干"里洗澡、游泳。男知青一般就近洗澡。女知青则要多走一些路,到稍远的地方下水,以躲避他人的视线。

有一次,我刚下到"总干"想洗个澡,就被水中的邱玉明、石钟玮、田达利等人所注意。石钟玮冲着我嘲笑道:"行啊,你皮肤又白又嫩真像个大姑娘,过来让哥们儿摸摸。"说着比比划划,做出勾引人的动作。

邱玉明、田达利哈哈大笑起来。

我感到羞辱,火气往上蹿。"别——"我刚想反击,却见三人的目光一齐向我射来,我只得将嘴边的话又咽了下去。我意识到,此时真的与他们发生口角,打斗起来我肯定要吃亏。

"别什么呀?"邱玉明故意脸对着田达利说。

"别不好意思呗。"田达利跟着附和。

石钟玮咧开大嘴笑起来,露出牙花子。听他不是动静的放浪的笑声,我感到一阵恶心。有他们在这儿我还能洗好澡吗?我还呆在这儿干吗?得了,不跟他们赌气,干脆离他们远远的。

我急急忙忙游到边上,脚刚踩到堤坡,就被芦苇秆划了一道血印。我顾不上这些,爬上堤岸迅速拨开苇丛,钻了出去。

回到宿舍,我打开箱子,翻出前些日子托人从县城买回的一尺红布,拿到小卖部,找兰桂芳做三角裤衩。

兰桂芳领我到了里间,方怡玫正坐在炕上看书,书页有些发黄,书皮则用报纸包着不知是什么书。

见我进来，方怡玫放下书，问："有事吗？"

"噢，让兰桂芳给我做条三角裤衩。"我说。

兰桂芳拿出皮尺在我身上比量完后说："小伙儿，腰挺细，大腿挺粗啊。"

我瞅了眼兰桂芳没吱声。

"你先坐这儿陪方姐唠会儿嗑，我这就给你做。"兰桂芳说着裁剪起来。

兰桂芳双脚蹬着缝纫机，头也不抬地说："别着急，一会儿就好。"

"不着急。"我说。我看着炕上那本书，想问是什么名，但转念一想还是不问为好，谁知道这是一本什么书，作者是不是遭批判。

方怡玫问我会游泳吗，我说能游个百十来米。方怡玫提醒我，"总干"可比游泳池复杂，要多加小心。

"好了。"兰桂芳停下缝纫机，将做好的三角裤衩递给我说，"试试吧。"

"这……"我有些难为情。

"桂芳，您想让小白当众出丑哇。"方怡玫笑着推了兰桂芳一把。兰桂芳咯咯地笑了："想哪儿去了，我是说比量一下看看大小。"

我说："不用比量了，准合适。"

"行，你回去穿着不合适，拿来我再改。"兰桂芳说。

我拿起做好的裤衩刚推开宿舍的门，就听到一阵哈哈的笑声。胡立仁、郑义平、杜金彪三人正坐在炕上闲扯。

胡立仁眨着狐狸眼说："还红裤衩呢，洗澡时准能吸引女青年的目光。"

杜金彪瞟了我一眼,对胡立仁说:"别盯着那红裤衩,继续讲啊。"

"哦,我刚才讲到哪了?"胡立仁故意问杜金彪。

"少装糊涂,别说我扇你呀!"杜金彪举起宽大的手掌吓唬他。

"哎,君子动口不动手哇,咱接着讲就是了。"胡立仁说着,吐了一下舌头。他清了清嗓子,继续道,"有一次,我到'总干'去洗澡,扒开苇丛正要下水,突然,发现两个目标,我悄悄猫在苇丛里,看见水里有两个女的正在洗澡。我大气不敢喘,仔细一瞧,原来是韦翠花和郎晓忻。她俩光着上身,那水正好到肚脐眼。至于穿没穿裤衩我可就不知道了。她俩互相撩着水,韦翠花的奶子一般,可挺结实,奶头不大。郎晓忻就不同了,胸脯那两个大肉团一颤一颤的。那奶头大得跟老母猪似的,一看就不是姑娘了,不然咋恁大?"

"你咋知道人家不是姑娘?"郑义平插了一句。

胡立仁眼珠子一转说:"凭经验,你看农村那些老娘们儿给孩子喂奶,奶头多长,颜色多深。不信你到营部后边老农住的地方看看,那些老娘们儿夏天在屋里就光着膀子,顺着窗户看得真真的。"

营部后面有十几处土房,住着当地和从兴城迁来的老农。我去过那些老农家,只见过一次胡立仁说的情景。看来胡立仁没少到后院去溜。

"讲啊,"杜金彪瞪大眼睛催促道,"她俩怎么洗的?"

胡立仁继续讲道:"她俩洗了一会儿,突然,回头朝大堤上看。这时我听到苇子有沙沙的响声。她俩听到了动静,急忙蹲下身子,水面上只露出两个脑袋。看来前面一定有人在偷看,这人也是,怎么不轻点儿?我蹲着没动,悄悄地向外望去,想看看究竟是谁。我等了半天才见有人从苇丛里钻出来……"

"这人是谁呀?"杜金彪问。

"你们自己猜呗。"胡立仁有意不说出来。

"肯定是黄树山,这家伙见女的总是色迷迷的。"郑义平语气坚定地说。

胡立仁急得说:"山东棒子,我可没点名,这可是你自己说出来的。"

杜金彪大声说道:"狐狸你是不敢说呀。那怕啥,长眼睛干啥,不就是为看的吗?女人有什么神秘的,不就胸口多那两块肉吗?"他又问胡立仁:"你看过方怡玫洗澡吗?"

"不瞒你说,方怡玫那身段绝对是全营第一。"胡立仁说着咽了一口吐沫,"可方怡玫总玩独的,谁知道她到哪儿去洗澡?咱也就没那眼福啦。"

"你这个大色迷。"郑义平指着胡立仁说。

"啥叫大色迷?你懂不懂,这叫异性相吸。你要对女的没有兴趣,肯定是身体有毛病。"胡立仁理直气壮地说。

"你才有毛病,专门注意女的。"郑义平反驳道。

这天,太阳火辣辣地悬在头顶,天气闷热得让人喘不过气来。我将成袋的化肥扛到地里,随后脱下外衣,只穿一条三角裤衩。肩头斜挎着化肥编织袋做成的大兜子,装满化肥的兜子坠在胸前死沉死沉,勒得脖子、肩膀生疼。

我光脚在水田里蹚着,边走边使劲儿撒着化肥,尽量使化肥均匀地撒到地里。飞扬的白色颗粒沾满了全身,像挂了一层白霜,蜇得我皮肤发红。

胡立仁将空化肥袋穿上细麻绳,套在腰上像个超短裙。他刚一转身,围在屁股蛋上的"超短裙"马上现出"尿素"的字样,我看着直想笑。

他鬼头鬼脑地四处瞧着,趁没人注意,一股脑儿地将那袋里的化肥全都倒进地里。然后拍拍身子,脱去印有尿素的"超短裙",拎起衣服到"总干"洗澡去了。

我也知道,像他那样做自己能省不少力,可我体验到从育苗到插秧的艰苦,不忍看着长得半尺高的稻苗就这样毁在地里。那是我们流汗苦干的心血呀。化肥是用钱买来的,这样干不是白白浪费钱吗?我们挣点钱多不容易啊!

我不敢像他那样偷懒,依然按照施肥的要求去做,力争撒匀些。这样做我是累些,但我心里坦然。

我这边化肥还没撒完,胡立仁已洗完澡晃晃悠悠地回青年点了。

干完活我拎起衣服来到"总干",刚下去,倏地想起那天在"总干"遭受石钟玮、邱玉明侮辱的情景。今天他们会不会还在那儿洗澡?干脆我走得远点。

我在大堤下走着,浓密的苇子散发着一股特殊的清香。水沟里不时有青蛙蹦跳。一群蜻蜓舒展透明的翅膀,在我头顶上自由自在地飞着。不知不觉中我来到了一处陌生的地方,我不知走出有多远,只觉得这里出奇的静谧,没有了往日的喧嚣。没有人打扰,真是难得啊。对,就在这儿跳到"总干"里洗个痛快。我放下衣服拨开稠密的苇丛,顺着堤坡准备下水。

透过苇丛的缝隙,我忽然发现前面的水中晃动着一个身影,披散着一头齐肩的秀发,在阳光下显得乌黑发亮。齐腰的水中,肩头搭着一条毛巾,正在擦洗身子。尽管背对着我,但我仍能分辨出这是一位年轻的女性。她双手撩起水,从头上浇下,渠水在她光滑柔润的肌肤上缓缓流过。

我头一次见到年轻女人的身体,心怦怦直跳。怪不得胡立仁津津乐道地谈论女人的身体,原来真是很美啊!我屏住呼吸,睁大了眼睛。

须臾,水中的女人转过身体,霎时暴露在我的眼前。浑圆坚挺的乳房上,两个乳头像红樱桃。一张清秀的面容映入我的眼帘。

啊!原来是她,方怡玫。

我霎时愣住了。

只见阳光透过芦苇组成的绿色屏障直射下来,照着她浑圆的双肩和不住颤动的胸脯。胸脯的下方形成一道美丽的阴影。我被这突然发现震慑了。眼前被只有梦中才会出现的情景所笼罩,不觉睁大眼睛呆呆地望着她。

她用双手不停地撩水,搓揉着富有弹性的身体。她全神贯注地享受洗澡所带来的舒适和畅快,专心致志地洗涤全身,仿佛要把身体从里到外来个彻底的清洗,把令她烦恼忧伤的一切统统洗去。

眼前的她似乎忘记了自己,而我竟也忘了自己。我的目光被这样一个活生生的女性青春勃发的肌体所吸引,水中的景象在我看来好似一幅仙女沐浴图。她优美的曲线、健康的肌体美轮美奂,令人咋舌。我的眼前霎时出现一片炫目的红雾,我顿觉呼吸急促、口干舌燥,身体中一阵剧烈的躁动升腾起来。我不断地咽着口中分泌的吐沫。惶恐、希冀、畏怯、贪婪交织在一起,我的身子不由自主地颤抖,我大口大口喘着粗气,牙齿不住地打战。我的头有些晕眩,我分不清这是现实,还是幻觉,慌乱中脚底一滑,整个身子斜着跌进水中,溅起一层水花,鼻孔里也呛进了水。我挺了下身子,刚一探头,蓦地发现,她瞪大双眼正盯盯瞅着我。她吃惊地张大了嘴,合拢双臂本能地护住前胸,身体猛然向下一沉,只露出湿漉漉的脑袋,目光惊讶而恐慌。

我顿时惊慌失措,羞愧得无地自容。我不顾一切地扑腾到堤边,跟跟跄跄地爬出稠密的苇丛,脸上、身上被苇叶划出了血道道,脚底被锋利的苇根扎破,竟忘记了疼痛。我慌乱地套上衣服,狼狈地跑回青年点。

我躺在炕上心仍怦怦跳个不停。这才发觉自己很龌龊,不知自己的目光是否玷污了她美丽的肌体,而内心又有一种说不出的渴望在蠢蠢欲动,搅得我心神不宁。今后我还怎么有脸见她呀?

到了晚饭时间,我迟迟没去打饭,为的是避开方怡玫。我估摸着别人都打完了饭,这才拎起饭盒忐忑地朝伙房走去。我低头刚到伙房门口,不料与里面出来的一人撞在一起。那人饭盒里的菜汤溅了我一身。"谁这么……"我抬头刚要质问,不禁大吃一惊,方怡玫端着饭盒立在我面前。她见到我,满脸通红。"你……"她眉头一皱,不知说什么,只是狠狠地瞪了我一眼,扭头便走开了。我端着饭盒,呆得像个木鸡,不知自己怎样回的宿舍。

晚上,我早早钻进了蚊帐。几只贪婪的蚊子围着纱布正嗡嗡叫着。我躺在炕上,眼前又浮现出"总干"惊遇方怡玫的情景,心中泛起异样的感觉,我的身体又一次涌起莫名的躁动,直到后半夜才昏昏睡去。我头一次梦见与方怡玫赤身裸体相拥在"总干"的渠水中。早起时,我发现自己的内裤湿了一片。

第十三章

"总干"惊艳的一幕在我的心头罩上一层阴影,那意外的新奇发现常常搅得我心神不宁。我渴望得到方怡玫那柔美的肌体,却又羞于见到她。我发现自己的心里变得矛盾和不安起来。每当望见她的身影,心便打鼓般咚咚响个不停。方怡玫似乎也在躲着我。上、下工时已与我拉大了距离,偶尔与我相遇,她也是低头匆匆而过,这令我深感惶恐和尴尬。由于我们的特殊身份,我又不便主动找她解释。

这种尴尬的局面持续了半个多月才趋于缓和。恰在此时,传来了招工的消息。乍听此事,我真有些不大相信,不是说城市的知识青年都上山下乡,怎么下乡没几年又要从知识青年中抽调回城?

尽管这次招工的名额极少,但毕竟让大多数在农村苦干的知识青年看到了回城的希望。

招工的指标下来了。我连只分到一个名额,而且要求是男的。这可真是百里挑一,究竟谁能被选中呢?

达子、崔红英同黄树山一合计，干脆召开全连大会，采取民主评议的方法，重在平时的表现。

经过民主评议，李冬生获得了这个宝贵的名额。晚上，黄树山来到我们宿舍，见石钟玮神情沮丧，便拍拍石钟玮的肩膀说："钟玮啊，这次名额少，你别灰心，好好干，以后还会有机会。"

石钟玮装着满不在乎的样子："这次我根本就没合计回城的事儿，只要你队长心里有数就行。"说着递给黄树山一支"红玫瑰"烟。

"嗯哪，母们心里有数。"黄树山说。

我发现黄树山这人挺有意思，他常说出一些当地的土话，管我们叫母们。胡立仁背后总学他的腔调，张口闭口母们、母们的。杜金彪便取笑他，你是母们，那我就是公们，母的就得听公的，母在下，公在上嘛，逗得大伙哈哈直笑。

看样子，石钟玮与黄树山平时关系不错，不然黄树山也不会上这儿来安慰他。杜金彪在炕上躺着，忽然像想起了什么事儿，从炕上欠起身，对黄树山说："黄队长，明天我到八营去看个朋友。听说过几天他就招工回城了，我得送送他，可能得在那儿住几天。"

"嗯哪，你去吧。"黄树山点头应着。

杜金彪刚从八营回来，胡立仁等几个老知青就来到我们宿舍。

杜金彪兴奋地从兜里掏出一盒阿尔巴尼亚烟，每人分一支。他递我烟时，我说不会抽。杜金彪大眼睛一瞪："拿着，尝尝这烟，大老爷们儿不会抽烟，多让人笑话。"

我只得接过烟，划火先给杜金彪点上，然后自己点上。我刚抽一口，就感觉呛嗓子，有一股生烟的味道。平时在屋里闻他们抽国产的烟,不是这味呀。我咳嗽了两下,不想抽又不便掐灭,只得任其自燃自灭吧。

胡立仁说:"杜彪子,这次到八营都有啥新鲜事儿。"

"新鲜事儿倒有,你想听荤的还是素的。"杜金彪瞥了他一眼,"别叫彪子,多难听。让人合计,那彪子不就是二×吗?"

"嗨,我没别的意思。这样叫,不显得近乎吗?"胡立仁调皮地眨了眨眼。

"你个鬼狐狸,就他妈的会狡辩。"杜金彪挥起拳头笑着捶了胡立仁一下。

"哎哟,杜彪子你轻点儿,哥们儿这小体格可经不起你这重拳。"胡立仁故作疼痛地叫着。

"行了,行了,别装了,哥们儿这就给你讲那新鲜事。"杜金彪斜了一眼胡立仁,"你听不?不听哥们儿不讲啦。"

"听、听,你快讲吧。"胡立仁急不可耐地催促着。

杜金彪又吸了一口烟讲道:"我朋友,就是在火车上打架的那个和尚,在八营当点长,他那个点就三十多个青年,是混编点,跟老土在一起干活。知青跟老土混得都挺熟,没事儿晚上就到老农家串门。

"他点里有个女青年,长得一般可挺会来事儿,被队长看上了。有天晚上,队长借谈话之机就把这女青年给干了。过后,这老土就安排她干俏活,这女的也就没声张。这回招工开始了,点里给了两个名额,一男一女。经过民主评议,和尚和另一个女青年被选上。这女的一看急了,就去找那老土要求回城。老土说大家伙评的,他也没办法。这女的一气之下告到营部,说队长强奸了她,她没脸在点里待下去,要营部给她要个回城名额。营长不信,就问那老土,老土死不承认。这女的急了,拎出了那晚穿的裤衩,上面有老土的那埋汰东西,老土这才承认。营长怕事儿闹大,找到农场,好说歹说弄来一个名额给了这女的。"

胡立仁气愤地说:"这老土也够可恨的,怎么祸害咱们阶级姐妹?"他看着杜金彪:"不过,话又说回来了,这女的也不赖,跟老土干一回就能回城。我要是女的就勾引队长,回城还不容易?哎,后来对老土队长咋处理的?"

杜金彪说:"营长劝这女的,已经让你回城就别往上告了,传出去对谁影响都不好。这女的就默认了。营里只让老土队长写个检查就算完了。"

"什么,强奸女知青就这样处理呀!"我气得脱口而出,没想到对这样的老农队长竟如此袒护。我感觉自己的心跳加快,脸上的血仿佛都倒流回心脏。

"吓,小白脸发火了,看小脸煞白。"胡立仁说。

这事儿没几天就在全连传开了。女知青议论纷纷,有的同情这位受害的女知青,表示了愤怒。有的说,还是这女青年作风不正,苍蝇不叮无缝的蛋。

这天下地,韦翠花、郎晓忻她们和我在一起干活又谈到了这件事。

韦翠花说:"我要是那女青年,非告到底不可。宁可不回城,也要让那队长进监狱。"

郎晓忻则不以为然:"其实,这女青年不傻,跟队长有那么一回,就能回城还不便宜呀?"

"你呀,咋能这么说?女青年失去贞操,多丢人哪。"韦翠花说,

"我要是那女的,就随身带把剪子,他要敢干那事儿,我非把他那玩意儿剪下喂狗不可。"

"你也忒狠毒了吧。"郎晓忻睁大眼睛瞅着她。

我没吱声,平时看她俩说话不这样,怎么今天什么都敢说。有些话,我都感觉说不出口,她们却说得那么自然。

"哎,翠花,你听说没?崔红英跟孙福禄好上了。"郎晓忻突然又转到另一个话题。

"那有啥稀奇的,孙福禄没到三连时就认崔红英为干姐。"韦翠花没有丝毫的惊奇。

"他俩处对象了,听说是崔红英主动的。"郎晓忻说。

"他俩不是姐弟关系吗?怎么又成了对象?"韦翠花问。

"你没听人说处对象的三部曲吗?"郎晓忻瞟了我一眼,又看着韦翠花说,"先叫姐,后叫妹,不知不觉成媳妇。"

"那你跟邱玉明也是这三部曲?"韦翠花揶揄着说。

"得了吧,那绝不可能。"郎晓忻又瞟了我一眼,对韦翠花笑道,"邱玉明小眼睛,薄嘴唇,跟白剑峰比差多了。哎,你俩的关系没进一步发展?"

这个郎晓忻,怎么把我也牵扯上了,这不是没事拿我开心吗?一个还击的念头突然在我脑中闪现。于是我故意说道:"咱一个反革命的儿子,韦翠花能认我这个弟弟,我就很满足了,咱哪敢有什么非分之想啊。"

"哎哟,瞧你弟弟,平时不爱吱声,可真说起话来像上了尿素,还挺有劲的。"郎晓忻冲韦翠花说道。

"还不是被你逼的。"韦翠花故意板起脸,随即又看着我,"别听她胡咧咧，她狗嘴里吐不出象牙。"

"去你的吧。"郎晓忻上前对韦翠花就是一巴掌。韦翠花轻轻一闪，郎晓忻手扑了空。由于用力过猛，身子一歪，摔倒在地。韦翠花扑哧一笑。看着郎晓忻那副滑稽的样子，我也忍不住笑了起来。

伙房内，崔红英正跟杜金彪闹得不可开交。

崔红英脸憋得通红像猴屁股。她尖着嗓子冲杜金彪嚷道："我跟孙福禄好，碍着你什么啦？你怎么在背后骂人？"

"我说什么啦？"杜金彪瞪着大眼睛问。

"你说什么女党员让小地主给……"崔红英觉得这话难以启齿突然卡壳。

"给什么啦，你说呀。"杜金彪故意将她。

"给，给那个啦。"崔红英急得冒出这么一句。

原来崔红英跟孙福禄搞对象的事让杜金彪给大肆渲染。那天胡立仁、郑义平到我屋闲扯，杜金彪嘻嘻哈哈地说："钻进党内的母猴子，让小地主给操了，这不扯起来了。"后来这话就传到了崔红英的耳中。

"给那个啦，是啥意思？"杜金彪又追问一句。

"杜金彪你别臭不要脸。"崔红英这回被逼急了，大声叫道。

"谁臭不要脸，自己干啥事不知道哇？你不敢说，我替你说。你不就是让小地主操了吗？"杜金彪脸上的横肉颤动着，"这有啥说不出口，男女之间搞对象有这事也很正常嘛。"

崔红英，一个连指导员，平时总是说上句，这回让杜金彪埋汰个底朝天。她气得脸更红了，眼泪刷地流下来，浑身直打颤。她上前抓住杜金彪的衣襟，声嘶力竭地尖叫："杜金彪，你不是人。"双手舞着朝杜金彪脸上挠去。

杜金彪没想到崔红英会来这一手，脸被挠出一个血印子，他左手抓住崔红英的手腕，伸出右手向崔红英脸上扇去。

倏地，一只大手挡住杜金彪的手臂，雷大鹏突然出现在他俩中间。

"杜金彪，你少在这儿撒野。"雷大鹏大眼珠子翻着。

"雷大鹏，你躲开，这没你事儿。"杜金彪也瞪起了眼睛。

"你少在这装棍。这是二连，不是你原来的三连，想怎么就怎么着。"雷大鹏伸手抓住杜金彪的右胳膊。

杜金彪气得眼睛要冒出来，大叫："松手，别怪哥们儿动手了。"

眼看俩人要动手了。早听说这俩人打架厉害，今天这俩"棍"碰在了一起，吸引了不少人围观，却没人敢劝阻。都想看看究竟谁被撅棍了。

"干啥呢？都给母松手。"黄树山尖叫着跑过来，达子也赶到了。

雷大鹏见队长发话，不情愿地松开了手。杜金彪则气呼呼地瞪着他。

"什么大不了的事，大鹏算了吧。"达子说着轻轻将雷大鹏拉开。雷大鹏给了达子一个面子，闪了一下身。

黄树山上前推了杜金彪一下，说："杜金彪，跟母回去，别耍脾气了。"

杜金彪翻了一下大眼珠子，被黄树山拽走了。

李冬生真是幸运，赶上了招工的头班车。一连、四连的两个连长这次也被评上了。这两人都是营里有名的"棍",自然被评上。

临行前的晚上,李冬生弓个虾米腰挨屋与大家辞别。最后他到了我宿舍,屋里只有我和杜金彪。李冬生先递给杜金彪一支烟。杜金彪接过烟用鼻子闻闻看了看:"嚯,大生产啊。"他拿起烟在左手大拇指甲上蹾了蹾,说:"省中华,市牡丹,一般干部辽叶烟,牛×小伙大生产。这回你也够牛×的啦。"

"牛×啥呀?哥们儿明天要走了,找人弄了两盒大生产,给大伙儿抽抽。"李冬生说着划着火,"来,小弟给你点上。"

杜金彪说:"还是你这个虾米溜得快。回城了好好干,弄个班组长当当。"

"那个我倒没想,不过尽量争取吧。平时咱哥们儿在一起不觉得怎么,这要走了,心里还真有点舍不得。"李冬生说着眼圈竟有些红了。

李冬生又来到我跟前递过一支烟。我说:"我可没你牛×,咱享受不了。"

"你小子啥时候也学屁啦,"李冬生将那支烟硬塞给我,"瞧不起哥们儿咋的?今天这烟你得抽,这是大哥敬你的,以后咱们见面就不那么容易啦。"

我接过烟,李冬生划着火要给我点,我急忙从他手里接过火自己点着。

"其实,我刚下乡时也不抽烟,后来活累,心情有时闷得慌,就点支烟,去乏解闷呗。"李冬生已有几分感慨,他望着我说,"兄弟,你人倒是不错,就是太倔。你别泄气,今后好好干,脑子活点儿,一切都会变的。"

"李大哥,谢谢你对我的关照。"我动情地说。

"今后的路还得靠你自己走。以后不管遇到啥难事都要坚持住。别有什么自卑感,这年头,地主、富农、反革命、资本家全国多的是,他们的子女难道就不活了?人就得挺起腰杆,堂堂正正走自己的路,这样你才会有出息。"李冬生说完挺了下虾米腰,用那满是老茧的大手拍拍我的肩膀。他的手很有力。

我默默抽着香烟,目送他走出屋。

他回城了,而我从这个晚上学会了抽烟。

第十四章

我拎起磨好的镰刀和一块磨石,跟大伙儿一起下地参加收割大会战。

成熟的稻子黄澄澄、金灿灿,秋风吹拂,搅得稻浪滚滚。沟里粗壮的苇子密密实实透不过风。苇秆顶端蹿出的芦花在风中摇曳着。苇丛像一堵绿色的墙,将一条条田地隔开,远远望去,黄绿分明。

大伙儿跟着队长黄树山在田埂上走着。每到一格地,黄树山就分派一人下去收割。这回是按亩数记工分,有的老知青见有的地里稻子长得稀且直,便一下子要了两格地。邱玉明悄悄跟在我的身后,两只小眼睛紧紧盯着前面的地。我前面的一个知青已经下到地里了,看来下一格地就是我的了。

突然邱玉明蹿到了我前面。黄树山转过身,刚说了声"下一个……"见邱玉明已在身后,便对他说:"你就割这块地吧。""哎。"邱玉明马上下到地里。

我向前走到了另一格地。黄树山朝我一努嘴说:

"你就在这儿干吧。"

我这才注意到,这格地的稻子大半已倒伏,地里因积水而十分泥泞。这可怎么割呀?我眉头一皱犹豫着,没有马上下去。

"还愣着干啥?快下去呀!"黄树山鼠眼一瞪,尖声催促着。

我只好拎着镰刀走到地里。

下一个轮到方怡玫。这格地看上去有两亩多,地里的稻子只有边缘一小部分倒伏,其余都立立整整地挺立着,地面也较干爽,可以穿鞋下去收割。

我回头看着邱玉明要的那格地。地面干爽,稻子稀疏挺直,怪不得邱玉明抢在我前头要下这块地。这个小兔崽子,真是刁滑。我狠狠瞪了他一眼。

我望着自己这格地,足足有两亩。听老知青说,他们刚收割时,最多也只能割两亩,而且稻子还不能倒伏。今天我摊上这块地真是倒霉。

我想从头割起,可这稻子成片地倒在泥里,两垄之间的稻子互相压着如同一团团解不开的乱麻。我只好一下下用手轻轻抓起,再一点点用镰刀挑起来割。我穿了一双黄胶鞋,没挪几步,鞋帮就粘满泥蹭到裤角上。头一次割稻子就摊上这块地,我心烦意乱越干越别扭,一不小心,镰刀头割破左手小指,鲜血一下子涌出,我疼得甩掉镰刀,随手抓了一把稻叶擦拭伤口,用右手使劲儿摁住,好一会儿血才止住。

我忍着伤痛在泥地里小心地扶起趴伏的稻子再下镰刀。想快割,可速度就是上不来,腰累得像折了一般。看着别的老知青熟练地舞着镰刀,稻子一片片倒下,随后又变成一捆捆,竖立在田间,真让人羡慕。

我转回过身,见邱玉明的脸已被汗水淌成了大花脸。此时还没到中午,他已割了快一半了。再看前面的方怡玫割的速度很快,估摸下午收工前准能割完。

再看自己这格地,割了不到四分之一。这样下去,不贪黑恐怕是完不成了。

中午回青年点吃午饭,别人割得快,中午可以睡一觉,可我不行,刚吃完饭,又顶着烈日下地了。

我在地里大汗淋漓地干了好一阵子,那些人才拎着镰刀晃悠来。有的老知青割得快,上午割完一格地,下午又要了一格,同样干一天,他们的工分要超出我一倍。那镰刀在我手中变得越来越沉,手臂酸痛不已,哈腰撅腚每向前挪一步都异常吃力。我真想扔掉镰刀在稻捆上躺会儿,可我还得咬牙挺着,不能让邱玉明瞧我的笑话。

老知青已陆续往回走了。我回头一瞧,邱玉明大汗淋漓地割完了那格地。他码好稻捆瞥了我一眼,拎起镰刀晃着脑袋哼着样板戏走了。

我狠狠盯着他的背影,真想飞过镰刀将他撂倒。这小子,真他妈的坑人。我愤愤地呸了一声,将镰刀狠命地砍在地里。

此时方怡玫已割完,正慢腾腾地码着稻捆。

收工的哨音响了,最后几个人也从地里走出。方怡玫已码完了稻子,见人们远去,这才拎着镰刀来到我跟前,不声不响地割着。我抬起头,她红扑扑的脸上挂满汗珠,辫上粘着稻叶,额前的几缕头发粘在脸颊上。她不时用胳膊擦着脸上的汗水,分开遮挡视线的青丝。

"你回去吧,剩下这点儿我一会儿就能割完。"我看着方怡玫说。

她干了一天累得够呛,我不忍再让她陪我受累。

"没事,咱俩割不是能快点儿吗。"方怡玫头也不抬继续刷刷地割着。

我不再阻拦。尽管我有些心疼她,可还是愿意她陪在我身边。

夕阳收尽了最后一抹余晖落到地平线下,夜幕悄然来临。

在她的帮助下这格地终于割完了。方怡玫帮我码完了稻捆,这时我终于长出了一口气,一屁股重重跌坐在田埂上,再不想动弹了。

"这个邱玉明,真他妈的来气。本来前边那格地应该是我的,他却抢先占了,留给我这块破地,害得我好苦。什么狗×玩意儿。"我气得冒出了脏话。

方怡玫目光诧异地看着我。她一定纳闷,那些脏话怎么会从我嘴里冒出。她肯定发现我变了,不像以前那样腼腆,那样纯真,那样文雅。我开始变得粗鲁、卑俗、多疑、忌妒。

"其实这也不能全怪邱玉明,谁不想挑好割的地?"方怡玫说,"你想啊,这块地总得有人割吧。你不割,就得他割,反正不能空着吧。"

"你怎么替他说话?"我感到心里不平衡,"他本来在我后头,却一下子蹿到我前面,抢先挑了好割的地,哪有这么干的?搁谁谁不生气。"

"可他毕竟是你的同学呀。我知道今天你是吃亏了,可做人不能光想着自己。"方怡玫说。

"就你心地善良,别人要都像你这么想早就共产主义了。"我嘟哝着。

"行了,别想那些烦恼的事了。"方怡玫一脸的疲惫,催促我说,

"快起来吧,回去好吃饭。"

我咬牙站了起来伸了伸腰,随她迈上田埂,无精打采地往回走。

方怡玫瞅着我说:"白剑峰,我知道你这块地不好割。开始我真想早点儿过去帮你,可地里有那么多人,我怕别人看见……"

怪不得方怡玫见大家都走了,才过来帮我。我心里一阵发热,感激地望着她。今天若不是她帮我,没准我要干到半夜。

我来到伙房,打饭的窗口前人群拥挤不堪。男知青拿角匙敲着饭盒,叮叮当当的嘈杂声让我心烦。

方怡玫从窗口打完饭,一手端着盛饭的饭盒盖,另一只手端着冒着热气的"军舰汤"。这时,郎晓忻和韦翠花正拿着空饭盒从对面走来。

杜金彪端着饭盒走近方怡玫,两只大眼珠子色迷迷地盯着她,那目光像苍蝇一般在方怡玫的脸上、身上转着。方怡玫只顾低头端着饭盒往前走,杜金彪趁机贴近她,故意扭胯撞了一下方怡玫的屁股。方怡玫一惊,端汤的手不禁一颤,饭盒溢出的热汤,正溅到郎晓忻的手上。

郎晓忻被汤烫得嗷的一声大叫,饭盒咣当掉在地上。她怒目圆睁,冲着方怡玫喊道:"你干吗,没长眼睛呀?想烫死人咋的?"

方怡玫抬起头,脸刷地一下红了:"对不起,我不是故意的。"

杜金彪大嘴一咧,叉着腿,右脚轻轻拍打着地面,像在看一场文艺表演。

"什么不是故意,这么个大活人在这儿,你没看见呀?"郎晓忻仍不依不饶,指着方怡玫的鼻子,"你瞎呀,想害人咋的?"

"你别骂人好不?我真的没注意,是别人碰了我。"方怡玫脸涨得通红。

"我从不骂人，只骂牲口。"郎晓忻气势汹汹地逼视着她。

"你……别侮辱人。"方怡玫气得嘴唇直哆嗦。

郎晓忻眼睛一瞪道："啥叫侮辱人？自己往人家身上撒汤，还说是别人碰的。你说，究竟是谁碰了你？"

方怡玫说："我只顾端饭盒往前走，哪顾得上看谁碰的。"

身旁的韦翠花鄙夷地瞪着方怡玫："哼，没看自己啥身份？还想狡辩。"

"……"方怡玫眼神凄惶，一时竟语塞。

我实在看不下去了，上前拽了一把韦翠花说："姐，我看见了，方怡玫真不是故意的，你就别帮腔啦。"

韦翠花瞅着我："你别管。"

我吃惊地望着她。

"白剑峰，你咋说话的？"郎晓忻眉毛一立冲我叫道，"啥叫帮腔？她方怡玫烫人还不兴别人说呀？"

"我跟我姐说话，你干吗冲我来？"我没好气地说。

"你咋帮方怡玫说话？她烫人还不兴别人说呀？"郎晓忻气呼呼地瞪着我。

我不满地嘀咕了一句："不就撒上点儿汤吗，还没完没了了。"

郎晓忻说："这儿没你事儿少跟着掺和。"又转向方怡玫："你啥用意？"

"啥用意？我不是说不是故意的吗？"方怡玫说。

"那好，我拿汤烫你，说不是故意的，你干吗？"

"你，你咋这么说话？"方怡玫愣怔地望着郎晓忻。

"我怎么啦,我说的不对吗?"郎晓忻嘴一撇,"没看看自己是啥德性?"

伙房里的人越聚越多,没人上前劝解,只有嗷嗷的起哄声。

方怡玫端着饭盒惶恐得不知所措。杜金彪见状,假装友好地走到方怡玫面前,拽着她的手说:"行了,你快走吧,要不,她非把你吃了。"

方怡玫眼里噙满泪水紧咬着嘴唇,那脸由红转白,浑身打着冷战。她见杜金彪趁机拉着她的手不放,厌恶地皱着眉,挣脱出手腕,径直向外走去。

"哎,这个傻×真不知好歹,哥们儿帮她解围,连个好脸也不给,什么玩意儿。"杜金彪不满地瞅着方怡玫的背影。

方怡玫头也不回疾步走到外面,她一扬手,饭盒盖里的大米饭撒了一地。

郎晓忻冲着她的背影吐着涶沫:"呸,什么东西,想溜走哇?事儿没完。"

"是啊,这人咋这样?"韦翠花也跟着来了一句。

方怡玫像一只受到攻击的野兔,惊恐得不敢回头,踉踉跄跄地跑回宿舍。

我望着方怡玫孤独、惶恐的背影,心里酸酸的,真想追上她,哪怕对她说上几句安慰的话,可我发觉自己的身体沉沉的。郎晓忻、韦翠花等人正怒目紧盯着她的背影,她们的目光像一堵墙,阻挡了我的念头,打消了我的勇气。我痛苦地扭转头,望着韦翠花说:"姐,今天这事儿是不是有点过分。"

韦翠花瞅着我:"这事儿你别跟着掺和,少搭理这种人。"

"什么过分,我没往她身上扬汤就算便宜她。"郎晓忻愤愤地说,"这个狐狸精装什么清高?瞧她那损样儿,要在旧社会,肯定是黄世仁他妈。现在正批林批孔,我看她这是对现实不满,想拿我撒气。"

我问郎晓忻:"这跟批林批孔有啥关系?"

"怎么没关系?"郎晓忻眼珠一转,"她对这场运动表现消极,还当着大伙儿的面往我身上泼汤,这不是迫害知识青年,对运动有抵触情绪是什么?过几天连里开批林批孔大会,我非把她那些事抖搂出来不可,让大家也看清她的丑恶嘴脸。"

我不禁心头一颤,问道:"她能有啥事儿?"

"啥事儿?"郎晓忻瞥了我一眼,"到时候你就知道了。"

雨在夜色中不停地下着,秋雨倾斜地砸到玻璃上,发出劈啪的声响。

全连人正聚集在伙房内,召开批林批孔大会。

崔红英主持会议。她站在地当间,大声念着自己的大批判稿。她身后的长凳上坐着黄树山和达子。

郎晓忻和韦翠花紧靠在一起,鄙夷地盯着躲在角落的方怡玫。全连人个个表情严肃。我站在一侧,见方怡玫不敢与郎晓忻对视,只是盯盯瞅着门口。

崔红英拿着发言稿,嗓音尖厉地说着,眼睛不时从发言稿上移出,更像是即兴演说。从孔老二鼓吹的中庸之道、克己复礼,说到林彪的阴谋篡党夺权,进而联系到当前的阶级斗争新动向,讲得滔滔不绝,情绪亢奋,嘴角都冒出了白沫子。

我暗自钦佩她的口才。我在墙上看过她写的大字报,尽管用词犀利,但文字功底一般。可是经她口头一说,便显得活泼生动,像个演说家极具煽动力。要是她早生几十年,赶上"五四"运动,没准儿会在热血青年游行集会的行列中,成为慷慨陈词、众人瞩目的抢眼人物。

在发言即将结束时她说:"同志们,我们要通过批林批孔,进一步激发我们的革命热情。大家要踊跃发言,揭发不良倾向。我的发言先到这儿,下面,大家可以自由发言啦。"

屋内一阵沉默。达子扫视了一圈说:"大家别拘束,有什么就说什么。"

又是一阵沉默。这时郎晓忻与崔红英对视了一下,崔红英马上说:"郎晓忻,你说说吧。"

郎晓忻挺了挺肥大的胸脯,看着崔红英说:"指导员,我考虑得不一定周全,说得不好可别介意呀。"

崔红英说:"行,这回是自由发言,你有啥就说吧。"

"你不是说要联系实际吗?那我就说点实际的事儿。"郎晓忻故意清了清嗓子,"听了指导员的发言,我很受启发。批林批孔是当前我们政治生活中的大事,关系到我们国家的前途和命运,每个人都应积极参加政治运动。"

郎晓忻瞟了一眼方怡玫说:"可是,有的人对这场运动表现消极,甚至有抵触情绪。有的人,哦,还是女青年,我不说大家也知道是谁。本来父亲有严重的政治问题,自己不但未与其划清界限,而且还……"

我心头一颤,偷眼瞥着方怡玫。方怡玫吃惊、疑惑的目光中夹着震怒,她睁大眼睛瞅着郎晓忻。

郎晓忻突然提高了嗓音："更令人不能容忍的是，这人竟将最高指示和领袖像坐在屁股底下，这是什么性质的问题？"

会场霎时紧张起来，空气中充满了浓浓的火药味。

啊！真有这回事吗？这还了得，我不由得惊出一身冷汗。真要这样，那性质可严重了，挨批判不说，弄不好扣上个反革命的帽子，这辈子就甭想翻身了。只见人们的目光如利箭直射向方怡玫。方怡玫惊得脸煞白，她嘴唇哆嗦着，再也忍不住了，冲着郎晓忻说："你别无中生有，血口喷人。"

"我无中生有？"郎晓忻嘿嘿地尖笑两声，厉声道，"谁做事谁知道。那天，我到你屋去找东雪梅，你坐在炕沿儿上，屁股底下压着一张报纸。我说看一下你屁股底下的报纸，你抬起屁股。我翻开折的报纸，里面印有最高指示和领袖的照片。当时我没吱声，把报纸合上递给你。你说，有这回事儿没？"

"你，你……"方怡玫气得不知说什么好。

"你什么你，东雪梅也在这儿，你问她有这回事儿没？"郎晓忻随即冲着东雪梅问，"雪梅，你说有这回事儿没？"

"我……"东雪梅显得有些不知所措，"那天方怡玫屁股底下是垫了张报纸，但里面究竟有没有领袖像，我可没注意。"

"你没注意，我可看到了。"郎晓忻又冲着方怡玫尖声道，"你为什么把有领袖像的报纸坐在屁股底下？"

崔红英睁大眼睛盯着方怡玫问："你说说，究竟是怎么回事？"

"那天炕沿儿蹭上了灰，正好炕上有张旧报纸，我就垫在炕沿儿上。当时我没发现报纸上有领袖的照片呀。"方怡玫说着，声音已经发颤。

"怎么样,你自己承认了吧。"郎晓忻说,"你说报纸上没有领袖像,谁给你证实?"

"郎晓忻,我跟你无冤无仇,你为什么要诬陷我?"

"谁跟你无冤无仇?我是贫农的女儿,你是反革命的女儿,我俩根本不是一个阶级的。亲不亲,阶级分。我诬陷你?在证据面前,你还敢抵赖呀。"

黄树山的鼠眼直勾勾盯着方怡玫,"哼"了一声。韦翠花脸上也满是怒气。

"谁抵赖了,我真没发现报纸上有领袖像。"方怡玫声音颤抖,发出了哭腔,"我以人格做保证。"

"呸,你还有人格,你佩做人吗?"郎晓忻指着方怡玫,"你个狐狸精、狗崽子,撒泡尿溺死得了。"

"咔嚓",夜空中突然劈出一道闪电,顿时雷声轰鸣。我望着窗外,雨下得更猛了,哗哗地就像用大盆往下泼,雨点打得玻璃啪啪作响。

方怡玫气得脸失去血色,嘴唇不住地哆嗦:"郎晓忻,你,你……"话未说完,大滴大滴的泪珠从那苍白的脸上滑落下来。

"你什么你?今天不好好批判你,你还不老实。"郎晓忻的脸扭曲得可怕。

方怡玫再也挺不住了,呜呜哭着,发疯般冲向门口。

"方怡玫,你回来。"崔红英尖叫着。

"哼,别理她,看她想咋的?"黄树山冷冷地冒出一句。

方怡玫不顾一切冲出门,在大雨中狂奔。

这么大的雨,她跑回去还不浇病?我不自觉地抬起脚,想跟过去。

"剑峰,"身旁的谢元庭拽住我的胳膊,眼睛盯着我低声道,"别冲动。"

我痛苦地咬着嘴唇,眼睛紧紧盯着门外,望着雨中那踉跄的身影,心头像插了一把刀,搅得我难受。我想追出去,但思来想去,终于没有迈步。

郎晓忻停止发言但脸色依然阴沉。屋内出现暂时的沉寂,静得让人发慌。

待大伙纷纷离去后,我这才撒腿跑到方怡玫的宿舍。方怡玫紧闭双眼躺在炕上,湿衣服仍裹在身上。她脸色白得吓人,不停地打着冷战。

"方怡玫。"我走到炕前轻轻唤着。方怡玫双唇紧闭没有睁眼。

我摸了下她的额头滚烫滚烫的,这不是发高烧了吗?我匆忙拽起屋里的一块塑料布,披在身上向营卫生室跑去。

一会儿,我领着卫生员回到方怡玫跟前。卫生员用体温计量了一下,竟达到四十度,真是发高烧。卫生员问:"怎么搞的?"我说:"叫大雨浇的。"

"这么大的雨,还敢往外跑?不要命啦。"卫生员说着,为方怡玫打了一针,又从药瓶里倒出一些小药片,用纸包好放在炕沿儿上说:"一次两片,一天三次,注意休息,多喝开水。"

方怡玫吃力地睁开眼睛,声音微弱地说:"谢谢。"

方怡玫在炕上躺了一天烧才退了些。我不敢耽误工照料她,但又放心不下。韦翠花见到我一再叮嘱,别搭理方怡玫,免得受牵连。我表面答应，但内心却渴望见到方怡玫。第二天晚上，还是偷偷来到她的宿舍。

东雪梅坐在炕上，脸色沉重地看着方怡玫说："真没想到郎晓忻会这样。"

"唉——"方怡玫重重叹了一口气。

我说："想开点，要注意身体。"

"那张报纸找着没？看上面有没有……"方怡玫仍不安地问东雪梅。

"找着了，就是这张。"东雪梅说着从她的褥子底下抽出一张旧报纸，递到方怡玫眼前，翻了翻说："上面没有。"

"噢，那就好，谢谢你啦。"方怡玫长出了一口气，感激地望着东雪梅。

"这回你放心了吧，安心养病吧，"我对她说，"没啥事儿我先回去啦。"

我刚走出屋，东雪梅就跟了出来。她警惕地扫视了四周，见没旁人，拽了一下我的衣服小声说："郎晓忻说的那张报纸，开会回来就让我塞炕洞烧了。我到营部翻了张旧报纸带回来。今天中午，黄树山和崔红英来找那张报纸核实，我拿出了这张。黄树山翻了半天，没发现什么，就和崔红英走了。"她叮嘱我："你知道就行了，千万别传出去，这事可不得了呀。"

我说："放心吧，我的嘴你还不知道吗？啥时候瞎咧咧过。"

"那就好，你快走吧，让别人看见，又该猜疑了。"她轻轻推了我一下。

我刚走出女宿舍，就见黄树山和崔红英走了过来，想躲已来不及了。黄树山来到近前,瞅着我问:"又上方怡玫那儿啦?"

我眼睛瞅着别处,没吭声。

"母告诉你,方怡玫是啥人你不清楚哇,咋还跟她来往?"黄树山冲我瞪着眼,"母再说一遍,你再跟她近乎,有你好瞧的。"

什么母哇公哇,我就是我。跟她近乎咋的?我又没做什么见不得人的事。你们这样对待方怡玫公平吗?她有病了,我看看有什么错?队长有什么了不起。我没搭理他,继续往前走。

黄树山见我没反应,冲着我的背后尖叫:"你不要装聋作哑,满不在乎。"

我仍未回头,大步朝前走去。过了一会儿,我扭过头,见黄树山已走远,我愤恨地朝他的背影骂了一句:"去你妈的。"随后,呸地重重吐了一口吐沫。

第十五章

"县工作组进驻咱点啦。"胡立仁异常兴奋,逢人便说,像是刚刚翻身的贫下中农盼来了土改工作队。

是真的吗?几天前,连里就哄哄县工作组要到我点检查老农队长对知青是否有违反政策的行为,尽管我半信半疑,可还是希望县工作组早点儿来。

胡立仁说得真准。第二天,营部的墙上就贴出了大字标语,上面醒目地写着"热烈欢迎县工作组进驻我点"。红纸黑字营造着热烈欢迎的气氛。

晚上,连里在伙房召开全连大会。地当间摆着两个长凳,一个长凳上坐着俩陌生人,表情平和,另一个长凳上坐着黄树山和达子。

崔红英站在地当间主持会议。一般连里开大会,除了生产的会由队长或达子主持外,其余的都由崔红英主持,这已成了惯例。她就像是军队的政委,善于主持会议。她那富于鼓动性的讲话,常常能引起人们的注意。

她环顾四周,亮开她尖厉的嗓音:"今天我们全连的知识青年在这里召开大会,欢迎县工作组进驻我连。我们响应毛主席的号召,下乡到盘锦,在三大革命的运动中经风雨,见世面,改造世界观。艰苦的环境磨炼了我们,尽管我们的脸晒黑了,身上脱去几层皮,但我们的筋骨变硬了,心炼红了。"她情绪有些激昂:"党中央始终关怀我们知识青年的成长。中央、省及县的革委会对知青非常重视。这次县里又派工作组到我营、我连检查知识青年的工作,我代表全连的知识青年对工作组的到来,表示热烈的欢迎。"

她话音刚落,屋内霎时响起一阵阵热烈的掌声。

"下面我向大家介绍一下,"她指了指坐在长凳左侧的那个人,"这位是工作组组长,也是县知青办的副组长张海川同志。"

张海川站起来,向大家微笑着点点头,又坐下了。

崔红英又指着张海川身旁的一位说:"这位是工作组成员许庆东同志,是从别的农场借调上来的。"许庆东也欠了下身子。

崔红英说:"这次县工作组来我营,重点是检查我连的工作,大家一定要积极配合。好,下面欢迎张组长讲话。"

又是一阵热烈的掌声。

张海川站了起来。他个头中等,方脸,梳着平头,鼻翼左侧有一黑痣,穿着蓝卡其布的中山装。他很礼貌地冲大伙儿摆了摆手,首先对我们表示了慰问。他讲话没有当地人的那些土语,倒像是一个下放干部。

张海川正了正头上的蓝卡其帽说:"县革委会对知青工作很重视。根据省里的指示精神,县里派工作组到各农场、各营检查工作。这次我和许庆东同志到你们营,主要在二连蹲点。从今天起,我们就吃住在二连。你们有什么问题,可以直接向我们反映,大家别有什么顾虑。提意见也是为了促进工作嘛。"他扭头看着黄树山:"黄队长是一队之长,又是贫下中农的代表,欢迎大家对他的工作多提宝贵意见。我想,他会虚心接受的。黄队长,是这样吧。"

"嗯哪,中、中。"黄树山显然没什么心理准备,只是点头应着。

"那好,吴营长说了,让我们这些日子先住小队部。"张海川瞅着黄树山说,"这炕只能睡俩人。黄队长,晚上你就先回家住吧,委屈你多走几里路。"

"嗯哪,没事儿,你们在这儿住吧,反正平时母也不怎么住。多走点儿路,没啥。母习惯啦。"黄树山说。

张海川扭头对崔红英说:"我说崔指导员,你们不用对我们搞什么特殊。食堂平时做什么,我们吃什么,这样也好跟你们知青打成一片哪。"

"我们这条件不好,伙食清淡,那就委屈领导啦。"崔红英说。

"什么领导,咱们都是平等的。只不过我比你们多吃了几年咸盐。"张海川说话很随和。

崔红英望着张海川问:"张组长,还有什么指示?"

"没啦。"张海川摆摆手。

第二天一大早,全连人到地里搬运稻子。

女青年用麻绳系紧成捆的稻子背在肩上,从后面看去像一座活动的稻堆,一颠一颠的向前慢慢移动。我们男知青则用大扁担挑。那稻捆压得扁担向下成了弓形,走起路来嘎吱、嘎吱发出痛苦的呻吟。有了挑苗的经历,我不再使蛮劲儿,步伐有节奏地随着扁担一颠一颠。可再有窍门,也须用力才能挑走。扁担两头的稻子向下坠着,稻穗拖到地上死沉死沉,压得肩膀生疼。田地里挑的、背的,排成长长的一列,像蚂蚁搬家似的向场院挪动。

张海川、许庆东站在场院里帮我们卸稻子。他们是县里派来的,当然不能干挑稻子这样的重活。黄树山在一旁劝他们不必伸手。张海川笑着说:"我们不能跟大家一起挑稻子,干点零活总还可以吧,这样也便于接触群众啊。"

黄树山不再说什么,陪着他俩一起干。

石钟玮挑着一担稻子,龇牙咧嘴摇摇摆摆地走进场院。他的扁担自己刨得很薄,挑起来上下颤动富有弹性,比我那没刨过的扁担用起来要轻巧得多。

快到黄树山跟前时,他的肩膀猛然用力颠了一下,那根薄扁担突然咔嚓一声折断了,两头的稻子哗啦散落一地。

大家的目光一下子聚集到石钟玮身上。

"这稻子可真沉哪。"石钟玮扔掉半截扁担喘息着说。

"你小子真能干,扁担都压折了。"黄树山看着石钟玮说。

石钟玮大嘴一咧,嘿嘿地笑着。

黄树山冲着大家说:"母们都应该向石钟玮学习。瞧这小子挑的恁多,把扁担都压折了。"

我看得清楚,其实石钟玮挑的还没我多呢。别人挑那么多,也没把扁担弄折,这小子真能整。

黄树山对石钟玮说:"头晌儿你在场院帮码垛吧,下晌儿再去领根新扁担。"

"哎。"石钟玮爽快地应了一声,乐颠颠地跟着黄树山码稻垛。

干了一阵子,黄树山招呼大家在场院歇息。张海川借这个机会找知青唠嗑,了解连里的情况。知青们见黄树山在场,也不深说,只唠一些与队长无关的事儿。张海川看出点什么,并不勉强谈话对象马上给队长提意见。他一定是在等待时机。

晚上黄树山回家住,使得张海川有了与青年个别谈话了解黄树山的机会。他循循善诱,说有工作组给撑腰,别有什么顾虑,这才有人向他透露了黄树山对知青的种种恶劣行径。

崔红英让我在黑板报上宣传这项工作的重要性,我认真地写着大字标题,并配上时兴的图案。张海川背着手在旁边认真看着,不时默默点点头。

这天晚上,我来到隔壁刚坐下,胡立仁就晃着脑袋进来了。

"张海川找你谈话啦?"郑义平问。

"那当然,哥们儿不管那套,把他那些埋汰事儿都抖搂出来啦。"胡立仁得意地说,"张海川听得可认真啦,让我回来整理一下,好好写一写再交给他。我寻思咱那两把刷子拿不出手,还是让咱连的秀才写吧。"

胡立仁眼珠一转,凑近我说:"咋样?哥们儿说,你写。"

"我可写不好。弄不好,队长还不收拾我?"我说。

"有工作组撑腰,你怕啥?"胡立仁鼓动我,"平时他对你那损脸子,祸害女青年,你就忍心看着他胡作非为?机会多难得,你可千万别错过呀。"

"我真的不知咋写。"我嘴上这样说,其实从心里厌恶黄树山。

"这有啥难的。我说,你就照实写呗。"胡立仁说,"你不写,工作组咋知道?要是工作组撤了,你想写也没那个机会啦。"

到底写不写?我犹豫着皱了下眉,瞅着胡立仁。他说的不错,向工作组反映情况是我们知青的权利。既然有这样好的机会,我为什么不利用呢?

"对,我应该抓住这个难得的机会。我逐渐坚定了信心。胡立仁似乎窥探出我的心理变化,他不失时机地说:"现在我就给你讲讲他干的缺德事儿。"我默默地看着他。郑义平则催促他:"你快讲吧。"

"我首先声明,今天讲的可全是真事儿,你们别以为我扒瞎。"胡立仁眼珠一转,开始讲起来:

"这家伙可不一般。被他玩弄的女青年,三连的不算,在咱连光我知道的就有几个。东雪梅和郎晓忻就是被他晚上叫到那个小黑屋里给干的。这家伙还威胁她们,谁说了以后就别想回城。

"一天晚上,宗伟光到女宿舍去找东雪梅,见她不在,宗伟光就问她屋的方怡玫。方怡玫说队长找她谈话。宗伟光出来走到小队部窗前,见窗户用床单挡着,他推了下门,没推开,就躲在一旁等着。过了好一会儿,门开了,东雪梅从屋里走出来,衣服挺乱。那家伙探出头,鬼头鬼脑四下撒目,砰地关上了门。宗伟光过来把东雪梅拉到房山头问她,是不是被队长给整了。东雪梅低着头不吭声,光知道擦眼泪,宗伟光就明白了。他气得火冒三丈,就要上小队部找那家伙算账,东雪梅死死拉住他,叫他别蛮干,说这样要吃亏的。宗伟光气呼呼地说:'咱俩处这么长时间对象,你都没让我碰,今天让他这个王八蛋糟蹋了,这口气我咽不下去。'东雪梅死死捂住他的嘴说:'你千万别去,这事儿要传出去,我就没脸见人了。'说着就呜呜地哭起来。

"宗伟光气得用拳头直砸墙,东雪梅抽泣着拽着他的胳膊,让他一定答应她的要求。他愣愣地站在那儿,过一会儿,他紧紧抱住东雪梅，痛苦地点点头，就耷拉着脑袋走了。"

郑义平听到这，眼睛一瞪说："真不像话，什么东西？"

"还有哪，"胡立仁又接着讲下去，"前几天，我们往场院搬稻子。下午收工后，那家伙对郎晓忻说：'你等会儿走，母有话跟你说。'正好被我听见了。我留个心眼儿，趁大家不注意就躲在小窝棚墙根底下。大伙儿都走后，我看见郎晓忻被他招呼着进了小窝棚，我就偷偷溜到窗户下，听到里面有说话声。他说：'母们上炕谈吧。'就听郎晓忻嗯了一声。一会儿就听到那家伙像发情的公狗嗷嗷怪叫，他喘着粗气说：'你让母想死啦。'郎晓忻说别这样。我悄悄顺着窗户缝往里看，那家伙正解郎晓忻的裤子。郎晓忻不干，俩人撕扯了一会儿。最后他还是将郎晓忻摁倒在炕上，扯开了郎晓忻的衣服，把他那臭嘴贴到奶子上就啃起来。刚开始，郎晓忻还挣扎几下，后来就哼哼着也不挣扎了。那家伙更来劲儿了，一下子把郎晓忻的裤子扒下来。这小子肯定平常总干事累着了，一会儿就像摊烂泥倒在炕上。郎晓忻刚上来情绪，见他那熊样，气得啪地给了他一个耳光，然后爬起来，穿上衣服摔门而去。你说，这家伙有老婆还找女青年整事，他不是畜生是什么？"

我听得耳根发热，只觉血往上涌。这家伙表面像个人，背后啥事儿都干。这回我非把他揭露出来不可，不然让他这样下去，不知会有多少女青年遭殃呢。

胡立仁说："这事儿要不让工作组知道，那家伙更得放肆啦。你说是不？"

"好，我写。"我愤愤地从牙缝挤出这句话，声音不大，却异常坚定。

第二天晚上，张海川正好找我，我揣起昨天夜里写好的材料走进小队部。

张海川客气地让我坐下，开门见山地说："今天找你来，想了解一下关于你们队长的情况。把你知道得都说出来。这没别人，别有什么顾忌，好吗？"

从他那温和、关切的目光中，我感受到了一种信任。

我用探询的口气问道："胡立仁不是都讲了吗？"

"啊，他讲了一点儿，但不太具体。"他真诚地看着我说，"他说你知道得更详细更具体，而且文笔又好，会把这些事都说出来，写出来。"

胡立仁他背后讲得挺欢，可他见张海川又不敢深说，一定是怕得罪队长，才把我给推出来。这个狐狸真是狡猾。我转念一想，管他呢，既然来了，就不能半遮半掩。他不讲，我讲，反正这些都是事实。

于是，我把知道的和胡立仁讲的那些事全盘端出。张海川听得很认真，不时在笔记本上记着。他眉头紧蹙说："你反映的情况很具体。我知道你文字功底很好，你能不能把这些事儿都写出来？"

我说："我已经整理出来了。"我从怀里掏出厚厚的一沓信纸，足足有十页，这是我一直写到后半夜才完成的。

他接过来仔细翻看。随着页数的增加他脸上的表情变得越来越严肃。他两腮的肌肉不时抖动着，眉头紧紧拧成了疙瘩。他用手摸了一下鼻翼上那颗黑痣，那黑痣倏然变得愈发突出、明显，仿佛所有的激愤，都强烈聚集在此。看完后，他愤然将这沓信纸重重地摔在炕上："真不像话，竟有这种事！"

我盯盯看着他没吭声。他站起身眼望着窗户，胸脯一起一伏的。过了好一阵子，他仰起头，望着悬挂在棚顶昏黄的灯泡思考着什么。他递给我一支烟，随后自己也叼了一支。

他狠狠地吸了一口，吐出一团浓浓的烟。这烟仿佛从烟囱里蹿出来，猛烈、浓稠。过了一会儿，这烟雾便摇摇晃晃，缓缓上升，最后变成一缕缕缥缈的青烟，渐渐消失了。

"你反映的情况很好，我们经过核实后要向营里反映。事实确凿的话，要严肃处理。"张海川看着我，"你的字写得不错，文章也很有条理啊。"

"不行，差远啦。"我说。

"你还挺谦虚。你写的板报我看过。崔红英、韦翠花都说你是个秀才。"

我说："啥秀才，比我强的人肯定有，只不过她们没发现才这样说。"

张海川轻轻拍着我的肩头说："我看你这小伙子不错。县文化馆要在全县的知青中招两名文笔好的，委托我们物色。我看你符合条件，愿意去不？"

原来张海川已经注意上我啦。怪不得那天我写板报他看得那么认真。上文化馆，这简直是天上掉馅饼，是我求之不得的呀！

"愿……愿意。"我激动地望着他，"可我行吗？"

"行，我看差不多。等这段工作结束，我回到县里就派人办这件事。"张海川又吸了口烟说，"只要你们营里、连里没什么意见就基本差不多。"

真要能办成，那可太好了。我何必在这弯大腰，流大汗呢。更重要的是躲避那些歧视的目光,安安静静地从事文化工作,那该有多惬意啊!

我感激地看着他,不知用怎样的语言表达此时的心境。

工作组在我连整整呆了十天。这些日子,他们几乎找遍了全连的人,也找过队长黄树山,很策略地让他做出检查。黄树山装着满不在乎的样子,本想不在全连面前检查,后来经过张海川多次做工作,他才勉强答应。

这天晚上,全连集合到伙房,张海川首先简要说明了这些天的工作情况,对知青的配合表示感激,并将整理的材料报到营里,由他们作最后的处理。

张海川最后说:"下面请队长黄树山作检查。"

黄树山晃了一下脑袋站起来,那八字眉向下耷拉着,小眼睛滴溜转地说:"母首先感激工作组的同志对母的帮助。对大家提出的批评意见,母虚心接受。母这个人工作方法有些简单,对知青生活上关心不够,可能也伤了个别人的心,母在这里表示歉意。"

黄树山抽了一口烟继续说:"你们响应毛主席的伟大号召,到母们这儿来接受贫下中农的再教育。你们开垦了荒滩,打了那么多粮食,吃了不少苦,遭了不少罪,这些,母都看在眼里。母这人,没你们文化高,但母感觉,自己心眼儿不坏,也没有整谁的意思。母有缺点,希望你们当面提出来,这对母以后的工作也是有好处的。至于工作组提出,有人说母作风上有问题。这可不是闹着玩的,说话要有证据嘛。母平时跟大伙儿不戏外,有时候跟女青年开玩笑,但母绝没有过格的行为。如果不相信可以当面对证。明天,工作组的同志就要回去了,但母们还要继续在一起。母希望今后,大家能相处得更好,共同建设好新盘锦。"

黄树山说完，坐回到长凳上。张海川用诧异的目光瞅着黄树山，他嘴唇嚅动了一下，环顾四周，终于没吱声。这会，就这样草草结束了。

第二天一早，张海川、许庆东就坐着营里的小拖拉机走了。望着他们渐渐远去的背影，我只觉心里空荡荡的。有工作组在，黄树山表面上有所收敛，对知青也和气多了。可我揭发了他，营里能对他进行严肃处理吗？

黄树山那叫什么检查？轻描淡写，浮皮潦草，而且拒不承认错误。可张海川为什么当时没揭露他？我们为他提供了那么多事实依据，不怕他黄树山抵赖。张海川也会找郎晓忻、东雪梅进行核实？一定是她俩怕说出去，自己丢丑。贞操对一个女青年是多么重要啊！没有哪一个女人敢站出来说自己失去贞操。不然黄树山不会那样满不在乎。除非将他抓进大狱，否则他在连里一天，受害人也只能忍气吞声。

工作组已完成使命，就看营里如何处理了。即使不给他记过处分，能将他调走也行啊。我有些忐忑不安，黄树山肯定知道我揭发了他。他继续留在连里当队长，谁能保证他不报复我。我急切地想知道营里的处理决定。

大约过了一个星期，吴大山亲自到我连宣布处理决定：对于工作组上报的材料，营里进行了核实，所谓奸污女知青一事，材料中提到的女青年没一人承认，证据不足，不能确认。但黄树山对知青关心不够，工作中存在一些缺点和毛病这确是事实。因此，营里要求黄树山做出书面检查，并且继续担任二连队长。希望全连知青能够理解，帮助他改正缺点，并继续支持他的工作。

营里的决定，令我大吃一惊。我突然想起昨晚上，我去小卖部买东西，见黄树山向营部走去。今天我才明白，他找吴大山肯定为这事。我一直以为吴大山主持正义，关怀、理解知青，没想到在知青需要他支持帮助之时，竟站到黄树山一边。我疑惑、惊诧了，工作组不是白来了吗？难道说真是强龙压不过地头蛇？我为女青年如此胆怯、如此懦弱而感到悲哀，感到痛惜。我弄不明白，黄树山犯了那么多严重错误，一个书面检查就可以随便了结？他继续担任我连队长，对那些给他提过意见的人，他能善罢甘休吗？我内心惴惴不安，迷惘惶恐。

唉，我只得自我安慰。想那么多干吗，我还能在这儿干几天？张海川不是说好了要调我去县文化馆吗？等调令一来，我马上离开这儿，你黄树山想报复我也晚了。

上工时，我特意多挑稻子。我想，临走前也要给大家留下好印象。

今天的担子特别沉，压得我肩膀生疼，腰都难直起来。我弓着腰，像个大虾，在土道上晃荡着。我拐了个弯，走进了场院。忽然发觉担子有些偏，我使劲儿动了一下肩膀，想让那扁担串一下。可谁知，咔嚓一声，那扁担竟折成两截，两捆稻子哗地散了一地。

黄树山在场院中间看得真真切切，清清楚楚。他背着手，晃晃地走到我跟前，小眼睛死死瞪着我。

我拿着半截扁担说："这扁担折了，我得换一根。"

"哼，换一根倒行，这扁担可是队里花钱买的，得扣你十天工分。"黄树山冷冷地说。

"我又不是故意的,这稻子太沉,压折的,凭什么扣我工分?"我不服地说。

"什么不是故意?母看见你故意晃了一下,扁担才折的。你这是破坏公物。"

"什么?别人扁担折了,你表扬。怎么我扁担压折了,你就说我是故意的,还要扣十天工分,这也太不公平了吧。"我这样说着,心里却在想,石钟玮故意把扁担刨薄了,才弄折了扁担,你却表扬他能干。我用的厚扁担,是稻子生压折的。我不图表扬,但也别这样呀。一根扁担才多少钱?要扣也不能扣十天工分,一天工分就算一元,十天就是十元,能买好几根扁担呢。

"咋不公平啦?"黄树山伸出舌头,舔了一下嘴唇,"你小子不服咋的?"

"你啥意思?"我问他。

"你小子成是厉害了,诬陷人有一套哇。"黄树山眼珠一瞪,像两个小小的黑玻璃球,发出一种瘆人的幽光,"你以为有工作组撑腰就想整倒母?哼,瞧你那小样儿,真不知天高地厚。"

黄树山这不是借题发挥吗。他表面上说虚心接受批评,而实际却对我怀恨在心,耿耿于怀。我真想跟他大吵一场,当众揭露他的丑行。

郑义平过来拽住我的胳膊,硬将我拉到一边说:"别跟队长顶嘴,没好处。"

我气得直喘粗气,肚子胀得鼓鼓的。

我一甩袖子,赌气不干了,往青年点方向走去。

"怎么,想走哇?"黄树山冲我尖叫着,"你给母回来。扁担折了,你先找根麻绳背稻子。不然,今天的工分也扣了。"

回你个屁!你愿意扣就扣吧。我嘟哝着头也不回,大步朝前走去。

晚上,我到伙房打饭,见到一个陌生人同黄树山一齐走进小队部。

"哎,小白脸,县里来人了,听说想要调你去文化馆。"胡立仁凑近我身旁悄声对我说,"你没见刚才有个人进小队部吗?那人就是来找队长外调的。只要连里不说什么坏话,你这回可就离开这鬼地方喽。"

"得了吧,你说的话还有真的?"我嘴上这么说,心里却盼望这是真的。

"哥们儿不骗你,不信你问你姐,那人到崔红英那儿先了解的情况,你姐也在场。"胡立仁表情很认真,"她俩肯定不会说你坏话的。"

"可是,黄树山这一关不好过呀。"我说。

胡立仁见周围没人这才说:"他一个臭老土能咋的?"胡立仁想了想又说,"可也是。不过你找队长好好唠唠,向他认个错,他不就回心转意了吗。"

"我有什么错?我才不找他呢。"我倔强地说。

"你个傻狍子,这事关你的前途。"胡立仁用疑虑的目光瞧着我,"这事儿你自己掂量着办吧。"说完他转身走了。

第二天中午,韦翠花刚吃完饭就跑到我屋。我一怔,中午一般都午睡,她什么事这么急?她看看杜金彪、邱玉明、石钟玮正闭着眼睛躺在炕上,不知睡着没,轻轻拽了一下我的衣襟小声说:"走,到外面去，我有话跟你说。"

我跟她来到东房山，这儿挺僻静。

"我说了，你可要挺住啊。"韦翠花望着我说。

"有啥挺不住的，你说吧。"我说。

"你一定听说县里来人要调你去文化馆的事儿了吧。"

"嗯。"我点点头。

"那人拿着个什么登记表，先问崔红英你的表现咋样，崔红英真没说你什么坏话。后来他又去找黄树山，在小队部谈了半天，肯定是不同意放你。理由是，反革命、走资派的儿子，被偷听敌台的周庆福拉拢过，诬陷贫下中农队长，对现实有不满情绪。这人一听是这种情况，就把登记表揣起来，今天中午连饭也没在这儿吃就走了。"

"这是真的？"我简直不相信自己的耳朵，眼睛直怔怔看着她。

"这是我从崔红英嘴里套出来的。她特意叮嘱我，这事儿不能对任何人说，包括你。"韦翠花说，"你是我干弟弟，我不忍心瞒着你，你可千万要挺住哇。失去这次机会虽然可惜，但以后的路还长着呢，机会总是有的。"

"谢谢你。"我强打精神说。此时，我心乱如麻，头昏脑涨。这样好的一个机会，被黄树山几句话就轻易断送掉了，感觉自己仿佛在酷暑被人一下子扔进冰窟窿里，浑身拔凉拔凉的。又似挨了一闷棍，心口堵得发慌，像要窒息。

我只觉头像炸了似的，脸色一定很难看。我气得牙根紧咬，愤恨地说："这个黄皮子，真他妈的阴损。"我起身边走边说："我得找这个王八蛋好好问问。"

韦翠花上前一把抓住我的胳膊说:"弟弟,你别冲动。千万不能去呀!"我奋力甩开她:"你甭管我!"说完直奔小队部。韦翠花在后边急得直跺脚。

我撞开小队部的门,正躺在炕上抽烟的黄树山见我满面怒气,不禁一愣,一骨碌从炕上爬起来吃惊地望着我。

我冲上前指着他的鼻子厉声质问:"你凭啥阻挠我去县文化馆?"

黄树山脸刷地一下白了,半天没吭声。"你为啥背后说我的坏话?"我瞪着他挥了下拳头。那家伙强作镇定瞅着我:"哼,你啥身份不知道哇?就你这熊样儿还想上什么文化馆,别做梦啦。"

"放你妈的狗屁!"我实在忍无可忍,上去一拳将他打倒在炕上。他揪住我尖声叫着:"你敢打队长?想造反哪。"

"今天我就打你了。"我蹿上炕与他厮打成一团。他声嘶力竭地叫道:"来人哪……"

不一会儿从外面冲进来几个人,他们蜂拥而上一下子将我摁住。黄树山叫道:"这个狗崽子胆成是肥了,竟敢打人,把他给我关起来。"我奋力挣扎破口大骂,却遭到这伙人一顿胖揍,像一个困兽被他们关进了小黑屋,直到第三天的中午才被放出来。

我回到宿舍便一头扎到炕上。这时"嘟——嘟"的哨音响了。达子推门吆喝大家上工。

我对达子说:"连长,我浑身难受,下午就不上工了。"

达子瞅瞅我嗯了一声,又去催促别人。

郑义平推门进来,见我躺在炕上便回头对达子说:"下午我请半天假,有点个人的事要办。"

"啥事儿,非得今儿下午办?"达子瞟了他一眼,"得,你想歇半天就直说呗。"说完,大步走出屋。

上工的人都走了,屋内只剩我们俩。平时嘈杂的宿舍倏然间静下来。我身心俱疲像散了架,那么累的重活我都没趴下。今天我感觉心里像被掏空似的一片茫然。我的前途就这样被黄树山彻底葬送了,我感觉精神都要崩溃了。

我对着天棚突然歇斯底里地大叫:"黄树山,黄皮子,我操你八辈祖宗。"

郑义平吃惊地望着我说:"我知道你心里难受,想发泄我带你去个地方。黄树山不知在不在小队部,让他听见不好。"

"他听见才好呢,我恨不得把他吃了。"我依然咬牙切齿怒气难消,呼呼地喘着粗气。

郑义平脸上的肌肉也在颤动,他静静地注视着我没吭声。

屋内又是一片寂静,只有我呼呼的喘息声。

良久,郑义平伸出大手把我拽起来:"走,到外面溜达溜达,散散心。"

"还溜达啥,我现在哪有那份闲心?"我懒散地说。

"咋,蔫了,还像个男子汉吗?走吧。"郑义平不容分说拽我走出屋。

我没精打采地跟着他越过青年点旁的那条公路,顺着一条小道往前走。

我也没心思问他领我到何处,默默地走着,漫无目标地瞧着周围的环境。

路两旁的苇子密密匝匝,挺着高挑的枝叶,相互簇拥着。那顾长如剑的苇叶由深绿变为鹅黄。秋风吹得苇子沙沙作响,掀动起片片黄色的波浪。这鹅黄的苇叶看上去逐渐干枯,却显得平淡从容,充满黄色的昂扬。那沙沙作响的芦苇,仿佛在吟唱如期而归的秋歌,卷起耀眼的金波银浪。

平时繁重的劳作使我面对这些苇子竟熟视无睹、无动于衷。今天我穿行其间竟有了一种莫名的独特感受。这些默默伫立于盐碱荒滩的苇子,可知我的心境吗?苇子沙沙作响,倾斜着身躯似对我诉说着什么。曾经滴翠的苇子,经日晒风蚀改变了容颜,却看不出颓废。那成熟的鹅黄,悄然写意着深沉厚重的表情。

我的情绪悄悄发生了变化。刚才还怒气冲天,暴躁难耐,却在不知不觉中,让成熟的苇子将我的恼怒、我的激愤一点点地消磨着、淡化着。

我们俩就这样默默地走着。郑义平不时用手扒拉着苇子,观察着我的表情。不知走了多长时间,郑义平忽然拉了我一把:"剑峰,你看前面。"

我正侧脸看着身旁的苇子,听他一唤这才转过头。忽然,眼睛一亮。前方的滩涂上,密密麻麻地长着一种草,这草足有尺余高。株株茂盛,通体紫红色。眼前这无数株红红的草集聚在海滩上,绵绵数里铺展得如此红火烂漫。微风吹拂,涌起一股莫名的红潮。

这大红的视野,没有芳香却让人目眩神迷,没有五颜六色缤纷的花朵却让人心旌摇荡。我被这火一般的奇观所打动,头一次发现这种草竟能在咸涩的海滩中生长得如此旺盛。我不觉睁大眼睛好奇地问郑义平:"这是啥草?"

郑义平瞅着我,"这就是红碱草啊!生命力特强。青年点周围就有,你忘了吗?"

"啊,真是红碱草!"我兴奋地自语着。猛然想起,青年点房后不远处的一片荒滩上就生长着这种草,虽也密集,但面积也只有几亩大小,远远不及这里。在道边也零星长着这种草,我曾问过郑义平这是什么草,他告诉我这是碱蓬草,当地人管它叫黄苴菜,常割来喂猪。因它能变成红色,所以人们也叫它红碱草。这种草春天刚长出来时是绿色的。到了七八月份变为桃红色。而到了现在的深秋,又变成了紫红色。他还说,以后有机会领我到海滩边,看看那儿的红碱草。

现在我真的来到这里。望着这片神奇的红海滩,我的心中不觉涌起莫名的激动。中午憋在肚里的那股怨气,竟悄然淡化了。

成群的黑嘴鸥不时落在滩涂上,它们一跳一跳地觅食,欢快地嬉戏着。

"你看,那是什么?"郑义平手指前方说。我举目观瞧,不远处几只罕见的丹顶鹤正伸着长长的脖子,迈着细长的腿悠然自得地翩翩起舞。头顶处有一抹霞红,在雪白羽翼的映衬下如此红艳、鲜亮。我在沈阳的小河沿(万泉公园)隔着铁栏杆见到过这种飞禽,知道丹顶鹤也叫仙鹤,异常珍贵。可公园里被人工圈养的飞禽,限制了自由,只能活动在狭小的空间。而眼前,这些活生生的野生丹顶鹤,在沼野里自由自在地生活。它们不时变换着舞姿,轻盈地舒展双翅,真像一个出色的舞蹈家,用优美的舞姿展示它的仙灵之气。

我竟看得痴迷了。

郑义平轻轻捅下我:"哎,还生气吗?"

我说:"大哥,你说,这事儿摊谁头上能不生气?"

郑义平说:"生气你就发泄,这回你咋骂也没人管。"

我放开嗓子使劲儿地喊道:"黄皮子,你个狗娘养的,你个龟儿子,我操你八辈祖宗。你绝没有好下场……"我尽情地大喊大叫,痛快淋漓地发泄心中的愤怒。

我喊得嗓子快哑了才停下来,感觉心里痛快不少。

郑义平瞅着我说:"喊够啦?这地方咋样?现在心情好点儿了吧?"

我说:"中午是挺憋气。可到这儿,不知咋的心情好多了。"

"你呀,咋恁幼稚?经不起事。"郑义平说着扭头望着红碱草感慨道,"唉,人活一世,草活一秋。这红碱草长在海滩上,吮吸着盐碱,经受多少次潮起潮落,可还那么挺立,那么红火。"

我惊讶地望着郑义平。平时看他大大咧咧,像是很粗俗,没想到他挺有思想和哲理。我忽然想起韦翠花曾对我提到过他,说他上学时成绩相当优秀,要不是赶上文化大革命,早上名牌大学了,我这才似有所悟。我感激地望着他喊了一声:"大哥……"

他重重拍了一下我的肩头,说:"我们往回走吧。"

夕阳西下,火红的晚霞映照着红海滩,天地之间一片红彤彤。我们的身上也被镀上了一层红光。

走了一会儿,从背后的红海滩方向传来两声猎枪的轰响,砰砰的声音震得我心颤。郑义平说:"肯定是哪个馋鬼干的。唉,这年头。"

我不忍回头。

第十六章

什么？宗伟光被民兵抓起来了！乍一听到这个消息，我不禁大吃一惊。

听说他因强奸女青年，被营里的民兵关在小屋，胖揍了几顿。他和东雪梅处对象，全连谁不知道？没曾想，竟和另外一个女青年发生了关系。人们纷纷议论：这么一个有对象又文静的人，咋会干出这种事？

告他的人，是郎晓忻。

宗伟光被关的当天晚上，胡立仁就跑到我屋对杜金彪说："走哇，到营部看看，要审宗伟光啦。"

杜金彪靠在被垛上跷个二郎腿，瞥了他一眼："审就审呗，不就他妈的那点屁事儿吗，有啥看头？"

"哎，这机会多难得。听听宗伟光咋说的，肯定挺刺激。"胡立仁则急不可耐地催促他，"快走哇，晚了就听不全了。"

"宗伟光能说啥。他还能把咋干郎晓忻的事儿都说出来？不就那点事儿吗，有啥看头？"杜金彪还是没动弹。

胡立仁急了，上前拉着杜金彪的胳膊说："我知道你了解得挺详细，可这回是他亲口说出来，你肯定没听过。走哇，看看宗伟光咋样了。"

杜金彪抻个懒腰起身说："你个骚狐狸，就爱听这事儿。这不扯起来啦。"

俩人刚走到门口，胡立仁突然转过头对邱玉明说："你不去听听呀？"

"不去。"邱玉明阴沉着脸说。

"这事跟你姐有关，瞧你漠不关心的样儿，爱去不去。"胡立仁没好气地说了一句，砰地关上门，拉起杜金彪向营部方向奔去。

我坐在炕上思绪紊乱。我弄不明白，宗伟光看上去一副正人君子的样子，怎么跟郎晓忻这种人发生这事儿？郎晓忻啥人？你看她那眼神，那举止，轻佻浪荡。她被黄树山干了，咋不告发？你看她对方怡玫那凶劲儿，像一只发疯的母狗。这种人还有脸告别人，真不知羞耻。

宗伟光也真糊涂，你已有了东雪梅这样好的女朋友，怎么还跟郎晓忻扯这事儿？这可真是一失足成千古恨。

门忽然开了，郑义平和谢元庭走了进来。

郑义平问："知道狐狸上哪儿啦？这小子说要打扑克，怎么自己倒溜了。"

"他拽着杜金彪到营部，看审问宗伟光去啦。"我说。

"怪不得没影啦。"郑义平说，"狐狸就对这种事儿感兴趣。"

"你咋没去看看呢？"我问。

"啥光彩事儿？宗伟光肯定得挨打，咱去看了更揪心。"郑义平说着眉头微蹙,"可惜宗伟光这一表人才啊,竟栽在郎晓忻的手里。"

谢元庭插了一句:"这真是英雄难过美人关哪。"

"你可别逗了,"郑义平说,"就郎晓忻那样还美人哪?白给我都嫌她埋汰。哼!"

邱玉明听了,小眼珠一翻说:"你们干啥提郎晓忻,她又没惹你。"

"啊哈,有给郎晓忻打抱不平的,"郑义平瞟了他一眼,"也难怪,郎晓忻是你干姐,你心里不舒服,是不?"

邱玉明头耷拉着说:"谁知道这事儿是真是假,说不定有人造谣呢。"

"吓,你还不相信?这事儿都轰动全营啦,谁不知道是郎晓忻自己告发的。没这事儿,她自己瞎说呀,这不是自己埋汰自己吗?"郑义平说,"郎晓忻脸皮再厚,也不会拿这事儿开玩笑呀。"

邱玉明被噎得直翻眼珠,小脸憋得通红,嘴唇翕动着说不出话来。

屋内突然沉寂下来……

"哎呀,这个宗伟光呀——"门外突然传来胡立仁那阴阳怪气的声音。门一响,胡立仁和杜金彪嘻嘻哈哈走进来。

"狐狸,你又蹿腾到哪儿去啦?"郑义平问。

"上哪儿?哥们儿亲眼目睹了审讯过程。"胡立仁兴奋地说,"这小子全说了,还挺详细呢。哈哈……"

石钟玮倚在被垛上,半天没吱声,见胡立仁这么一说,顿时来了兴头。他坐起来大嘴一张,急着问:"快说说咋回事儿。"

"咋样儿,没白去吧,"胡立仁并未理会石钟玮,瞅着杜金彪,

"挺过瘾吧。"

杜金彪哈哈大笑道："这小子被人一捶巴，啥都讲了。这不扯起来了。"

郑义平问胡立仁："宗伟光现在咋样了？"

"宗伟光在那儿还有好呀？"胡立仁说，"咱俩到营部小屋外头，看到一群人正扒窗户往里瞧呢。从屋里出来俩民兵，大声喊着让这些人离开，这伙人才慢慢腾腾地走开了。我和杜金彪凑上去，那民兵也想让咱俩走。杜金彪眼一瞪，那民兵瞅瞅杜金彪说：'好吧，你在窗户外把着，别让别人围观。看可以，可别出声。'说着就又回屋了。咱俩就在窗户外看着。吴大山绷个脸坐在椅子上，崔红英坐在桌旁记录。

"宗伟光低个头，身上青一块紫一块的。民兵问一句他答一句。民兵问他你俩在哪儿干的，他说在房山头。民兵问，怎么干的，他说就那么干的。民兵上去就是一个耳光，要他说具体点，越细越好，要老实交代。宗伟光就说，他解开郎晓忻上衣的纽扣，随后就摸她的胸脯，郎晓忻刚开始还有点不愿意，宗伟光说没事儿，这没人，后来她半推半就依了他。俩人就站在那儿办的事儿。民兵问怎么办的事儿，再讲具体些。宗伟光就一一说了。宗伟光对郎晓忻说：'今晚咱俩这事儿你别说出去，要传出来咱俩可就难看了。'郎晓忻点点头，就回去了。可谁知，睡了一宿觉，郎晓忻又变卦了，到营里就告宗伟光强奸，宗伟光立马被民兵给抓起来了。"

"行啊，狐狸，你偷看这事儿有一套哇。"郑义平挖苦他。

"这哪是偷看，咱这也是替民兵看着。要不大家都围上来，乱哄哄的，还怎么审问宗伟光啊。"狐狸说着冲郑义平做个鬼脸。

胡立仁看着杜金彪:"你不是说知道这事儿的全过程吗?你给讲讲,这宗伟光咋和郎晓忻整到一起的。"

杜金彪大眼睛凸出着说:"咋整到一起的?还不是东雪梅不让宗伟光跟她整事儿,宗伟光憋得没招,才找郎晓忻发泄的。"

"你快说说究竟咋回事吧。"胡立仁急不可耐地催道。

郑义平、谢元庭、石钟玮的目光被杜金彪所吸引,只有邱玉明感到不自在,不敢与大伙儿的目光对视,扭头走出了屋。

杜金彪近来与尚慕春关系极密切。尚慕春主动与杜金彪处对象,俩人无话不说。尚慕春与郎晓忻同住一铺炕,郎晓忻的一举一动还能逃过她的眼睛。杜金彪通过尚慕春了解了这一切。

杜金彪为我们揭开了宗伟光与郎晓忻之间那真实的一幕。

自从在催芽窖里宗伟光和东雪梅有了那段亲昵行为后,俩人关系一直很亲近。但每次宗伟光与东雪梅亲吻拥抱后,宗伟光总忍不住提出进一步的要求,东雪梅总是羞涩地予以拒绝。宗伟光青春骚动的心理要求每每得不到满足,那雄性肌体里涌动的滚滚春潮便强烈地折磨着他。有时他真的不敢与东雪梅亲近。他知道,每次亲近,都会给他留下遗憾。他开始反思:难道有什么地方让她不满意?她为什么总是拒绝他的要求。是他的心理龌龊,还是他的人品不好?可东雪梅并未说他有什么不好,只是羞涩地说,再等几年吧。

有一天下工的路上,他遇见了郎晓忻。郎晓忻轻佻的一个眼神,竟让他想入非非。也许郎晓忻是无意识的,只是一个习惯动作。她在男青年面前常常表现得无拘无束,眉飞色舞。可这一个眼神,竟莫名地勾起了他的一阵冲动。他竭力克制着。可他越想克制,越是想入非非。他无意间发现了她胸前的一枚精致的毛主席像章,他突然产生一个念头。他说:"你的像章借我戴两天吧。"她瞅瞅他,给了他一个妩媚的微笑。她摘下像章递给他说:"你啥时候还我呀?"他想了一会儿,说:"明天晚上,你在房山头等我,我一定还你。"

第二天晚上,他俩几乎同时到达房山头。他从自己的胸前摘下像章说:"我说话算数这就还给你。来,我给你戴上。"她默默看着他,没有吭声。他借着惨淡的月光看着她,笨手笨脚地在她的胸前别着像章。他的手恰好触到她挺起的胸脯,他感到她的胸脯很丰满。心跳有些加快,她的胸脯上下起伏着。他边别像章边试探着轻摸她的胸脯。他见她站着不动,便大胆起来……

郎晓忻悄悄进了屋,见别人已熄灯躺下。她打开灯脱衣上了炕。她感到裤衩湿漉漉的,她急忙从箱子里翻出一个裤衩换上。她看了一眼换下的裤衩,想扔进自己的脸盆,又怕同伴发现。于是她掀开褥子,想先放进去。不料,却惊动了左右铺的韦翠花和尚慕春。她俩睁开惺忪的睡眼问她:"你这裤衩咋整的?"郎晓忻慌忙说:"没,没咋的。"韦翠花突然抓住她手中的裤衩一骨碌爬起来,说:"深更半夜跟谁在一起了?"

尚慕春也爬了起来,瞅着那裤衩,一吐舌头。

郎晓忻一时恐慌,伸手便抢。韦翠花手一躲,她没抢着。韦翠花说:"你今天讲了啥事儿没有,到此打住。你要不讲,明儿早我就把这个拿出展览。"

郎晓忻急得团团转,就是抢不着。她双手捂住脸,竟呜呜地哭泣起来。

韦翠花这才放下手,轻声说:"别哭呀,告诉我是谁干的。"

郎晓忻仍然抽泣着，肩膀不住地抖动。她望着韦翠花说："我说出来，你可别往外传哪。"

"放心吧，姐们儿不会。"韦翠花说，"这回你可以说了吧，究竟是谁？"

"是——是——宗伟光，"郎晓忻结结巴巴，鼓起勇气终于将这事儿说出来。

"啊？宗伟光平时瞅着挺正经的，咋还干这事儿？"韦翠花吃惊地睁大眼睛问，"是你主动还是他主动的？"

"当然是他主动的。"郎晓忻说。

"那你没反抗啊？"韦翠花说。

"怎么没，可我哪能扭过他呀？"

"你想咋办？"

"我也不知道。"

"尚慕春，你说这事儿该咋办？"韦翠花扭头瞅着尚慕春问。

"要我说呀，其实这也是两厢情愿，"尚慕春一副不以为然的样子，"干柴遇到烈火，哪能不着？反正别人也不知道，别声张不就行了。"

"不行，这哪行，这不便宜了宗伟光？"韦翠花瞪大眼睛瞅着郎晓忻，口气突然生硬起来，"本来他和东雪梅好上了，却又跟你扯这事儿。这不是流氓是什么？你不给他点儿颜色，以后他还会纠缠你。"

"那咋办？"郎晓忻问，目光有些茫然。

"咋办？告他去。到营里去告他强奸。让民兵关他几天，看他今后还敢不敢。"韦翠花一副义愤填膺的样子。

"哎、哎，别价，千万别这样。"尚慕春急忙摆摆手，"这样做不仅毁了宗伟光，也毁了郎姐的名誉。那郎姐今后还咋在青年点呆呀？"

"尚慕春，你才来几天哪，这事儿你不懂。"韦翠花说。

"你以为我是小毛孩子？我下乡都一年了，啥事儿不懂？"尚慕春嘴一撇。

"晓忻，你别听她的。"韦翠花对郎晓忻说，"你想过没有，就是你不说，这事儿早晚也会被人知道。俗话说，没有不透风的墙。你不是想早点儿回城吗？这可是个机会呀。"

"这跟回城有啥关系？"郎晓忻不解地问。

"怎么没有关系？你没听说别的点就有女青年被人奸污后告到营里，后来被照顾先回城了吗？"韦翠花循循善诱启发着郎晓忻，"你告发这也很正常。你想想，可能暂时在点里会有人说些风凉话。可你招工回城后，谁知道这回事儿。你愿意在这儿呆一辈子呀？"

郎晓忻瞅着韦翠花，刚才还迷茫的眼神，突然变得豁亮起来。

尚慕春见郎晓忻的情绪发生了变化，知道再说下去，也不会有什么效果，只是小声嘟哝着："这招是不是有点损。"

"损啥？他宗伟光干的事儿才损哪。"韦翠花说，"郎晓忻，道理我都给你说明白了，你自己掂量着办吧。"

"让我再想想。"郎晓忻说完，一拽灯绳，屋内重现了黑暗。

第二天，郎晓忻真的到营部告发了宗伟光。宗伟光委屈地说，这是两厢情愿，怎能算强奸。可不管宗伟光怎样说，只要有女的告发，就是强奸。

怪不得郎晓忻能告发，原来是韦翠花撺掇的。我的心头猛然一颤。我真的不相信韦翠花会这样。尽管她和郎晓忻曾歧视过方怡玫，令我不快，可她毕竟真心帮助过我。她不顾别人对我的歧视，肯认我为干弟弟，曾让我深深感动。她的肯干，她的热情，曾让我钦佩，我暗自以为她的心灵也会是纯洁、高尚的，没想到她会这样对待自己的战友。她曾暗恋过宗伟光，那么痴情，那么专一。可当宗伟光最终选择了东雪梅后，她的嫉妒心理竟如此强烈。她是借郎晓忻来报复宗伟光。可她想到这会给宗伟光、东雪梅带来怎样的恶果吗？我突然对韦翠花生出一股反感，这种反感的情绪让我产生深深的懊恼。

　　警车停在了营部门前。法警从那个小屋里将宗伟光推搡出来。宗伟光蓬头垢面，无精打采，耷拉着脑袋像霜打的茄子，手腕上紧扣着一副手铐，在阳光下闪着刺眼的亮光。我和许多人聚集在警车的周围。这情景让我想到了周庆福。周庆福当初就是这个样子，被押上警车的。可悲的是周庆福不甘心服刑，竟倒在了苇丛中。今天宗伟光就要坐上这个"专车"，去高墙内生活了。不知怎的，我的心一阵紧缩。我的目光在人群里搜索，希望能找到韦翠花和郎晓忻。是她俩使宗伟光落得如此下场，这回她们如愿了吧。可是，我扫视了两圈，仍没寻到她俩的身影。她俩一定不敢看这场面吧，她们不是挺英雄的吗？怎么连见宗伟光最后一面的勇气都没有。

　　人群中，我突然发现了东雪梅。她的脸色很憔悴，眼圈红肿着，目光里满是哀伤。她直怔怔地瞧着宗伟光一步一步走向警车。宗伟光弓着腰，脸上青一块紫一块，走路一拐一拐的。他抬起腿，艰难地登上警车。就在法警要关门的一刹那，东雪梅疯一般蹿到车门口大声喊着："伟光。"宗伟光一愣，抬头惊诧地看着她，刚说了句"雪梅，我……"便哽咽了。他面色苍白，眼里涌出大滴大滴的泪珠。东雪梅早已泪如泉涌,她冲着他几乎用尽全身的力气吼道:"你真混。"法警立即砰地关上车门。

警车鸣叫着开走了。东雪梅挥舞着双手在车后追赶着,不停地呼喊:"伟光,伟光……"那声音凄凄惨惨悲悲切切,像痛失伴侣的孤雁发出阵阵哀鸣,揪得人心一阵阵发紧。

过了十几天,传来了消息,宗伟光以强奸罪被判处有期徒刑七年,恰好与周庆福的刑期相同。

"快看哪,东雪梅这是咋的了?"忽然窗外有人喊了一声。

我奔到屋外回身一望,只见女宿舍前,东雪梅披头散发,脱光了上衣,手抚弄着自己两个坚挺的乳房,喃喃自语着:"伟光,你来抱抱我,我给你。"

闻风而来的人群一阵骚动。这是怎么啦?我惊诧地睁大眼睛心怦怦直跳。

崔红英慌忙过来给她披上一件衣服。东雪梅一把掀掉,说:"别管我,伟光是我的,我愿意给他。"

这时,方怡玫急匆匆跑过来,捡起东雪梅扔在地上的上衣裹在她身上,拽着她往屋里走。东雪梅挣扎着不肯进屋,嘴里仍叫着:"我愿意给他,谁也管不着。"方怡玫不敢撒手,用力将她推入走廊。

我问崔红英:"东雪梅咋整的?"

崔红英说:"她刚探监回来,不知咋的就变成这样了。肯定是受刺激了。"

我心里咯噔一下。完了,东雪梅好好一个人,就这样……我真的不敢往下想。都是郎晓忻、韦翠花闹腾的。我突然心头涌起一股怒火,烧得我浑身发热。我抬眼看了一眼韦翠花的宿舍,韦翠花和郎晓忻正扒窗户偷偷往外瞧。我气得火冒三丈,噔噔噔地大步踏进女宿舍,咣地一脚踹开韦翠花的房门。韦翠花惊得"哎呀"叫了一声。见是我,她眼里流露出惶恐、惊愕。她声音变得有些颤抖:"剑峰,你,有啥事?"

"没事儿能找你吗?"我大声呵斥道,"你说说,你为什么撺掇郎晓忻告宗伟光强奸?"

"谁说是她撺掇的?"郎晓忻在一旁悻悻地说。

"我没问你,你少搭茬。"我瞪了郎晓忻一眼愤怒地说,"我是问韦翠花。"

"你……你听谁说的?"韦翠花脸一红,声音颤抖着。

"要想人不知,除非己莫为,天下没有不透风的墙。"我厉声说,"宗伟光怎么得罪你了,你这样落井下石?你们都是一块儿来的战友啊。宗伟光不跟你,你就这样报复他,把他往火坑里推呀。你还有点良心没有?你这不是毁了宗伟光吗?"

"我可没想毁了他呀!"韦翠花不服地说,"谁知道宗伟光是那种人,吃着碗里的,又惦记着锅里的。平时看着挺正经,背后竟干出那种事儿。我对他可是真心实意,他对我咋样?哼,他不跟我好,也行,可他不该跟郎晓忻干那事儿。这可是他自找的,能怪别人吗?"

"什么,你还振振有词,你还理直气壮?把他送进去,你解恨了是不?"我气得大叫起来,"以前我看你挺善良,以为你心眼儿好,没想到你心胸这么狭窄。你跟宗伟光、东雪梅可都是同学呀!你就这样对待他们?你也太无情了。你的良心让狗吃啦?"

"你说谁无情?你说谁没良心?"韦翠花涨红了脸,吃惊地瞅着我,"别的咱不提,你拍拍心口窝,我对你咋样你自己知道,还说我无情?"

"你对我是有恩,这我没忘。"我仍怒气难消地逼视着她,"可你再看看东雪梅,都变成啥样了?你这是毁了两个人。你这不是造孽是什么?"

"我真的不知道会有这样的后果……"韦翠花眼里噙满了泪水,"可是,弟弟……"

"你少叫我弟弟,我也没有你这个姐姐。"我愤恨地说,"从今往后,咱俩再没有任何关系。"

"你……你难道就这样绝情?"韦翠花几乎是乞求了,她流着泪抽泣着,"可是,剑峰你想想,我对你不好吗?"

"你对我好,我感激你,"我胸脯起伏着仰起头,"可我不能容忍你去害别人。好,为了感谢你以前对我的关心,我最后叫你一声姐。从今往后你别再叫我一声弟弟,我没你这样的姐姐。"

我恶狠狠地瞪了一眼郎晓忻,又瞥了一眼韦翠花,愤然向外走去。

"剑峰,剑峰……"韦翠花声泪俱下地呼喊着。

我咬紧嘴唇不再回头,大步走出屋。

第十七章

三轮出租车拐了一个弯,在道边停下来。司机说:"我先撒泡尿。"便跳下车,钻进了沟边的苇丛,苇子被他扒拉得哗哗直响。

我坐在车里,耳畔回响着苇子被风吹的沙沙声。我又听到这久违而又熟悉的声响,这声音将我的思绪扯得很远。当年,可怜的东雪梅,遭受巨大的精神打击后,正是方怡玫陪护着住进医院,而方怡玫万万没有料到,回来时自己却遭遇了惊恐的一幕。我拽着方怡玫,拨开苇子拼命飞奔。心惊肉跳之后,我们之间的关系竟发生了如此变化。

东雪梅真的受了刺激。她病了,常常一个人坐在窗前痴痴望着前方。一会儿哭,一会儿笑。一会儿又脱光上衣,抚摸自己的乳房,自言自语地说:"伟光,我不好吗?你要来就来吧。我什么都给你。"

崔红英怕她当众再脱衣服,不敢让她上工。可总让她呆在屋里也不是办法，于是崔红英请示了吴大山，决定派人送到县医院去治疗。

这天，崔红英叫上雷大鹏的马车，考虑到方怡玫同东雪梅住一个宿舍，便叫她也一同去，好有个帮手。毕竟方怡玫说话，东雪梅有时还能听进去。

马车将她们送到县医院。这县医院在县城的街里，有一幢三层的楼房。鞍山市第二医院根据"六二六"指示，医疗下乡整院迁到这儿。尽管是市里迁来的医院，医疗水平比起农村县城要高得多，可这医院没有专门的精神病院，只好到神经科就诊。医生给东雪梅开了些镇静药，要求住院观察一些日子。没有专门的病房，只能腾出一间小屋，放上两张床，权作病房。开始几天，需要有人陪护，崔红英就让方怡玫先在这儿护理几天。

过了几天，连里派尚慕春替换方怡玫。方怡玫就独自坐着马车往回返。

深秋的午后，天气变得凉爽起来。路旁的小柳树摇曳着光秃秃的枝条，地面铺满纷纷的落叶。苇子已开始干枯，芦花在风中摇曳。

收工的哨音响过，人们纷纷往回走。杜金彪和邱玉明慢腾腾走在最后面，我在他俩身后几十米处看得清清楚楚。他俩向公路上张望着。一辆马车过来了，从车上跳下一个女青年。从那熟悉的身影我断定是方怡玫。她大概是见到收工的人群，才有意提前下了马车。她一定想等大伙儿都回到宿舍，才肯悄悄地进青年点。她如同一只离群受伤的孤雁，凄楚地孑然而行。

杜金彪蓦然间发现了道上的方怡玫，像独狼窥见猎物般紧盯不舍。只见他凑近邱玉明的耳朵嘀咕了几句。我以为他会蹿过去，可出乎我所料,他竟刺溜钻进路旁的苇丛里。

邱玉明摇晃着身子,径直朝公路上快速走去,直奔方怡玫。我隐隐感到不安,骤然间涌上一种不祥的预感,顿时加快了步伐,紧紧跟在邱玉明的后面。我盯住他,想看他究竟要干什么。

方怡玫低着头并未察觉到有什么异常,依然不慌不忙地向前走着。此时,邱玉明已到了公路边。他像一只野猫,噌地蹿到方怡玫跟前,紧紧抓住方怡玫的胳膊,就往路旁的苇丛中拽。方怡玫一惊,大叫一声:"你要干什么?"邱玉明嘿嘿笑着:"干什么?让哥们儿玩玩。"方怡玫挣扎着叫喊:"你要流氓啊,快松手。"邱玉明的手抓得更紧,他嘻嘻地说:"让哥们儿亲亲你的脸蛋。"然后伸长脖子将嘴凑过去。方怡玫猛地抽出一只手,啪地扇了他一个嘴巴。邱玉明疼得"哎哟"一声怪叫。他激怒得像只疯狗,上去撕扯方怡玫的上衣。方怡玫死死抓住前襟,两人厮打在一起。邱玉明趁机伸出一只脚,猛地使了个绊,方怡玫没防备,扑通一声,摔倒在地,邱玉明顺势向她身上扑去。

我眼睛都红了,飞步上去,就在邱玉明的身体倾斜着要碰到方怡玫的一瞬间,我伸出右脚,向他的左肋猛地一蹬。这小子身体斜着被踹出去有两米多,来了个猪拱地,鼻子蹭去了一层皮。他一骨碌爬起来,见我站在他的眼前,气得小眼睛快凸出来了。他怪叫着:"白剑峰,你小子太狠了。今天我要你命。"他疯狂地扑过来,抡起胳膊向我头上砸来。我一闪身,顺势飞起一脚正踢在他的手腕上。他疼得龇牙咧嘴,扬起右腿向我踢来。我向旁一跳,躲过他的腿,对着他的下巴来了一个"电炮",打得这小子身子一趔趄。"邱玉明,"我恨得从牙缝里挤出这三个字,"你小子平时总与我作对,处处找我别扭。今天我非要出这口恶气不可。平时在青年点你仗着人多欺负我,今天就咱俩在这儿,看看究竟谁厉害?"

邱玉明气得大叫着又扑上来。

我飞起一脚,正踢到他的屁股上。这小子也真够瘦的了,屁股上怎么没有肉?仿佛踢到个石头,硌得我脚生疼。

邱玉明被我踢得手捂着屁股,龇牙咧嘴地怪叫着。他如疯狗般向我撞来。我一闪身,他一下子扑到地上,脸又蹭上一层土。他爬起来,用手往脸上一划拉,顿成了大花脸。他一急,冲苇丛里喊道:"杜大哥,快来救我呀。"

他这一喊,猛然提醒了我,原来杜金彪就藏在路边的苇丛里,他要是出来,俩人打我一个,我还有好?那方怡玫就遭殃了。

我撇下邱玉明,慌忙拽起方怡玫撒腿就跑。我们俩如惊弓之鸟,不敢回头,慌慌张张地向前狂奔着,身体贴着苇子发出哗啦啦的声响。

隐约听到邱玉明在后面声嘶力竭的叫骂声,不知杜金彪是不是也在追赶着我们。

方怡玫两腿紧倒腾,吃力地跟着我,她大张着口不住地喘着。我怕她落下,死死抓住她的胳膊,几乎是拖着她向前猛跑,不敢停下来。凭我的听觉,邱玉明已被我们渐渐拉开了距离,可我仍不敢放松,带她拼命地向前跑着。

我们终因体力不支放慢了脚步。方怡玫跑得大汗淋漓,哈哧哈哧喘着。我竖起耳朵仔细听了听,后面已没有人的追赶声,这才停下来。我回头向后望了望,除了茫茫的芦苇,没有一个人。方怡玫不放心,踮起脚焦虑地向后望,见身后确实没有动静,这才长长地松了一口气。我的神经也开始放松,我俩大口喘着粗气,这时才感觉两条腿隐隐的酸痛。我想就地坐下休息,方怡玫说:"刚跑完别坐下,这样会伤身体,咱们向前走走再休息。"

我们就这样慢慢踱着步子,想让刚才紧张的心情平息下来。

她看着我说:"邱玉明是你同学你一定了解吧,他咋那样?"

我愤恨地说:"那小子是不咋的,可他以前没那个胆,我真没料到这小兔崽子也敢耍流氓,真他妈的来气。"

她低着头没吭声,显然心情还没有完全缓过来。

我想转移她的注意力,却不知如何使她尽快摆脱那种惊恐的情绪。

突然,我发现前面那大片滩涂上像铺了一层红地毯,我故意激动地冲她喊道:"你看,红碱草!"

方怡玫抬头望着前方,但她的眼里却没有我想象的那种亮光,也许她以前来过这片红海滩。对于熟悉的事物,总不会显得过于惊奇吧。

"咱俩就在这儿歇会儿吧。"我看着方怡玫说。

"嗯。"她点了下头。

我折了一些芦苇铺到地上,我俩就坐在了上面。天边出现了火红的晚霞,天上的火烧云映衬着地上的红碱草,天地之间连成一片,满眼都是通红,仿佛置身于红色的海洋。

"你是头一次见到这大片的红碱草吧。"方怡玫问我。

"不,这是第二次。"我说,"头一次是我跟黄树山干了一仗被关了三天,刚放出来心里憋得慌,是郑义平拉我到这儿散心的。"

"唉，"方怡玫深深地叹了口气，"你就是太刚直了，在这儿吃不开呀。"

看着她那因惊吓而略显苍白的脸，我心里涌起一股说不出的滋味。

方怡玫忧郁地盯着前方的红碱草，颇为伤感地说："我真羡慕这些红碱草，别看根扎在盐碱地里，可不受侵扰。虽然苦点，可无忧无虑，活得也自在。我要是能变成一株红碱草，也知足了。"

我望着神情黯然的方怡玫，不知说些什么。

她忧伤地看着我说："谢谢你今天救了我。"

"谢啥，邱玉明这小子不是东西，我早就想教训他啦。"我说。

"人活着可真不易啊！这两天我护理东雪梅，看着她那样，我就想哭。可我却不敢当她的面哭。有时我忍不住，就跑到外面偷偷掉眼泪。"方怡玫说着眼圈红了起来。

我感到心口堵得慌。东雪梅是挺惨，可方怡玫的处境还不如她。毕竟东雪梅能得到许多人的同情，可方怡玫呢？有谁能同情她，关心她呢？她现在这样的处境，还在惦记着东雪梅。她时时想着别人，她的心地太善良了，可为什么人们还对她另眼相看？

"有谁理解我呀？我太孤独了……东雪梅还有人关心，可我……"方怡玫说着，泪水夺眶而出，顺着她的鼻翼流到她的嘴角，又滴落到她的胸前。

我感到鼻子一阵发酸，眼眶里竟充盈起咸涩的液体，我极力控制着。

我默默地看着她，此时忽然想起了韦翠花。与韦翠花相比，方怡玫的心要纯洁得多，善良得多。我已经与韦翠花解除姐弟关系，为什么不能认方怡玫为姐姐？她深感孤独无助，她也是人啊，也渴望理解。我认她为姐姐，也许会给她带来一点儿安慰，哪怕这安慰只有一丝也行啊。可她会答应吗？

我望着她鼓起勇气说："你不孤独，起码我能理解你。如果你不嫌弃的话，我愿做你的干弟弟。"

"啊？"方怡玫忽然睁大眼睛，大滴大滴的泪珠又滚落下来。她说，"什么，我还能嫌弃你？你认我为姐姐不怕受牵连吗？"

"不怕。"我坚定地说。

"你可要慎重考虑呀。"方怡玫眼里闪着泪花，"其实，我真的很喜欢你，我早就想认你为干弟弟，可我不敢，我怕你为我再受牵连。"

"我考虑好了，"我望着她说，"与其一个人孤独受罪，不如两个人共同分担痛苦。在这个青年点里，我们多么需要亲近的人。我们为什么不能相互扶助呢？我没有姐姐，我多么渴望身边有一个知心的人做我的姐姐啊！"

方怡玫静静地听着睁大眼睛瞅着我。那曾忧郁暗淡的眼神突然闪烁着异样的光彩，目光里充满了柔情。

"剑峰，我的好弟弟。"方怡玫激动地抓住了我的手。

"姐姐。"我情不自禁地从心底发出这个声音。

方怡玫紧紧握住我的手，热泪再一次夺眶而出，滴落到我的手上。

眼前的红碱草愈发红艳。

"好你个臭小子。"我刚回到宿舍，杜金彪就对我怒气冲冲，他指着我的鼻尖恶狠狠地说,"你他妈的凭啥打邱玉明,你以为跑了就没事儿啦?"

邱玉明刚刚洗过脸,可蹭破了皮的鼻头仍是红红的,他仰脖叉腰恶狠狠地瞪着我,像只被打伤的巴儿狗,在主人面前又恢复了神气。

"邱玉明他调戏方怡玫,不该打吗?"我义正词严,感到自己有理。

"谁调戏她了,谁看见了?你血口喷人。"邱玉明上来就给我一拳。

我的火腾一下上来了,随手还了他一拳。

"好小子,你他妈的在屋里还耍横,"杜金彪说着,上去踹我一脚,我一闪身,他的脚正踹在炕沿儿上。他的力量太猛了,水泥砌的炕沿儿竟被他踹掉一块。他抡起胳膊向我砸来,我抬起胳膊挡了一下。他气得眼睛都红了,饿虎般咆哮着向我扑来。他万没料到我这个新知青,对他这个有名的"棍"竟敢反抗。其实,我一直惧怕他,在他面前总是出言谨慎小心翼翼,生怕得罪了他。可今天,我却顾不上这些,我知道怕也没有用,想躲是躲不过去了,我只能挺着。

邱玉明偷偷溜到我的背后,突然抱住我的腰。我正要掰他的手,杜金彪一记重拳咣地砸到我的额头,我只觉脑袋嗡嗡直响,眼冒金花。我使劲儿摇了下头,想清醒一下,胸口又被杜金彪重重地踹了一脚。杜金彪力量真大,我感觉身体像被十八磅的大锤砸上一样,砸得我胸闷气短。邱玉明借机抡开手掌,对着我的脸左右开弓,我身子摇摇晃晃,脸上流着鲜血,已顾不得擦。我用胳膊护住脸偷眼瞧准机会照着邱玉明的小腹猛劲儿一踹,这小子"啊呀"一声,倒退几步跌坐在地上,他手捂小肚子,疼得嗷嗷叫。

杜金彪更来劲儿了,他喊着:"你小子,他妈的不服咋的?还敢踹人。"上来又重重地给我几拳。我躲闪着,有两次他的拳头空击到墙上,砸掉了两块墙皮。他气得大叫:"你他妈的还敢躲。"又扬起腿向我踢来。

门忽然开了,达子和郑义平冲了进来,他们上前拽着杜金彪,杜金彪晃动肩膀使劲儿挣脱着又向我扑来。此时邱玉明已经爬起,他抓起墙角的一只桶锹把,冲上来抢起锹把向我的头上砸来。我的注意力都集中在杜金彪身上,那桶锹把正砸在我的后脑勺。我身子一晃扑通栽倒在地失去了知觉。

迷迷糊糊不知过了多久我才睁开了眼睛,郑义平、谢元庭正站在我的眼前。"剑峰,你可醒了。"郑义平惊喜地呼唤着我。我感觉这儿不是在我的宿舍,揉揉眼睛问:"我这是在哪儿?""在哪儿?你在我铺上啊。"谢元庭瞅着我说,他的脸本来就黑,在昏暗的灯光下显得更黑了。

"我……我要回屋。"我吃力地抬起头,可身体却不听使唤。我知道自己已是遍体鳞伤,我不愿自己的鲜血沾染了谢元庭的被褥。

"就你现在这样,能行吗?老老实实在这躺着吧。"谢元庭轻轻拍下我的肩膀,"等伤好了,再回屋吧。"

我感到头上、身上隐隐作痛,我痛苦地皱着眉。

郑义平说:"剑峰,干吗招惹他俩?你不想想,一个人能斗过他们俩吗?"

我说:"大哥,邱玉明调戏方怡玫,我能看着不管吗?那我成什么人啦?"

门忽然开了,胡立仁晃晃地进来对我说:"你真是狗拿耗子多管闲事。其实邱玉明那是演戏。你不上，杜金彪肯定也得管，你这不是多此一举吗？"

"什么？"我吃惊地望着他。

胡立仁忙朝我摆下手，走到门口探头看了看关严门，返回身走到我跟前，神秘兮兮地小声说："你们知道就行了，可别往外传呀。"

"有屁就快放吧，别像个地下工作者。"郑义平拍着他，"究竟咋回事？"

胡立仁说："我在白剑峰的褥子上闭目躺着，听见杜金彪骂邱玉明：你真笨，这点事儿都办不了。邱玉明说：我照你说的做了，我本来以为是你冲上来，没想到半路上杀出个白剑峰。这小子也太狠了，你怎么不出来帮我？杜金彪瞪着他说：哥们儿一出来不就露馅了吗？行了，这口气哥们儿替你出了。你别惹白剑峰了，哥们儿不能无缘无故揍他，省得说哥们儿又欺负新知青。"

"怪不得，我看见杜金彪钻进苇子里，让邱玉明上。"我说，"他这是——"

"咳，这不明摆着吗？"胡立仁晃了一下脑袋，"他要演出一场英雄救美人，没想到让你给搅了。要是我，也饶不了你。"

"杜金彪那么横，对一个女的还用得着这招吗？"我不解地问。

"杜金彪是'棍'不假。他想要哪个女的就能得到，可唯独方怡玫不吃他这套，根本不跟他接触，不给他机会。你以为他想用这招啊？他这是迫不得已。这是他博得方怡玫芳心的最后一个手段。没想到这戏却演砸了。"胡立仁瞟了我一眼，"小白脸呀，你还嫩哪。要是我，决不干你这种傻事儿。"

郑义平说："你是狐狸多狡猾，这事儿要让你碰上，方怡玫就遭殃了。"

"行了，山东棒子，我不跟你说了。"胡立仁瞅着郑义平，"我回那屋啦。哎，对了，我说的这些千万别对别人说，要不，让杜金彪知道了还不收拾我？"

胡立仁说完，摇晃着身子出去了。

"剑峰，还疼吗？"郑义平关切地问我。

我摇摇头，其实伤口还隐隐作痛，我强作笑容，说没事。

"当当当"，有人轻轻敲着门。郑义平道："鬼狐狸，装什么文明，进来吧。"

门被轻轻推开，一个女青年挎着旧书包走进来。

"我还以为狐狸敲门呢。"郑义平冲方怡玫笑着，"是看白剑峰吧。"

方怡玫"嗯"了一声，轻手轻脚来到我跟前。

"姐。"我脱口而出。

"什么？姐。"郑义平惊诧地看着我，又看看方怡玫。方怡玫脸一红。

"啊，你俩是干姐弟呀。"郑义平恍然大悟，说，"你俩先唠吧。谢元庭，咱俩出去溜达溜达。"然后拽着谢元庭一起走了出去。

"你怎么当他们的面叫我姐，"方怡玫嗔怪道，"这不是让大家都知道咱俩的关系吗？"

"怕啥，咱光明正大，青年点认干姐的多的是。"我不以为然地说。

"还是注意点好。"方怡玫看着我，"是我连累了你。"她轻轻抚摸我头上的伤口："疼吗？这杜金彪、邱玉明对你也太狠毒了。"

"没事，"我说，"打几下更结实。"

方怡玫瞅着我，忧郁的大眼睛忽闪着，眼里渐渐潮湿了。她低下头，轻轻地抽泣起来。

我有些不知所措，忙不迭地说："姐，怎么又哭了，我这不是没事了吗？"

"姐心疼啊，你这是为了我，可是姐却帮不了你。我，我……"她手捂着脸哽咽着，泪水顺着她的脸颊淌下来。

"姐，你别这样。你这样，叫我也不好受啊。"我的声音竟有些颤抖了。

方怡玫忍不住了，像个被人欺负受了莫大委屈的小女孩，趴在我盖的被子上呜呜哭起来。她的肩不住地抖动，让我看着心酸。

我不知怎么劝她，只是将手搭在她的手背上。她的手很柔软，却有些凉。

她抬起头，掏出手帕擦去脸上的泪痕，从书包里边掏出一包黑面蛋糕，爱怜地看着我说："你一定没吃东西吧，这蛋糕你吃了吧。"

"姐，我不饿，你吃吧。"我说。

"跟姐还客气？"她说，"你可要注意身体啊，姐先走了。"她站起了身。

"再坐会儿吧。"我说。我真想让她多陪一会儿。

"想跟姐在一起是不？"方怡玫眼圈又红了，"有空姐再来看你。"她背上书包，一扭头出去了。

我又回到自己的宿舍。邱玉明小眼睛斜愣着我，杜金彪却大大咧咧，对我说："那两天咋不回屋睡，怕哥们儿吃了你？"

我转过身子头对着墙,心里仍是怨恨。

"哟,白剑峰在这儿躺着哪。"尚慕春刚推开门,就大声说道。

"咋啦?"她走到炕沿儿,歪着头瞧着我,"哎呀,头上咋有伤,谁打的?"

她冲着杜金彪说:"噢,怪不得连里闹哄哄说白剑峰让你给打了,我还不相信。你是不是对方怡玫有啥想法,拿白剑峰撒气?"

"你别瞎合计,根本不是那回事儿。"杜金彪说。

"不管咋的白剑峰也是我同学,以后不许你欺负他。"尚慕春声音虽有些严厉,但却听出有点撒娇的味道。她最近和杜金彪好上了才敢说。

"行了,行了,别磨磨叽叽的啦。"杜金彪说,"你找哥们儿有啥事儿?"

"没事儿就不能来吗?"尚慕春说,"你出来一下,我跟你说点儿事儿。"

杜金彪手搭着她的肩膀向外走去。

我头上的窗户正开着,他俩的说话声顺着敞开的窗户飘进来。

尚慕春说:"我快俩月没来例假,肯定是有了。"

杜金彪说:"谁知道你跟谁有的?"

"你还不相信我呀,除了你还能跟谁?"

"真的,就跟哥们儿一个人好?"

"你还没看出来呀?人家把什么都给你了。我可不像你,吃着碗里的还惦记着锅里的。"

"你说谁呢?哥们儿惦记锅里的啥了?"

"你自己知道。"

"行了,别磨磨叽叽的啦,到医院做了得了。"

"那多疼啊,就怨你不注意。"

"你叫哥们儿咋注意?你不是也同意的吗?"

"可我害怕。"

"怕啥?做人流的又不止你一个。你要不做就留着。"

"你让我腆个大肚子在青年点晃,让别人寒碜我呀。"

"你到底做不做?"

"不做也不行啊,那你陪我去吧。"

"哥们儿陪你去,别人不就知道了吗?"

"那我也不能一个人走到大洼医院哪!"

"行了,哥们儿找大鹏,让他明天赶车送你去,这回行了吧。"

第十八章

太阳直射进屋,我本想继续睡下去,可阳光泻在我的脸上,就像谁拿着一个镜子在我眼前晃动。我揉揉眼睛伸了个懒腰,这才从床上爬起来。

这是我下乡后放的第二个寒假。回家已经几天了,可我每天还是不到太阳照屁股是不会从被窝里爬出来的。我就像几辈子没睡觉非要补回来似的。反正母亲早上吃完饭就上班,家里就剩我自己,再也听不到那刺耳的哨音,什么时候起床,完全由着自己。

屋里有些冷,我急忙穿上衣服。吃完早饭,忽然想起上火车时方怡玫塞给我的字条,忙从兜里翻出来。摊开一看,是她家的地址,还画了行走路线。对了,应该去她家看看,头一个寒假,我心情不好,哪也没去,这次可得出去转转,整天呆在家里也没意思。

我骑车行进在大街上。西北风呼呼地迎面而来,刮得路旁的杨柳摇晃着枯干的枝条瑟瑟发抖。我顶着风,根据方怡玫所画的路线,从市中心一直向西北方向骑。

骑了一个多小时,才到达皇姑区的边缘处。过了一座小桥,上了一个慢坡,眼前出现一个戒备森严的大院。

门口有警卫站岗。我登了记骑进了大院。经过打听找到了方怡玫的家。

这是一个不大的院落。进了房门是一个小走廊,左侧有两间,右侧是一个穿堂的小套间,走廊尽头是厨房和厕所。我拐向左侧,在门板上轻轻敲了两下,一个矮个子、腰很粗的中年妇女盯着我问:"你找谁?"我问:"这是方怡玫的家吗?"她手向右一指:"在那边儿。"我说:"谢谢。"便向右走去,我轻轻敲了下门。一会儿门开了,出来的正是方怡玫。她忽闪着大眼睛兴奋地瞅着我,说:"你还真找着啦,快进屋。"我随她进了屋。这时从里间屋走出一位头发花白、面容和蔼、年约五十岁的妇女。方怡玫介绍说:"妈,这就是我常跟您说起的白剑峰。"我忙说:"大姨,您好。"方母说:"小伙子快坐下,小玫,给小白沏茶。"

我拘谨地坐下说:"大姨,我不喝茶。"

"那就倒杯白开水吧。"方母说。

方怡玫拿着暖水瓶,往桌上的一个搪瓷杯子里倒水。我的目光一下子被这个杯子所吸引。这个白色的搪瓷杯,杯口掉了一些漆,露出金属的灰黑色,而杯体上却有一排红字:"赠给最可爱的人。"

我不禁一怔,难道方怡玫家跟志愿军有什么联系?方怡玫倒完水递过杯子说:"看啥?是不是看这杯子有点破,这可是当年抗美援朝的纪念品。"

"啊。"我接过杯子轻轻呷了一口水。

方母个头中等,额头上有深深的抬头纹,眼角爬满了密密的鱼尾纹。她脸色苍白，慈祥的目光中隐含着抑郁。她细细打量我，说："听小玫说，你是去年下乡的。你们在一个连，对小玫没少照顾。"

我说："大姨，其实是方姐对我挺关照。我刚下乡，对农村的生活还不太适应。方姐处处想着我，拿我当弟弟看待。我真不知要怎样感谢啊。"

"唉，下乡不容易啊！"方母叹了口气说，"你们年纪轻轻的，就孤零零地到了农村，真应该互相帮助。"

"你家里都好吗？"方母又关切地问我。

"啊，我妈一个人在家。她身体不太好，可还惦记着我。"我说，"她自己省吃俭用，每个月都要给我寄钱。大姨，您不也是一样吗？"

"真是可怜天下父母心啊！"方母感慨道，"小玫这孩子挺苦。我身体不好，他父亲又被关押，不让我们去见……"方母说着眼圈红了。

我顿感一阵心酸，望着方母说："大姨，您别难过，又不是您一家，我家也一样。"

方母的眼泪在那张饱经沧桑的脸上默默地流着。她紧咬嘴唇，抑制住哭声，嘴角不停地翕动着。她掏出手绢擦拭着眼泪。

刚进走廊时，我以为这儿只住着方怡玫一家，不想却还有别人居住。我不解地问方母："大姨，这房子里怎么住两家呀？"

"他爸没被打倒前，这小院就住咱一家。可她爸被抓走的第二天，造反派就说，反革命凭什么住这么多房子？硬把我们娘俩撵到这个小套间，那两间就让别人给占了。唉，有啥办法呢？"

"大姨夫不是高干吗？"我说，"房子不是按规定分给你们住的吗？怎么他们说占就占哪，还讲不讲理？"

"这年头,上哪儿说理去。"方母气愤地说,"说你是啥就是啥。扣上个反革命的帽子,你也得受着。她爸就因为不服,没少挨造反派的打。这造反派也够狠的了,打得他爸浑身没一处好地方。像有多大的仇恨似的,比解放初期斗争地主老财都邪乎。他爸从小跟共产党闹革命,出生入死,身上留下不少伤疤。过去他革小日本、国民党的命。哪曾想,这回革命竟革到他的头上。我真不明白,他爸错在哪?为什么这些人往死里整他?……"

方母气得嘴唇直哆嗦,两眼噙满了泪水。方怡玫站在母亲身旁,不住地抽泣着,她凄楚地望着悲愤、憔悴的母亲,喊了一声:"妈……"

方母用手搂着方怡玫的肩膀,爱怜地说:"孩子,是咱家牵连了你。妈没能力保护你啊,让你受苦了。"

方怡玫紧紧依偎着母亲,已经泣不成声。我呆呆地望着她们母女俩,不知说些什么,只感觉心里酸酸的。

方母缓缓地抬起头,轻轻擦去女儿脸上的眼泪。她看着我说:"小白,看我这人,当你的面说这些,让你也不好受,你可别介意。"

"大姨,没关系。"我说。

她推了一下方怡玫:"小玫,快给小白拿糖去。"

方怡玫擦去脸上的泪水,让自己的情绪稍微平静下来。她转身从一个茶盘里抓出一把硬糖块,递给我说:"剑峰,吃糖吧。"

我接过糖,轻轻放在桌上。我哪有心思吃糖啊!

"看,到这儿还客气。"方怡玫说着,剥开了一块糖塞到我嘴里。好久没吃到这种橘子味的糖块了,可我却觉得心里仍然苦涩。

"小白,让小玫陪你唠嗑,我去给你们做饭。"方母说着,转身要去厨房。

"大姨,我来时刚吃过,您别忙了,我这就回去啦。"我说。

"看你这孩子,着什么急?在这儿多坐会儿,我给你包饺子。我知道你们青年点吃顿饺子不容易。"方母转身走出了屋子。

方怡玫从抽屉里抽出一张报纸,递给我说:"你快看看,大学要招生了,这上面还有最高指示呢。"

我接过报纸,上面醒目地印着最高指示:

> 大学还是要办的,我这里主要说的是,理工科大学还要办,但学制要缩短,教育要革命,要无产阶级政治挂帅,走上海机床厂从工人中培养技术人员的道路。要从有实践经验的工人、农民中选拔学生,到学校学习几年以后,又回到生产实践中去。

从一九六六年"文革"开始,大学就停止了招生。几年后大学又恢复招生,虽然只是理工科,招生的人数不会多,但毕竟让我们看到了升学的希望。

我欣喜异常地看着她:"这么说,咱们也有希望报考大学啦。"

"嗯,"她点点头,对我说,"你把过去的中学课本找出来,好好复习复习,说不定能用上。"

我说:"你也把你的课本找出来,凭你的聪明劲儿,保证能考上。"

"我可不行。"方怡玫的目光又泛起一层愁云,"就我现在的状况,连里、营里肯定不让我报考,我这辈子看来真要在农村扎根了。"

"那可不一定,"我说,"考大学凭的是真本事,哪能光看出身。"

方怡玫说:"现在可不就是这样,你下乡也一年多了,青年点的事儿你也看得一清二楚。像我这样的人,不是总遭别人的白眼吗?"

"管他们怎么看呢,咱们脚正不怕鞋歪。"我说。

"你脚再怎么正,他给你穿上小鞋,你也是遭罪呀!"方怡玫看着我,"不过,你跟我不同。虽然你受父亲的影响,不像有些人那么吃香。但是有这样的机会,还是要尽量争取。过几天假期就到了,你把书带回青年点,晚上抽空复习复习,总比跟别人闲扯强吧。"

"嗯。"我点点头说,"姐,那你呢?"

"我也想把课本带回去。"方怡玫说,"不管让不让报考,复习一下总会有好处。趁着年轻时多学点知识没坏处。抓革命,促生产,没有知识怎么促进生产啊。"

"哎,姐,你这可是'唯生产力论',要遭批判的。"我故意吓唬她。

"我跟你说,又没到外面去散布,"方怡玫说,"难道你还能把姐出卖呀?"

"那可说不准,这年头谁管谁呀?"我睁大眼睛盯着她,"郎晓忻能把宗伟光告进去,说不定哪天我上台揭发你。"

"好你个白剑峰,刚认姐姐没几天,就翻脸不认人。"方怡玫努起嘴,装作生气的样子。

我刚回到家,母亲突然问道:"你上方怡玫家去了吧。"

"是啊,她是我干姐,对我不错,借放假机会看看她。"我嘴上说着,心里却有些狐疑,母亲怎么知道方怡玫。

母亲脸色阴沉，忧郁地盯着我问："方怡玫她父亲是不是反革命？"

我不禁打了一个寒噤。我头一次见母亲对我这种神态、这种口气。我小心地问："妈，谁告诉您的？"

"这你甭管。"母亲表情严肃地看着我，"没有不透风的墙。你在青年点的事儿，别以为我不知道。"

我胆怯地看着母亲，一定是尚慕春跟尚母说过，才传到母亲的耳朵里。

"你是不是看她漂亮，想跟她处对象？"母亲瞅着我，突然加重语气说，"你也不考虑会有什么后果？"

"她漂亮咋啦？"我不服地撅起嘴，"您别听别人胡说。谁跟她处对象啦？我跟她只是干姐弟。像这种关系的青年点里多的是。根本不是处对象，会有啥后果？"

"你好好干你的活，少惹麻烦比啥都强。干吗非得认她干姐？"母亲情绪有些激动，"你爸被整得已经够呛了，你再跟一个反革命的子女这么近乎，今后还有你好吗？"

"我……"我本想争辩，可望着母亲憔悴的面容、凄楚哀伤的眼神，心里一阵心酸，立刻止住了嘴。

母亲眼里噙着泪，声音颤抖着："孩子，别干那傻事儿。现在是啥形势你不是不知道。将来也不好说，我们现在够难了，你们真成了家，那孩子怎么办？你们想没想过呀？"

"妈……"我心里涌起一阵哀伤。一边是令我无法割舍的方怡玫，另一边却是含辛茹苦抚育我成人的母亲，我该如何是好？我痛楚无奈地望着母亲，无言以对。

第十九章

我和方怡玫又一同回到了青年点。

我们的旅行包鼓鼓囊囊,被我们用过的中学课本所填满。在我看来,这就是我的精神食粮。说不定这些课本能给我带来希望,让我的前途一片光明。

这些课本是"文革"后编写的,扉页上印着最高指示:"千万不要忘记阶级斗争","教育要为无产阶级服务"……

编者的用意很明显,让我们在学习文化知识时,仍能时时感受到领袖的谆谆教导,激发我们"好好学习,天天向上",期望我们学好文化知识,长大后为无产阶级服务。可那时全国都在搞大批判,我们真的能好好学习吗?

尽管复课了,可校园里仍弥漫着大批判的火药味。教师上课时,变得异常谨慎,生怕说错了话被扣上一顶什么"帽子"。上物理课时,涉及外国科学家命名的定理也尽量回避。仿佛一提到这些名字,就是崇洋媚外。

下午的自习课,全变成了写大批判稿。教室的墙报和校园里的告示板上充斥着言辞尖锐的大批判文章。我们这些"红卫兵"闯将,纷纷用手中的笔做匕首,向修正主义教育路线展开激烈的猛攻。

我们崇尚"造反有理"的信条,我们批判"五分加绵羊"。我们觉得"知识越多越反动"。那些学富五车的专家、教授还不是照样被批斗?

老师在上面讲课,一些同学就在下面交头接耳搞小动作。课堂嗡嗡的乱作一团。有一次,一位年轻的女教师实在忍不住说了两句,便如捅了马蜂窝,邱玉明带头跳起来,指着女教师的鼻子训斥道:"你少给我搞'师道尊严',你这个'臭老九',不愿讲课,就滚到一边凉快去。"话音刚落,引来一阵阵嗷嗷的起哄声,气得老师脸涨得通红,竟呜呜地哭起来。

有一次,全校师生聚集在学校的礼堂批判校长刘春花。这位老太太是抗战时期参加革命的老干部,"文革"一开始就被揪斗。

她瘦小得像干巴鸡,脖子上挂着一块大木牌子,上面醒目地写着黑色大字:"走资本主义道路的当权派,刘少奇的黑爪牙。"她头发花白却被剃成个"阴阳头",头部中间有明显的分水岭,一半留着头发,一半被剃得精光,三分像人,七分像鬼。她皱着眉双眼紧闭。两位身穿草绿色仿军服的学生,胳膊上戴着红卫兵袖标,威风凛凛地站在她的身旁。

刘春花的身体向下躬成九十度,手臂向背后斜伸着,像飞机的两翼。人们称这种姿势为"喷气式"。只见她两腿不住地打战,脸上淌着豆大的汗珠。

其中一个红卫兵手戳着刘春花的"阴阳头"怒吼着:"你要老实

交代你的问题,向毛主席低头认罪。"

刘春花吃力地微睁双眼说:"我的问题不是早就交代了吗,你还要我交代什么?"

"你还想狡辩,在这儿还不老实。"红卫兵一脚踹在她的腰上,她身体一趔趄,险些摔倒。

"快说,你是怎样执行修正主义教育路线的,又怎样成为刘少奇的黑爪牙?"红卫兵尖声叫道。揪住她只剩一半的头发,她痛苦地咧嘴露出大门牙。

她颤抖着说:"我知道我有罪。我向毛主席低头认罪。可我连刘少奇都没见过,怎么成了他的黑爪牙?"

红卫兵眉头一立,揪住她的头发死劲儿向下拽着,迫使她扬起脸,门牙愈发凸出。红卫兵愤怒而嘲讽地指着她的门牙,冲台下大声喊道:"红卫兵战友们,你们看她的牙像不像刘少奇的?她不是刘少奇的黑爪牙,是什么?"

台上另一个红卫兵举起拳头,振臂高呼:"打倒刘春花。"

"打倒刘春花……打倒刘春花。"我跟着台下黑压压的人群振臂高喊着。那声音像汹涌的排浪在礼堂里轰响。

"扑通"一声,刘春花突然昏倒在台上……

没过多久,父亲也受到这样的待遇。我也从一个造别人反的"红卫兵",变为被人歧视的"狗崽子"。

这次放假回家,一次我路过学校,从大门外向内一瞥,忽见校园内一个小老太太佝偻着身子拿着扫帚吃力地扫着地。我定睛一看,这不是刘春花吗?我心里霎时涌起一股难言的酸楚。我想过去对她说些什么,可又没有勇气。我犹豫了半天,终于没有走过去。……

"咳，想啥呢？"谢元庭不知啥时来到我跟前，打断了我的回忆。

我这才缓过神："啊，刚才不知咋的，又想起了在校时的情景。"

"想那干啥？"他说，"你现在是在青年点，还想回校念书啊？"

"你不想念书哇？"我说。

"念那玩意儿有啥用？"他看着我手中拿的课本，"你真有闲心。"

"呆着没事，复习复习呗。"我说，"没准以后能用上。"

"用上啥？咱在这儿种地，数、理、化，哪门课能用上？"他说，"我看你是没累着。"

他把我手中的书本合上，说："走，上咱屋打扑克去。"

"你们玩吧，我想一个人看会儿书。"

"你呀，真是个书呆子。"

"你看我现在都变成农民了，哪还是什么书呆子。"

"你真不去玩呀？那我走啦。"他一扭头，推门出去了。

屋内凉飕飕只有我自己，我干脆钻进了被窝趴着看书。昏黄的灯光下看得我眼睛发酸发涩。不知过了多久，另外仨人陆续回来了。见我还在看书，邱玉明说："点着灯咋睡觉？"啪的一声，石钟玮马上拽了灯绳。

这帮混蛋！没有亮我还看什么书？我气得将课本甩到枕边只好睡觉。

我终于盼来了确切的消息，营里得到一个上大学的名额。可报名的却有二三十人。这些天我大致复习了一遍中学的课程，感觉心里有了些底。我兴冲冲地找到黄树山，说："队长，听说大学要招生，我想报名考试。"

"啥，你想报名？晚啦。"黄树山小眼睛眨巴着瞅着我，"下次再说吧。"

我知道石钟玮昨天才刚报名。他刚上初一就下乡了，几乎没摸几天中学课本，他能报名，怎么就不让我报名？这个黄树山不是故意卡我吗？

我哪点不够条件？我拼命复习，就为了报考。他队长一句话，就轻易地把我打发啦？我感到愤愤不平，可还是耐着性子，对他央求着："队长，你就开开恩，让我报名吧。考试我决不会给咱连丢脸。"

黄树山伸出舌头舔了一下他的嘴唇说："没告诉你晚了吗，名单都报到农场了，你找母也没用。"

"队长你帮帮忙，我不会忘了你的。"我近乎乞求，此时顾不得什么脸面。

"瞧你那小样儿！咋这么赖皮赖脸？你就是叫母祖宗，母也帮不了这个忙。"他说着龇牙冲我一笑，"这次不行还有下次，以后机会有的是，你说母说的中不？"说完一扭头走了。

我气得浑身直哆嗦，恨不得吐他一口。我望着他的背影愤然骂道："中你个屁，让我叫你祖宗？你也不撒泡尿照照自己。瞧你长得像黄鼠狼似的，还他妈好心眼。哼，你不让我报名，我倒要看看石钟玮考试这一关能过去吗？"

几天后，石钟玮从县城考试回来。他脚刚迈进屋胡立仁就跟了进来。

"哎，我说大学生，你考得咋样儿？"胡立仁眼睛发出一股幽光。

"他妈的，出的什么破题，我一点儿都不会。咱整天下地干活，哪有时间复习？"石钟玮大嘴一撇，"这不是存心难为人吗？"

"这不扯起来了,"杜金彪大眼睛翻了翻说,"就你那两把刷子,还想考大学?哥们儿要去都比你强,你信不?"

"那你咋不报名?"石钟玮问。

"哥们儿报名还有你的份吗?哥们儿这不是让着你吗?这都看不出来?"

"你去考试也得发蒙。"

"哥们儿发蒙?哥们儿压根就不费那脑筋。"

"哎,钟玮,"胡立仁凑上前问,"别人都考得咋样?"

"我哪顾得上看他们,谁知道他们考得什么奶奶样。"

"你不会抄别人的呀?"

"我是想抄,"石钟玮瞧着胡立仁,"我一看边上那位,没写几个字,瞅着卷子直发愣,跟我水平差不多,我咋抄哇?"

胡立仁说:"哎,哎,别灰心哪。你接着复习,不行明年再考?"

"复习个屁,我一看课本脑袋都疼。什么 X+Y 的,学那玩意儿有啥用?以后我可不遭那洋罪啦。"

"我看也是。"杜金彪眉头一挑嘴一撇,"就你那猪脑子还想考大学?纯粹是癞蛤蟆想吃天鹅肉。还是老老实实在这儿跟哥们儿修理地球吧。"

"哎,这可不好说。"胡立仁说,"说不定天上掉馅饼,让石钟玮这小子咬着呢。"说完,扬起头哈哈大笑起来。

"我能咬着这馅饼?"石钟玮略有所思地自语着。

正在石钟玮为自己没考好而沮丧时,突然传来一个令人吃惊的消息,让他暗自窃喜。这次大学招生考试的成绩不算,直接由大队推荐。

这怎么回事？哪有大学这样招生的？我如坠五里烟云之中，被层层疑团所困惑。怎么政策说变就变？看来一定是发生了什么事。

胡立仁是消息灵通人士，他摇头摆尾地晃进屋，手中拿着近期的报纸，津津有味地道出了缘由：

这次大学招生考试，由于农活忙，知青要每天下地，抽不出时间复习。普遍考得不好。这考生中有一名是插队到铁岭的知青，他担任了生产队的小队长。在考场上，他望着那试题，就像面对天书一样，呆呆发愣。他有些愤愤然：我们响应号召到农村插队，风里来，雨里去，滚了一身泥巴，脱去几层皮，可这次大学招生偏偏要考试，这不是难为我们这些下大地的知青吗？

他看着别人埋头答题，自己冥思苦想就是答不上来，急得抓耳挠腮。时间一分一秒地过去了，这不要白白丧失上大学的机会吗？可他不甘心，暗自思忖：不是批判修正主义教育路线，批判走白专道路吗？已经废除了升学考试制度，怎么这回大学招生又搞这一套？这么考试会将多少有志的工、农、兵拒之门外。不行，要向上级反映问题的严重性。于是他干脆放弃了答题，在卷子后面写了一封长信。

他在信中述说自己在农村担任小队长，因农活忙而无法复习。他列举了考试的种种弊端，强烈呼吁取消考试制度，改为民主推荐，从工、农、兵中直接选拔优秀学员进行深造。只有这样才能杜绝出现四体不勤、五谷不分的书呆子，培养出新型的富有三大革命运动实践经验的合格大学生。

他将这样一份特殊的答卷交了上去。恐怕连他自己都没料到这份白卷竟引起了上边的重视。这封信如一枚重磅炸弹，产生强烈的冲击波，在社会上引起特殊的反响。报纸发表评论文章，高度赞扬这封信的作者具有的勇气和胆识，一针见血地指出当前教育战线上的要害。

这封信被当作不可多得的宝物，顿时被捧上了天。而正是由于这个宝物的出现，使刚刚恢复的大学招生考试被迫流产。考试成绩一律作废，直接通过民主推荐选送大学生。

真是有人欢喜有人忧。就在许多考试成绩好的人被拒之大学校门之外时，这位敢于向旧考试制度宣战的"勇士"一举成为"英雄"，顺利地进了大学。

有人欢呼赞叹，也有人深感困惑，称这位"勇士"为"白卷先生"。一时间，这位"白卷先生"声震华夏大地。不是说"宁要社会主义的草，不要资本主义的苗"，"宁要没有文化的劳动者，也不要有文化的精神贵族"吗？不是说"知识越多越反动"吗？这回工、农、兵上大学就要用无产阶级思想占领大学这块阵地，就是要"上、管、改"，即上大学，管大学，用无产阶级思想改造大学。

崔红英听到这个消息兴奋异常。这天收工回来，我和郑义平往回走，恰巧碰上她。郑义平问："听说因为出来个白卷先生，那考试成绩就全作废了，改由民主推荐？"她说："是啊，我看这样招生才符合无产阶级的教育方针，'白卷先生'有什么不好？如果不出现'白卷先生'，说不定多少优秀的工、农、兵学员被拒之于大学校门之外。这是无产阶级文化大革命在教育战线上取得的又一丰硕成果，我举双手赞成。"

郑义平有些愤愤不平，冲着崔红英说："'白卷先生'够出风头的了，自己答不上题偏要写什么信，这不是显摆吗？他靠这种手段上大学，算什么能耐？"

"哎，你这话可不对呀！"崔红英说，"什么叫显摆？那叫能耐。

考试的人那么多，别人没想到，他却做了，就凭这点，他思想就比别人先进。他是真正的革命闯将，这样的人难道不应该上大学吗？"

"你别听他瞎说，就是上大学，他也跟不上，说不定也得退回生产队。"

"你这人思想可真成问题，这可是新生事物，你可别乱说呀！"

"什么叫乱说？像他这样的人上大学，咱们卫星能上天吗？"

"咱们的卫星不是已经上天了，奏出的东方红乐曲你没听见呀？"

"还不是以前毕业的大学生搞的。要让这些白卷先生搞，别说卫星上天，就是上天的飞机也得掉下来。"

崔红英眨了眨眼说："我看你真得好好学习学习，不然要跟不上形势的。"

"我好好学习能咋的？这次报考大学，也不看成绩。连石钟玮那样的人都能参加考试。"郑义平瞟了崔红英一眼，"你们就推荐他上大学好啦。"

"这推荐的事，又不是我一个人说了算，"崔红英嘟哝着，"再说石钟玮能不能去上，得队长和营里研究后才能定。"说完她转身走了。

"天上真是掉馅饼啦！"胡立仁急匆匆推开门进到我屋，对石钟玮说，"你小子真有福，全营就一个名额，让你摊上啦。你可得请客呀？"

"真的？"石钟玮兴奋地从炕上蹦起来，震得炕咚咚直响。

"砰砰"，有人敲着玻璃，喊道："石钟玮，队长让你去一趟小队部。"

"哎。"石钟玮答应一声,像兔子一样蹦跳着蹿出门外。

我心里却翻腾开了。这"白卷先生"可真厉害,凭着一封信就能上大学。早知道这样,我也写一封这样的信不也上大学了。可我有这样的机会吗?别说写信,黄树山连名都不让我报,我连考场都进不去,写了信谁又能看见啊!

"大海航行靠舵手,万物生长靠太阳……"石钟玮哼着歌推门进来,本来挺好的旋律,从他嘴里出来就变了调。

胡立仁眼尖,见他手里拿着一张纸,凑上来看了一眼:"咋样,哥们儿说的准不?这录取通知书都拿回来了,啥时走哇?"

"后天。"石钟玮说着,大嘴一咧,露出牙花子。

"别光嘿嘿笑哇,啥时请客?"胡立仁紧跟一句。

"到时候我找你。"石钟玮说着打开了一盒烟,每人发了一支。"哎,告诉哥们儿,你咋贿赂黄队长的?"胡立仁问。

"啥叫贿赂?咱从来不搞那一套。"石钟玮说。

"你蒙别人行,哥们儿眼多毒啊。"胡立仁看着他一挤眼,"黄队长戴的那块上海表哪来的?"

"哪来的,他自己的呗。"石钟玮说。

"真不是你送的?"胡立仁狡猾地瞅着他,"那好,明天我就对黄队长说:'这块表石钟玮说借给你戴两天,现在他送给我啦。'"

"哎、哎,别……"石钟玮急忙挥手,"那我成什么人了。黄队长会咋看我?咱不能用完人就反悔啊。"

"哈哈,承认了吧。"胡立仁笑道,"一块表换个录取通知书,太值了。"

连里为送石钟玮特意出辆马车。石钟玮坐在他的行李上,乐得嘴都咧到了耳根。身边是送他去大洼县的黄树山、杜金彪、胡立仁、邱玉明等人。石钟玮已答应到县城里请他们喝酒。

我孤零零站在屋内心乱如麻。我随手从褥子底下翻出了课本，随意翻弄着。多少个夜晚，正是这些课本，激励着我忍受讥讽，忍受劳累，忍受孤独。我曾经视这些课本为我离开这里的唯一跳板。当兵我政审不合格，招工我想都不敢想，我只能凭着刻苦复习争取上学。我顶着石钟玮等人的冷嘲热讽和那些歧视、鄙夷的目光，不知疲倦地看书、做题，期盼着能到考场上发挥出水平。我常常夜里梦见自己迈进大学校门，兴高采烈地走在舒心的校园内，安静地坐在宽敞明亮的教室听老师讲课。没人歧视，也没有了烦恼。一切是那么安宁，那么祥和，那么惬意。我像一只贪婪的蜜蜂，在那散发着香气的书本中采集知识的花粉，酿造着我的未来。

如今，我的一切努力都付之东流化为泡影。我太天真，太幼稚了。怎么就没料到，即使我复习得再好，黄树山能让我报名吗？

我越想越憋气，越想越窝火。我望着这些课本，不禁怒火中烧，再也抑制不住心中的愤怒，抓起课本恼怒地撕着。我将这些书撕得粉碎，我走到灶坑前，将这些碎纸片塞进去，划根火柴点着，那些纸片在火焰中燃烧跳跃着，一会儿就化成一缕缕青烟。我愤恨地说："让它见鬼去吧，我再也不想见到你！"

"不想见到谁？"忽然一个熟悉的声音从我身后传来。

我扭头一看，方怡玫正站在门口。她睁大眼睛惊诧地瞅着地上撕碎的课本和在火中飞舞的碎片，目光充满疑惑。她走到我的跟前，捡起一个纸片，瞅了瞅说："你怎么把课本撕了，多可惜！"

"可惜啥？留着这些有啥用？大学招生根本不考试了。"我愤愤地说。

"唉,你呀。"方怡玫目光忧虑地望着我,"课本招你惹你了,你拿它撒气?你甘愿无知,就这样混下去?"

"姐,你说我该怎么办,我能有什么出路?"我痛苦地揪着自己的头发。

她捧起地上的一堆碎纸片惋惜地喃喃自语着:"是啊,该怎么办哪?"

她缓缓抬起头,眼睛有些湿润:"姐看你这样心里也不好受啊。"

"姐,我怎么就这么难哪?"我心中陡地涌起一股悲凉,我茫然地望着她,"我……"

"姐知道你难,可你不能就这样自暴自弃。"方怡玫轻轻拍了一下我的手,"你是个大小伙子,应该坚强起来。以后你还是多读点书,这对你有好处。你看,我带来了什么?"

我慢慢地抬起头,望着她。

她从上衣口袋里掏出一本发黄的书。书已卷边,书皮用纸包着。她翻到扉页,上面清晰地印着《钢铁是怎样炼成的》。

啊,这不是奥斯特洛夫斯基写的那本著名的自传体小说吗?早就闻听这是一本曾经鼓舞一代人的优秀作品。"文革"后,小说难以见到。尤其现在中苏关系异常紧张,谁还敢当众看苏联的小说?有一次黄树山见有知青看这书,一把抢下,尖声训斥道:"什么他妈的钢铁是怎样炼成的。五八年大炼钢铁的时候,谁不知道?"可还是有人偷偷看这本书。看来,这部小说一定吸引人。今天方怡玫亲自送到我手中,可见对我的信任。我激动得一时竟不知说什么,我接过书,迫不及待地翻着。

"你好好看吧。书中的保尔经历了那么多的磨难,可人家还那么坚强。"方怡玫关切地注视着我,"你呀,好好学学吧。"

"……"我又翻了翻书,抬眼看着她。

方怡玫叮嘱我:"哎,没人时再看,千万别让人发现啦。"

"放心吧,姐。"我忽然想起什么,问,"你怎么忽然想到来看我?"

"噢,平时你这屋有别人在场不方便,今天他们不都送石钟玮去了吗?"方怡玫嘴角微微一翘说,"就你那倔脾气肯定在屋生闷气。所以我就来了。"

"不是我自己在屋生闷气,你说,这事儿能不让人生气吗?"我说。

"那你就生气吧。"方怡玫嗔怪道,"气倒了可没人管你!"她用手轻轻拍打着我的胳膊。

望着她清秀的脸庞、温柔似水的眼睛,我心里涌起一股热流。

她发现我直怔怔地瞅着她,脸上腾起一片霞红。她头一歪,眼光低垂,轻声说:"瞅啥,没见过咋的?"

我凝视她红晕的面容,情不自禁地说:"姐,你真好。"

第二十章

我没想到这本书对我有这么大的吸引力，看了一遍又一遍，看得碱蓬草由小到大，由绿变红，度过了春夏，不知不觉进入了秋季。

招工的消息再次传来。这次连里得到两个名额，一男一女。这回能轮到谁的头上呢？反正这样的机会，对我来说，简直是天方夜谭。

这次仍然采取民主评议的方式。达子、崔红英这样的连干部，照理说最有希望，可他们主动放弃了。于是这两个名额的归属就成了一个悬念。

郑义平是全连公认最能干的一个，可他生性耿直，不会拉关系；二排长老黑能干，憨厚，他比郑义平稍活一些，被认为希望最大。

可没想到，雷大鹏突然拉票，甚至找到了我，我哪敢不答应？可他是车老板，干的是俏活，他付出的劳动与我们这些常年下大地、吃大苦、挨大累的人能相提并论吗？大伙儿能服气吗？

这天晚上，我们男知青都被通知到伙房开会，黄树山伸个脖子，尖声说道："这回民主评议是男的在一块儿评，女的在一块儿评，同时进行。男的人多就在伙房，女的人少，就到营部。至于条件吗……"他伸出舌头，舔了一下嘴唇，"主要看现实表现。根据大家评选出的结果，由小队班子把关，最后报到营里。母也不多说，你们心里都明白。下面大伙儿自由发言，随便提。"

老黑咳嗽了一声先开了口，一张嘴露出两排白牙，在黑脸的反衬下，那牙显得特别白。他黑眼珠子转了转说："根据招工条件，我认为自己够格。我是排长，平时带领全排同志风里来雨里去，什么累活、脏活，我不是抢在前头？挑苗我挑得最多，割稻子，我割得最快，这些都是有目共睹的吧。咱不说别的，就石钟玮那样吊儿郎当都能上大学，咱比他不强百倍？这次招工也该轮到我了吧。"

"哎，"黄树山不满地插了一句，"说你自己的，干吗扯到石钟玮身上。"

"我只是拿他打个比方，又没别的意思。"老黑躲过黄树山的目光，继续说，"不是看现实表现吗？那就让大伙儿评评好了，看我够不够。"

胡立仁悄悄拉了一把身边的郑义平，小声说："看见没？队长对他不满意了。这可是个好机会，你快说说自己呀！"

郑义平瞪了他一眼："你歇着吧，啊。"

胡立仁一吐舌头，不吱声了。

雷大鹏站在一边，冲着跟前的洪海涛使了个眼色。这洪海涛是跟车的，平时跟雷大鹏吃住在一起，关系甚密。他心领神会，立马站出来高声说："我提雷大鹏。要讲能干，谁比得上雷大鹏？从开春到隆冬,雷大鹏赶着马车拉稻种,运化肥、农药。冬天别人在屋猫冬,他顶着北风烟雪送公粮,咱连离了雷大鹏连秧都插不上。别人再能干,他能把公粮背到县粮库去呀?"

老黑一怔,瞅着洪海涛刚要张嘴反驳,倏地,雷大鹏向他射来一束凶悍的目光,透着咄咄逼人的气势。老黑顿时失色露出了怯意,不敢再张口了。

"洪海涛说得对,我也提雷大鹏。"有人说了一句。

"对,我也提雷大鹏。"又有几个人站出来附和着,形成了一股强劲的势头,压得老黑灰溜溜地低头不敢吱声。评议会就这样以雷大鹏的胜利而告终。

老黑耷拉着头,悄声对身旁的人说:"唉,在咱点,光能干没有用。"

我走出伙房,向营部方向望去。那里的评议会看来刚刚结束,女知青三三两两地往外走。最后出来的方怡玫发现了我,待人们陆续走远,才与我一齐来到较为僻静的房山头。

我简单诉说了这边的评选经过,随后问她那边开会的情况。方怡玫沉吟片刻,道出了女知青的评比经过,却大大出乎我的意料。

营部里,崔红英刚说让大家提名时,就有好几位女青年站出来自我表白,可说着说着,便转为揭老底互相攻击,不时冒出一些脏话。

韦翠花并未加入针锋相对的舌战,她显得很平静,就像与自己无关似的。

这几个女青年为争这个指标,扯着尖嗓子毫不相让。崔红英见她们叽叽喳喳争吵不休也没个结果,于是制止道:"你们先别吵了,听听别人的意见。"

这时有人提了韦翠花,说韦翠花处处干在前,应该回城。随后又有几人跟着附和,形势一下子变得明朗起来。先前那几个为自己摆功的人也清醒下来,觉得自己真的比不过韦翠花,便不再吱声。可郎晓忻一看这架势,急忙跳了出来说:"韦翠花能干,这我承认,可我平时表现也不差呀。我到农村接受贫下中农再教育,可却遭到宗伟光的强奸,我真的没脸在青年点待下去了。"说着她挤出了眼泪,抽泣起来:"我受伤的心有谁知道哇?我实在承受不了这个巨大的打击呀。我的精神都要崩溃了。我一闭眼全是噩梦。唯有离开这个环境,我才能解脱。你们要有良心,这次招工就让我回去吧。"

人群突然静了下来,只听郎晓忻的哭泣声。

须臾,韦翠花语调沉重地说:"大家能选我回城,我从心里感激你们。可是,我想说,这次招工我愿将这个名额让给别人。"

郎晓忻一听,突然止住了哭声,瞪着眼睛用乞求的目光瞅着韦翠花。她猜想韦翠花一定会将这个名额让给自己。

韦翠花瞅着郎晓忻说:"你摊上这事儿确实不幸,可还有比你更不幸的,"她停了一下,声音有些颤抖,"那就是东雪梅"。

郎晓忻一愣,大家立刻屏气凝神望着韦翠花。韦翠花声音异常低沉:"我要把这个名额让给东雪梅。"

"什么?"郎晓忻吃惊地张大了嘴,不敢相信自己的好友竟说出这话。

"我对不起东雪梅啊。"韦翠花说着眼睛里盈满了泪水,"那天我看到东雪梅那样,心都要碎了。东雪梅心爱的人被抓走了,她能不受到刺激?我们都是一块儿来的革命战友啊!她那么纯真、善良、朴实,却遭受突如其来的打击。这打击对她来说实在是太大,太出乎意料了,她能承受得了吗?在这种环境中,她多呆一天,就要忍受一天心灵上的煎熬。唯有离开这里,她才会渐渐地淡忘这里发生的一切。难道我们不应该让她先回城吗?"

泪水顺着韦翠花的脸颊缓缓流下,像两泪小溪。

此时,东雪梅正站在方怡玫身旁,她早已泪眼朦胧。她的病尽管没有根治,但毕竟发作的次数在减少。她不发作时,头脑还是清醒的,言谈举止与从前相差不多,只是脸上常常笼罩着一层忧郁。现在,她的头脑显然很清醒。韦翠花的声泪俱下深深地打动了她的心。她现在还不知道是韦翠花鼓动郎晓忻告发的,才酿成了她的人生悲剧。她现在正为韦翠花的高姿态所感动。

她充满感激地望着韦翠花,嘴角露出一丝掩饰不住的微笑,眼里闪着惊喜的泪花,喃喃地说:"真的让我回城,让我回城了。"

韦翠花泪流不止,看着东雪梅咬紧嘴唇,抑制住哭声,朝她点点头。

"如果韦翠花真的将这个名额让给东雪梅,我同意。"有人站出来说。

"我也同意。"尚慕春说。

郎晓忻的脸一下变得煞白,她做梦也想不到韦翠花会做出这样的选择。如果大家没有什么异议,这个名额肯定是东雪梅的了,那她回城的梦想不就破灭了吗?这次机会抓不住,以后就更难了。她高声说:"我不同意东雪梅回城。她受刺激是宗伟光造成的,不能因为这个就照顾她。而我是最直接的受害者,心灵和肉体所遭受的痛苦你们能体会到吗?人总要有点良心吧,总要讲点公道吧。"

有人在下面小声说:"有良心就不会把人送进监狱了,害得人成啥样了。"

"谁害他了？"郎晓忻大声说，"宗伟光干那事儿就不兴我告发呀？是宗伟光害了我，也害了他的对象，这账咋算到我身上了？"

几十双惊讶、鄙视、厌恶、愤怒的目光交织在一起，形成纵横交错的火力网一齐射向她，令她惶恐不安。

崔红英见状，急忙说："这次招工可是民主评议，不要离题太远，更不要搞人身攻击。至于谁走谁不走，要听大伙儿的意见。"

崔红英扫了一眼郎晓忻，又看看韦翠花，说："刚才大家都说了不少，韦翠花把名额让给别人，这种高姿态值得我们学习。大伙儿再仔细想一想，这个名额该给谁。"

"给谁？那还用问吗？"

"韦翠花把名额让给东雪梅，咱没意见。"

"对，应该给东雪梅。"

大家七嘴八舌纷纷发表自己的看法，就连开始为自己摆功、争名额的那几位也都把票投给了东雪梅。

郎晓忻此时惊得目瞪口呆。她万万没有料到竟没有一个人替她说话，包括她最要好的朋友韦翠花。她气得脸煞白，嘴唇哆嗦着，却一时不知说些什么。

崔红英一见大家的口径一致，便说："好了，今天大家充分发表了自己的意见，看来都同意东雪梅，那就报到小队班子，讨论通过后上报营里，散会。"

郎晓忻实在忍不住了，声嘶力竭地吼起来："这不公平，这不公平。"

大家也不理会她，纷纷向外走去。

"指导员，你说说，这样评议合理吗？"郎晓忻仍不甘心，拦住崔红英，"你跟队长说说，让我回城吧，我实在呆不下去了。"

崔红英说："你让我怎么说呀？这是民主评议的，不是哪个人说了算的。这次不行，下次再争取呗。"

"这是什么民主评议？她们肯定是串通好的。"郎晓忻哭丧着脸说，"你是指导员，咱们都是一块儿来的，你不能照顾一下我吗？我这辈子忘不了你。"

"你怎么还不明白？这招工的事我能说了算吗？"崔红英边说边往外走。

"好，好，"郎晓忻冲着崔红英的背影，咬牙切齿地说，"你不帮我说话，我自己去找，哼。"

"你爱找谁找谁，反正我不能违背原则。"崔红英说着头也不回，大步向前走去。

第二天中午，黄树山在伙房趁大伙儿打饭的工夫，宣布了连里上报营里的招工名单：雷大鹏和东雪梅。

郎晓忻双眼红肿，看样子哭过不止一次。在这之前，她去过小队部，可黄树山靠在被垛上，斜眼看着她问："有啥事儿？"

"黄队长，你说我干得咋样？"

"你啥意思？咋突然问母这个？"黄树山撩了一下眼皮反问她。郎晓忻见他这样，只得直说了："队长，我平时表现不错吧，可评比时大家都昧着良心评别人。你是队长，最后不得你说了算吗？这次你就把这个名额给我吧。"

"给你？那民主评议就不算数啦？你让母这个队长难堪咋的？"黄树山一骨碌爬起来，一双鼠眼滴溜转着。

郎晓忻说:"队长,你知道宗伟光对我……都那个了。他进去了,听不见人家议论。可是我呢,我本来是受害者,可别人还用那种眼光瞅我。你说,我还能在这儿待下去吗?队长,我求求你,这次就让我回城吧。只要你答应,你要我做什么我都满足你。"

"什么?母要什么你都能满足?"黄树山嘴一撇,淫荡地嘿嘿笑着,"你想拉母下水呀。你身上有啥稀罕玩意儿咋的?"

"有啥稀罕玩意儿?我把贞操都给你了,你还不满足啊?"郎晓忻说。

"哎,母说郎晓忻,你咋这样跟母说话。"黄树山瞟了她一眼,"你的意思是母给你干了,对不?"郎晓忻睁大眼睛,吃惊地望着他。黄树山身为队长,怎么当着女青年的面张嘴就是干?他自己做过的事,咋转脸就不认账?可为了能回城,她不得不用巴结的口吻说:"咱俩过去发生的事,我并未张扬吧,我只求你这次让我回城,我愿意再奉献一次。"

"啥?……"黄树山小眼瞪圆了说,"你拿母当宗伟光啊?母真的冒风险把这个名额给你,你再反咬母一口,告母强奸,你让母这脸往哪搁呀!"

"队长,你看我是那种人吗?"郎晓忻说。

"你是啥人母不管。母是队长,可也不能不顾民主评议,随便一个人说了算哪,你说,是不?再说名单已报到营里了,不能更改了。"

郎晓忻仍不甘心地说:"报到营里,你去改一下嘛。"

"什么?"黄树山尖声说,"这事哪能随便想改就改,那全连人还不得戳母的脊梁骨。得了,这次你就算了吧,反正以后还有机会。"

"不行,我一天也呆不下去了。你不管,我找营长去。"郎晓忻含泪走了。

夜已经很深了,青年点静悄悄的,只有营部那间屋透着亮光。郎晓忻坐在吴大山身边,像个受委屈的孩子,哭哭泣泣地诉说着自己的不幸。

她眼泪汪汪地望着吴大山,说:"营长,我知道你是最公平的,平时我最信任的就是你。你知道我心里多痛苦?我一心一意在这儿大干,苦干,接受贫下中农的再教育。晴天一身土,雨天一身泥,汗珠子掉地上摔八瓣,这些我都能坚持,可哪曾想,宗伟光竟对我做出这种事。你知道,贞操对一个女青年是多么珍贵。可我……"她抽泣着说不下去了。

吴大山看着她,说:"我也知道,你们这些城里青年在这儿不容易,尤其一个女青年,远离父母,就更难了。农村是很苦,可你们却不叫苦,为改变这里的面貌贡献着自己的青春,确实让我感动。发生了宗伟光这样的事,我真没想到。我能理解你内心的痛苦,可是人不能总想过去的事,你还是应该振作起精神,往前看嘛。"

郎晓忻擦了把眼泪说:"我是不愿想那件事,可这事毕竟在营里闹得沸沸扬扬。许多不明真相的人都指责我,说是我把宗伟光送进监狱的。你没看他们瞅我那眼神,仿佛我是一个作恶多端的坏人。你说,在这种环境下让我怎么呆,怎么往前看哪?我承受多大的心理压力呀!我实在受不了了。营长,这次招工你就让我走吧。"

吴大山说:"从感情上,我同情你。可这招工的事,由你们连里决定。名额都下到连里了,连里不报你,我也没办法。我总不能把评上的人拿掉,换上你吧,那以后的工作还怎么做?你仔细想一想,是不是这个理？"

"可连里评的不合理，你是营长，不能不管吧？"郎晓忻泪眼汪汪地望着吴大山说，"我的命运就在你手上。只要你答应了我，我什么都可以给你。"

"你给我什么？"吴大山不解地问。

郎晓忻没吱声，倏地站了起来，走到吴大山的跟前，她解开上衣纽扣，露出里面的衬衣。她双手伸到背后像是在解什么东西，忽然，她手一抖动，乳罩便出现在她手上。吴大山不禁一怔。她猛地掀开衬衣，那两个肥大的奶子像两个雪白的兔子一下子蹿出来，颤颤巍巍地呈现在吴大山的面前。吴大山顿时感到心里一阵发慌。他没有想到一个女知青竟会做出这么大胆的举动。他的呼吸立刻变得急促起来。这时，他只觉得那个"白兔子"已经贴到他的嘴上，他惊得刚一张嘴，那个"红枣"便及时地送进他的口中。郎晓忻双手扳住他的头，他不知自己该不该躲避，只感觉口中含着柔韧的东西，让他无法拒绝，他的嘴情不自禁地蠕动着。

郎晓忻微闭双眼轻轻地哼哼着，任凭他的大手在她的胸脯上搓揉着。她喃喃地说："营长，你知道我多么喜欢你吗？我做梦都想跟你在一起。"

吴大山抬起头，松开口中含着的乳头，两手仍然抚弄着她那肥大的乳房，喘着粗气，声音断断续续："晓忻，晓忻……"

郎晓忻这时悄悄解开了裤带，将她的下身露出来。她抓着他的手往她的身体下部滑去。

他的手刚触到她那个敏感部位，她突然哼叫了一声。这一声其实不大，可在这寂静的屋里却格外清晰。吴大山顿时一激灵，仿佛那手触到了电门……他的身体一阵战栗,吓得急忙抽回手。他的眼前立刻闪现出宗伟光交代强奸郎晓忻具体细节的一幕,他霎时惊出一身冷汗。这时,他突然意识到自己的身份。眼前这个郎晓忻虽说是自己送上门,可谁能保证她事后不说出去?她既然能告宗伟光,为什么不能告我呢?我不能因贪图一时的快活而毁了自己的名誉啊!宗伟光就是前车之鉴。想到这儿,他一把推开郎晓忻,严肃地说:"别这样,快把衣服穿上。"

郎晓忻正期待着吴大山和她发生关系,这样她就有了把柄。没想到,这吴大山突然正经起来,她不禁大吃一惊。

她疑惑地望着吴大山说:"怕啥,别人也不知道。我这是自愿的呀!"

"你快把衣服穿上。"吴大山绷着脸又说了一句,目光转向别处。

"你不答应我的要求,我今天就不穿。"郎晓忻态度坚决,事已至此她决不半途而废。

"什么要求?我不是告诉你了,名额都下到连里,我也没有办法。"吴大山瞅着别处说。

"营长,我求求你了。"郎晓忻又哭了起来,"你一定有办法,你会弄到名额的,我真的没脸再待下去了。"她决不死心,要纠缠到底,营长不吐口,她就这样赤身裸体在他面前站一宿。

"唉,郎晓忻,你何必这样呢?"吴大山无可奈何地摇着头,"行了,我尽量想办法。好了,穿上衣服吧。"

"我知道你会答应我的。"郎晓忻破涕为笑,很快穿好了衣服。

"早点儿回去休息吧。"吴大山收回目光对郎晓忻说。

"营长,你真好,我这辈子也忘不了你。"郎晓忻说着激动地飞了一眼吴大山，蹦跳着出了大队部。

　　吴大山到底给了郎晓忻一个名额，其实这个名额是他事先预留给营部的。归营部直属的知青有几个，像会计、小卖部售货员、拖拉机手、电工、饲养员等，本来应有一个名额。不想半路杀出个郎晓忻，令他措手不及。最后他经过权衡利弊，决定将营部的名额割舍给了郎晓忻。

　　东雪梅得知营里批准了连里报的回城名单，激动得睡不着觉。在宿舍里，她不停地对方怡玫说："我终于可以回城了。明天，我去县城给你买好吃的，我请客。"

　　"雪梅，你终于能回城了。"方怡玫说，"我真为你高兴。"

　　"吃什么？你说，我明天给你买。"东雪梅兴奋地望着方怡玫。

　　"我什么也不想吃，你早点休息吧。"方怡玫说。

　　第二天收工，我还没走到青年点，就见大道上围着一群人。雷大鹏赶的马车停在道边上。有人喊着："撞人啦。"人群呼地朝那方向涌去。我身边的郑义平拉了我一把，说："走，看看去。"

　　我和郑义平挤进了人群，只见道上躺着一个女青年，我定睛一看，不禁惊出一身冷汗，这不是东雪梅吗？

　　东雪梅仰面躺着，睁着眼睛，半张着嘴，满脸血污，已经断了气，身上的挎包里装的饼干和糖块儿撒了一地。

　　雷大鹏低着头，大家七嘴八舌问他怎么回事儿？

　　雷大鹏那双大眼睛没了平日的光泽，悲伤地叙述了刚才发生的经过。

　　上午，雷大鹏赶着马车到县城里办事，东雪梅便上了他这辆马车。到了县城，东雪梅买了二斤饼干、一斤糖块，装进她那刷得发白的黄书包里。她喜滋滋地看着雷大鹏,说:"我要回城了,买点儿吃的给方怡玫,她没少照顾我。"她的气色很好,脸上洋溢着兴奋。

雷大鹏也买了香烟和白酒、猪肉罐头等,装了一兜子,放在车上,准备回点请客。他今天心情特别好,招工表已填完,过几天就要回城了。

快到青年点了,东雪梅竟不自觉地冒出一句:"要是宗伟光还在点里多好哇,他一定会为我高兴的。"

雷大鹏说:"宗伟光真可惜……你别着急,再过几年他不就出来了吗?"

"嘀嘀",车后突然响起了汽车的喇叭声。那声音急促、刺耳,看样子是让雷大鹏的马车往道边闪一下。

雷大鹏头也不回,说了一句:"叫什么,急着找死呀!"随后吆喝着马儿往道边靠。

"那不是宗伟光吗?"东雪梅像发现了什么,眼睛直勾勾盯着坐在汽车副驾驶位置的那个青年。也许那个人长得太像宗伟光,或者是东雪梅思念心切,产生某种幻觉。

那辆大货车鸣叫着已逼近这辆马车,带着呼呼的风声正要超过去。

"伟光——你停一下。"东雪梅冲着那辆货车激动地挥舞着手臂。

雷大鹏扭过头说:"东雪梅,你喊啥?那不是宗伟光。"

东雪梅此时不顾一切跳下了马车,高喊着:"伟光,伟光,我来了。"向急驶而来的汽车直扑过去。

雷大鹏惊得"啊"的一声鞭子落地。他跳下马车高喊着:"东雪……""梅"字还没出口,就见东雪梅被迎面急驶的汽车撞出十几米远,重重地摔倒在地。司机打了一把轮,一脚急刹车。汽车发出刹车的拖带声,冲出十多米才停了下来。司机探出头来,粗鲁地吼着:"你他妈的疯了!挡什么道?"

雷大鹏气得眼珠通红,冲着那司机吼道:"你他妈的瞎了,没看见撞人了,还不快下来!"

"下来个屁!她躺在那儿装死。"司机将头缩回去,脚踏着油门一打方向盘,汽车竟开走了。

"你他妈的给我停下,停下!"雷大鹏冲着汽车吼道。可那汽车像脱缰的野马早蹿出好远,扬起浓浓的尘土,消失在公路上。

雷大鹏急忙来到东雪梅的身旁。只见东雪梅头部的周围是一摊殷红的鲜血。他大声呼喊:"东雪梅,东雪梅。"

大伙儿七手八脚一通忙活,将东雪梅抬进她的宿舍。方怡玫望着早晨还活蹦乱跳、兴高采烈地说着要去县城里给她买好吃的同伴,此时竟然撒手人寰,顿时感到五雷轰顶,悲痛的泪水夺眶而出。她一下扑到东雪梅的身上,紧紧抓着东雪梅冰凉的手,哭喊着:"雪梅,雪梅,你醒醒,你醒醒啊。您怎么就这么匆匆地走了,啊……"

崔红英、韦翠花等一帮女青年站在一旁,望着炕上的东雪梅,哭成一团。

这时,吴大山、达子、雷大鹏走进了屋,顿时陷进了一片哭泣中。屋内的气氛沉闷、压抑,令人窒息。

吴大山紧锁着眉头,注视着东雪梅,泪珠悄悄从他的眼眶里流了出来,他咬紧嘴唇,极力不让自己哭出声。

半晌,他缓缓抬起头,声音颤抖着说:"人死不能复生,营里出钱为她打口棺材,让东雪梅有个安身之处,她太可怜了……"他哽咽着说不下去了。

达子轻声问道:"是不是先给她家里去封电报,告诉一声?"

"别,先别惊动她家里了。她的父母听到这个信儿能承受得了吗?"吴大山声音异常低沉,"她眼看就要回城了,可是却倒在这里,我……我真的对不起她,对不起她的父母啊!"

吴大山转过头,对雷大鹏说:"大鹏啊,你回城后,替我到东雪梅家问候她父母,暂时先别告诉这个噩耗,就说她有病住院了,找个适当的机会再告诉她家人吧。"

雷大鹏默默地点点头。

吴大山又向达子和崔红英交代了去县公安局报案和东雪梅的后事处理,这才拖着沉重的步子走出屋去。

第二天上午,公安局来人勘察了现场、验了尸。下午,棺材打造完毕,东雪梅静静躺在这粗糙的木板做成的狭小的"房间"里,被众人抬到青年点房后那片荒滩上,轻轻地放进挖好的坑中。不大工夫,就在这里隆起了一个坟包,周围生长着一大片红碱草。这些尺余高、通体紫红的野草紧紧簇拥着,在秋风中抖动,像一块红地毯铺在这片盐碱滩上。

韦翠花头发蓬乱,跪在地上不住地拍打着坟包,大声哭泣着:"雪梅,雪梅,你死得好惨啊!我对不起你,对不起你……"

方怡玫趴在坟上失声痛哭,不住地喊道:"雪梅,雪梅……"我像木头人似的呆立在坟边,望着韦翠花、方怡玫悲天哭地的样子,心里一阵阵发酸。

方怡玫此时无所顾忌地大声哭泣着,泪水在她的脸上肆意流淌。她的肩头不住地抖动。平时在人面前,她不敢大声说话,不敢哭,只有在这种场合,当别人都沉浸在悲痛之中,暂时忽略了她时,才有了尽情宣泄心中悲痛的机会。她用悲凄的哭声倾诉对故友的深深怀念,发泄心中那难以名状的痛苦。

第二十一章

雷大鹏走后,黄树山找到营里,将黄树田调到我连当了车老板。

黄树田是我上苇塘时就认识的。当时他住在另一间屋,彼此没什么来往。我对他不甚了解。但他瘦小的身板,独特的面容,却让人过目不忘。

这天,他赶着马车来到场院搬运稻子,胡立仁站在我身边悄悄地说:"哎,你看那家伙长得像谁?"

"像谁?"我一时摸不清啥意思,狐疑地望着胡立仁。

"你这个小'老九',肯定看过《巴黎圣母院》吧?"胡立仁瞅着我,"你好好想想书中的人物。"

我这才仔细打量起黄树田。他个不高,身子骨干干巴巴,头很大,紫黑的脸,牙齿被旱烟熏成了黑色。鼻头很突出,眼睛一只大一只小,是人们常说的那种雌雄眼。他平时不爱吱声,但一说话就瓮声瓮气,仿佛那音不是用嘴,而是从鼻子里发出的。我自然联想到《巴黎圣母院》中那个丑陋的敲钟人。我睁大眼睛看着胡立仁装作不解的样子说:"我想不起来他像谁。"

"瞎,你真想不起来啦?"胡立仁故意卖弄起来,"就是那个敲钟人啊。"

"你怎么把贫下中农跟那丑陋的人比。"我说,"他长得确实有点像,可敲钟人别看长得丑,可心眼儿倒不坏。"

"谁知道他心眼咋样?反正就他那长相,哪个女人能看上他?"胡立仁眨巴着狐狸眼说,"他父母都病死了。快四十的人,还没个家。这鬼地方,他穷得丁当三响,长得又恁丑,谁家女儿肯嫁给他。他是黄树山的叔伯兄弟,黄树山没少给他张罗,可就是没一个能看上他,弄不好他要打一辈子光棍了。"

"谁打一辈子光棍?"郑义平不知啥时过来,瞪了一眼胡立仁,"你别瞧不起人家。黄树田赶车可是把好手,有股子干巴劲儿,不像你尽偷懒耍滑。我看你打一辈子光棍还差不多。"

"得,哥们儿不跟你说,你小子没事尽抬杠。"胡立仁气得转身走了。

郑义平悄悄对我说:"你方姐家来了封电报说她母亲病重,你知道不?"

"什么?方怡玫的母亲病重?"我心里一颤,抬眼望去,方怡玫正低头在场院里默默地干着活,一脸愁苦。

"队长能给她假吗?"我问郑义平。

"谁知道呢?"郑义平瞧着我,"你要到她那儿留点神,别让人看见了。"

"嗯,我知道了。"我冲着他点点头。

深夜，我像个地下工作者似的，悄悄来到方怡玫的宿舍。

方怡玫正在炕上，眼睛怔怔地瞧着箱子上的一封电报。

我过去一看，电报上赫然写着几个不大工整的字：母病重，速归。

方怡玫神色黯然，瞅着我："找我有事？"

"没事就不兴来看看我姐？怎么，不欢迎我来呀？"我想调节一下这沉闷的气氛，故意装出一副调皮的样子，可心里沉甸甸的，笑也是硬挤出来的。

"谁不欢迎你啦？你看东雪梅走了，这屋只剩我一个人了。"方怡玫说，"来，吃饼干，这还是东雪梅上大洼给我带回来的。可她……"方怡玫眼泪下来了。她手颤抖着从东雪梅那个发白的旧书包里抓出饼干递给我。

我接过饼干，眼前又浮现出东雪梅倒在血泊之中的那一幕，顿时心里涌起难言的酸楚。我咬着嘴唇默默地瞅着方怡玫，她正用手帕擦拭脸上的泪痕。

"姐，我知道你想东雪梅。可她人死不能复生，你不能总这样生活在悲痛中啊。"我说，"这样对你的身体不好。"

"唉，我也知道，"方怡玫说，"可我一看见她的书包就想起那些事儿。人啊，活在这个世上真不容易。"

"姐，别想太多了，"我瞥了一眼那份电报，说，"家里来电报，你怎么还不找队长请假回去？"

"怎么没找？可黄树山他……"方怡玫欲言又止，眼里满是愤懑、幽怨。

"他到底给假没？"我急切地问。

方怡玫低下头，缄默不语。

"你快说呀，究竟咋回事？"我催促她，"姐，你快告诉我，别吞吞吐吐的，难道连你弟弟都信不过吗？"

方怡玫见我急得手足无措，这才道出了实情。

那天收工后，方怡玫收到电报，就急三火四地去小队部找黄树山，郑义平也在屋内，黄树山正问他什么。

黄树山瞟了一眼方怡玫，说："母找郑义平了解点情况，现在没空。晚上，母找你吧。你看，中不？"

方怡玫见状，只得转身回去了。

天已经很黑了，方怡玫烧完炕，见黄树山仍没有来，本想再去找他，可怕引起他的反感，只得在屋里静静等着。她焦急地在地上转着，时间一分一秒地过去。她见别的宿舍已陆续熄了灯，心想，这么晚了，他一定不会来了。她闩上门，准备脱衣上炕。

"当当"，突然有人敲门。方怡玫忙系上衣扣，随口问道："谁呀？"

"方怡玫，是母啊。"

"是黄队长啊。"方怡玫听出他的口音，急忙打开门。

黄树山晃晃地进来，小脸通红，平时黑亮的鼠眼变成了兔子眼，满嘴喷着酒气，呛得方怡玫差点呕吐。方怡玫忍着厌恶说："黄队长，您快坐。"

黄树山也不客气，咚的一声坐在炕沿儿上。

方怡玫见他醉醺醺的样子，小心地站在他的身前，保持着距离。

"过来呀，别站那么远。"黄树山手比划着，"你不是找母有事商量吗？"

"啊，黄队长，我是有点事。"方怡玫将电报纸递给黄树山说，"我妈病重，让我赶紧回去。你看这是电报。"

"哦，这是真的吗？"黄树山瞥了一眼电报眼珠转着问，"你想咋办？"

"我想请假回去看看。"方怡玫回答得挺干脆。

"嗯哪，如果你妈真的病重，母可以给你几天假。"黄树山突然站起身，拉住方怡玫的手，双眼色眯眯地盯着，他贪婪地伸出舌头，舔了舔他的薄嘴唇，说，"不过，你怎么感谢母呀？"

方怡玫想抽出手，可黄树山那手像一把钳子死死箍住了她的手腕。她只好说："等我从城里回来给您带好烟，行吗？"

"母不用你带什么烟，母不缺烟。母就想跟你亲热亲热，中不？"黄树山说着，另一只手在方怡玫的胸脯上使劲儿地抓了一下。

"黄队长，别这样。"方怡玫吓得往后一闪，可仍没挣脱他的手。

"装什么假正经，你过来吧。"黄树山猛地一拉，方怡玫没防备，一下子被他拽到怀里。黄树山就势将他那散发酒气的臭嘴贴到方怡玫的脸上。

方怡玫急得满脸通红，头向后仰着，极力避开他的臭嘴。可黄树山仍不依不饶，要去解她的上衣。

"黄树山，请你把手松开。"方怡玫大声叫着。黄树山仍不撒手，方怡玫一急，抽出右手，啪地给了他一个大耳光。

黄树山的头晃了一下，顿时醒了酒。他揉了揉脸庞，恼怒地指着方怡玫："好哇，你竟敢打贫下中农！别忘了自己啥身份！什么他妈的母病重，纯粹是胡扯。你想请假回去，没门。"

"黄队长，你怎么这么说呢？我妈有病，我请病假回去难道不对吗?"方怡玫强压怒火与他分辩。

"呸,瞧你那贱样,跟那个小白脸称什么姐弟?你们两个狗崽子勾搭在一起,在母面前装什么?"黄树山一甩胳膊,猛地拉开门,走到门口,他又回头恶狠狠地扔下一句,"哼,走着瞧。"随后砰地摔门而去。

屈辱、失望、悲伤一起涌上方怡玫的心头,她一头扑到炕上失声痛哭。

"黄皮子这个王八蛋。"我听完了她的哭诉,气得一拳砸在箱子上。

方怡玫用手擦了一下眼泪说:"队长不给假,我可怎么回去呀?"

"别急,明天我找营长请假,代表你先回家看看,然后再说。"我这样说着,开始盘算着对策。

"黄树山要是不同意,你找吴大山有什么用?"方怡玫抬起泪眼,不解地看着我。

"干吗非得黄树山同意,我直接找吴大山。"我说,"我先回去了,你别着急,总会有办法的。"

我轻轻打开了门,蹑手蹑脚地回到宿舍。

第二天中午,刚收工,我顾不得打饭,径直来到大队部。

我顾不上敲门,一阵风似的推门而进。营长吴大山正在吃饭,见我风风火火的样子,他一愣,放下筷子看着我。

我故意哭丧个脸,来到他的跟前。吴大山奇怪地看着我,问:"怎么啦,啥事儿这么急?"

我从兜里掏出一封信递给他说:"营长,我妈给我来信,她病得挺厉害,让我赶紧回去呢。"

吴大山接过信纸,仔细地看着。此刻,我的心里忐忑不安,胸中似有十五只水桶打水——七上八下。

这是我昨天夜里模仿母亲的笔迹写的一封信。

吴大山看完信,抬起头问:"一般父母有病都拍电报,不是比信快吗?"

"啊,正常情况是这样的。"我回应着,心里想怎样回答才会让他相信。我看着吴大山说,"母亲知道咱这离县城很远,即使发电报,当天也不能到营里。何况电报比信贵多了。我家里生活困难,母亲舍不得在这儿上多花钱。"我故意叹息道:"母亲也真是的,多花俩钱拍电报,怎么也比信早到一天哪。"

"那黄队长知道吗?"吴大山问。

"你知道我这人脸小。再说黄队长平时对我有些看法。我怕跟他说了,真要不给假,不耽误了吗?"我诚恳地对他说,"您是营长,最体贴咱知青的困难,跟您请假不是更好吗?您抽空跟黄树山说一声不就行了吗。"

"照理说,这事得先跟连里打招呼,不过……"他望了我一眼,见我近乎乞求的神情,于是说,"你准备请几天假?"

我说:"现在也说不准,不过我尽量早点儿回来。"

"啊,别耽误太多时间,现在正是搬运的时候,这你也是知道的。"吴大山说着,将那封信还给我。

"我知道了,谢谢营长。"我接过信,兴奋地跑了出来。

第二天深夜,我风尘仆仆地赶到家。母亲一愣,问:"孩子,你们放假啦?"我没敢说出实情,谎称替营里回来办事,可心却突突跳个不停。

母亲却信以为真地说:"那你就在家多呆几天吧。"

翌日清早,母亲上班刚走,我便翻出母亲积攒的鸡蛋票,买了二斤鸡蛋,骑车赶到方怡玫的家里。

方母躺在床上,头发蓬乱,面容憔悴,眼皮无力地耷拉着,比我上次见到时又苍老了许多。

我将鸡蛋轻轻放在桌子上走近床头。方母见我来了,那失神的目光倏然亮了一下,说:"小白呀,你看我这病又犯了,不能给你倒水,你自己来吧。"

我说:"大姨,您安心躺着吧,有什么需要我来做,您尽管说。"

"你来看我,还带什么鸡蛋?票挺紧张的,你带回家吧。"

"大姨,这点儿心意,您别见外。方姐不在,您就把我当作您的儿子吧。"

"唉,小玫怎么没回来?是不是没接到电报?"方母焦虑地瞅着我。

我一时不知该如何回答。我想了想说:"大姨,方姐昨天接到电报,还没来得及请假,过几天她准能回来,您别着急。"

"那你怎么回来了?"

"哦,我家里有点事儿,就请假回来了。"

"小玫在那儿还好吗?没受欺负吧?"

"方姐挺好的,她正直、善良,没少照顾我。谁欺负她干吗?"

"唉,我就担心这孩子。这孩子从小就懂事,知道疼人。可她爸爸被抓后,对她打击太大了。她孤苦伶仃的一个人在外,一定吃了不少苦,遭了不少罪,可这孩子从来不说。她越不说,我心里越难受哇。"方母说着,两行泪水涌了出来。

方母突然咳嗽起来。她用手帕捂住嘴。我蓦地发现她嘴角有一丝殷红。她用手帕抹了一下嘴,手帕便染上一片红。啊,这是咳血,看来病得很厉害。

昨晚在家时,母亲也咳过血,我知道母亲的肺结核病犯了。这次母亲见我突然回家,虽颇感意外,但还是相信了我的话。她问我在那儿咋样,我说挺好的。可母亲还是不安地瞅着我说:"跟妈说实话,你跟方怡玫的关系咋样?"我愣怔了一下说:"妈,您别老瞎合计,您儿子啥样您还不清楚吗?"母亲叹了口气说:"妈担心你跟她受牵连。这年头说不定碰上啥倒霉事。你别傻乎乎的太任性。"我低头不语。

今天见到方母病成这样,想到母亲对方怡玫的态度,我心里真不是滋味。

我惊讶地望着方母,问:"大姨,您咋的啦?"

"唉,我这些天心脏病又犯了,以前得过肺结核,这回又复发了。造反派昨天还来过,让我与她爸划清界限。这样下去,我非得让他们折腾死不可。"

我劝她:"大姨,您要想开些,现在的形势就这样。您要用药,我给您买。"

"不用啦,邻居给我弄了瓶药,还没吃完。"方母说,"你母亲身体好吗?"

"我妈也得了肺结核,有时也咳血,我也不知道咋回事儿。"

"唉,你回来一趟不容易,多照顾下你妈。我没大事儿。看我这个样子,不能做饭招待你,你大老远跑来看我,叫我怎么感谢你啊！"她有些过意不去地看着我，"早点儿回去吧。"

我想着，应该立刻给方怡玫拍份电报。于是我对方母说："大姨，那我先回去了，抽空再来看您。"

"你不用往这儿跑了，大老远的多麻烦。说不定这两天小玫就能回来。"方母想挣扎着起身送我。我急忙上前劝阻道："您别动，安心养病。别着急，我会常来看您的。"

"唉，谢谢你了。"方母身子靠在床头上，目送我走出了屋。

我骑车直奔市中心邮局，以方母的名义往青年点发了一封电报："母病危，速归。"

这两天，我中午吃完饭就骑车去看望方母。方母的病情愈来愈重，下地都很困难，每天只能喝点稀粥，而且咳血的次数也增多。看着她脸色苍白，日渐消瘦，我的心一阵发颤。而最让我担心的是她的心脏病，一着急上火就发作，用药稍不及时便有可能窒息。方母常常念叨方怡玫怎么还不回来，令我愈发焦急。

拍完电报的第二天，我又给她发了一份加急电报：母垂危，火速归。

此时，我恨不得插上双翅飞回青年点，将她拽回来。世界上最亲的莫过于含辛茹苦养育你成人的母亲。方怡玫呀，别犹豫了，赶快回来吧。你母亲天天念叨你，你能理解母亲苦苦企盼女儿的心吗？

这天下午，我刚进方母的房间，就见方母面色苍白，双眼紧闭。我心一阵紧缩。昨晚离开时，方母精神头还好，怎么突然变成这样了？

我忽然发现床上多了一纸公函。我抓起一看，霎时惊得出了一身冷汗。这份公函上写着：方怡玫的父亲拒不交代问题，上吊自杀，自绝于人民……落款是当地的革命委员会。

什么？方父这样一位抗战时期参加革命的老干部怎么会上吊自杀呢？这是为什么啊？我的头嗡嗡直响，仿佛全身的血液一下子都涌到头上，要撞破我的头颅。我使劲儿抱住自己要爆裂的脑袋，猛地摇晃着，半响才缓过神来。

我赶紧掐方母的人中穴，急促地喊着："大姨，大姨，您醒醒，您醒醒……"

良久，方母才渐渐地睁开眼睛。我这才松了一口气，赶紧给她喂药。稍许，她张开嘴，吃力地说："小白呀，小玫回来没？"

我说："快了，前天我又给她发了一封电报，最迟明天能赶回来。"

"我不行了，看样子见不到她了。她爸已经走了，我也该去了。"

"大姨，您一定要挺住，方姐很快就会回来的。"

"小白，大姨看出来，你是个懂事的孩子，心眼好，小玫没看错人。在这个世界上，小玫能遇上你这样的好人不容易。"

"大姨，我没能照顾好您，我……"我激动地对她说，"方姐是我最信赖的人。她对我好，我终生难忘。我谢谢您生养了这么好的女儿。"

方母吃力地睁开眼，瞅着我说："其实，小玫不是我的亲生女儿。"

"什么！"我惊愕地睁大了眼睛。

"小玫一直不知道。本想在我咽气前告诉她，看来不可能了。"

"大姨……"我怔怔地望着她，一时竟语塞。她对方怡玫那么关心体贴，那么牵肠挂肚，不是自己的亲生骨肉，能给予如此多的母爱吗?

"小白,你把抽屉里的钢笔拿出来。"方母说着用眼神示意桌子的抽屉。

我走到桌前打开抽屉,里面果真躺着一支钢笔。这是一支老式黑杆钢笔,很粗,笔帽是螺旋扣拧上的那种,看上去并没有什么特别之处。

我递过钢笔。方母神情庄重地抚摸着钢笔,手竟有些发抖。

她摸着钢笔,说:"这就是小玫生母留下的遗物。桌上那个印红字的杯子,是慰问团送给她生父的。"

我望着这个印有"赠给最可爱的人"字样掉了瓷的搪瓷杯,想起了初次到方怡玫家见到杯子时的好奇。

我倒了一杯水递过去,方母呷了一口,缓缓地向我诉说着:

"小玫的生母姓魏,是我中学同学,我们都叫她小魏。她开朗热情,人长得也漂亮。我们俩好得像亲姐妹似的。后来我结了婚,就把她介绍给我丈夫的一个战友,姓李,当时是部队里的营长。不久他俩结婚了,小魏因学过医,就参军当了一名军医。

"解放后,我丈夫到了军工科研所,我也被安排在所里做后勤工作。

"一九五〇年朝鲜战争爆发了,美帝国主义将战火烧到了鸭绿江边,直接威胁着我国东北的边境。为了保家卫国,党中央果断地决定抗美援朝。十月十九日第一批志愿军跨过了鸭绿江。十月二十三日正式对入侵美军宣战。

"当时,小魏生下小玫只有三个月,小玫生父就随部队入朝参战了。考虑到小魏产后不久,领导决定让她留在国内,可小魏坚决要求随部队入朝。经再三请求,组织上才答应她。临行前,她把小玫托付给我。再三叮嘱我,她已做了最坏的打算,假如她和丈夫都不在了,就让我把小玫当亲女儿抚养,千万不要告诉她的身世。当时,我儿子出生还不到一年。我能体会一个母亲的心情。我抱着小玫哭了。这孩子还没断奶,就离开了母亲。我告诉小魏,你放心去吧,我会照顾好这孩子,我等着你们回来。

"小魏抱着孩子亲了又亲,给她喂了最后一次奶。看着小玫安详地吃着奶,想到就要离开自己的亲生骨肉,小魏的泪水刷刷地往下淌。我看着心都碎了。

"小魏喂完奶,从兜里掏出这支黑色的钢笔,送给我留作了纪念。她擦了擦眼泪,一转身就跑出了屋。她这一走,我们再没能相见。

"当时,由于营养缺乏,我的奶水不足,连一个孩子都吃不饱。我就先喂小玫,我儿子在一旁饿得哇哇哭。我看着心里难受,只能给他喂点米汤。我不能让小玫饿着呀。人家把孩子托付给咱,到炮火连天的战场浴血奋战,出生入死,才保证咱们能过上安稳的日子。

"那些日子,我天天关注着来自朝鲜战场上的消息,我在心里默默地祈祷他们能平安归来。慰问团的同志到朝鲜,我托人打听他们的消息。从前线回来的人说,见到了小玫的父亲,在朝鲜正指挥打仗呢。我们盼啊,盼啊,可直到抗美援朝战争结束,仍没见到他俩的踪影。

"有一天,志愿军的首长拿着这个茶缸到了我家。我这才知道,他们夫妻俩双双牺牲在战场。小玫他爸是团长,本可以在防空洞里指挥,可他身先士卒亲临战场指挥,不幸被敌人的炮弹炸开了肚子,肠子都流了出来。他把肠子塞进肚子，还要继续指挥，后来被担架强行抬下来，没等抢救就牺牲了。

"小魏在抢救伤员中，突然一架敌机飞来，扔下一串炸弹。她一下子扑到伤员身上，用身体护住了伤员，可她自己却再没有起来。小魏牺牲时还不满二十二岁。那场战争真是残酷啊！多少志愿军的将士献出宝贵的生命。我一看到小玫，就想起她的父母，他们咋就……"

方母说话已经很吃力了，不时咳出血来。泪水在满是沧桑的脸上肆意流淌着。我想让她歇会儿，可又不忍打断她。此时的方母一定想在生命的最后时刻，把埋藏二十几年的真情全部吐露出来。我也急于了解方怡玫真实的身世。我探着身子默默地注视着她，继续倾听着她的诉说：

"小玫是烈士的遗孤，我们非常疼爱她。有点好吃的，先给她。别人家孩子的衣服都是小的捡大的穿剩下的，我们家却是先给小玫做新衣服。三年自然灾害那么困难，我们都没让小玫饿上一顿。小玫这孩子真懂事，从小就知道帮家里干活。我们给她买好吃的，她总是让给哥哥。她哥哥也特别喜欢她。上小学时，见有人欺负她，她哥哥挺身上前保护，有一次竟被几个淘气孩子打得鼻口出血，吓得小玫躲在哥哥身后哇哇哭。

"文化大革命开始不久，我儿子就报名参了军。可没过几天他爸爸却被扣上顽固不化走资派的帽子关押着。后来，又被打成反革命分子。儿子在部队表现突出，可因政审不过关入不了党。后来在珍宝岛战斗中牺牲了，连个烈士都不是。唉，儿子当时还不到二十岁呀。听到这个噩耗，小玫哭得死去活来，我心里难受，还得劝小玫。可我忍不住啊，咱娘俩抱着哭成了一团……"

方母已泣不成声，泪水顺着她鼻翼旁的深沟流下来，滴落在被子上。她一阵眩晕，无力地闭上眼睛。

"大姨，大姨……您醒醒，醒醒……"我惊恐地呼喊着，声音都变了调。良久，方母才慢慢地睁开眼，她紧紧抓住我的手，气若游丝地说："刚才我见到她爸了，她爸在叫我呢。我真的不行了。小玫，她是个……苦命的孩子。我把她……托付给你了，你一定……要对她……好……啊……"

"大姨，您放心吧，我一定……"我再也忍不住了，热泪刷地流了下来。

方母头一歪，再也睁不开眼睛了。

我大惊失色，不停地摇晃她的肩膀拼命地喊："大姨，大姨。"

任我怎么呼唤，方母再也听不到了。

"妈，我回来了。"方怡玫呼地推开门，跑了进来。

"姐——"我抬起泪眼，一时竟说不出话来。

方怡玫甩下背包奔到方母床前，大声喊着："妈，女儿看您来了。"

方怡玫见母亲紧闭双眼面白如纸，预感到了什么。她见母亲没有一丝反应，忙用手贴近了方母的鼻子，惊得她"啊呀"一声，昏厥了过去。

"姐……姐。"我喊叫着，急忙掐她的人中，一通忙活，方怡玫这才缓过来神。

她扑倒在母亲的身上哭泣着："妈，女儿来晚了，您咋不等着女儿呀。"

"姐，你咋才回来？大姨临终前还惦记着你呢。"我哽咽着说。

"剑峰,"方怡玫抬起泪眼看着我,"我收到电报没跟队长打招呼就赶回来了,可还是晚了。我真是不孝的女儿呀。"她懊悔地拍打着床铺,眼泪像断了线的珠子滚落下来。

方怡玫蓦地发现那份写有方父上吊自杀的公函,惊愕地瞪大眼睛。她抓住公函声嘶力竭地呼喊着:"爸爸呀,你死得好惨啊……妈,你是被可恨的公函给害死的呀,这是怎么啦?爸爸,妈妈,你们怎么丢下女儿不管哪……"

方怡玫哭得呼天抢地,她死死抱住母亲的身体,使劲摇晃着,如注的泪珠落在方母苍白、冰冷的脸上。

我强忍悲痛扶起她说:"姐,光哭也不是办法呀,别哭坏了身体啊。"

"剑峰。"方怡玫一下子扑到我怀里,她紧紧搂着我,大滴的泪珠滴到我的脖子上,淌到我的胸口上,她的双肩不住地颤抖,身体软得像棉花团。

我劝方怡玫在这儿守着,自己径直来到所里的革委会。革委会主任是个造反派头头,听我说完方母去世的经过,他一副漫不经心的样子。他不耐烦地打发了几个人,将方母的尸体拉到火化厂,连骨灰也没让留下。当天晚上,几个人来到方怡玫家,宣布了革委会的决定。因方母已死,这处房子由所里分配他人居住。方怡玫不仅失去了亲人,而且无家可归了。

次日凌晨,我和方怡玫满怀悲怨,无可奈何地又踏上了回盘锦的列车。

方怡玫的背包只装着父母留给她的唯一财产——黑钢笔和掉瓷的茶缸。

第二十二章

我和方怡玫又匆匆回到了青年点。仅隔几天,我却觉得气氛不对头。

大家见我时,那怪异的目光里,分明让我感觉到特殊的冷漠和鄙夷。

第二天晚上,天阴沉沉,夜像怪兽一样张着黑洞洞的大口。我被叫到小队部。

黄树山歪戴着草绿色军帽,这帽子其实是一个知青抢来送给他的。肥大的绿军装穿在他身上,就像小孩套着大人衣服,怎么也撑不起来。他敞个怀坐在炕沿儿上,小眼瞪着站在墙角的方怡玫。

我一怔,怎么方怡玫也在这儿?黄树山叫我俩来究竟啥用意?一见黄树山耷拉着个脸,像谁欠他八百吊似的,我就有种不祥的预感。

"白剑峰,"还没等我站稳,就听他尖着嗓子喝道,"前几天,你偷着跑回城里干啥去啦?"

干啥?这个"黄皮子"看样子对我回家有所怀疑,

我不能让他看出虚实。

我一挺胸说道:"谁偷着跑啦?我向营长请假,回去照顾我妈。"我把头扭向一边,"咋的,我妈有病,就不准回去看看呀?"

黄树山尖声道:"你咋连个屁也不放就走了?胆儿成是大了。"

我瞥他一眼说:"当时你没在屋,我只好到营长那儿请假。不信问营长。"

"你小子挺能耐呀!屁大点事儿找营长,这不是隔着锅台上炕吗?"黄树山瞪了我一眼,"怎么,方怡玫家来电报,你妈也跟着有病?你唬谁呢?"

"不信你可以到沈阳调查去呀!"我理直气壮地说。

"你以为母会相信你那套鬼话?不定哪天到沈阳查出来,看你小子咋办?"黄树山那双鼠眼放着贼光,"你回沈阳到方怡玫家去了,是不?"

"是啊,"我知道此事瞒不过去,索性承认。方母病成那个样儿,我看看有什么错?我说,"我回趟家不容易。听说方母病危,顺便看看有啥不对?"

"嗬,你还有理啦?你究竟站在什么立场上?方怡玫啥家庭你不知道哇?"黄树山拿起一封公函在我眼前晃了晃,"方怡玫她爸拒不交代问题,畏罪自杀。她妈到死都不与丈夫划清界限。这是什么性质,你不知道吗?"

啊,这公函咋又发到这儿了?我的心猛然一颤。正是这公函加速了方母的死亡,现在对其唯一的女儿也不放过,还寄到了青年点。

顿时,困惑、迷茫伴着恐惧像咆哮的洪水冲荡着我的脑海,我只觉耳膜嗡嗡作响。看来,厄运真的要降临了。我不安地瞅着方怡玫。

黄树山突然又转过脸，眼露凶光对方怡玫道："方怡玫，你胆儿成是肥了，不请假就偷着往家跑。"

"我……妈都病成那个样子，我回家……看看我妈，有什么错？"方怡玫战战兢兢说得断断续续，"可我连我妈最后……一面，都没见着……"

方怡玫啜泣着，眼泪扑簌簌滚了下来。我内心一阵酸楚。我真恨不得揪住黄树山痛打一顿。这"黄皮子"也太没人性了。方怡玫成了无家可归的孤儿，他还这样对待她，简直太不像话了。

我心里愤恨不平，目光里射出一股厌恶，被黄树山发觉了，他瞪着眼睛紧紧盯着我。我俩就这样目光对峙着足足有一分钟。瞪得我眼珠发酸，这才眨了眨眼，将目光转向别处。

"你回去好好反省，写个检查交上来。"黄树山对我说，"看你的表现了。"

我巴不得早点离开，至于检查吗？鬼才写呢，爱咋咋的。我走到门口又转过头冲方怡玫说："走哇，队长不是让回去吗？还站在这儿干啥？"

方怡玫胆怯地望着黄树山，欲动又止。

"白剑峰，母让你先走，你甭管别人。母还问方怡玫啥态度呢？"黄树山说着伸出舌头，舔了一下薄嘴唇。

"那好，我先到外面等你。"我故意对方怡玫说。实际上怕黄树山趁屋里没人，对方怡玫有什么不轨行为。

我走出屋，悄悄地凑近窗前，见黄树山伸个脖子手比划着，听不清他嘟哝些什么。方怡玫与他保持着一定的距离。她低个头，默不做声。

看样子，黄树山不敢在小队部太放肆，我站了一会儿，见黄树山始终没靠近她，这才放心地回到宿舍。

灰暗的伙房里烟雾袅袅，辛辣的劣质烟味弥漫整个空间，全连的人都集中到这里。我和方怡玫站在地当间，接受大伙儿的批判。

这回是黄树山亲自主持。他用手正了正军帽，故意挺了挺胸，尖着嗓子喊着："今天，母们全连在这里召开一个批判会。批判啥呢？对方怡玫和白剑峰擅自回沈的无组织、无纪律的行为进行批判。方怡玫的父亲抗拒无产阶级专政，自绝于人民。可方怡玫呢？不与反动家庭划清界限。白剑峰竟偷着跑去看方怡玫的母亲，同方怡玫站在一个立场，串通一气，俩人穿一条裤腿还嫌肥。他们狼狈为奸，竟敢和无产阶级专政对抗，其结果必然是搬起石头砸自己的脚。母们贫下中农、革命的知识青年，决不能心慈手软，要揭露他们的丑恶灵魂，把他们批得比臭狗屎还臭，才能巩固母们的红色政权，你们说，母说的中不中？"

"中。"人群里发出参差不齐的应和声。

我低头听着黄树山这一套开场白，心里很不舒服。他平时满嘴脏话，今天却不时冒出一些时髦的语言，都是从哪儿学来的？就因为我没写检查，才惹怒了他，拉我在这儿陪方怡玫挨批判。

崔红英带头发言。她的语言比起黄树山更具有煽动性。她上纲上线，分析方怡玫的思想根源，分析当前阶级斗争的新动向，要全连同志提高警惕，擦亮眼睛，站稳无产阶级立场，同"封、资、修"作坚决的斗争。

我低头站在地上，觉得似有无数稻尖麦芒扎得我脸红心慌，恨不能有个地缝立刻钻进去。

紧接着大伙儿你三言他五语地纷纷发言。那犀利刺耳的语言,如狂风暴雨般向我们袭来。有质问,有怒斥。我真不明白,这些人咋把当年红卫兵揪斗走资派的劲头用到我们身上来了。方怡玫做了什么坏事,非得批倒批臭?我不过是看看方母,怎么就变成了与阶级敌人同流合污,成了人民的对立面?我感到委屈,感到冤枉。我想分辩,却不敢张口。

我偷看了一眼方怡玫,她脸色煞白,目光畏怯地盯着地面,额头已渗出汗珠。我发觉她的腿开始打战,身体已经要支持不住了。

批判会持续了约两个小时才结束。这两个小时对我来说仿佛过了一年,那种心灵的煎熬真是无法言表。人们陆续散去,黄树山仍不甘心,对我俩硬邦邦甩了一句:"你们回去写检查,认识不深刻,大伙儿还要开会帮助你们。"然后,他一甩胳膊走了。

伙房只剩下我们俩,孤零零像被人遗弃的孤儿。方怡玫仍怔怔地站在那儿,我轻轻地推了她一下说:"走吧,会结束了。"

她这才回过神,痛苦地望着我,相对无语。我将方怡玫送回她的宿舍,她一头扎到炕上失声痛哭,身体不停地抽搐。我发觉不对劲儿,用手摸了摸她的额头,热得发烫。"哎呀,你怎么啦?"我急得叫起来。

方怡玫眼睛闭着,嘴里嘟哝着,听不清她到底在说什么。看样子,高烧得很厉害。

我急忙冲出屋,跑向卫生所。可卫生所的门却锁着,不知卫生员到哪儿去了。

情况紧急,我来不及多想,跑到连里的马号,黄树田正在喂马。我气喘吁吁地说,方怡玫正发高烧,求他用马车把方怡玫送到医院。

"咋整的？"黄树田问。

"黄队长开批判会，给斗的呗。"我说。

"他咋能这样？走！"黄树田谎着套好马车，随我来到方怡玫的住处。

方怡玫仍神志不清，我将她抱上马车，拽一床被子，给她盖上。

黄树田大鞭子一甩，马车疾驶起来。道路坑坑洼洼，颠得马车左右摇摆。我守在方怡玫身旁，生怕颠簸时碰伤。

终于到了农场卫生院。我和黄树田把方怡玫抬进了简陋的病房，值班医生马上为她输液。

值班医生问我们："哪个营的？医疗费怎么结算？"

黄树田瓮声瓮气地说："十营的，你先记上账，过后让会计跟你们一起算。"

医生便不再说什么。反正是公费医疗，由营里跟医院结账。

医生拿着量完的温度计看了看说："都烧到四十度了，你们怎么才来？要再晚送来，烧出肺炎就麻烦了。"

我听了一惊，疾呼："大夫，你可要救救她呀。"

医生说："放心吧，我们会尽力而为的。但是，今晚得有个人留着看护。"

我说："我留在这儿。"随即对黄树田说："让你受累了，你回去休息吧。"

"回去啥？这么晚了，俺就在这儿呆一宿吧。"

"明儿早上，黄队长要是出车，找不到你可咋办？"我望着他，怕他为我们受牵连。

"没事儿，黄树山跟俺是叔伯兄弟，他不会说啥的。"黄树田眨着那双雌雄眼瞅着我。平时,我看他的脸,总觉得不舒服,今天却觉得不那么丑陋。

我坐在板凳上,眼睛望着电镀金属架上挂着的输液瓶。一根黄色的胶皮管垂下来,药水在中间的玻璃管中以屋檐冰柱融化时的速度,不慌不忙地掉下一滴又一滴……

胶皮管连着方怡玫的手臂,她的手臂搁在床边上,五指无力地半张着,那么纤弱、苍白。方怡玫闭着眼睛,额头上盖着一块用凉水浸过的毛巾。黄树田坐在一边,默不做声,眼睛一直盯着输液瓶。

这一夜,换了三瓶,我和黄树田谁也没吱声,就这样静静守在病床前,坐了一夜。

清晨,方怡玫苏醒过来,脸上开始有了一些红润。她睁眼看看我,又看看黄树田,说:"我咋在这儿躺着?"

我说:"昨晚你发烧了,多亏黄大哥连夜用车拉到这儿,要不就耽误了。"

"哦,黄大哥,"方怡玫感激地冲着黄树田说,"谢谢您。"

"谢个啥,"黄树田说,"以后用个车啥的,尽管吱声。"

到了下午,方怡玫烧已退,可身体仍很虚弱。医生让她再观察一天,她执意要回去。医生只得开了药,叮嘱着,回去注意休息,按时吃药。

回到青年点,天已经漆黑了。黄树田赶车回了马号。

我送方怡玫回到宿舍帮她烧完炕。待方怡玫铺好褥子,洗漱完毕才离开。

我和方怡玫都没有交检查。表面上我装作满不在乎,可内心还是忐忑不安。这黄树山能就此罢休吗?

几天过去了，黄树山并没找我和方怡玫。他对方怡玫也不像以前那样恶狠狠，态度也和蔼了许多。这令我感到意外，他的葫芦里究竟卖的什么药呢？

这天晚上，我悄悄来到方怡玫的住处。方怡玫见到我眼睛一亮。这一亮只是短暂的一瞬，随即又变得捉摸不定。那忧郁、苦涩的目光中夹杂着企盼、惊喜。我一时摸不着头脑，关切地问她最近怎么样。

她瞅着窗外，似乎有人从窗下走过。她披上棉袄，轻声说："走，咱俩到外边走走。"

有话就在这儿说呗，我们又没干见不得人的勾当，怕啥？我不解地看了她一眼。见她已向门口走去，只得跟她出来。

深秋的夜很凉，我只穿了一件秋衣，感觉有些冷。方怡玫似乎对这种天气早有准备，她披着棉袄，问我："冷不？要不你披我的棉袄。"

我说："不冷，习惯了。"

我们信步走到了青年点房后那片荒滩上。天上的月亮像个玉盘，发出洁白清冷的光。月光下，成片的红碱草在冷风中顽强伫立着，那一大片稠密的苇丛，顶着绽开的芦花，在夜风中摇曳，发出窸窣的声响。

来到苇丛边，我停住脚步，朝四周张望了一下，确信不会有人来，便拽了她一下说："咱俩就在这儿坐会儿吧。"

方怡玫为了保险起见领着我钻进了苇丛。往里走了一段，找了一块干爽的地方，我放倒了一些干枯的苇子厚厚地铺在地上，方怡玫把她的棉衣铺在苇子上，我俩紧紧依偎着坐在上面。方怡玫轻轻拉着我的手,她的手细长、柔软,尽管手掌有一层薄薄的茧子,可我仍觉得有一股暖意,通过这手传递到我的胸中。她望着我,那双长长的睫毛一闪一闪,明眸清澈似水,如秋波涌动,充满柔情。

我从未体验过这异样的温情。在这片荒凉的盐碱滩上,一个美丽善良的女子对我一片柔情,让我感到有些唐突,摸不清她的用意。这方怡玫今晚约我到这里干什么?

"剑峰。"方怡玫轻柔地唤着我。从打料理完方母后事,她很少再叫我弟弟,我感觉我们的关系悄悄地发生了变化。

"怡玫。"我轻声回应着。此时,我也没有称呼她姐姐。在我的心中,她已不单单是令我尊重的姐姐。方母临终时的嘱托,让我有了一种责任。我自然地将她视为自己心中的恋人。尽管我们都没有表露,但我已感觉到她对我特殊的关爱。我们的关系已自然地进入到另一种需要更加亲密的程度。

"剑峰,我连累了你,让你……"方怡玫说着眼睛有些湿润。

"怡玫,你这是啥话?"我说,"咱俩之间怎么能说连累呢?"

"你对我,对我家太好了,我真不知怎么感谢你啊。"

"谢啥?你对我不是也挺好的嘛。"

"你真的愿意跟我在一起?"方怡玫睁大眼睛瞅着我。

"难道,你还没看出来吗?"我反问她,"怎么,你不愿意跟我在一起?"

"愿意。可是我不忍心看着你为我挨批判。"方怡玫眼中流露着抑郁,她的声音带着不安,"我不能让你为我牺牲了个人的前途。"

我说:"我不管别人怎么看,我不怕他们批判,我不在乎。我能有什么前途?我愿意跟你在一起,别人管得着吗?"

"可是……"方怡玫欲言又止,垂下了头。

"可是什么?"我急着问,"是不是那个黄皮子又找你什么麻烦了?"

方怡玫摇摇头,没有做声。

我抓住她的胳膊摇晃着:"那谁又跟你说什么了?"

方怡玫慢慢地抬起头看着我说:"昨晚,崔红英找我谈了很久。她说:'批判会上她带头发言,也是迫不得已,叫我别往心里去。她说,现在你父母都不在了,沈阳你也回不去了。不如在农村扎根,找个当地的老农。营里会立你为扎根典型,别人也不会再歧视你了。'"

"什么?崔红英咋突然提这事儿?"我不安地问,"她想让你跟谁?"

"她说,车老板黄树田人很老实,成分好,家里又没什么负担,跟他过日子不会受委屈的。"方怡玫说。

我问她:"这是谁的主意?"

她说:"是黄树山让她找我的,黄树田是他的叔伯兄弟,以后真的结了婚,黄树山会照应的。"

"什么?这个黄皮子,真阴损。"我气愤地说,"他整人还嫌不过瘾,要你嫁给那个丑八怪,他真是狼心狗肺。那不是把你往火坑里推吗?黄树田要真那么好,怎么到现在连对象都没有,你可千万别信他们的话呀!"

"唉,我当时心里真难受啊。"方怡玫叹了口气,"黄树田长得是丑,可心眼并不坏,那天不是他赶着马车送我到医院的吗?怎么说也比黄树山强多了。我虽感激他,可我对他没感情啊!你才是我的患难之交。说句心里话,我真想跟你在一起,但又不忍心连累你。我反正回不了城,你以后可咋办哪?我总不能让你陪我在这儿受一辈子气?"

"我愿意跟你在这守一辈子,我不怕受气,你可千万别答应他们的要求哇。"我瞅着她,"你咋回答崔红英的?你答应了吗?啊!"

方怡玫说:"当时崔红英苦口婆心地劝我,我能说什么呢?当时我的脑袋一片空白,好半天才缓过神来。最后,我告诉她,让我再考虑考虑。她临走时特意说:'别再犹豫了,想好了赶紧告诉我。不为自己,也为剑峰想想啊。'"

"怡玫,你千万不能答应她的要求啊。"我紧抓着她的手,生怕被别人抢走。

方怡玫泪水涟涟地望着我:"剑峰,我真舍不得你呀!"她一下子抱住我,将头埋进我的怀里,呜呜地放声痛哭。

我紧紧地搂着她,任她在我的怀里宣泄心中的委屈。

过了一会儿,她突然止住哭泣,抬起头,深情地看着我说,"咱先不说那不愉快的事了,咱俩难得这样在一起,今天,我就把一切都奉献给你。"

"这……"我怔怔地望着她。

她解开上衣纽扣,撩起毛衣,抓住我的手,伸进她的胸脯。我的手被贴在她的乳房上,她的乳房坚挺、浑圆,极有弹性……我头一次触摸到这女性丰满的乳房,仿佛有股电流霎时传遍全身,我只觉得身体酥酥的。

方怡玫将她的嘴唇贴到我的唇上。她亲吻着我,我亲吻着她。这一刻，我们已忘记了那些烦恼，神情专注地体验对方带来的无法言表的快感。

仿佛干柴遇到烈火，那青春体内集聚的欲望不可阻挡地喷涌而出，相互交融着，空前的炽烈。她躺倒在棉衣上，我身不由己地压了上去。我不顾秋夜的寒冷紧紧搂抱着她，像泥鳅般与她亲密接触。突然，她"啊"地叫了一声。我忙问："疼吗？"她紧闭眼睛，眉头微蹙："疼。啊，不疼。"随即又紧紧搂着我的腰……

这是我青春的第一次。刚下乡时，对这男欢女爱还毫不知晓。后来，青年点发生的宗伟光强奸一事，胡立仁绘声绘色地描述他偷看到的那一幕幕情景，耳濡目染，让懵懵懂懂的我，不知不觉明白了男女之事。今天我终于体验到这其中的滋味。方怡玫发出轻轻的呻吟，往日她的矜持，她的孤傲，此时竟毫无踪影。她的身体散发着一股青春的特殊气息。那充满女人味的馨香，像一股甘泉淙淙流淌进我的身体。今晚的月光这么好，天上的星星好奇地眨着眼睛，偷看我们相拥在这荒滩野地的苇丛中。

身边的苇子被碰得发出沙沙的声响，在我听来，仿佛是在为我们伴奏、和弦。什么苦和累，什么歧视、屈辱，都滚到一边去吧。我们忘记了一切，只觉得这世上只有我们两个人。

我大汗淋淋地从她身上滚下，冷风飕飕地吹过。我一激灵，迅速穿好衣服，望着躺在身边的方怡玫。月光洒在方怡玫身上，她脸上出现了少有的红润，像盛开的桃花鲜艳滋润。她抽出兜里雪白的手帕，擦拭了一下她的下身。我蓦地发现那洁白的手帕上已有一抹殷红。啊，方怡玫把珍贵的处女之身献给了我。我惊喜地抓住她手中的手帕,激动地喊道:"怡玫,怡玫。"

方怡玫脸上漾着兴奋,轻轻地说:"剑峰,我会永远记住这个夜晚的。"

"怡玫,我也会的。"我说,再一次将她紧紧拥抱。

第二十三章

第二天下午刚收工,我就被叫到小队部。

我刚推开门,忽地从屋里蹿出俩人。没等我反应过来,胳膊已被人拧到背后,我奋力挣扎却无济于事,手腕上被系上猪蹄扣,绕过脖子将肩膀也捆个结结实实。

我好生疑惑,这是咋回事儿?我勉强抬起头,见黄树山跷着个二郎腿坐在炕沿儿上,嘴上叼着烟卷,一双贼亮的鼠眼恶狠狠地瞪着我。

"白剑峰,你小子胆儿成是肥啦。"黄树山突然尖叫道,"知道你咋啦不?"

咋啦?我心合计,我没偷没抢,没干违法的事儿,你们凭什么抓我?我不服地反问道:"黄队长,你这是干啥?我究竟犯了什么错?"

拧我胳膊那俩人是营里的基干民兵,下手特狠,曾参与审讯殴打过宗伟光。他俩见我态度生硬,向上一提捆我手腕的麻绳,我疼得一咧嘴,头上立马冒了汗。

"咋啦?你自己不知道哇,装什么傻?说错小了点儿吧?"黄树山阴险地冷笑着,从炕上拿起一本发黄的书,朝我晃了晃,"这是你看的书吧。"

他随手翻了几页,讥讽地说:"你小子以为包上皮,母就认不出来啦。这本《青春之歌》是大毒草,宣扬什么小资产阶级臭知识分子,你竟敢偷着看,你这是对现实不满。你到底从哪儿弄来的?老实坦白交代。"

我的头嗡的一下大了。坏了,这是方怡玫在小卖部看的那本书。我借来刚看一多半,昨晚匆忙塞到褥子底下。咋被这黄皮子发现了?他这不是想借机整我,对方怡玫施加压力吗?事已至此,我只能咬牙挺着。我绝不能承认是方怡玫借我的。

我定了定神,说:"这书是我从垃圾箱捡的,留烧炕用的。"

"你唬谁呀?这儿他妈的哪有什么垃圾箱?"

"这是在沈阳时,一个老教授被抄家,书被扔到垃圾箱里,我从那儿捡的。"

"放你妈的狗屁,你小子他妈的睁眼说瞎话。反革命的子女没一个好饼。"黄树山腾地站起,上前给了我一个耳光,"证据在这儿,你还抵赖。你知道这是什么性质?定你个反革命也不屈。"

我知道坏事了,让黄树山抓住把柄还有好?我低头不语,后悔自己太粗心大意。平时我都是躲在别人不轻易去的地方偷偷看,回来锁进箱子里。昨晚去看方怡玫,顺手把书塞到褥子底下,回来半夜忘了锁起来,不想却被这个刁滑的黄皮子翻到了。看样子,他早就注意上我了,这一定跟方怡玫有关。

"你他妈的交代不?"黄树山气得踢了我一脚。

"刚才我不是说了吗?你还让我交代啥?"我低头说着。

黄树山小眼睛转着,又从炕上拿起一个卷了边的笔记本问:"这是啥?"

我睁大眼睛一看,不由得倒吸了一口凉气。这不是被大家偷偷传看的手抄本《少女之心》吗?我只看过几页,里面有露骨的性描写?这还了得?咋跑到黄皮子手里了?

"你小子还看什么《少女之心》,真他妈的流氓。"黄树山嘿嘿尖笑着,"你他妈的思想咋恁肮脏?早够判刑的了。"

我愤怒地瞪着他:"你这是栽赃,我哪来的什么手抄本?"

"你小子还嘴硬,从你褥子底下翻出的还不承认。"黄树山抡起笔记本照我脸上抽去。

我只觉脸火辣辣的。我头一晃叫道:"你干吗打我?"

"你小子敢顶嘴,毋看你他妈的皮紧啦。"黄树山说着冲那民兵一挤眼。

"在这儿还不老实。"那俩民兵心领神会,上来对我就是一顿拳脚。打得我鼻口出血。他们打累了,就站在一边抽烟。

天黑下来。黄树山见我仍没认错,冲那俩民兵说:"你俩换班吃饭,在这屋看着这小子,别让他跑了,毋先回去了。"

黄树山扬长而去。随后,那俩民兵锁上门,吃饭去了。

过了一会儿,他俩回来了。

我肚子饿得咕咕叫,对他们说:"你们能不能上伙房给我打点饭,过后我还你们双倍的饭票。"

"你不是有精神食粮吗?"他俩指着炕上的《青春之歌》,"你就忍一顿吧,老实在这儿蹲一宿,省得咱哥们儿费事儿。"

其中一人捡起炕上的手抄本刚翻了几页,眼珠子就粘在了上面。

另一个将脖子伸过来。他俩互相递了个眼色，说："咱俩先到外面凉快一会儿，让这小子自己反省吧。"俩人拿着《少女之心》走出屋，咔嚓锁上了门。

我垂头丧气地蜷缩在墙角，手被绳子勒得生疼。我想从窗户跳出去，可抬头一看，窗户上不知啥时钉上了木板，只能从板缝中透过一点可怜的阳光。我完全与外界隔离了。我想解手可手却够不着裤腰，憋得乱蹦。后来实在忍不住了，我便站在炕上对着黄树山平时盖的被子不顾一切地浇上了，那腥臊的液体顺着我的裤角淌到被子上。我骂道："你个黄皮子，今天我也给你来点儿臊。"我懊恼地冲着窗外大喊大叫，用脚咣咣地踹门，可就是没人搭理。我折腾了半天仍无济于事。后来我终于精疲力竭，倒在炕上困乏地睡去……

第二天，黄树山进了屋，将我踢醒："这屋啥味？你小子真他妈的没心没肺，让你上这儿睡觉来啦？咋样？这一宿挺舒服吧，想好没？"

我睁开惺忪的睡眼，瞥了他一眼没吱声。

黄树山冷笑道："你小子真是茅房里的石头——又臭又硬。母问你，周庆福为啥给你二十块钱？他是不是发展你啦？你老实交代，争取宽大处理。"

这个黄皮子，咋又把我和周庆福联系到一块儿？他啥意思？我思考着对策。

"问你话呢？"黄树山上来踢了我一脚，"不老实交代可没好果子吃？"

我说："黄队长，这都是哪百年的陈芝麻烂谷子啦。营长早就在会上有了定论，你让我交代啥？我要被周庆福发展了，早被判刑了，还能拖到今天?"

"你小子就他妈的嘴硬,"黄树山小眼睛盯着我,突然尖声问道,"前儿晚上,你跟方怡玫上哪儿勾搭去啦?你俩都干了些啥?"

啊!绕了半天,原来还是为我和方怡玫的事儿。这个黄皮子真他妈的阴损。我愤怒地瞪了他一眼说:"你管得着吗?我俩的事儿不用你操心。"

"什么?母是队长,要对你负责。"黄树山眼珠子转了转,态度稍微缓和下来,"你也不想想,你跟方怡玫搞什么对象?两个出身不好的子女在一起今后能有什么前途?你要是明白人的话,趁早跟方怡玫一刀两断。看你年纪轻轻的,咋净干糊涂事儿?"

我心里一阵紧缩。这黄皮子干吗非让我跟方怡玫断绝来往?难道他非要方怡玫嫁给黄树田不可?我眉头紧锁,沉默不语。

黄树山从桌上拿起笔和纸递过来,说:"只要你写上跟方怡玫划清界限,一刀两断,母这就放你,咋样?"

我逼视着黄树山那张黄皮子脸,真想上去给他一拳。可我的手被反绑着动弹不得。我气得肩膀直晃,冲他呸的吐了口吐沫:"休想!"

"你小子装什么牛×,就在这黑屋里呆着吧。"黄树山气得摔门而去。

我就这样被囚禁在这个小黑屋里,两个基干民兵在门外看着,每天只给两顿饭,窗户被木板挡得只能从木板缝中挤进来可怜的一丝阳光。我像个犯人似的完全与外界隔离,连个说话的人都没有。偶尔一只耗子蹿出来,瞪着贼亮的小眼珠子,好奇地瞅着我。原来对耗子十分憎恶的我,此时对给这个小黑屋子带来一丝生气的小动物显得格外亲切。我呆呆地望着它,想跟它说点什么,希望它能陪伴着我。而当我正要轻轻地靠近它时,它却刺溜一下跑了,屋内再次陷入死一般的沉寂。我憋闷得像要窒息。这才感到自由的珍贵。

这样混混沌沌、迷迷糊糊不知过了多少日。忽然有一天,我耷拉着脑袋正疲惫地靠坐在炕头上,门突然开了,一束亮光射进屋。我眨了下眼,向门口望去,黄树山走了进来,身后跟着一个女的。我定睛一看,啊,是她——我日思夜想的方怡玫。

"怡玫……"我激动地叫起来。若不是手被反绑着,我真想拥抱她。

"剑峰……"方怡玫来到我身边,眼睛噙满泪水,"瞧你咋变成这样了?"

黄树山拉开灯,我这才从墙上镜子里发现自己胡子拉碴,蓬头垢面。

"白剑峰,你想得咋样啦?"黄树山尖声问道。

我狠狠地瞪了他一眼,没吭声。

"没想好,就在这儿接着想吧。"黄树山转头对方怡玫说,"白剑峰你也看到了,就这熊样儿,走吧。"

方怡玫热泪横流,声音颤抖地叫道:"剑峰……"突然她双手抓住我的肩膀,依依不舍地盯着我说不出话来。

"行了,别没完没了的,走吧。"黄树山说着硬将方怡玫推了出去。

"怡玫……"我大声呼喊着。

方怡玫到了门外再次回过头,泪眼模糊地看了我一眼。我的心都要碎了。我一下子冲到了门口。

黄树山咣地推上门,咔嚓上了锁,扬长而去。

又过了几天，我才被放了出来。

我刚一出屋，就觉眼前白花花的，晃得我睁不开眼睛。我不得不闭上眼睛，好一会儿才适应外面的光线。我觉得外面的阳光真灿烂。我贪婪地张开嘴，大口大口呼吸着清新的空气，活动着几乎麻木的手脚。我抑制不住获得自由的激动，禁不住唱起了李玉和迈出监狱时的唱腔："狱警传，似狼嗥，我迈步出监……"几个知青远远望着我那疯癫癫的样子直发愣。他们一定以为我神经出了毛病。管他们呢，我嚎痛快了，这才往宿舍走。

我突然有些纳闷，黄树山为啥放我？难道他真的发了善心？

我刚回到屋，郑义平就过来对我说："你可算回来啦，这些日子可把方怡玫急坏了。"

"方怡玫咋样？"我急切地问。

"方怡玫她……"郑义平欲言又止。

我突然有种不祥的预感，紧盯着他问："郑大哥，方怡玫到底咋的啦？"

郑义平叹了口气说："唉，她答应嫁给黄树田啦。"

"什么？"我一惊，"这是真的吗？"

"那还能有假？我听崔红英亲口说的。"郑义平肯定地说。

这才几天的工夫，方怡玫咋突然做出了这样的决定？那晚，在苇丛中我苦苦相劝，我们都有了人生的第一次。方怡玫不是一个随随便便的人啊！她咋会答应这样的要求？

"她咋做出这样的决定？"我不解地问郑义平。

"咳，方怡玫一定是被逼得无奈。"郑义平看着我说，"这儿的环境不允许你俩好。你被关这些天，崔红英天天做方怡玫的工作。方怡玫想见你,可开始黄树山不许。后来不知咋的,让方怡玫见了你一面。听说,她回来就大哭一场,在炕上躺了一天。黄树山和崔红英一起去看她。崔红英又跟她谈了半天。后来方怡玫为了救你出来,才答应的。方怡玫看样子真要在这儿扎根,跟那老土过一辈子了。你还不过去看看方怡玫。"

"我是得好好问问她。"我说。我急忙跑向方怡玫的小屋。

方怡玫见到我,一下子扑过来。她用手轻轻抚摸我满是伤痕的脸,目光里充满疼爱与哀愁。她望着我说:"剑峰,你可出来啦,一定遭了不少罪吧?"

我拥抱着她,盯着那双让我痴迷又揪心的大眼睛说:"我遭点罪倒没啥,可我就惦记着你,怕你顶不住他们施加的压力。你真的答应了那个要求?"

"嗯。"她咬了咬嘴唇,点了下头。

"你呀,太糊涂了。你这是要毁了自己。"我抑制不住激愤,双手摇晃着她的肩膀喊了起来。

"剑峰,你冷静点。"方怡玫表情复杂地看着我,"你听我说呀,我……"

"你想说啥呀,"我气得胸脯一起一伏,"你究竟想咋的?"

方怡玫吃惊地瞅着我说:"你以为我能怎样?我知道你为了我才被关起来的。那天我见你被他们折腾得不成人样,心里像刀剜似的。回来后我就睡不着觉,翻来覆去想了好几天,我这是为了你的前途啊!"

"什么为了我的前途?"我仍怒气难消,"你是怕黄皮子,是不?你怕他,我可不怕。你不是也看过《钢铁是怎样炼成的》的吗?你咋不学保尔？你难道要当冬妮娅？你让我学会坚强，可你咋这么软弱？一点儿反抗精神都没有？"

"对，你说的对，"方怡玫眼里流露出无奈的神情，"我哪有资格跟保尔比？别看冬妮娅有许多缺点，可有些地方我连她都不如。我是软弱，是没有反抗精神。可我现在这个处境，还敢反抗吗？我整天遭别人的冷眼，受人歧视，我真的忍受不了。我也是人哪！你知道我内心的痛苦吗？看着你被关着，我心里是啥滋味？我成宿睡不着觉啊，我真想一死了之。有一次，我把麻绳系到了房梁上，我想上吊。当时我犹豫了半天，真那样，他们会对你变本加厉。最后，我才想明白，我不能这样不明不白地死。我死了又有谁能理解我呢？我父亲不被逼，能上吊自杀吗？可他死了仍留下了畏罪自杀的骂名。我不想永远在这样的环境下生活。我嫁给老农怎么啦？起码人家出身好，我不会再受到歧视。我不想回城，城里已没有了我的家。再说，我根本就没有回城的资格。我想在这儿平平静静地过日子，难道这也错了吗？"

我惊讶地看着方怡玫，她今天说话的口气怎么变成了这样？往日的温柔都哪去了？

方怡玫继续说："我告诉崔红英，让黄树山和吴大山直接和我谈。昨天他俩来了，我对他们说，嫁给黄树田可以，先把白剑峰放出来。还要给我盖三间新房。好歹我也是沈阳知青，不能让别人看着太寒酸了。再有，我父母都死了，别再拿我当狗崽子看待，对白剑峰也不能再歧视。黄树山答应了。吴大山说，由营里出钱，就在青年点后边盖新房，估计得一个月能盖完。我告诉他，新房盖完，才能结婚。他也答应了。剑峰，你想想，营里能答应我提的条件，也算可以吧。"

"不!"我愤怒地吼了起来,"那算什么条件?我宁愿让他们关着,也不想让你嫁给那个丑八怪。你咋能这样?难道你为了躲避人们的歧视,就宁可牺牲自己,嫁给一个你根本不爱的人?你的母亲临终前把你托付给我,我要对得起你母亲,要为你负责。这里呆不下去,我们不会跑到一个荒无人烟的地方?我有力气,不信养活不了咱俩。"

"剑峰,我理解你的心情。我知道你对我好,我这辈子也忘不了你。"方怡玫眼里闪着泪花,"可是,你想的太天真了。你以为我俩私奔就可以逃避现实吗?现在全国的形势都一样,我们能跑到哪儿去呀?我已经这样了。可你跟我不同,你总会有希望。我不能让你为我毁了前程啊!"

我激动地抓住她的手说:"我不要什么前程,我只要跟你在一起。再苦再难,我也心甘情愿。"

方怡玫抬眼望着我说:"别说傻话了。你就听姐的话吧,千万别胡来,这样不仅毁了你,也毁了我呀。姐还要看你以后出息呢。"

我心如刀绞,方怡玫看来真是铁了心。自己心爱的人就要离开了,我真的不甘心哪。可我面临的窘境,别说保护她,连我自己都保护不了。我真是个废物啊!

"可是……"我心有不甘地看着她,"你就铁了心要跟黄树田结婚,他哪点儿能配上你?你这不是糟蹋自己吗?"

方怡玫自嘲地说:"你以为我多高贵?是千金小姐呀?你把我看得太好了。在别人眼里,我是啥?连你母亲都反对你跟我接触,别以为我不知道?你说,咱俩能结合到一起吗?唉,我这辈子就这样了。"

"好，好，我劝不了你，你随便吧。"我气愤地摔门而去。

"哎，剑峰——"方怡玫冲着我的背影喊道。

一个月后，在青年点的后面，一座崭新的三间砖房建起来了。明天，方怡玫就将走进这个屋子了。

那天，从方怡玫那里出来，我心里憋着一股火。见到黄树山，真想上去一口咬掉他的耳朵。这家伙没再让我交检查，见面眼神也缓和了许多，可我仍不愿搭理他。黄树田则显得很兴奋，忙着布置新房，眨着一对雌雄眼，见谁都咧嘴笑，我见了更心烦。

与方怡玫不欢而散，使我对她的决定感到荒唐与无奈。这些天，方母临终的嘱托，一直萦绕在我的心头。尽管与方怡玫的相处如此短暂，但她的善解人意，她的宽厚待人，她的忍辱负重，她的勤劳质朴，仍深深地打动了我。而今，她真的要离开了我，我感到内心一阵阵绞痛，再也坐不住了。

我忐忑不安地走近方怡玫。我环顾这个小屋，东雪梅曾在这儿伴着方怡玫度过凄冷的日子。如今她到了另一个世界去追寻宗伟光。明天，方怡玫也将离开这个小屋，去同一个陌生人开始一种陌生的生活。一想到这些，我竟有些不寒而栗。

方怡玫正打开箱子收拾东西。见我进来，她一下子扑进我的怀里。话没出口，热泪已经夺眶而出。

我轻轻抚摸她的头发。方怡玫抬头盯盯地瞅着我，仿佛要把我收到她的眼睛里。她说："剑峰，你可来了，我真想你啊！我还以为你再也不理我了呢。你还生我的气吗？"

"姐。"我本想叫她怡玫，竟不自觉地叫了她姐。我知道，我真正把她视为对象，不足一个月，就被人无情地拆散了。今生今世，我不能同她结合了。

我捧起她的脸，短短几天的工夫，她的容颜就褪去了青春的光泽，她的那双大眼睛也罩上了一层浓重的阴影。

方怡玫双手抚摸着我的脸颊："剑峰，你又瘦了。"说着泪水潮涌般溢了出来，滴在我的颈上，滚烫滚烫。

"咱知青太苦了，"方怡玫哭泣着，"我告诉黄树田，要他买口猪杀了，明天结婚时，请全连的人都参加，好好解解馋。咱们知青的肚子太缺油水了，天天喝'军舰汤'哪能受得了啊！"

"姐。"我刚喊了一声，便说不下去了，心里泛起难言的酸楚与怜惜。别人那么对待她，可她还是想着全连的人。她用自己的身体为代价，换来一口猪，为的是让大家借机解解馋，她怎么就没想想自己？我看着她说："姐，我宁愿不吃这顿猪肉，也不忍心看着你嫁给那个丑八怪。你妈临终前，将你托付给我，可我却不能保护你。我真是废物。我对不起大姨，对不起你啊！"

方怡玫泪眼婆娑地瞅着我："不，你已经尽力了。你为我没少吃苦哇。"

她走到箱子前，从里面拿出那只茶缸和黑色钢笔仔细端详着，泪水涟涟。

我走到她身边，指着这两件东西，忍不住对她说："这是你的生身父母留下的唯一财产，你可要好好保存啊！"

"生身父母?"方怡玫不禁一怔,疑惑地望着我。

我心情沉重地看着她说:"你母亲临终前,告诉了我你的身世。她是你的养母。你的生身父母双双牺牲在朝鲜战场上。"

"什么?这是真的吗?"方怡玫惊诧地睁大眼睛瞅着我,不相信自己的耳朵。她摇着头喃喃地自语着,"这不可能,妈妈对我那么好,怎么能是养母呢?"

"是真的,本来你的养母想临终前告诉你,可是,她没有等到你回来,就……"我哽咽着,将她生身父母的悲壮故事从头到尾叙述了一遍。

方怡玫泪如泉涌。她的哭声几次打断了我的叙述。我极力想控制自己的情绪,可眼泪还是忍不住滚落下来。

方怡玫此时再也抑制不住了,捧着父母的遗物扑到炕上大哭起来,她的双肩不停地抖动着,双手紧紧抓着被子,身子蜷缩成了一团。她的哭声凄凉悲哀,在狭小的房间里震荡,让人撕心裂肺,肝胆寸断。

"姐,别哭了。"我过去轻轻地挽起她说,"你的父母是真正的英雄,你也要坚强些。"

许久,她才止住哭泣。她强忍着坐起来,将那个黑色钢笔递给我:"剑峰,你对我那么好,我真的无法报答,这支钢笔留给你做个纪念吧。"

"不,"我推让着,"这是你妈妈的遗物,我怎好……"

"这支钢笔你留着写东西用。看着它,就等于看见我了。"

方怡玫说着将钢笔塞进了我的手中。

我紧紧地握着手中的钢笔,只觉得手心热乎乎的。这是烈士的遗孤送给我最珍贵的礼物。我要永远珍藏。

方怡玫又捧起茶缸,说:"这个茶缸我留着,这是历史的见证。尽管我没见过生身父母,可一看到它,就仿佛他们还在我的身边。"方怡玫擦去脸上的泪水,神情变得凝重起来。

我望着她不安地说:"刚才看你哭成那样,我真担心你哭坏了身子。"

"哭坏了身子?"方怡玫瞅着我,脸上忽地腾起一片红霞,她羞涩地低下头。我颇感纳闷问:"你怎么啦?"她仍没抬头,只是轻声说:"这个月我没来例假。"

"没来就没来呗,"我说,"有什么大惊小怪的。"

"你是不明白,还是装糊涂?"她含情脉脉地瞅着我,"我可能怀孕了。"

"真的吗?那咱俩就结婚吧,反正你跟他还没办呢。"我兴奋地说。

"唉,你呀,净说傻话。咱能那么干吗?我既然答应了人家,哪能反悔呀,那我成什么人啦?"方怡玫神情颇为认真地看着我,"可不管怎样,这孩子要留下来,这是咱俩的……根哪。"

"对,一定要生下来,这可是咱们的亲骨肉哇。"我咬牙切齿地说,"这回让那老土当回王八。"

她目光里充满了惜别的无奈,嘴角不自然地翘了翘,强作笑颜地看着我。看着她的笑我直想哭,我感到心乱如麻,不知该说些什么。

方怡玫默默地看着我,她的胸脯剧烈地起伏着。

我们就这样相互凝视着，仿佛要把对方深深地嵌进眼里，藏在心底。

"剑峰，"方怡玫忽然扑到了我的怀里。我紧紧搂着她。她发了疯地亲吻着我，泪水顺着她的脸流到我的嘴角，我感觉这液体是那么咸涩。

第二十四章

我多么希望时间就此凝固,挽留住方怡玫,阻止她走向陌生的新房。可我最不愿看到的婚礼如期在连里的伙房举行了。

破四旧、立四新使婚礼也变得异常简单了。

伙房没有粉刷,只是简单打扫一下,全营所有桌凳今天都集中到这疙疙瘩瘩的地面上。昨天,黄树田按照方怡玫的要求,从别的队买来一口猪,今天浓郁的肉香味便从锅盖缝里飘出来,勾得人直流口水。

我和大家挤在长凳上,心情复杂地看着胸前佩戴红花的那对新人。黄树田站在方怡玫身旁,个头比方怡玫矮了半头。他挺着干巴巴的身子骨,眨着雌雄眼,龇出一排黑牙,嘿嘿憨笑着。

方怡玫今天穿了一套洗得干干净净的灰衣服,苍白的脸上挂着一丝苦笑。看着她的笑,我心里酸楚得直想哭。有时候笑比哭更让人难受。

应邀到场的吴大山站在方怡玫的身旁,他身着那套洗得很干净的旧军装，脸上挂着微笑。

仪式很简单，首先崔红英代表全连为新人敬上一套《毛泽东选集》，祝他们今后能更好地用毛泽东思想武装头脑，为广大的知识青年做出榜样。

随后，吴大山代表营里对方怡玫与黄树田的结合表示祝贺，并决定将方怡玫树立为扎根农村干革命的典型，要全体知识青年向她学习，走与贫下中农相结合的道路，共同将卫红大队建设好。

接下来，这对新人举起拳头向毛主席表忠心。仪式就此结束。吴大山和各连的连长、老农队长被请到新房喝喜酒。

伙食长刚一掀开锅盖，那浓重的肉香便溢满整个屋子，不由得让人生出涎水。当几大碗猪肉炖粉条和猪肉炖白菜刚一端上桌，大家的筷子便一齐伸向碗里，将一块块肉扔进嘴里饿狼般大嚼起来。

伙食长递上几瓶地瓜酒。胡立仁忙打开瓶盖，张张罗罗地往饭盒里倒酒。

一会儿，方怡玫和黄树田过来了。黄树田小脸通红满嘴酒气，瓮声瓮气地对大家说："哎，你们吃好，喝好。"接着又给大伙的饭盒里倒上酒。

方怡玫拿着"大生产"给每人敬烟。她走到胡立仁跟前时，胡立仁叼着烟卷的嘴上下左右乱晃，像吃食的公鸡头。方怡玫连划了几根火柴都没点着。郑义平看不过去，打了他一下说："你别折腾方怡玫了，行不？"

"谁折腾她了？她点不着火怨谁。"胡立仁叼着烟说。

"那俺给你点吧。"黄树田说着划着火柴点头哈腰地凑上来。

"谁让你点了？臭老土，靠边去。"胡立仁瞪了他一眼，"瞧你那熊样，方怡玫这朵鲜花插到你这堆牛粪上，真是糟践了。"

"你咋这样说话？方怡玫愿意跟俺，你管得着吗？"黄树田不服地伸了下脖子。

"你说什么？"看着黄树田得意的样子，我气不打一处来。多日的积怨霎时涌出。我的火腾地蹿上来，指着他的鼻尖叫道："什么方怡玫愿意？放你妈的狗屁。我告诉你，你要对方怡玫不好，别说我跟你玩命。"

"哎，有你啥事儿？"黄树田扒拉一下我的手。

"好哇，你个臭老土，还想动手！"我腾地站起身，一拳向他打去。

黄树田一歪脖，我的拳头走了空。方怡玫急忙拽住了我说："剑峰，你这是干什么？"

"干什么？"杜金彪突然蹿过去，照着黄树田的胸口就是一拳，"一个臭老土牛×啥？敢欺负咱知青，你他妈的活腻歪啦？"

黄树田被这一拳打了个趔趄。他瞪着雌雄眼怒视着杜金彪捋胳膊挽袖子。杜金彪见状气得叫道："狗×人，不服咋的，想跟哥们儿试试呀？"

方怡玫一看这架势，赶紧上前用身体护住黄树田，使劲儿推了他一把："你还不快走哇。"这时，过来几个人连拉带扯地把黄树田拽出了伙房。

方怡玫冲外喊道："树田，你回去陪营长他们吧，我一会儿再回去。"

我们重新坐回到桌前。方怡玫端着酒瓶子走过来："来，今儿哥儿几个喝好。"她勉强挤出一丝笑容，又往我们几个人的饭盒里倒了点酒。

我瞅着方怡玫心里不是滋味。"喝，喝。"我端起饭盒，猛地灌了一大口。

这酒咋这么冲？火辣辣的呛人。我感到头有些晕，身体开始摇晃起来。

"剑峰，少喝儿点吧。"方怡玫瞅我这样，急得脸都变白了。

"不，我……要喝。"我举起饭盒冲着方怡玫，"来，你也……喝呀。"

"剑峰，快别喝了，看你醉成什么样子！"方怡玫急得眼泪掉下来了，伸手拽住我端饭盒的手，苦苦哀求着。

"什么，你不让我喝？"我只觉脑袋嗡嗡直叫，眼前的方怡玫已模糊不清。"我没醉，你……你不喝，我……我喝。"我猛地甩开她的手，端起饭盒一饮而尽。我一扬手，那饭盒咣当掉在地上。我手扶桌子，刚要站起，只觉得整个伙房都跟着转起来。我再也支持不住了，扑通一声摔倒在地……

我醉成一摊烂泥。事后，我才知道，是郑义平、谢元庭、杜金彪几个人把我抬回了宿舍。酒精在我的体内发作，搅得我胃难受得厉害，我哇哇地将肚里那点东西全都倒了出来，可别人却受不了这难闻的气味，捂着鼻子纷纷地跑了出去。我身子瘫软得像个死狗，直到第二天上午才苏醒过来。

我仍惦记着方怡玫。几天后的一个中午，我来到她的新房，黄树田出车到农场还没回来，方怡玫一个人静静坐在炕上。

我坐在她的身边，问："这老土对你咋儿样？"

"能咋儿样，就那么回事儿呗。"方怡玫一脸的无奈。

我蓦地发现,方怡玫雪白的颈上有被撕咬过的血印,不禁惊呼:"这是咋整的?"

"唉。"方怡玫叹息着垂下头,眼里充盈着泪水。

我一下就明白了,肯定那天晚上那个王八蛋对方怡玫太粗暴。我急着问道:"丑八怪究竟对你咋的啦?"

方怡玫皱着眉头只说他有点过分。可我还是能想象出那个令她心惊肉跳的新婚之夜。

营长和各连队的干部喝到半夜才离去。方怡玫疲倦地收拾残局。黄树田喝得小脸红得像猴屁股,雌雄眼也挂满眼屎。他晃晃荡荡过来,一把从身后搂住方怡玫的腰,将那散发着呛人的烟酒气息的臭嘴伸过来,贴在方怡玫的脸上。方怡玫一转头,屏住呼吸眉头紧蹙,说:"你干什么?没看见我正收拾吗?"

黄树田说:"收拾啥?走……跟俺……上炕……睡……睡觉去。"

"你急啥?一会儿我就过去。"方怡玫推了一下他的脸。

黄树田的脸憋得紫红紫红的,他的大脖筋凸出着像要从脖子上爆出来。他抱起方怡玫,向另一间屋走去。

"放开我,快放开我。"方怡玫双脚乱踢,手不住拍打他的肩膀。

黄树田也不吭声,抱着方怡玫,踢开那间屋门,将方怡玫抛在炕上。

炕上铺着一套崭新的被褥。这是连里出钱特意新做的。被面上印有鲜艳的大红花,褥单是浅粉色的大方格。枕头上用红细线绣着一对"忠"字,与墙上贴着的大红剪纸"忠"字遥相呼应。

黄树田跳上炕,迅速脱光了衣服。他全身黑得像泥鳅,胸脯平平,而胳膊、小腿肚的肌肉疙疙瘩瘩地隆起着。

方怡玫蜷缩着身体,头扭向窗户。外面的冷风沙沙地扑打着窗棂。

黄树田不顾一切扒光了方怡玫,方怡玫使劲儿推着他,黄树田哼叫着:"俺喜欢你,俺想你都想疯了。"方怡玫哭着说:"你别这样粗野好不好?"

"你不喜欢俺哪?今晚俺就是粗野,让你痛快痛快。"黄树田喘着粗气,将身旁一块雪白的毛巾塞到方怡玫的身下。

他那双粗糙的黑手使劲儿抓着方怡玫的胸脯。他放肆地喊着粗话。方怡玫感到一阵撕心裂肺的剧痛,忍不住"哎呀"叫了起来。可他全然不顾,肆意宣泄野性的兽欲。

方怡玫痛苦地望着黄树田。灯光下,黄树田眯缝着雌雄眼龇牙咧嘴怪叫着,还不时瞅一眼那块洁白的毛巾。方怡玫似有所悟,伸手扯了下灯绳,屋内立刻变成一片黑暗。方怡玫将左手指伸进嘴里用牙齿咬破,鲜血顿时渗了出来。她将流血的手指在毛巾上一抹,那殷红的血迹像一朵桃花印在了上面。黑暗中黄树田并未注意到方怡玫这一动作。他激动地咬着,用手抓撕着方怡玫的肩头和脖颈,留下了一个个深深的牙印和血痕。

他终于筋疲力尽地倒下了。此时晨曦透过窗户射了进来。他抽出方怡玫身下的那块毛巾,望着上面的一抹殷红,兴奋地叫着搂住了方怡玫。而方怡玫此时静静地躺着,双眼紧闭,咸涩的泪水无声地滴落在枕头上……

"我操他八辈祖宗,"望着方怡玫身上的血痕,我愤怒地吼着,"这个丑八怪,竟敢这样对待你。等他回来,我非得好好教训他。"

方怡玫拉着我的手说:"剑峰,你别这样。我已和他结婚,你一闹,让别人看见不好。"

"可我看你被别人欺负,心里难受哇。"

"啥叫欺负?他一个农民没文化,咱也不能过高要求人家。"她说,"不过这两天对我倒还可以,暂时不让我下地干活。"

"你就会忍气吞声,"我说,"看你跟黄树田,我就别扭,你咋能跟他呢?"

"唉,木已成舟,慢慢适应吧。"方怡玫看着我,"你的性子也该改改了,别那么直性。你要学会控制自己,不然要吃亏的。"

我说:"我一个人怕啥?大不了在这儿呆一辈子,起码有你陪着。"

"你怎么净说傻话,我这样做,为的什么?"方怡玫怜惜地看着我,"我最担心的就是你呀。"

"姐,我知道,你付出的代价太大了。"我说。

"过去的事儿,就别提了。"方怡玫摸着我的手,"在连里要注意跟大伙儿搞好关系。特别是杜金彪。那天喝酒,看样子他对你的态度有所转变。"

"是啊,平时我对他印象不好。可他看见你嫁给一个老土,也是愤愤不平。"我说,"这人虽然好色,可有股子血气,看样子挺讲义气的。这些天,他对我态度也变了。"

方怡玫抬眼看看墙上的挂钟:"上工时间到了,还不快上工去。"

我紧紧握着方怡玫的手,恋恋不舍地走出屋。

杜金彪对我改变了态度是在那天的"婚宴"上。那天我醒酒后,杜金彪看我的眼神没有了以往那种霸道的凶光,显得温和了许多。

"小白脸,平时看你挺老实的,没想到跟黄树田发起火来也挺冲的。"杜金彪对我说,"哥们儿就喜欢你这样的人。"

"杜大哥,"我惊讶地望着他,"你以前对我不这样啊?怎么忽然又喜欢上了我?"

"小白脸,"杜金彪瞪大眼睛瞅着我,"你知道,哥们儿在营里也是有名有号的。不管好名坏名,咱总是个'棍'吧。哪个女的不怕哥们儿?哥们儿想跟谁睡觉,谁敢反抗?可就是这个方怡玫不屑哥们儿,哥们儿当时真他妈的来气。大伙那么歧视她,也没人在她身上占到便宜。今天,哥们儿跟你说实话吧,哥们儿就是看上了她,才调到二连的。哥们儿不管她爸是啥,反正哥们儿一见她,心里就痒痒。全营女的,有一头算一头,都赶不上她。可她就是不理哥们儿,却对你那么好。当时哥们儿挺生气。她暗地里跟你来往,可为了你以后的前途,她不惜嫁给那个丑八怪。这样的女人,真他妈的让人敬佩,又让人可惜。你小子他妈的有艳福。可你咋样了?还不是眼巴巴瞅着你的心上人跟了别人。他妈的,一个臭老土,连当地的丑老娘们儿都不要他,可他却得到了咱营里最漂亮的女青年。谁看了不他妈的来气?这不扯起来啦。"

苦涩如潮水般泛上我的心头。我叹息道:"唉,我苦苦劝方怡玫,可还是没能阻止她。"

杜金彪愤愤地说:"这事也他妈的怨黄树山。方怡玫的父母都死了,就是偷着回趟家,干吗要批判人家?不然,方怡玫哪能答应嫁给那个丑八怪?"

我愣怔地看着他,忽然觉得眼前的杜金彪好似变了个人。

翌年的盛夏,方怡玫生下了一个女孩。

我跑去看她。孩子尚未满月,红红的小脸上挂着毛茸茸的胎毛。我瞅着这小家伙,对方怡玫说:"怎么长得像个毛孩?"

"小孩刚出生都这样。"方怡玫看着我,"过些日子就好了。"

黄树田耷拉着脑袋坐在炕沿儿上,闷闷不乐地抽着旱烟。

我对他说:"孩子满月时,是不是得庆贺一番。"

"又不是小子。一个丫头片子,庆贺啥呀?"黄树田瓮声瓮气地说。

"丫头片子咋的啦?"我不满地刚要反驳他,突然有人敲着窗户喊道:"哎,黄树田,队长让你出趟车。"

"知道了。"黄树田答应着,瞅了一眼方怡玫,便走了出去。孩子小手抓挠着,咿咿呀呀叫起来。

"这孩子又饿了。"方怡玫赶紧把孩子抱进怀里,解开衣襟,将奶头塞进孩子的嘴里。孩子大口大口吮吸着,小手不住地抓着方怡玫鼓胀的乳房。

看着小家伙,我的心头涌起了一股甜蜜。方怡玫曾悄悄地告诉我,这是我们的亲骨肉。看得出,黄树田并不喜欢女孩,尽管他不知道这孩子跟他没有血缘关系。在农村,对男孩看得特别重,看来传宗接代的观念在黄树田的头脑中根深蒂固。

可我却深深喜爱这个孩子,毕竟这是我的骨血啊!我真心希望孩子长大后像她的母亲一样漂亮聪慧。但性格别像她母亲那么怯懦,要勇敢刚强。

方怡玫抬起头,目光中充满温情。

我的心头一热,上前激动地抱住方怡玫。方怡玫脸一红,轻轻推了我一下:"没看见孩子在吃奶吗?别吓着她。"

我只好放开手,爱怜地看着孩子,问:"给她起名了吗?"

"还没有,"方怡玫说,"前两天,我问黄树田起什么名,大概他看我生个女孩不大高兴,说你就随便起个吧。既然他不管,那咱俩就合计合计吧。"

"我尊重你的意见。"我说。

"别,这孩子是咱俩的,你也得发表看法。"她说。

"既然这样,这孩子的名字里最好能包含咱俩。"我说,"不过,得含蓄些,别让黄树田看出来。"

"他没什么文化,就怕别人猜出来。"她说,"我想了一下,这名字里应该有个玫字,这玫代表我,为了有所区别,就用梅花的梅吧。"

我点点头:"行。"

"可我想从你的名字里取一个字。"她抬眼看着我说,"我想取'枫'字,枫叶的枫,与剑峰的峰同音。而且枫叶秋天是红色的,加上'梅'字,就是红梅的意思,你看咋儿样?"

"黄枫梅……"我轻声自语着,想了想说,"意思倒行,不过念起来不太顺溜。前边两字,容易念成黄蜂,这不成了黄蜂叮梅花了吗?"

方怡玫眉头微蹙,思考了片刻说:"可也是,那就取'剑'字,或者是'白'字。"她喃喃地自语着,"黄剑梅……黄白梅……"并不时轻轻摇着头。

我听着也觉得不太合适,于是在脑海中极力搜索已掌握的词汇。"剑"字、"白"字的谐音字,都不恰当。那么能不能用其他的字代替呢?形容白色的字,有玉、云……还有雪。对,雪最恰当了。而且雪字，象征着洁白、高雅、纯净。梅花在雪中绽放，多么美丽的景色啊！

想到这，我脱口而出："那就用'雪'代替'白'字吧。"

"黄雪梅，"方怡玫说道，"好，雪映梅花多美啊！又隐含你的姓我的名，别人也猜不出这里的含意。"

方怡玫又想了想，说："可名叫雪梅的人不少，你看咱们连就有个东雪梅，死得多惨。是不是将梅字换成芳，带草字头的芳，是美好的意思。"

"黄雪芳，这个名字不错，"我说，"蛮有诗意，又隐含了咱俩的姓，叫起来也上口，小名就叫芳芳吧。"

"行，就这样定了。"方怡玫深情地瞅着怀中的孩子，轻声叫着，"雪芳，芳芳……"

"我的小芳芳。"我激动地抱起孩子，在她那红红的肉嘟嘟的小脸蛋上亲了一口又一口。

第二十五章

一天,刚吃过晚饭,我又身不由己地溜达到方怡玫那儿。黄树田见我来了态度不冷不热,只顾在炕上盘着腿,抽着呛人的旱烟。

方怡玫坐在炕头上逗着芳芳。小家伙光着屁股手脚乱蹬,咯咯地笑着。

"哎,方姐,"兰桂芳忽然推门进来,径直来到方怡玫跟前。她手里拿着一套花布做的小孩衣服,抖搂着对方怡玫说,"我给咱们的小雪芳做了套小衣服,不知合适不?"

"看,又让你花钱了。"方怡玫说着接过小衣服,仔细端详起来。

"这是我箱子里剩下的花布,抽空用缝纫机蹚出来,花啥钱?"兰桂芳笑道,"咱那儿就这点儿方便条件。"

兰桂芳用手轻轻抓着雪芳的小胳膊,盯着她的小脸蛋说道:"雪芳真漂亮。大眼睛长睫毛,小嘴一翘,多像方姐，要像她爹可糟了，准保嫁不出去。"

黄树田不满地扫了一眼兰桂芳，故意咳嗽了几声。

方怡玫冲兰桂芳笑道："你这嘴可真厉害。孩子这么点儿能看出来啥？"

"我说的不对咋儿的？"兰桂芳说着扭头瞅着黄树田，"方姐是全营最漂亮的，怎么让你划拉到手了。你别不知足啊，生女孩你就不高兴？要生个男孩像你似的，以后可咋办？"

方怡玫嗔怪道："桂芳，不会谈点儿别的？哎，最近营里又有啥消息？"

"消息嘛，倒真有。正好，白剑峰也在这儿。"兰桂芳说，"今天我上营部，听吴大山说，这回沈阳的技校要从知青中招生。要求年龄在二十岁以下，全营就俩名额。听说，只有二连、三连的新知青够这个年龄。肯定二连、三连各一个名额。他不让往外说，就连小队长都不知道呢？不过，我估计也快了。"

"白剑峰，你今年超过二十没？"兰桂芳问我。

我说："刚二十。"

"这可是个机会呀，别错过了。"兰桂芳看着我说。

"名额这么少，得多大雨点才能掉到我头上啊？"我说。

"多大雨点儿？你好好想想，跟你一起下乡的有几个？"兰桂芳说，"像咱们这样的岁数都过了，我看你还是有希望的。"

"我有希望？"我瞅着兰桂芳，"你可别逗了，除非全营知青都回城，我还差不多。"

"你咋这么悲观，希望不都是争取来的吗？"兰桂芳瞥了我一眼。

"行啦，到时候再说吧。"我站起身，对方怡玫说，"我先回去了。"

方怡玫要下炕送我。我说:"你别下来了,跟兰桂芳好好唠唠嗑吧。"

"对,白剑峰也不是外人。"兰桂芳说着,将方怡玫拽下。

我向外走去。方怡玫趴在窗户上对我招着手说:"有空儿过来玩。兰桂芳说的那事你真得好好想想,啊。"

几天后,技校招生的事传遍了各连。真如兰桂芳所说,咱连只有一个名额。我暗自思忖着,连里不超过二十岁的就我和邱玉明。看来竞争对手只一个,我还是有希望的。虽然因父亲的问题,我受到过牵连,但现在不是重在个人表现吗?我干的比邱玉明强多了,这也是不争的事实。我心真的活了,盼望着快点儿评议,没准能改变我的命运呢。

这天夜里,我刚躺下不久,达子在窗外喊我。我钻出蚊帐问他什么事。他急三火四地说:"谢元庭上吐下泻,营里的卫生员看不了,得马上去县城医院,恐怕得住院,马车已经来了。我问谢元庭派谁去护理,他点名要你去,那你就去护理他吧,给你按出工算。"

我赶紧穿上衣服,同郑义平一起扶着谢元庭上了马车。

车颠簸到县医院已是子夜。医生经过量体温验便之后,马上安排了住院。

谢元庭虚脱得厉害,需要人护理,我对郑义平说:"你回去吧,我留这儿。"

郑义平想了想说:"那好吧,过两天我再来。需要带什么东西不?"

我说:"不用了。"他便跟车回去了。

谢元庭病得很厉害,发高烧,又拉痢疾。他的脸本来就长,这回显得更长了,黑瘦的脸上那粉刺愈发突出。他虚弱地躺在床上,护士给他挂上了吊瓶。那混有药物的葡萄糖和盐水,一点一滴地进入他的体内。

我坐在对面的空床上,眼睛不时地盯着滴流瓶。平时下地干活惯了,冷丁儿这么静静地坐着,真有些不适应。这拉痢疾可真折腾人,他一会儿一趟厕所,我只得高高举着滴流瓶搀扶着他。有时还得帮他提裤子。虽说不下地干活,可夜里也不敢睡觉,扶他起夜,滴流快完了,又得赶紧找护士,丝毫不敢掉以轻心。

没过两天,我也被感染上了痢疾。我赶紧吃药。如果不及时控制住,没准得躺倒,又怎么护理别人呢?尽管我没挂上滴流,但总觉得肚子咕咕直响,身体也愈发虚弱了。可为了照顾眼前这个病号,我说什么也得坚持。

我刚扶谢元庭解手回来,郑义平跟着到县城办事的马车又来到了医院。

郑义平关切地向我询问谢元庭的病情。他瞅着躺在床上的谢元庭,悄悄拽了一下我的衣襟,我立刻心领神会。

郑义平先出了病房,我随后也跟了出去。他怕说话被谢元庭听见,便将我带到一个僻静的拐角。

他说:"听说三连的技校招生评议已经开始了,咱连明天也要开会评议。邱玉明紧着到各屋转悠,给大伙儿发烟拉票呢。你今晚务必回去一趟,好参加明天的评议。这年头,你还看不出来吗?人不在场谁还替你说话。这可是回城的最佳时机,只有邱玉明一个对手,这机会真是千载难逢啊!"

我想了想,面露难色地瞅着他说:"可我在这护理病号,脱不开身哪。"

郑义平着急地说:"咳,这都啥时候了?你可真沉得住气。你跟谢元庭说说,让他自己先克服两天,等评议会一结束,你再回来呗,他会理解的。"

"可他是我的朋友啊!我不忍心丢下他一个人。万一出点差错,我咋交代啊?那我怎么对得起朋友?"

"不差这两天,可你要错过这个机会后悔都来不及了。"

"可我真的离不开呀。"我见他急得额头渗出汗珠,便说,"谢谢你给我报信,你先回去吧,让我再想想。"

"哎呀,郑义平,你在这儿哪,让俺好找。"黄树田急三火四地跑过来冲郑义平说,"车要走了,你回去不?"

"回去。"郑义平说着,随黄树田向外走。到了门口他又回过头,冲我喊道,"我说的那事儿,别耽误了。"

"哎。"我挥挥手目送他远去。

我刚返回病房,谢元庭便狐疑地眨着眼问:"郑义平找你有啥事儿?"

"没……没啥事。"我说,心里却忐忑不安。

深夜,谢元庭终于睡着了。刚换的滴流瓶,估计滴完最快也得三个多小时,我这才松了口气,疲倦地躺在病床上。

月光顺着敞开的窗户泻进屋内,地上洒满一片银光。我睁着眼睡不着觉,满脑子都是技校招生的事儿。我何尝不想回去参加评议啊,回城念书是我求之不得的。郑义平说得不错,这可是千载难逢的机会，只有我和邱玉明符合年龄要求，我自信，凭我的实干会赢得大多数人的拥护。在我俩之间，如果一切正常的话，我想民主评议的天平会向我这一方倾斜。他邱玉明算什么？不就是会溜须拍马、偷懒耍滑吗？全连人看得清清楚楚，我哪点儿不比他强。虽然我父亲被关押着，但黄树山不是答应方怡玫，不再歧视，要一视同仁吗？再说，党的政策是重在个人表现。平时我表现咋样，这是有目共睹的。

可邱玉明能甘心吗？他已经行动了，而且恰恰是我不在青年点的关键时刻。我忽然想到郎晓忻。本来在民主评议会上，她是那么尴尬、那么绝望，可最后她却回城了。看来，什么事情都可能发生，不行，我得回去，我要看看他怎么拉关系，看看评议会上人们对我的看法。

我瞅一眼对面的床上谢元庭正打着呼噜，睡得正香甜。再坚持几天也许他就会出院了。在我的同学中，只有谢元庭在我最困难的时候向我悄悄伸出友谊之手。如今朋友有病，我怎忍心为了自己的前途而离开他？他现在还不能自理，他多么需要我的看护啊！

我真的矛盾极了，心里像有一只小鹿在乱踢乱撞，弄得我无所适从。

我睡意全无，躺在床上辗转反侧。

我索性一骨碌爬起来。反正也睡不着觉，不如到走廊去走走，排解烦恼。

我轻轻拉开门，蹑手蹑脚来到走廊，借着昏暗的灯光走向中间的大厅。

只见长椅上坐着一个女青年，正聚精会神地看着报纸。她低着头，看不清面容，可我却发觉这身影有些眼熟。我站在一边儿默默地看着她。忽然,她将埋在报纸里的脸扬了起来。灯光下,一个熟悉的脸庞映入我的眼帘。啊,原来是冷霜月。她怎么在这儿?"冷霜月。"我轻轻唤着,走了过去。

"呀,是白剑峰,"冷霜月面露惊异,指着身边空着的长椅,"快坐这儿。"

我坐在了她的身旁。灯光下她的脸显得黑红,那是常年被紫外线照射的结果。她的面颊很消瘦,更突出了尖尖的下巴颏儿。

我问她:"你怎么上这儿来了,身体怎么啦?"

"啊,今天下午上工不久,我不知咋的,竟昏倒在地里。连里就用马车把我送到这儿了。大夫一时没查出是什么病,说可能是疲劳过度吧,让我住院观察几天。我睡不着觉,在屋里闷得慌,就上这儿坐坐,看看报纸。"她忽闪着那双黑亮的大眼睛,瞅着我说,"哎,你怎么也到这儿来了?"

我说:"谢元庭发高烧,拉痢疾,在这儿住院。我是来护理他的。"

我又问她:"你在这儿住院,连里没派个人护理?"

"都挺忙的,何必找人陪?我现在能自理。"她又问,"谢元庭睡着了?"

"啊,刚睡着,才换的滴流,怎么也得滴一阵子。"我说,"我一时也睡不着就出来转转,没想到碰上了你,真巧。"

我对冷霜月的印象一直不错。可自从周庆福偷听敌台被抓后,看着她带头批判同班的周庆福,我心里很不舒服。因此,有段时间我真的对她有看法。可当我经历了种种磨难,心理也悄然发生了变化。俗话说得好:"适者生存"。崔红英不积极能入党、当指导员?郎晓忻不那样做能回城吗？批判会上，许多知青发言批判我和方怡玫。我心里清楚，他们有的是激进，有的是盲从，有的也是迫不得已。他们不能不考虑现实，不能不考虑个人前途。有过激的行为在所难免，也许冷霜月当时也是身不由己。我忽然又想起为周庆福培坟的那个神秘身影，他（她）是谁呢？像个幽灵神出鬼没，难道对周庆福还有什么无法割断的情丝？这个人究竟是谁呢？

我仔细地瞅着冷霜月，不禁问道："给周庆福培坟的究竟是谁？"

"谁？"冷霜月一怔，望着我，"我哪儿知道，你问这干啥？难道你发现了什么？"

"哦，我只不过随便问问。"我觉得话问得有些唐突，便说，"不知咋的，看到你，我就想到周庆福。你说，这小子咋干那种蠢事儿？"

"事情都过去了，还提他干吗？"她显得有些伤感，"白剑峰，我听说，你在二连挺不顺的。"

"什么顺不顺的，经历多了也就习惯了。"我望着她故意装出满不在乎的样子，"你没听人说，虱子多了不咬人吗？"

"唉，都不容易啊！"冷霜月似乎想起什么，问，"听说你连明天就民主评议技校招生的事儿，你可真稳当，怎么还不回去呢？"

"我咋回去？这还躺着一个病号呢。"我叹了口气，问她，"你连技校招生的名单定下来没？"

"定下来了，是尤金珠。"她说。

"怎么，你这当指导员的白这么拼命干啦？论条件，她哪方面也比不过你呀。"我不解地看着她，"这么一个回城念书的好机会，你怎么就轻易放弃了。是不是尤金珠背后拉票啦？啊！"

"不是她背后拉票,"她看着我说,"这回咱连符合这岁数的就咱俩。你说得不错,她是比不过我,民主评议我的票数也会远远地超过她。可是,她毕竟是我的同学啊。这次她要是走不了,以后招工更难了。那些六八届老知青谁不想回城?啥时能轮到她呀。说句心里话,这次我也想回城。可名额只有一个,我们俩必须得留下一个。我想,还是把这个机会让给她吧。我毕竟是指导员,今后要走的话,比她容易得多。于是,我就分别找连里的许多人谈话,评议时选尤金珠别选我。尤金珠听说后,哭着拉着我的手,说:'我知道竞争不过你,可你却把名额让给了我,我不忍心这样回去哇。'我劝她说:'在咱连,你是我唯一的女同学,是我的知心朋友,这回有这么个机会,我能不帮同学一把吗?'就这样,昨天晚上连里开会评议,很快就定了下来。"

她忽闪着那双晶亮的大眼睛关切地望着我说:"我知道你这人心眼实诚。你在医院护理,谢元庭知道你连明天民主评议的事吗?"

"不知道。我没告诉他,这事让他知道心里会不好受。"我心里涌起说不清的滋味,我瞅着她说,"唉,你不知道我现在心里有多矛盾。我想回去参加评议,可偏偏这里又离不开人。你说,我该咋办哪?"

"是啊,这事儿叫谁摊上都不好办哪。"她皱着眉,想了想说,"要不,你先回去,我在这儿替你护理他。"

"你?"我吃惊地看着她,"这怎么行?他是男的,又要经常上厕所。你一个女的,咋能护理得了?不行,不行。"

"那可咋办呢?"她焦急地瞅着我,"这可是大事啊,多难得的机会呀!"

我忽地站起身,心情变得焦躁不安。我低头踱着步子在地上不停地转着圈,心里像开锅的水沸腾不止。

这边是舍不得的朋友,那边是回城的巨大诱惑,我都想得到,可鱼和熊掌不能兼得啊,我必须有所取舍,做出最后的决定。

半响我才抬起头,恰巧与冷霜月的目光相碰。她关切地注视着我的表情,尽管沉默不语,但她的目光却让我感受到一种异样的凝重。

冷霜月目前的处境与我多么相似啊!她也面临着同样的选择,可她却首先选择了友情。而我呢?竟如此犹豫不决。如果冷霜月是我,她会怎样做呢?从她的言谈举止中我已感觉到她对友情的珍视。她为了朋友可以做出牺牲,相比之下,我的心是否有些龌龊,我的私心是否重了?我感到自己的脸有些发烫,心跳变得加快。我的良心在提醒我:白剑峰,你堂堂的一个男子汉,心胸怎么连一位女同学都不如。不就是民主评议吗?让大家评去吧。这次走不了,以后难道就没有一点机会了吗?你抛下谢元庭回到青年点,即使真的评上了,你就心安理得了吗?在朋友最需要你的时候,你离开了他。那你还算什么朋友?你这样回城就光彩了吗?

我正在扪心自问时,冷霜月发话了:"白剑峰,你究竟打算怎么办?"

我终于下定了决心,斩钉截铁地说:"我不回点了,让大伙儿评议去吧。我要在这儿护理谢元庭到康复出院。"

冷霜月睁大眼睛,注视着我:"你真的决定这样做?"

"真的。"我说。

几天后,谢元庭痊愈,我们又回到了青年点。

我刚回到宿舍郑义平就过来了。他望着我说:"评议时,你怎么不回来？真是可惜。"

我问："可惜什么？"

他坐在我身旁，讲述了那次评议的经过。

那天晚上，全连集中到了伙房。黄树山叼个烟卷坐在凳子上。他示意崔红英主持评议会。崔红英站起身，首先宣布了招工的条件，特别强调了年龄要求，然后让大家提名。

郑义平首先提我，摆出了我一大堆优点。此时，会场出现了暂时的寂静。

邱玉明眨巴着小眼睛瞧着大伙儿，最后将目光落在田达利身上。田达利心领神会，马上站起来提了邱玉明。随后，又有几个人跟着提邱玉明，对邱玉明的赞誉不绝于耳。

郑义平一看就知道，邱玉明背后活动产生了效果。他感到苗头不对，焦急的目光在大伙儿的脸上扫过，希望能有其他的人站出来替我说话。

郑义平环视的目光恰恰与韦翠花相遇。韦翠花脸一红，避开了他的眼神。她低头思考了一会儿，然后猛然抬起头，大声说："我提白剑峰。在新知青中，他是最能干的，我想大家都看到了吧。况且，他是营里的小秀才。虽然他的父亲有问题，但党的政策历来是重在个人表现。我们应该实事求是，公正地看待一个人。谁不想回城念书？可白剑峰为了护理谢元庭竟不能到场参加评议。难道他心里不清楚，本人不到场会受多么大的影响吗？可他还是留在了医院，他首先考虑的是战友，是同学。白剑峰是有缺点，可在这一点上，就比某些人强得多。毛主席说，'要斗私批修'，可有的人，是不是私心太重？白剑峰倔强、正直，不会拉关系，可我们应该公正地对待人家。"

"谁没有公正啦?"有个女知青尖声尖气地说,"你这样向着白剑峰,他能领你的情?哼,他早就不认你这个干姐了,你别自作多情啦。"

"你……"韦翠花气得脸通红,"你这是啥意思?尽管白剑峰不理我,可我还是要说公道话,做人良心要摆正。"

"谁良心没摆正?"那女青年愤愤地说,"我看邱玉明就比白剑峰强。"

"你俩愿意吵架出去吵。"崔红英说,"这是评议会,不是吵嘴的地方,你们要允许别人发表不同的看法。"

"哼。"韦翠花白了那个女知青一眼。那人扭过头,暂停了争吵。

韦翠花的发言确实产生了效果,提我的人逐渐多了起来。双方各执己见,争论不下。

这时,黄树山将抽剩下的烟头猛地向下一甩,忽地站起身,尖声说道:"嗯哪,母看这样争论下去,也没个头。这样吧,采取投票的办法。每人发个小纸条,写上你同意的人名,大家看这样中不中?"

"中、中。"大伙儿一起喊着。

只有郑义平没吱声,他看着场上的气氛无可奈何地摇了摇头。

崔红英找了些旧报纸,将报纸撕成了小条,分发给每个人。一会儿,大伙儿填完交给了崔红英,崔红英让老黑、郑义平、韦翠花监督,当场唱票。

最后统计的结果,邱玉明恰好比我多一票。郑义平看票的时候发现了邱玉明将自己的名字写在了纸条上。

崔红英宣布,根据投票结果,邱玉明以一票的优势获得了这个名额。

邱玉明乐得脸上开了花,差点儿跳了起来……

郑义平惋惜地看着我。我的脑袋嗡嗡直响。一票,就差一票。假如,谢元庭不住院,假如我参加这个评议会。会是这个结果吗?

谢元庭这时悄悄走了过来,他拉着长脸,眼角向下耷拉着说:"是我耽误了你。我要知道那天开评议会,说啥也要叫你回去。"

我咬着嘴唇,说:"这不怨你,我已料到会有这样的结果。"

"唉,现在说啥都晚了。"郑义平拍拍我的肩膀,"行啦,事情过去了合计也没用。想开点,就当没这个机会,啊。"

我像斗败的公鸡,默默地垂下头。我怎么那么点背?两次有机会离开青年点,可都差那么一点儿。上次是黄树山公开阻挠我去县文化馆,这次又是他耍手腕背后玩弄了我。

"哟,谢元庭在这儿呢?"邱玉明推开门,冲着谢元庭说,"你住院,哥们儿忙,没抽空去看你,来抽支烟。"

田达利像个尾巴似的也跟了进来。

邱玉明将一支"红玫瑰"塞到谢元庭嘴里,划火点着。

"你这是啥喜烟?"谢元庭故意问他。

"邱玉明要回城上技校了,特意给你敬烟。"田达利抢着说。

"哦,那我恭喜了。"谢元庭嘴角一歪,"还是你行啊!"

"行啥呀,哥们儿这不是赶上点子了。"邱玉明说着,凑近我身边,装作亲热的样子掏支烟递给我,"剑峰,来抽一支,这回哥们儿要走了。以前,哥们儿有对不住你的地方,请你多多原谅。"

我接过烟心情复杂地拍拍他的肩膀,强挤出一丝苦笑道:"老邱,咱俩终于掐到头了。"

邱玉明、尤金珠即将回城了。临走那天，营里出辆"小蹦蹦"送他们，一些人走到近前向他们道别。我悄悄地躲在一边，见他俩像鸽子一样在外飞了一圈又要回到原来的窝，而自己不知何时才能回去，心里泛起难言的酸楚与凄凉。

田达利拉着邱玉明的手，哭哭啼啼，看得出他对邱玉明难舍难分。邱玉明这一走，他一定觉得闪了一下。毕竟失去了亲近的同学，不免有些孤单。

冷霜月走近了"小蹦蹦"，车斗上的尤金珠见她过来了，腾地从车斗里跳了下来，一下子扑向冷霜月，泪水刷地涌了出来。

她拉着冷霜月的手抽泣着："霜月，你把这次机会让给了我，我这辈子都忘不了你。"

冷霜月紧紧拥着她，泪水涟涟："别说这些，谁让咱俩是同学，是好朋友。回城念书，你应该高兴啊！"

"你，你让我怎样感谢你呀！"尤金珠哭着说。

"咱俩还用得着感谢？车马上要开了，快上车吧。"冷霜月说着，推开她，赶紧扭过头双手捂住了脸。

尤金珠一步一回头地爬上车，邱玉明跟着也上了车。车颠簸着驶向了大道。尤金珠用力挥着手，大声喊着："霜月，霜月，我到家就给你来信。"

冷霜月也朝她挥着手，哽咽着说不出话来，泪水再一次夺眶而出。

我直看得心里酸酸的。

半个月后，又一批鞍山的知青来到了这里。分到我们二连的正好是五男五女。胡立仁笑道："这回可好，正好五对，谁也不用争了。"

何小海和魏实被安排到我屋。走了石钟玮和邱玉明，又进来他俩人。炕上的铺又满了。杜金彪炕头，依次是魏实、何小海，我依然在炕梢。

我打量着何小海，他长脸，黑黄的脸泛着一层灰色，像几个月没洗脸。眉毛很短，有点八字眉。眼皮很大，向下耷拉着，一副总也睡不醒的样子。身板极单薄，细胳膊细腿，仿佛一阵风就能刮倒似的。他不爱吱声，像有多大的心事儿。别看他长得不咋样，却有一位同来的女同学袁金芝看上了他。她脸圆乎乎，眼睛不十分大而眼仁有些发黄，一说话就带笑。我暗自纳闷，这姑娘怎么能看上呆头呆脑的何小海？真让人不可思议。

相比之下，魏实倒显得有几分精神。近一米八的个头，方脸圆眼，大耳朵，性格开朗。可一同来的女同学中，没发现有谁跟他有意思。看来胡立仁说的正好五对，纯属扒瞎。

新知青的到来，为青年点注入了新鲜气息。当何小海、魏实叫我老知青时，我有了异样的感觉。"老青年"意味着成熟，可我真的成熟了吗？

第二十六章

一九七五年二月四日。

傍晚,天灰蒙蒙,阴沉沉,旷野里很寂静。但寂静似乎蕴含着某种躁动。以前,也有过这样的天气,但不知为什么,我总觉得今晚的景象很特别。想起到伙房打饭时,老鼠噌噌乱窜,马号里的牲口也烦躁不安恐慌地乱蹬蹄子。这令人压抑的景象使我的心头蒙上一层阴影,冥冥之中有一种不祥的预感。

我刚走出宿舍,突然,发现远处的地平线上,刷地闪过一道蓝光,这蓝光甚是刺眼。平生我头一次见到,心中掠过一阵惊悸。

接着是一阵阵轰轰的巨响,像是几百门加农炮一齐发射,犹如排山倒海般的轰鸣,震得人耳鼓嗡嗡作响,分辨不清那声音是从哪里迸发而出。耳畔忽然又响起可怕的咚咚咚的声音,一阵紧似一阵,这声音特别沉,特别闷,特别怪。

此时,大地猛然间一阵颤抖。电线杆在摇,小树在晃,门窗的玻璃在颤,脚下的地面在抖。那地面就像海中被海浪掀动的小舢板,剧烈地晃动,上下颠着,左右摇着。我的双脚就像踩在这猛烈摇动的船板上,身体轻飘得站不稳,立不住,我完全失去了根基,啪地摔倒在地上。

我顿时惊呆了。往日听说的那种骇人听闻的地震,今天竟发生在我的脚下,令我猝不及防、心惊肉跳。我用双手支撑着颤抖的地面,勉强蹲了起来。

"哎呀!不好了,地震啦,地震啦……"一阵阵乱哄哄的惊叫从宿舍传来。众多的人正从宿舍跑出,前面的人晃晃荡荡,后面的人喊叫着往外挤。

何小海、魏实刚挤出门,就被后面的人群撞倒在地,人们疯了似的拼命往外挤。平时看上去挺宽敞的大门,此时被歪歪扭扭的人群挤得水泄不通。

女宿舍更是一片狼狈的尖叫,女青年有的只穿件毛衣就跑了出来,门口乱作一团,哭声、喊声混杂在一起,仿佛末日来临的垂死挣扎。

蓦地,一个高大的身躯从我宿舍的窗户弹射出来,钉着的塑料布哗啦撕个大口子。原来是杜金彪。他披个破棉袄,头被木窗撞得血流不止,重重地摔倒在地。他支撑着站起来,向前刚跑两步又被大地的剧烈抖颤震倒了。

剧烈的震动持续了十多分钟,才稍稍有所减轻。但余震仍然不断,每隔几分钟就来一次,只不过震动的强度有所减弱。

整个青年点的人都跑到户外。惊魂未定的人群聚集在一起,尽管外面北风刺骨,仍没有人敢回到宿舍。达子过来了,显得比别人要镇定一些,他对大伙儿说:"今晚谁也不许回屋,就在外面呆着。"

"那多冷啊,还不得冻死?"胡立仁大声说道。

"你们是死人呀,不会烤火吗?快,把所有的苇子、稻草都抱过来,"达子一指地面,"就在地上生火,大伙围成一堆烤火,熬过这一夜,再想办法。"

人们纷纷抱起稻草、苇子,在外面点起了火堆。一会儿,那一堆火就燃烧起来,大家在火堆外围成了一圈,纷纷伸手烤着火。北风不住地吹来,胸前背后的温差犹如赤道与南极。

男女知青成双成对地拥在一起,亲亲密密。袁金芝靠在何小海的怀里,两人嘀嘀咕咕说着悄悄话。尚慕春跑到杜金彪的跟前,一头扑到他的肩头,呜呜地哭起来。杜金彪搂着尚慕春问:"哭啥呀?"

"我害怕,这太可怕了。"尚慕春哭着抚摸杜金彪划破的脸问,"疼吗?"

"没事儿,磕破点皮算啥。"杜金彪满不在乎,用手拍打着尚慕春冻得发红的脸蛋说,"瞧你吓得这样。怎么,怕哥们儿死了,你守寡呀?"

"去你的,都啥时候了,还这么没正经的。"尚慕春破涕为笑,"你以为我为你守寡呀?好小伙有的是,干吗非得在你这棵树上吊死?"

杜金彪点着尚慕春的鹰钩鼻说:"那你还找哥们儿干啥?这不扯起来啦。"

胡立仁凑过来,笑嘻嘻地说:"看见没,女人都是毒蛇,靠不住。"

尚慕春拍了他一下:"你说谁是毒蛇?我要是毒蛇,就咬死你这个狐狸。"

尚慕春回头看着我:"白剑峰,你说是不?"

我正惦记着方怡玫母女,不知她们现在怎样。尚慕春见我发呆,捅了我一下说:"你说,我说的是不?"

"啊——是——对。"我心不在焉地答道,又问,"你刚才说的啥?"

"敢情我说啥你根本没听见呀。"尚慕春飞了我一眼,"又想方怡玫啦?"

"啊,是。"我这才回过神。

地震发生时,我确实首先想到了方怡玫母女,她们现在咋样?我实在放心不下,没心思看他们打情骂俏,向方怡玫的住处跑去。

我气喘吁吁地撞进门,发现方怡玫坐在炕沿儿呆愣地瞅着躺在炕上的雪芳。

"你不要命了,怎么还在屋里呆着?"我大声对她说。

方怡玫转过脸一下子扑进我怀里,大滴的泪珠扑簌簌滚了下来。她抽泣着说:"刚才那地震真吓人。我想抱孩子出去,可地晃得我根本迈不动步哇。"

"吓死我了,孩子没事吧。"我急着问她。

方怡玫搂着我说:"这孩子正睡觉,听见轰隆隆的震动,吓得哇哇大哭。我哄了半天,这不,才睡着。"

我抬头瞥见房山墙已裂了一道口子,忙说:"看房子都震裂了,快抱孩子到外面躲一宿吧。说不定什么时候再震,那可就危险了。"

"外面那么冷,还不把孩子冻坏了呀?"方怡玫瞅着我说。

"不会点柴火呀,全点的人都出来点火取暖,你怎么就能在屋呆得住?"

"大人在外边还行,可她那么小,能禁得住冻吗?"

"那你打算咋办?"

"刚才那么大的地震都挺过来了,我想不会再震了吧?"

"那可说不准。地震又不是人,它可不管那套,发起脾气来谁也没办法。"

"你怕震就出去躲一下,反正我要守在孩子身边,我要保护孩子。"

我一看说服不了她,干脆就陪着她吧。

我这才发觉,怎么没见黄树田的影子?我问:"黄树田上哪儿去了?"

"他呀,收工后,就让黄树山拉到他家喝酒去啦。"方怡玫说着,脸上露出不悦。

"上黄屯啦?四五里地远,黑灯瞎火的,他往那出溜干吗?"我不满地说,"真是臭味相投。"方怡玫低着头没吱声。

我愤愤地说:"这丑八怪光知道喝酒,地震了也不回来看看,什么玩意儿?"

"也许是喝醉了吧。"方怡玫说,"不知他现在咋样了?"

"醉死更好,他不要这个家,你也不用挂念他。"我说。

"剑峰,别这么说,毕竟他现在是——"方怡玫瞅着雪芳,"我最惦记的是雪芳,她这么小,唉——"

房子又震颤了一下,我的身体一晃,差点倒在炕上,方怡玫惊得急忙扑向孩子,双手支撑着上身,护住了孩子的身体。

这次余震不厉害,但我仍惊出了一身冷汗。方怡玫也吓得脸色煞白。

几十秒钟过后，又恢复了平静。我担心余震再次发生，忙对方怡玫说："总这么震，这房子能受得了吗？总得想个办法。"

方怡玫说："咱俩倒好说，可这孩子这么小，真让人担心。"

我四下撒目，见炕梢有一个吃饭用的炕桌，忽然灵机一动，过去将这个炕桌搬过来，罩住了雪芳。这炕桌是硬木打造。我想，即使房梁塌了，有这个炕桌撑着，也不会砸着雪芳。

方怡玫看着我，眼里充满了柔情说："这办法不错。剑峰，你今晚不回青年点啦，就在这陪咱娘俩啊？"

我说："达子说了，谁也不许进宿舍，就在外面烤一宿火，我还回去干吗。"

我静静地躺在她身边，紧紧握着她的手，四目凝视谁也不说话。尽管不时又出现了几次小的余震，但我们已不再那么恐慌。已近午夜，我困乏地闭上了眼睛。

不知过了多久，忽然被一阵急促的敲门声惊醒。我睁开眼，天刚蒙蒙亮，方怡玫正在地上梳头。谢元庭和郑义平已来到炕前。他俩上前拉起我。谢元庭说："让我们好找哇，原来你躺在这儿睡大觉。"

我揉了揉眼睛问："啥事这么着急？"

郑义平说："你还不知道哇？营里刚来的通知，今天全营知青马上放假，现在就坐马车到大洼，快走哇。"

我朝窗外一看，朦胧中几辆马车正向青年点宿舍前走去。

我一骨碌爬起来问："这就要回沈阳啊，放假连里不是发大米吗？"

"你还想着发大米？这地震多可怕，哪有工夫磨稻子呀，能让回家就不错了。"郑义平催促着我,"快回去收拾一下东西,马车这就来了。"

"太好了。"我兴奋地叫起来,蹦下炕,冲方怡玫说,"走,你抱上孩子,跟咱们一块儿回沈阳躲一躲吧。这地方说不上啥时候又震了。"

"我——沈阳已没有我的家了。我的家在这儿。"方怡玫说着眼圈红了。

我说:"你没有家,不会到我家去住?我家有两间,腾出一间给你住。"

"不,我真的不能走。你快跟他们走吧。"方怡玫推了我一把,"一会儿就赶不上车了。"

郑义平和谢元庭看着我和方怡玫,没吱声,但目光却是焦虑、急促的。

我仍放心不下,没有动。方怡玫急得涌出了泪水。她使劲儿推着我,用不容置疑的口吻说:"你快走吧,我和孩子没事儿,你就放心吧。"

当着郑义平和谢元庭的面,我不便与方怡玫说什么。我一咬牙,说:"你多保重!"随后,扭头与他俩走出了屋。

连里、营里集中了所有的交通工具,马车、"小蹦蹦"上挤得满满的。每人只带一个书包,就匆匆地往家返。

我们来到大洼县客运站,正赶上头班去盘山的车待发。早有一大群知青等着,车门刚开就蜂拥而上,我费了很大劲儿才拼命挤上了车。车厢内人挤得像沙丁鱼罐头,许多没挤上车的人,不甘地喊叫着并敲打着已关闭的车门。

盘山火车站，更是乱作一团，车站内外，黑压压的一片。从车门干脆挤不上去，我们只得从窗户口中爬进。检票口形同虚设，嗷嗷的人群疯挤着，没人买票。上得车来，挤得插不进针，更不用说查票了。列车鸣叫着，载着满是惊恐的人们，急速地驰离站台……

"妈，我回来啦。"我裹着一身寒气推开了家门，冲母亲大声喊道。

"啊，孩子，你可回来啦。"母亲惊喜地上前抓住我的胳膊，仔细打量着我，"听说昨晚那边地震了，我一宿都没睡，就惦记着你呀。"

我把背包甩到床上，只见母亲眼里带着红红的血丝，脸又消瘦了一圈。

母亲将我拉到床前坐下，盯盯地看我，像是几百年没见过面似的。她摸着我的手，喃喃地说："我这不是在做梦吧，孩子，真是你啊。"

"妈，看您，"我望着母亲慈爱的面容，"什么做梦，您儿子不是好好地回到您身边了吗？您仔细看看，是不是您儿子。"

母亲眼里噙着泪水，再次细细地打量我："我的孩子，你们那边地震很厉害吧？"

"不厉害。"我没敢说实情，怕母亲担心，便轻描淡写地说，"就是晃荡了几下，房子都没咋的，我还觉得挺有意思。"

"什么晃荡几下？"母亲看着我，"我在沈阳都感觉到地直颤悠，你们那儿离海城还不到一百公里，震得能不厉害？"

"什么？海城也地震了？"我问。

"今天从广播里听到的,"母亲不安地瞅着我,"你们那儿啥消息都听不到哇?"

昨夜里那场地震,把我们都震蒙了,我们哪顾得上打听什么消息呀?当时我们最急迫的愿望,就是早点儿平平安安回到家。

我问:"妈,您都听到啥消息了?"

"我听说,这次的震中在海城,"母亲说,"达到了7.3级,不少房屋倒塌,死了不少人。"

"什么,7.3级?"我惊愕地睁大眼睛。关于地震,我以前曾在报纸上看到过有关的介绍。能发觉轻微震颤的就有三四级。感觉地面剧烈颤抖的就达到六级。六级以上就是破坏性地震,会造成房屋倒塌,人员伤亡。7.3级,这还了得,这是强烈地震,是毁灭性的灾难啊!我们青年点距海城的震中,真的不到一百公里,怪不得震得那么厉害。我推算,我们那儿的地震已达到了六级。幸亏没在震中,不然我还能活着回家吗?我霎时惊出一身冷汗。

"孩子,你咋啦?"母亲见我惊恐的样子,说,"是不是哪不舒服?"

"没有哇。"我故作镇静瞅着母亲,"这次回来仓促,没给家里带大米。"

"带什么大米,你能平安回来比啥都强。"母亲说,"你先洗把脸,我给你擀面条,你一定饿坏了吧。"

母亲转身和面去了。我一头栽倒在床上,身子骨像散了架。

吃完热乎乎一大碗汤面,出了一身透汗;心情才稍稍平静下来。

第二天晚饭后,母亲问我:"上次你急匆匆回家,白天没事总往外跑,是上方怡玫家了吧?"

"啊——"我不禁一怔。母亲一定猜测到或听到了什么。我不想对母亲再隐瞒下去。我语调低沉地说:"妈,方怡玫的母亲得了重病,可造反派还是不放过,是那封方父上吊自杀的公函加速了她的死亡。"

母亲的脸色变得抑郁,她望着我说:"这么说,她的父母都没了。"

我说:"是啊。这还不算,他们把方家的房子也强行收了去。这回方怡玫可是无家可归了。"

"唉,"母亲叹息着,"那她这次没回来?"

"回来啥呀,"我凄楚地说,"她被迫嫁给了一个当地的车老板。这回可是彻底扎根了。"

母亲眼神复杂地瞅着我说:"也好,跟贫下中农相结合,这对她来说,也算是有了一个归宿。"

一想到方怡玫,我心里又涌起一股说不出的酸楚……

第二十七章

二十几天的假期,感觉一晃就过去了。

回到青年点,我吃惊地发现上下水沟突然淤积了厚厚一层灰色的细沙,这是地震后留下的"硕果"。地震果然厉害,竟将地层深处的泥沙都震出来。这泥沙颗粒细小,呈土灰色,密密实实足有两尺厚。看来,今春又多了一项额外的任务,清理沟里的淤沙。

晚上,我来到方怡玫家,将母亲炒的咸菜和肉酱送给她。方怡玫关切地询问沈阳是否也发生了地震,我告诉她,沈阳只那晚有些震感,比起青年点要轻得多。

她问得很仔细,听得也专心,她的言语和神情流露出对沈阳特殊的关注,看得出她对这个城市有着无法割舍的情感。从她凄迷的眼神中我窥见了那种从骨子里渗透出的对城市生活的眷恋与无奈。我想尽我的所知满足她的心理,可我又怕说得太多,触及她内心的巨大伤痛。当我心情复杂地介绍了沈阳的大致情况后,于是又将视线游移到眼前这个房子的四壁,以转移她的注意力。这时,我才注意到房山墙裂了一条大缝,心里不禁一颤。我急切地向她打听这里地震后的情况。方怡玫淡淡地说这里跟我们走时没什么变化。

黄树田坐在炕沿儿上眨着一双雌雄眼,抽着呛人的旱烟。想到地震那个晚上他一宿没归,我没好气地问:"地震那个晚上,你咋一宿没回家?"

黄树田吐出一团烟,瓮声瓮气地说:"在黄树山那儿喝醉了,咋回来?"

"地震那么厉害,你没感觉到呀?"我瞟了他一眼,"你现在有家有孩子,你还有点责任心没?我要是你,就是爬也得爬回家。你咋能这样?"

"俺都喝趴下了,你让俺咋回家?"黄树田瞥我一眼,"俺不在家,不是有你陪着方怡玫吗?俺要在家不碍眼吗?"

"你说这话是啥意思?"我腾地站起来,大声说,"她是我姐,你扔下她娘俩不管,还不兴我看看哪?"

"什么姐?她姓方,你姓白,怎么是你姐?"黄树田也不示弱,"俺早看出来,你俩关系不一般。"

"当然不一般了。"我故意气他,"我们是知青,是战友,是姐弟,你是什么?老土。"

"老土咋啦?"黄树田说,"俺是贫下中农,你们要接受俺的再教育。"

"呸,"我气得朝地上吐了一口唾沫,"你不照镜子看看自己啥样,你别给贫下中农丢脸了。"

黄树田气得眼睛翻了翻,不知说啥好,他的手有些颤抖。"你,你敢埋汰俺，"他突然攥紧拳头，"别说俺不客气。"

"小样，你还想动手咋的？"我手指着他的鼻尖，"你动我一下，我看看。"

方怡玫急忙上前横在我们中间，冲着我说："剑峰，你咋变得这样没涵养，好歹他是我丈夫，你咋能这样？"

"这是俺的家，又没请你来，你逞什么凶？"黄树田手指着我。

"这是方怡玫的家，我来看我姐，你管得着吗？"我瞪着他。

"你，你给俺出去。"黄树田手指着门口。

"要不是方怡玫在这儿，你八抬大轿请我，我都不来。你以为我来看你呀，哼。"我怒气冲冲地向门外走去，回头甩过一句，"有方怡玫在这儿，我愿意啥时来就啥时来，你管不着。"说完砰地摔门而去。

方怡玫慌忙跑出来，喊着："剑峰，剑峰。"

我头也不回，大步向前走去。

回到宿舍，我将自己扔在炕上，靠着被垛呼呼地直喘粗气。本来满心欢喜去看方怡玫，没想到却跟这个老土憋了一肚子气。

靠炕梢的房山墙也震出一条缝，冷风飕飕地从缝隙挤进来。我拽过大棉袄，盖在身上。整个宿舍空无一人，格外安静，这些人都上哪儿去了呢？

一会儿，门开了，杜金彪、何小海、魏实走了进来。杜金彪见我闷闷不乐地蜷缩在炕上，问："你刚才上哪了？全连到伙房开大会找不到你。"

"没上哪儿。"我说。

"没上哪儿，准跑到方怡玫那儿了吧。"胡立仁此时跟进屋，阴阳怪气地说。

"是又咋的?"我说,"刚才开啥会?"

"这会可重要呀,你没参加太可惜了。"胡立仁诡秘地说,"关系到咱知青的前途。"

"别卖关子啦,到底啥事?"我不耐烦地问。

杜金彪瞪了一眼胡立仁,说:"什么他妈的重要会议,不就是外地有一个知青,下乡还未到一年就提出了'扎根农村六十年'的口号,上了报纸,全连人到伙房就是学习报纸上宣传这人的事迹。营里让咱们也要向他学习,扎根农村干革命。你说,这小子还不是想出风头吗?你愿意扎根六十年就扎根呗,干吗整这西洋景,这不扯起来啦。"

"哎,这小子可是咱们学习的榜样。"胡立仁冲着杜金彪说,"连里不是让每个人都表态,写扎根申请吗?你写不写?"

"写那屁玩意儿干啥?哥们儿在这都扎根好几年了,不比他进步哇。"杜金彪瞪着大眼珠子,"你愿意写你写,反正哥们儿不写。"

"你不写让哥们儿写,"胡立仁说,"你以为哥们儿是傻狍子呀?谁爱扎根谁就写呗。"

望着胡立仁那张狐狸脸,我心里翻腾开了,那提出"扎根农村六十年"的人确实有勇气。这想法多大胆,扎根六十年,不等于这辈子扔在农村了吗?我可没有这么大的决心。

何小海翻了下总像睡不醒的眼皮,没精打采地说:"咱刚下乡半年多,让写就写呗。"

魏实倒挺爽快:"写就写,有啥了不起,不就是扎根农村吗?"

"哎,这就对了。"胡立仁说,"看,鞍山来的小青年还挺响应号召的。你们刚来还觉得挺新鲜,过不了两年就知道农村是啥滋味了。"

"嗨,崔指导员真行,"魏实羡慕地说,"她成是进步了,当场就表态,要扎根农村一辈子。"

"看见没?"胡立仁一指魏实,"一说话鞍山的铁尼尼味就出来了。跟盘锦老土似的,张口闭口成是成是的。"

"你们沈阳人说的话多好听,一口苣荬菜味。"魏实故意拿着腔调,"你干啥啊,上哪圪挮去呀。这天贼黑贼黑的。"

"行啊,你小子学得挺像啊。"杜金彪哈哈大笑着。他指着胡立仁说:"平时,狐狸就是这样说话。有一次,咱俩上街,他对哥们儿说,这街上的人贼多。旁边的人直瞅他,心里话,贼这么多,谁还敢上街?"

胡立仁眼眯缝着说:"哥们儿可没这么说话。哥们儿说话绝对标准,跟那个播音员夏青差不多。"

"你可拉倒吧。就你那阴阳怪气的调,还不把大姑娘吓一跟头。还什么夏青,我看你下道还差不多。"杜金彪大嘴一撇,"这不扯起来啦。"

"哥们儿不跟你们扯了。"胡立仁说着一摇脑袋,向外走去。

崔红英说到做到,第二天,营部门外的墙上,赫然贴着一张大红纸,上面是她用毛笔写的扎根农村申请书。标题是大大的黑体字:"扎根农村六十年,不死再干二十年。"犹如一枚重型炸弹,在全营炸响。

人们被这份大胆得有些出奇的扎根申请书所吸引,像发现新大陆似的,眼神流露出惊奇,悄悄地议论着崔红英这大胆的举动。

我裹在人群里,见到醒目的大标题,不禁一怔。看来这儿又将掀起一股扎根农村的浪潮。

当天营里就发出通知,要求人人学习崔红英,立志扎根农村干革命,每人都要写出申请书,由连里集中报到营里。

回到宿舍,见何小海、魏实正趴在炕上写申请书。我犹豫起来。平心而论,我真的不想写什么扎根申请。尽管方怡玫在这儿已经扎根,让我牵挂留恋,可我真不情愿将自己的一生都扔在这儿。写了申请就要实践啊,究竟写不写呢?我有些犹豫不决。

我想起了郑义平,应该问问他,再看看谢元庭写没写申请。在连里他俩算是我最亲近的人了。

我推开门来到隔壁,杜金彪正坐在炕上跟胡立仁扯淡。

杜金彪说:"这母猴子可真能出风头,别人提出扎根六十年就不短了,她又加上'不死再干二十年'口号。是不是让小地主操迷糊了?她也不算一算,她能活到那岁数?"

"是啊,崔红英也太出奇冒泡了,"胡立仁眨着狐狸眼说,"她这么一贴出去,叫别人咋办?本来不想写扎根申请的也得跟着写,她这不是坑人吗?"

杜金彪说:"管她呢!哥们儿就不信那邪,哥们儿就是不写。本来哥们儿就没打算回城。回城当徒工,每月十八元,天天大饼子就咸菜,时间又看得紧,还不如在这儿随便。愿干就干,不愿干就歇着,还一天三顿大米饭。"

"既然你不想回城咋不写扎根申请?"胡立仁问。

"哥们儿是看不惯那套。扎不扎根是个人的事,用不着别人强迫。"杜金彪说,"你还是写吧,要不挨批评咋整。"

胡立仁说:"你不写,哥们儿写啥,有你陪伴,哥们儿怕啥!"

郑义平抬起头冲我递了个眼神走向门外。我跟了出去,随他来到房山头。

郑义平问我:"是不是关于写申请的事?"我点点头。

"我看呢,你还是写吧。"他瞅着我,"你别跟那俩人学。杜金彪没人敢惹,狐狸油嘴滑舌。别人不写能行吗?更何况你。我知道你心里不愿意,可你要不写对你今后更不利啊。"

"写倒可以,"我说,"反正几年之内回城轮不到我,可我不甘心哪。邱玉明都能回城念书,我咋就这么点儿背?"

"现在就是这个潮流,谁能不跟着?"郑义平手摸着满脸的胡子,想了想说,"我看哪,今后招工还能有。写的不一定不走,不写的也不见得能走。"

我看着郑义平:"那我写吧。"

回到宿舍,我从箱子里翻出方怡玫送给我的那支钢笔。手握着这支钢笔,只觉得沉甸甸的。我又想起方母的临终遗言,想起了与方怡玫在一起的日日夜夜,内心泛起一阵阵酸楚。方怡玫没写什么申请,却实实在在地扎根了。哎,这年头——扎不扎根由不得自己。我提笔写了扎根申请。

第二天,召开全连大会。达子说:"别的连人人都写了申请,咱连就胡立仁等个别人没写申请,扯了连里的后腿。对胡立仁要批评教育,提高认识。"

达子没点杜金彪的名,算给他留个面子。胡立仁却小声嘟哝着什么。

这些天下地干活,就是清理上下水沟泛上来的沙子。这沙子真细,真密实,一桶锹下去,只能撮上来一小块,比挖土方可费劲多了。每人一天分二十多米,累得胳膊酸痛。

胡立仁拿着桶锹,边挖边发牢骚:"这破活,真他妈累人。这地震要不然震大点,地都陷进去,就不用清淤了。"

杜金彪瞅着他:"震大点?不把你也埋地里啦,那你可就彻底扎根了。"

"埋地里更好,省得成天清这破沙子。"胡立仁说着操起桶锹向下一挖,忽然大叫一声,"哎呀,什么玩意儿,这么硬?"

我一看,胡立仁从沙里挖出一块石头,再瞧他的桶锹,当时就卷了刃。

胡立仁气哼哼地说:"谁这么缺德,往沟里扔石头,这锹还能用吗?"

"嘟——"上午收工的哨音响了,达子大喊着:"收工啦,今天下午全营在俱乐部开会,不许缺席。"

俱乐部内,集中了全营的知青,台下黑压压一片。

水泥砌的台子上挂着横幅:"扎根农村干革命,誓叫卫红换新颜。"

台上摆着一张用红布蒙着的破桌子。台子的一侧坐着崔红英等几个人。

吴大山站在桌前,清了清嗓子说:"今天我营在这里召开扎根农村誓师大会,农场革委会对这次大会高度重视,牛主任在百忙之中参加了这个会。让我代表全营的贫下中农、知识青年对牛主任的光临表示热烈欢迎。"

掌声过后,一个长得像个地缸子似的人,从椅子上站起来挥了挥手。

吴大山说:"你们到农村接受贫下中农的再教育,为改变盘锦落后面貌,出大力,流大汗。现在又响应号召,主动提出扎根盘锦,特别是崔红英同志提出了'扎根农村六十年,不死再干二十年'口号。对你们的革命行动,我代表营里表示热烈的支持。非常荣幸的是,崔红英被农场树立为扎根典型,这不仅是她个人的光荣,也是我们全营知青的光荣。"

呱唧呱唧的掌声再一次响起,只是参差不齐。

吴大山摆了下手说:"下面请牛主任为崔红英颁发奖状。"

牛主任来到桌前,崔红英随之跟过来。牛主任拿起桌子上的一张盖着农场革委会大印的奖状递过来,崔红英郑重地接过奖状,向牛主任敬了个礼。

牛主任紧紧握着崔红英的手说:"你是我们农场的骄傲,我代表农场革委会向你表示祝贺。"

牛主任随即转过身,面对台下大声说道:"这个啊——今天这个会开得很好,非常成功。知识青年到农村去,这是反修防修的必由之路。这个这个啊——你们自愿扎根农村,这很好嘛。我没什么准备,只是希望,这个这个啊——大家都能说到做到,用行动去实践扎根农村的诺言。这样嘛,你们会有更光明的前途。这个这个啊——我们国家才能永不变色。好了,我也不多说了,下面是不是让小崔表个决心啊?"

吴大山朝牛主任点点头,牛主任迈着八字步回到台侧的椅子上。

崔红英精神抖擞地站在台中央,从兜里掏出一张纸,慷慨激昂地宣读了她的扎根申请书。

会后，崔红英同牛主任等人一起来到了营里的小食堂。有人看见崔红英坐在牛主任身边，频频向牛主任敬酒。

崔红英喝得小脸通红，一直陪到深夜。

胡立仁跑到我屋，对杜金彪说："母猴子这回可出风头了。跟那个什么牛主任坐在一起喝酒，脸喝得像猴屁股。你行吗？"

"跟地缸子喝酒算啥，说不定还陪着睡觉呢。"杜金彪说，"你真他妈的少见多怪，这有啥出奇的？"

"啥出奇？人家这是能耐。"胡立仁眼珠一转说，"能跟农场革委会主任在一起，以后办啥事不痛快？"

第二十八章

这天收工后,我顶着西斜的太阳往回走。已过了立秋,天仍很热,火辣辣的太阳不愿下山,再有一个多月又开始挥镰收割了。

黄来宝从后面赶上来,悄悄对我说:"白剑峰,今晚到俺家去吧,昨晚俺照了成是多的螃蟹啦。"

"行啊。有些日子没上你家,正好看看你爹。"我兴奋地一拍他的肩头。他的妹妹黄喜凤在后边跟着,偷偷瞅着我。

黄来宝跟他爹黄树川秉性相近,耿直憨厚。他瓦刀脸,皮肤黑黄,小眼睛黑亮黑亮的。他与我同岁,个头比我稍矮。他们家人都在二连干活。他上工时愿意跟我一起干活,彼此混得熟了。他母亲驼背,身体不好,在家呆着。每次知青来,她都格外热情,像自己的子女一样对待。

我简单洗了把脸,甩掉潮湿的水田靴换上布鞋,到小卖部买了一瓶地瓜酒,径直来到黄来宝家。

这是土坯砌成的三间房，低矮昏暗，炕上的破苇席有几处用旧麻袋打着补丁，比青年点条件还差。我头一次进他家时，就感到不解，黄树川好歹是队长，家里咋这样？有人去过黄树山家，三间红砖房，好大一个院落。城里人羡慕的"四大件"（自行车、缝纫机、手表、收音机）一应俱全，烟酒不断。两相对比，黄树川家实在寒酸。而黄树川与黄树山两家几乎没什么来往。

我环视这屋问："黄队长呢？"

黄来宝说："你问俺爹呀，刚出去，听说三连有个知青病了，他赶马车送医院去了。他一天到晚长在连里，不到半夜不回家。"

"黄队长可真忙啊！"我感慨着，从心底里钦佩黄树川。

黄来宝递过旱烟，我卷了一支。刚抽一口，就呛得受不了。这烟可真冲，原来是吉林的蛟河烟。我说："抽这烟得抱电线杆子，不然得呛个跟头。"

黄来宝因与兴城迁来的农民住得近，口音上受其影响，他操着兴城与盘锦混杂的口音说："这烟冲逗（就）是好，一支顶两支。烟卷抽多了咳嗽，这旱烟抽多少也没事。抽习惯就好了。"

"小白呀，快来吃螃蟹。"黄母驼着背，端来满满一盆冒着热气的螃蟹放到炕桌上。

"来，上炕吃。"黄来宝说着上了炕，我随后脱了鞋也盘腿坐在炕上。

黄喜凤进来了，她从盆里挑出一只大螃蟹递给我："白大哥，你快吃呀。"

黄喜凤几年的工夫已出落成大姑娘。她圆脸，梳着俩小辫，额前留着刘海儿。脸红扑扑，两眼水汪汪。她对城市的一切都充满了好奇，常向我打听城里的情况。有一次，我向她讲起了城里的高楼大厦，讲热闹繁华的中街、太原街，讲故宫、北陵、东陵……她听得那样专注，仿佛在听神话故事。她的眼神里流露出对大城市的向往。

黄喜凤就坐在我的旁边，默默地嚼着螃蟹。我心想，以后我真的能抽回城挣钱了，一定满足这位农村姑娘的心愿。请她全家到沈阳多住几日，让她看看大城市啥样。

"哎，白剑峰，俺听说，过两天，连里男青年都到东风农场修大堤。"黄来宝瞅着我说，"今早，达子征求俺的意见。你说，俺去不去？"

这两天，我也听说要出工修大堤。尽管我没去过，但郑义平讲过，那活累得你趴下就不想起来。看来黄来宝没干过这活，心里没底。我想了想说："出工修大堤工分肯定高，又是白吃，可我听说那活也真累，恐怕你吃不消。"

黄来宝眼睛眨了眨，寻思了一会儿，说："可也是。那明儿个俺告诉达子不去了，就在家里干零活吧。"

我说："对，你跟我们知青不一样，在家干点轻俏活儿，没事摸鱼抓螃蟹多好哇。"

"嗯哪，可也是。"他瞅着我，嘴唇嚅动了一下，想说又不知如何开口的样子。我诧异地望着他说："有啥话你就说呗。"他想了想说："哎，白剑峰，那天俺看见几个兴城老娘们儿议论方怡玫的女儿黄雪芳。"

"她们都说啥？"我放下正要伸到嘴里的螃蟹问道。我知道这些农村妇女凑在一起就爱张家长李家短地嚼舌头。

黄来宝仔细端详着我："她们说黄雪芳长得像你，黄树田当了王八。"

"这些老娘们儿没事就爱瞎琢磨。"我瞅着他说,"她们有啥根据?"

我忽然想起来,前几天去方怡玫家看雪芳,黄树田的眼睛直勾勾地盯着我,对方怡玫说话也不耐烦。我心里纳闷,这老土咋啦?现在我才明白,原来是这些老娘们儿的话传到了他的耳朵里。

我看着黄来宝,问:"你信吗?"

"谁知道哇?"黄来宝的目光在我脸上扫了两遍,"别说,俺看雪芳的眉毛、眼睛、嘴角像她妈,可鼻子、下巴还真有点儿像你。"

"哥,你别跟她们瞎猜,"黄喜凤眨着眼说,"俺听说谁常跟小孩在一起小孩长得就像谁。白大哥常看小雪芳,那孩子就长得像,这有啥出奇的。"

我不再言语,低头默默嚼着螃蟹,心里却忐忑不安。这黄树田难道真对我产生了怀疑?我顿感心烦意乱,草草地吃了一个大饼子,就走了出来。

翌日,达子告诉我们,明天全营的男青年都到东风农场修辽河大堤,任务相当紧迫。真要出工修堤,我心里倒没了底,难道真像人说的那样累吗?

第二天,全营出动所有的马车、"小蹦蹦",颠簸好长时间才到达目的地。

当地老农家已经住满修堤的人,我们连只能住到附近的小学校。在一个大教室的地上铺满稻草,我们的行李就铺在上面。尽管铺了厚厚的一层稻草,但仍能感觉到地上的潮气浸满了被褥。

小学校距大堤有二里多地。我们来到修堤工地,那场面真是浩大。

大堤上下，成千上万的人往来穿梭着。堤上堤下，插着的红旗被秋风刮得呼啦啦乱舞。

我飞步蹿上大堤，举目观望，堤面可以并排跑两辆汽车，足足有二层楼高。堤下是辽河，宽阔的河面，涌动着浑浊的河水，这大堤绵绵不绝，望不到尽头，像长龙卧在河边，抵御滚滚而来的河水，护卫着成千上万亩稻田。

站在堤上俯瞰，远望穿梭的人群，密密麻麻，像爬动的蚂蚁，人在大堤面前变得如此渺小。可正是这些渺小如蚂蚁的人群，一锹一担一车地用土堆成这壮阔的大堤，展示着人类无穷的威力。

为了大堤的安全，我们要到二百米外的地方取土。达子、郑义平、老黑他们推着装满土的独轮车，飞跑着向堤上冲去。我和谢元庭将一个麻袋的四个角用麻绳系紧，拴在长长的扁担上，然后担起向大堤走去。

这土方死沉死沉，将扁担压成了弓形。肩膀生疼，也得咬着牙挺着。到了大堤上，放下扁担，我俩抓住绳子用力一抖，那麻袋里的土便落下来，只有一小堆。在宽阔的大堤上，这点儿土是那么微不足道。这大堤至少要加厚一米多，多少人就这样将一堆堆的土，像蚂蚁搬家似的从远处移到堤上。

何小海、魏实俩人抬着土上来了。何小海眼皮耷拉着，紧咬着嘴唇，魏实瞪着眼睛，龇牙咧嘴。他俩刚刚倒下土，一辆推土机轰隆隆地开过来。他俩一闪身，推土机从身边碾过，本来好不容易搬上的土，经过几个小时的奋战，堆起来的土已有半尺，经这个铁家伙一压，剩不到二寸。

魏实看傻了眼,嘴里嘟哝着:"人家费半天劲儿整上来的土,让这家伙一压,没了。这得干到啥时才能达到一米多高哇?"

达子推着独轮车上来恰巧听见,冲他说:"这新土不让推土机压实能行吗?那洪水上来不一下子就冲垮了。"

"这……"魏实瞅着达子,欲言又止。

达子手扶车把,向前一拥,地上立刻凸起一大堆新土。我一看,这些土足够我和谢元庭抬三趟,看来还是独轮车效率高啊。

达子抹了一把汗水,对魏实和何小海说:"你们新知青头一次干这活怕吃不消,不行就少装点。""嗯。"他俩没精打采地应着,拖着扁担朝堤下走。

"看见没,剑峰,"谢元庭对我说,"这新知青就是不行。咱俩抬的比他们多不少呀,也没像他们那样。"

"别说他们,咱们刚来时,干活也不适应。"我说,"这几年锻炼得啥苦都能吃了,你说怪不怪。"

"哎,你累不?"谢元庭瞅着我说,"要不咱俩找个地方歇会儿再干。"

"大家都拼命干,咱们也不能让人看出落后哇。"我说,"鞍山小青年都管咱叫老青年,咱得干出个样子让他们瞧瞧。"

"行了,别说了。"谢元庭不满地瞥了我一眼,"你干得再多能咋样儿?哼,跟你干活就是累。"

"我不知道累呀?"我说,"一会儿,我也推独轮车,你跟别人担去吧。"

"想把我甩了?"他说。

"我没有那个意思。"我放下扁担说,"我想试试独轮车,你看他们推得多带劲儿。"

"你?"谢元庭眨眼瞅着我,"那可不是好玩的,没两下子,准得翻车。"

前面正停着一辆独轮车,我过去让人装上了满满一车土。我双手扶住把,往前刚走几步,身体便随那独轮车不由自主地晃动起来。脚像没根似的被车带得轻飘飘。谢元庭在后面大喊:"剑峰,快停下,要翻车呀。"

"没……"我"事儿"字还没出口,那车向左一歪,再也扶不住了,哗啦一声,连人带车倒在地上。整车土扣在我的身上,我立刻变成了个泥人。

我爬起来抖搂身上的土,重新扶起车。郑义平过来,拿着桶锹装了半车土,说:"你头一次推独轮车,掌握不好,先少推点,以后熟练了再装满车。"

他自己装了满满一车,扶着车把慢慢走着对我说:"你就像我这样,手把住,身子要稳,别着急,推几趟就好了。"

我学着他的样子,推车跟在他后边。车子微微有些晃动,我不停地调整两臂的姿势,掌握着平衡,总算将土推到大堤上。

天黑后,达子才吹哨收工。大家低着头往回走,累得不愿吱声。

教室里没灯,吃完饭,没水洗脚,我们都钻进了被窝。

"这黑灯瞎火的,真他妈的没意思。"杜金彪说着捅了一下身边的胡立仁,"哎,狐狸,咋没个动静?"

"扒拉我干啥?"胡立仁说。

"给哥们儿讲段故事,解解闷。"杜金彪说。

"讲啥呀?哥们儿怪累的。"

"你他妈的光装土,也没推车,累个屁?"

"那摆弄土,还不累呀?"胡立仁说,"都赶上了'四大累'了。"

"啥叫'四大累'?"魏实好奇地问。

"看样子,你们新知青是嫩哪,这都不知道?"胡立仁说,"这四大累就是打大坯、和大泥、拉大锯、操大×。"

哈哈哈……杜金彪大笑起来,问:"还有哪四大?"

"四大可多去啦。"胡立仁故意显摆起来,"什么四大绿、四大红呀。"

魏实一听来了精神头,他支起身子问:"四大绿是啥?"

胡立仁说:"青草地、西瓜皮、王八盖子、邮电局。"

"那四大红呢?"魏实又问。

胡立仁说:"寺庙的门、杀猪的盆、大姑娘裤裆、火烧云。"

"那大姑娘裤裆咋是红的呢?"魏实不解地问。

"你这小子是真不懂啊,还是装糊涂?"胡立仁阴阳怪气地说,"你没看见从女厕所掏出的那些手纸是啥色吗?"

"啊。"魏实恍然大悟。

"得了,狐狸,你讲点有意思的。"杜金彪催促道。

"白讲啊?"胡立仁说。

魏实披衣凑过来,从兜里掏出烟,递给了胡立仁,又甩给杜金彪一支。

胡立仁深深地吸了一口烟,缓缓吐出一串串烟圈,说道:"这天晚上,侦察科长肖飞来到停尸间一看,那具尸体突然变成了绿色,他惊得赶紧走出去找人。等回来一看,那具尸体不翼而飞。肖飞抬头一看,墙上贴着一张字条,上面写道:肖飞,你又来晚了一步。"

"你讲的不是《绿色尸体》吗?"杜金彪大声地说,"再说肖飞也不是这里的,是《烈火金刚》里的,你纯粹是狗戴嚼子——胡勒。"

"你咋这么较真?我看的手抄本上就是这么写的。"胡立仁又抽了口烟说,"得,哥们儿讲个别的吧。话说,教堂里黑得伸手不见五指,只见楼梯闪出一个人影,穿着黑旗袍,脸白得像吊死鬼,光着左脚,右脚上穿着一只绣花鞋,咯噔,咯噔……"

我在被窝里听着,浑身的汗毛都竖了起来,惊得直冒凉气。这狐狸黑夜里讲这恐怖的故事,真吓人。

"这是《一只绣花鞋》,谁不知道?"杜金彪说,"讲个荤点儿的。"

"对,快讲啊,来个荤的。"绰号叫"二嘎子"、"胖头鱼"、"猴蹦子"的几个老知青一齐催促道。

胡立仁说:"你们这帮人真难伺候,还非得带荤的。这可是你们让我讲的,别说我讲下流故事就行。"

那几个人急得一齐叫道:"行行,快讲吧。"

胡立仁又吸了口烟,讲了起来:

有一天,两个知识分子,看样子是两口子,走进了医院的门诊室。一位男大夫问:"你们看什么病啊?"女的不好意思,直推那男的。男的只好鼓起勇气说:"大夫,我俩结婚都三年了,怎么还不见她怀孕?"

大夫就问女的:"月经正常不?"

女的说:"正常。"

大夫又问:"你俩感觉身体有什么不适?"

他俩回答:"没有哇。"

大夫又问:"你们同房没?"

他们问:"什么是同房?"

大夫说:"就是在一个床上睡觉呗。"

男的说:"是在一个床上睡觉啊。"

大夫问:"你们身体是否有过亲密接触?"

男的说:"我们亲过嘴。我们俩都是学化学的,觉得只要接吻,双方的分子或原子就能结合到一起产生怀孕。可我们几乎天天接吻,怎么没怀孕?"

大夫说:"嗨,你们真糊涂,接吻怎么能怀孕呢?要靠——看样子,你们根本没办过事儿,哪能怀孕?"

男的问:"办什么事?"

"办事儿就是——"大夫想了想说,"得,光说你们也不明白。这样吧,我给你做个示范。"

大夫就扑到女的身上,女的疼得叫了起来。大夫说:"别怕,一会儿就不疼了。"

大夫看见女的大腿根上有一丝血迹,说:"还是处女啊!"

大夫对男的说:"你回去就照我的样子做,不出半年,保管她能怀孕。"

哈哈……杜金彪大笑起来:"你真能扒瞎,那两口子不傻透腔了?"

"谁扒瞎了?这是我从报纸上看到的。"胡立仁说。

"哪个报纸登的,哥们儿咋没见过?"杜金彪问。

"你净看手抄本啦,也不关心报纸的新闻。"胡立仁说,"具体哪个报纸,我也记不清了,像是一个小报。"

"什么乱七八糟的,"达子忽然开了口,"狐狸,别白话了,早点睡觉,明早还得上大堤呢。"

"哎,达子,这狐狸给咱调节空气,你干啥管那么多?"杜金彪说,"狐狸接着往下白话呀。"

"哥们儿困了,明天还得出大力呢。"胡立仁说完打个哈欠,不再吱声。

大堤在一寸一寸地增高,我的身体却一天一天消瘦。大堤上下车来人往,一片鼎沸。我已熟练掌握了推独轮车的技巧,很少翻车。

鞍山的新知青,看见我推着独轮车干得满欢,投来羡慕的目光。何小海、魏实也试着推独轮车,可没推几步就翻车了。只好放弃,继续用扁担抬。

我的心头忽然升起一股自豪感。在他们面前,我已是老知青。

我干得愈发起劲儿。当着新知青的面,我故意让胡立仁多装几锹土。推车时感觉死沉,可我硬撑着。

这天下午,我的肚子忽然咕噜咕噜响起来。我心想,不好,要坏事儿。上午干活时渴得要命,不顾一切灌了一肚子大坑里的脏水。这些细菌便在我肚子里大闹起来。我一趟接一趟地上厕所,我知道自己患上了痢疾。俗话说,好汉架不住三泡稀屎。

郑义平见我眼睛无神,小脸瘦成瓦片刀,过来说:"不行就歇会儿。"

我擦了一把脸上的汗水,强打精神说:"没事儿。"

郑义平看着我说:"没事儿?瞅你那小脸儿都变成啥样了。注意点,别累坏了身体。"

我点头"嗯"了一声,继续推车,只是腿愈发沉重,速度明显放慢。

天空中忽然乌云密布,大片灰黑色的云片像一望无际的灰色的幕,罩住天空,直向大地压下来。隆隆的雷声像载重汽车驶过所发出的轰鸣。"咔嚓——"闪电从乌云中蹿出,天空被砍裂震碎了。我一惊,不好,暴风雨要来临了。这时,风骤然刮起,刮得人东倒西歪,刮得红旗哗啦啦乱抖。

转眼间,豆大的雨点噼里啪啦掉下来,紧接着大雨倾盆而下,打得脸发疼。霎时间,我变成了落汤鸡。刚才出一身汗,猛然间被突降的大雨一激,我忽然浑身发冷头发晕,身子打晃,感觉越来越吃力。

雨点刷刷打在地上,溅起一层层水泡。大雨结成一张密匝匝的水网,整个工地都置于这个水网之中。

身边响起达子的喊声:"同志们,考验我们的时候到了。我们要下定决心,不怕牺牲,排除万难,去争取胜利……"

雨水刷刷地打在他的脸上,湿透了的衣服紧贴着他的身体。他全然不顾,高喊着口号,奋力推着小车在泥水中艰难行进。整个大堤依然人来车往,川流不息。不时可听到有人嘶喊着:"战天斗地,其乐无穷。""坚持到底,就是胜利。"……口号声此起彼伏,在雨中回响。

大雨不停地下着,地上变得越来越泥泞,堤坡越来越滑,多少人在堤坡上滑倒,爬起来,再跌倒,再爬起,像攻占高地的战士,毫无畏惧,勇敢向前。

我的头开始眩晕,腿像灌了铅似的沉重,我依然咬牙挺着。独轮车歪歪扭扭,一点儿一点儿向前蹭着。

我艰难地推车上了大堤,忽然我感到一阵天旋地转,脚下一滑,连人带车滚下大堤,掉进滚滚的辽河水。我本能地张开了双臂,刚要喊救命,河水一下灌进我的嘴里,涌进我的鼻腔,呛得我眼泪都出来了。我拼命扑腾着,可身子愈发沉重。我的体力已消耗殆尽,眼看就要沉入水下。

"扑通",有人像一颗炮弹砸入水中。在我的头刚刚沉入水下时,一只大手抓住了我的胳膊,另一只手托起我的头。我强睁开眼睛,只见郑义平正托着我向河边费力地游。我知道他的水性不好,可他全然不顾,拼命地拽着我。眼看离岸边只有十几米了,他的身子开始下沉。

"真他妈的逞能,就他那两下子还救人?这不扯起来了。"杜金彪喊了一声,扑通蹦到水中。他张开大手,一把抓住我。像拖死狗一般将我拖到堤坡,又转身拽出已呛得迷迷糊糊的郑义平,大家七手八脚将我俩抬到大堤上。

此时,郑义平已缓过来,我仍迷迷糊糊。我吃力地睁开眼睛,却感觉眼前一片模糊,只有人影在动,我头一歪,昏了过去。

再睁开眼睛时,发觉自己躺在小学教室的地铺上,屋内被射进的太阳照得通亮。棉被蒙在我只穿着背心裤衩的身上。那身衣服不知被谁晒到了绳上。枕边放着两个小纸包,上面分别写着"扑热息痛"和"痢特灵"。旁边是一个掉了瓷的茶缸,里面有半缸水。

我感到浑身无力,头发沉。用手一摸脑袋,热得烫手,我知道自己正在发烧,我强睁开眼,教室里只有我一人。看来,他们都到工地去了。

谁给弄来的药?这儿离最近的大队卫生所至少有三四里地,这么大雨,为我取药,该被浇成啥样?

地上潮气返上来,被褥潮乎乎。尽管这样,我还是愿意这样躺着,这些天没睡个好觉,整天在大坝上苦干,累得浑身散了架,能这样一个人静静地躺着多好哇。要不是我掉进河水,病成这样,能在这儿躺着?

我支起身子,吃了两片药,又躺下了。我脑袋昏沉沉,只想睡个好觉。

可我眼前总是浮现昨天雨中的工地上令人激动的场面。那么多人浑身湿透了,也许有人正发高烧,可没人下火线,我在这儿躺着,算咋回事儿呀?不行,我不能就这样躺着,我要上大堤,多一个人就多一份力量。想到这,我挣扎着爬起来,穿上未干的衣服,摇摇晃晃地朝工地走去。

"你咋来了?高烧恁厉害。"达子瞅着我,"赶紧给我回去躺着。"

"连长,没事儿。"我说,"我吃过药,好多了,没问题。"

"啥没事儿,看你那样,一阵风就能把你吹倒。"达子说。

"连长,我真的没事儿。"我说,"不信你看。"

我过去推起了独轮车,刚走了两步,身子开始打晃。我停了下来,深吸了口气,重新调整了姿势,再次扶住车把,可腿肚子直颤,我怕达子看出来,故意跑起来,身子仍摇摇晃晃。

达子望着我的背影,叹了口气道:"唉,这小子真犟!"

修堤接近尾声,大堤增高了一米多,大家依然干得热火朝天。

这天下午,达子突然宣布:"县里来紧急通知,预计这几天有霜冻,修堤人员立即撤回,抢收稻子。"

大伙儿赶紧将行李、炊具和工具往马车上装,这些东西已装满了马车,没有人坐的位置。达子让马车先走,我们随后徒步返回。

从东风大堤到青年点相距六七十里。时间紧迫,再远的路也得走。

刚走了几里地,天就下起了大雨,雨点扯天扯地地垂落,像白练似的泻下来。地面上泛起了层层水泡,升腾起雾状的"白烟"。冷冰冰的雨水打湿了衣服,我感到凉得钻心透骨。胶鞋灌满了雨水,粘着厚厚的泥,异常沉重。长长的队伍蹒跚而行,一个个吊裤腿,露出红的、紫的、蓝的、粉的线裤腿,花花绿绿的裤腿在雨中晃悠,成了一道特殊的风景。

胡立仁边走边发着牢骚:"干啥非得顶雨走,浇得像落汤鸡。"

"狐狸,你看着点道,别光顾发牢骚,"达子说,"小心掉沟里。"

"我说达子,咱走多远啦?"胡立仁问。

"顶多三分之一,早着呢。"达子说。

"走了半天连一半还没有,这不得走到下半夜呀?"胡立仁说,"我腿都快抬不起来啦。"

郑义平说:"走这点道就喊累?你想红军两万五千里长征,爬雪山、过草地,多难哪。前有阻截,后有追兵的,不是也过来了吗?"

"哼,这又不是那时候。"胡立仁嘴一撇,不再吭声。

达子见大家没精打采,只顾低头闷闷地走,忽然喊了一句:"大伙儿都精神点儿,来,咱们背一首毛主席诗词提提神。"

我抬头看着达子。达子咳嗽了一下,高声说道:"红军不怕远征难,万水千山只等闲。五岭逶迤腾细浪,乌蒙磅礴走泥丸。金沙水拍云崖暖,大渡桥横铁索寒。更喜岷山千里雪,三军过后尽——开——颜。"

我刚刚退烧,被这雨一浇,又感到头脑发涨。刚才昏昏然打不起精神。达子这一高声朗诵,恰似一针强心剂,我顿时打起了精神。

"来,咱们唱毛主席语录歌好不好?"达子又来了情绪,他像一个战地宣传员,带头唱起来,"下定决心,不怕牺牲,排除万难,去争取胜利……"

接着队伍里响起歌声,嘶哑的嗓音,透着雄浑与坚定,在雨中久久回荡。

夜里十二点多钟,经过长途行军,我们终于到达了青年点。

我一头扎到炕上,昏睡了过去。

等我睁开眼睛,发现郑义平坐在我身边。

他看着我说:"你睡了两天了,可把大家吓坏了。"

我有气无力地说:"我咋的啦?"

"咋啦?你回来的夜里就说梦话,一会儿怡玫,一会儿大堤的。我一看不好,赶紧找卫生员。"郑义平说,"他拿体温计一量,呵,烧到四十度。赶紧给你打针,又让我拿毛巾蘸酒给你擦身子降温。你呀,就是不注意身体。"

"我没觉得咋样,就是头发沉。"我说。

"还没咋样?我看你都烧糊涂啦。"郑义平说,"你都落毛病了,做梦还惦记着修堤。"

"真的?"我睁大眼睛。

"你不住地说,连长让我推吧,我能行,我没事儿……"郑义平学着我平时说话的口气。

"啊,剑峰醒过来啦。"达子走了进来,大声喊道。

只见他手里拿着一卷纸,来到我面前。

"连长,你手里拿的是啥?"我问。

"拿的啥儿?"达子展开那卷纸,在我眼前一晃,"你看是什么?"

我瞪大眼睛一看,这是一张八开大小的奖状,上面写着:

  白剑峰同志:

  你在修堤大会战中表现突出,被评为先进个人。望你在以后的工作中再接再厉,为人民立新功。

  特发此状,以资鼓励。

东方农场革委会

一九七五年十月十二日

我捧着这印有鲜红农场大印的奖状,竟激动得说不出话来。

我望着达子,眼泪一下子涌出,我紧紧抓住达子的手说:"谢谢你,连长……"便哽咽了。

事后,我才知道,就在临回来的当天上午,修堤指挥部通知达子,给咱连两个先进名额,要求下午就报上去。达子找到老黑和郑义平,看看报谁合适。

达子说:"我看就报你俩吧。"

老黑和郑义平坚持报达子。老黑说,另一个名额给郑义平。郑义平说:"我看还是报白剑峰吧。他病得那么重,仍坚持不下火线,真是一心扑在大堤上,不顾自己的身体,大伙儿都看得清清楚楚。这先进理所当然得给他,这样才更有影响力啊。"

达子和老黑想了想,终于采纳了郑义平的意见。

我在心里默默念着:郑义平啊,我的好大哥,先进对于一个人在政治方面是多么重要,可你却让给了我。

第二十九章

割了一天稻子,我累得躺在炕上不愿动弹。

胡立仁一阵风似的跑进来,兴奋地喊着:"招工名额下来喽。"

"狐狸,你他妈的别疯疯癫癫的,像精神病似的。"杜金彪斜靠在被垛上说,"招工有啥出奇的,又不是头一次。"

"啥出奇?"胡立仁眨着狐狸眼说,"这回名额可多,看咱俩没写扎根申请就对了。哥们儿琢磨着,这回也该轮到咱哥们儿了吧。"

"就你那熊样儿,谁走也轮不到你头上啊。"杜金彪头也不抬地说,他正捧着手抄本《第二次握手》看得津津有味。

"你不想回城?"胡立仁冲着杜金彪说,"这鬼地方我是呆够了,我看见这几天不少人往黄树山家里溜呢。"

"这不是你想回城就能回。"杜金彪说,"哥们儿才不给他上供呢。有钱哥们儿自己潇洒多好。你着啥急?名额越多越好。他们都走光了,下次招工不用争,就是你的啦。"

"那得猴年马月呀?"胡立仁说,"你不着急,我可着急。评议时,替哥们儿说句话啊。"

"你他妈的啰嗦个屁,没看哥们儿正看书吗?"杜金彪眼睛一瞪,大手一摆,"哪凉快上哪呆着去。"

胡立仁见状,悄悄凑到我身边:"哎,小白脸,到时提哥们儿一票。"

"能好使吗?"我不解地问他,"就我这样,谁能听我的?"

"你提我总比不提强啊。"胡立仁坐到我身边,神秘兮兮地看着我说,"哥们儿看你这人挺实惠,哥们儿教你一招吧。"

"啥招?"我问。

"这评议可大有学问,"胡立仁的眼睛发出幽光,"如果让你提名的话,是提干得好的,还是干得差没希望回城的?"

"当然是提干得好的呗。"我说,"民主评议嘛,干得不好,谁还提他?要是干得不好都能回城,以后谁还会好好干?"

"错了,错了吧。你呀,真是太天真啦。就你这样,一辈子也回不了城。"胡立仁手指着我,一副不屑一顾的样子。

"咋的,这还错了?"我疑惑地望着他。

"想知道为啥错了不?"胡立仁手一伸说,"给哥们儿根烟,就告诉你。"

我急于知道其中的奥秘,顺手掏出一支烟递给他。

胡立仁深深吸了一口,缓缓吐出一串烟圈,说:"不知错哪吧?哥们儿告诉你。你想啊,干得好的,你提不提都有可能走。他走了,把你扔这儿,谁领你的情啊?可你没提的这些人,以后你还得跟他们在一起,他们会咋想?他们肯定会记恨你。你失去了他们对你的信任和关心,还有好吗?所以呀,评议时你认为谁回城希望不大,你就提谁。保准没错。可能他们这次回不了城,但心里记着你。以后有这机会,说不定他们会提你呢。"

噢,我恍然大悟,这个胡立仁真是精明,眼珠一转就是一个鬼点子。

"狐狸,嘀咕啥呢?"杜金彪把手抄本往炕上一摔,冲着他说,"跟哥们儿到黄屯走一趟。"

"肚里又缺荤腥啦。"胡立仁瞅着他说,"上次跟你去掏鸡窝,差点让狗咬着。要去你自己去吧。"

"你他妈的去不去?"杜金彪腾地从炕上坐起,拽着他的前襟,"瞧你那熊样儿,就知道吃现成的。这次哥们儿不用你上手,你在边上放哨就行。"

"掏鸡窝可危险啊,"胡立仁说,"要碰上周扒皮就坏了。"

"去你妈的,这又不是半夜鸡叫。"杜金彪瞪大眼珠子,"谁家半夜三更在鸡窝边蹲着?你在边上给哥们儿看着点,别让狗叫就行。"

杜金彪从箱子下边翻出一个麻袋扔给胡立仁,命令道:"拿着,走。"

我迷迷糊糊睡到半夜,忽然被咣当的撞门声惊醒。睁眼一看,杜金彪进来就把肩上的麻袋往地上一扔。那麻袋鼓鼓囊囊蠕动着,胡立仁跟了进来,随手闩上门。

杜金彪解开麻袋,一抖搂,里面竟是一条黄狗,腿被尼龙绳捆着,嘴里塞的烂稻草,瞪着眼睛呼呼地直喘粗气。

杜金彪拿出一条长尼龙绳,穿过房梁系在狗脖子上,将狗吊了起来。

我头一次见到勒狗,好奇地睁大了眼睛。

那狗被吊离地面有半米多,它不甘心就这样束手待毙,四条腿乱蹬着,爪子死劲儿抓挠着,一会儿竟挣脱了腿上的尼龙绳。

杜金彪和胡立仁拽着狗脖子上的尼龙绳,使劲儿向后押着,那狗被勒得死劲儿摇晃着脑袋,前爪费劲儿地伸向嘴边,将嘴里的稻草扒拉出来。它瞪着凸起的眼睛,竟汪汪地叫了两声。

"他妈的敢叫唤。"杜金彪瞪圆眼,顺手从门后操起一把铁锹,朝狗头砸去,狗头晃了晃,嘴角渗出了血。那狗仍不甘心,蹬着腿想叫唤,却被勒得喘不过气,只吭吭了几声,闭上了眼睛,腿也不再乱蹬。杜金彪以为狗断气了,上前刚要解绳套,那狗猛地抖动了下身子,吓了他一跳。

两人又使劲儿地拽紧尼龙绳,那狗拼命地挣扎,就是不咽气。杜金彪急了:"真他妈的,咋就弄不死它?"

胡立仁眼珠一转,说:"拿瓶子往嘴里灌水呀。"

"对呀,我咋忘了。"杜金彪说着,从箱子底下翻出两个酒瓶子,伸到水缸里灌满了水。

他举着一个瓶子,趁狗张嘴喘气的工夫,将瓶子插到狗嘴里,那狗被水呛得直伸脖子。眼珠痛苦地翻了翻,胡立仁将另一瓶水灌到狗嘴里。

这情景真是让人惨不忍睹。我不忍心看那狗的痛苦状,闭上了眼睛。

过一会儿,我睁开眼,那狗已不再挣扎,腿耷拉着。

杜金彪对着狗头又是一铁锹，见那狗再没什么反应，这才解开了绳套。

何小海、魏实已被惊醒，瞪着眼睛瞅着杜金彪和胡立仁用镰刀扒皮。

扒完了皮，杜金彪将狗大卸八块，扔到铁锅里，撒把大粒盐就烀上了。

胡立仁瞅着杜金彪说："今天差点坏事，鸡没掏着碰上这该死的瞎叫唤。要不是你手脚麻利把这家伙捆上，咱俩没准得挨顿胖揍。"

杜金彪说："怕啥，真要有人追上来，咱把那狗一扔就跑呗。"

"也不知是谁家的懒狗，晚上还到处出溜。"胡立仁眉头皱着说，"我怎么看着有点像黄树山家的那条狗。"

"管他呢？"杜金彪满不在乎，"黄屯这种狗多了，哪能正好是他家的。"

"这事还真说不准，咱们真得小心点。"胡立仁说。

"瞧你那胆儿，你他妈的干不了大事。"杜金彪瞅瞅锅里，拽出一条腿，咬了一口，"熟了，你尝尝吧。"

胡立仁抓起一块狗肉，塞进嘴里大嚼起来，不住地说："真香，真解馋。"

"你们瞅啥还不过来抓？"杜金彪瞅着我们说，"一会儿让狐狸包了。"

何小海、魏实这才从锅里抓起一块狗肉。我在炕梢离锅台远没过去，杜金彪从锅里抓起一条狗腿朝我撇过来。

我用手接着，汤汁溅了一脸。我吃了一口。嘀，都说狗肉香，以前没吃过，不知道啥滋味，今天一尝，那味道真是忘不了。

胡立仁又从锅里抓出两大块狗排，说："我回屋了，让山东棒子尝尝。"

"快滚吧，"杜金彪冲着他说，"你别瞎嚷嚷就行。"

第二天，连里就传开了，说昨天晚上，黄树山家的狗被人抓走了，有人看见杜金彪和胡立仁扛着鼓鼓囊囊的麻袋从黄屯回来。

啊！狐狸担心的事终于发生了。我的心一下子悬了起来。我也吃了狗肉，这黄树山要追查起来，还有我好吗？

两天过去了，黄树山并未追问。只是崔红英来过一次，问杜金彪是否见到黄树山家的狗。杜金彪瞪着大眼珠子龇出虎牙冲她吼道："我看你他妈的像黄树山家的狗。我是勒了条狗，那是我花钱从老土家买的，你管得着吗？"

崔红英知道杜金彪的驴脾气，没再深说，悻悻地走了。

可我心里还是忐忑不安。黄树山在连里耳目众多，眼看就评议了，说不定谁为了回城讨好黄树山，将这事儿告诉他。可他自己为什么不亲自调查？

他见到杜金彪、胡立仁时，那眼神怪怪的，尽管脸上露出笑容，可那笑看起来是那么勉强，那么令人不可捉摸。他见我时，眼里又浮出往日的轻蔑。难道这家伙猜出我吃了他家的狗肉？

民主评议开始了，我自知无望，还得硬着头皮参加。我心里很清楚，别看他们表面上不再歧视我，可笼罩在我头上的阴云始终挥之不去。我干得再好，也没资格与那些人竞争，充其量只能给他们当分母。

这哪是什么民主评议会呀，简直比自由市场还要嘈杂混乱一百倍。辛辣的劣质烟搅得空气混浊不堪。再看这些人，一个个削尖了脑袋拼命地争名额。我好生疑惑,他们提出扎根农村的申请还不到一年,怎么现在又自食其言?

田达利刚一提自己,几个六八届知青就吹胡子瞪眼冲他说:"你小子,才来几年,就想争啊,论资排辈也轮不到你头上。"

郑义平那么能干,却没人提他。不知是不是被那个狗排连累了。

胡立仁刚为自己摆了条优点,就遭到人的奚落。说他净讲下流故事,跟着偷鸡摸狗,还想回城?做梦去吧。

杜金彪一看平时总围他转的人根本不提他,气得扭头退了场。

黄树山嘴上叼着"大生产",像个看客不动声色地观察这些人的充分表演。他看看时间不早了,就要求大家别光提自己,要提自己认为够条件的人。

我心烦意乱,让提就提吧。按照胡立仁说的,将自己认为没啥希望的人,像什么"二嘎子"、"胖头鱼"、"猴蹦子"等都提出来。

评议会闹哄到半夜才结束。

几天后,名单下来了。达子这回榜上有名,可像郑义平等几个平时干得不错的人却没有被评上,而我胡乱提的那几个人却上了名单,这可大大出乎我的意料。后来我才知道,那天的评议会,纯粹是黄树山有意导演的一场闹剧。其实在此之前,他早已拟好了名单。小队长具有绝对的权威,他看好的人,即使大伙儿都不提他,照样可以回城。

我感到自己被捉弄了。胡立仁那么聪明的脑瓜也没算计过这个老土。他教的那招怎么不灵了?我本以为提的这些人根本没希望,可他们却真的回城了,我的算盘打错了,我有些恐慌,余下的人,以后会咋看我呢?

　　崔红英是农场树的扎根典型。营里的意思,这次留她再干两年,可她一看那么多人都要回城便动心了。没想到那份扎根申请竟成了营里留她的话柄。她心有不甘地找到了黄树山,黄树山却说:"你是营里树的典型,毋做不了主。"她又找到吴大山。吴大山劝她要做出榜样。她鼻涕一把眼泪一把地诉说自己的苦衷,请求吴大山放了她。吴大山为难地告诉她,名额已下去了,他确实无能为力。他说,实在不行,就到农场找牛主任吧,兴许还有办法。

　　崔红英于是下定了决心,她不顾天黑,徒步走了二十里地来到农场。牛主任已下班回家,她就呆在农场招待所,苦苦地哀求农场值班员,今晚一定要见到牛主任。后来这个值班员真找到牛主任报知此事。牛主任便来到了招待所。崔红英主动留下了牛主任,将贞操献给了这个地缸子。第二天,牛主任从别的营里划出一个名额给了她。她如愿以偿,可"小地主"却暗自神伤。

　　回城的人过几天就要离开这里啦,他们兴奋地收拾东西,再也不上工啦。

　　留下的人还得照常下地,每天挥舞镰刀,弯腰撅腚地在地里割着稻子。

　　这天收工后,我拎着镰刀疲惫地往回走。西边的火烧云将地里的稻子镀成了一层红色。我无心观赏这大自然的景色,低着头在地里走着。

　　忽然,眼前跳出一个黄茸茸的影子,一窜一窜地在地里跳跃着。这是一只黄毛小动物。由于跑得太快,看不清形状,可从那抖动着的毛茸茸肥大的尾巴,我断定这是一只黄鼠狼。有人曾说过,那黄皮子了不得,别看它长得小,精怪着哪,像狐狸似的会迷人,一旦被它迷上,就麻烦了。

好奇心促使我向那只黄鼠狼奔去。这小家伙见我扑过来,惊慌地向前蹿起来,几下就蹦到另一格地。我岂能让它这么溜掉?加快步子一阵猛追。那小动物左躲右闪,在地里像捉迷藏似的跟我绕开了。我的火被它撩了起来,好你个黄鼠狼,想戏弄我,我甩开大步穷追不舍,我倒要看看究竟谁的腿快。

这黄鼠狼拼命向前蹿着。可它再灵再快,毕竟身小腿短。大约一袋烟的工夫,我已赶上了它。而此时我仿佛经过一个漫长的马拉松,累得气喘吁吁热汗直淌。我顺势脱下披着的破棉袄,一个鱼跃扑上去。那黄鼠狼再想躲已来不及,被我的破棉袄严严实实地捂在地上。我稍稍喘了口气,见棉袄里的小东西还在挣扎着。我暗自庆幸自己逮着一只小动物。我刚要伸手探进棉袄,突然,一股浓浓的腥臊气味从棉袄里散发出来,那气味比氨水味还浓烈,臭味刺激着我的鼻腔,我想坚持不撒手,可被熏得头昏脑涨。我不由得松开紧扣棉袄的手,刚一捂鼻子,那黄鼠狼趁机钻出棉袄,夺路而逃。我本想继续追赶,可眼前弥漫的臭气,熏得我差点窒息。我眼巴巴瞅着黄鼠狼仓皇逃走。

晚上,我躺在蚊帐里仍懊恼不已。当时如果我再坚持一下,这个猎物不就到手了吗?唉,这个黄鼠狼真有损招,放臊气成了它逃避危险的最有效武器。可我呢,面临困境,有什么脱险的法宝?我连一只小小的黄鼠狼都不如。

我正胡乱想着,忽听窗户上的塑料布像被什么抓挠,发出哗啦啦的响动,随之是一阵吱吱叽叽似哭似嚎的怪叫。深更半夜,什么东西在作怪?我一阵惊悸,那声音一阵紧似一阵,搅得人心烦意乱。我再也躺不住了,壮着胆子爬出蚊帐悄悄靠近窗户。借着月光向外一瞅,啊,原来是一只黄鼠狼,我惊得刚张开嘴,忽然一股臭气袭来,我眼睛一闭,用手赶紧捂着鼻子,再一睁眼那家伙踪迹全无。

杜金彪突然叫了一声:"他妈的,谁放屁这么臭?"

见他被那臭气熏醒,我钻回蚊帐说:"刚才我发现一只黄鼠狼跳上窗台,是它放的臭屁。"

"在哪儿?"他腾地坐起。

我说:"早跑了。"

"这不扯起来了。"他说着,瞅了瞅窗外,见没什么动静又躺下了。

我躺在炕上仍琢磨刚才发生的怪事。这一定是地里我按住的那只黄鼠狼来报复我。这家伙,我放了它,它竟晚上跑来向我放臊,难道它真要来迷人?

管它呢,我疲乏地闭上眼睛,一会儿就迷迷糊糊地进入了梦乡。

我独自走在稻田里,稻茬不时绊着我的脚。我深感疲乏地躺在一个稻捆上。眼前倏然一个黄影晃动,我一扭头,一只大黄鼠狼已蹿到我的肩头。我上去一巴掌,那家伙嗖地蹦到地上,一阵怪叫。忽然不知从哪儿钻出几十只硕大的黄鼠狼,它们一个个瞪着小眼珠向我扑过来。我躲闪不及,那些家伙噌噌爬到我的身上,张着锋利的小爪抓挠着我。我两手使劲扑打着,掉下一只,又上来一只,越打越多。我的脸上身上被抓出一道道血印。我拼命地向前跑着,可脚步愈发沉重。忽然脚下一绊摔倒在地。一只硕大的黄鼠狼猛地扑到我的眼前,它张开利爪嘶叫着向我抓来。我抬眼一看,那黄鼠狼的脸竟变成了黄树山。他恶狠狠地瞪着我尖叫:"白剑峰,你把母的狗肉吐出来。"

"啊……"我惊恐地睁大了眼睛。

"你他妈的别想回城,母叫你烂在这儿。"说着两只爪子扎向我的眼睛。

"啊!"我惊得大叫起来,身子向后一仰栽倒在地。心说,完了,便闭上了眼睛,猛蹬一脚……

"你他妈的踹我干啥?"杜金彪大吼一声。

我猛然惊醒,方知这是一场梦。我惊出一身冷汗,摸摸胸口,火辣辣的疼,一定是被自己的手指抓出了血道子。

我们眼巴巴瞅着这些回城的人,坐上马车渐渐地离开青年点。

这是规模最大的一次招工,全连沈阳和鞍山的知青一下走了近三分之一。可剩下的这些人呢?不知何时才能被抽掉。晚饭时间到了,可打饭的人寥寥无几,平时拥挤不堪的卖饭窗口,此时变得冷冷清清。我没心思吃饭,平时,肚子总是空空的,吃饭便成了一种乐趣,可今天,我却感到是一种负担。人干啥要吃饭?不吃饭,我们又何必下乡种地遭洋罪呢?

夜幕降临。暑热难耐的气候已经过去,深秋的夜风也变得凉爽了。

大家走出宿舍,默默地靠在窗台上。胡立仁、郑义平走了过来。胡立仁大声唱起了《莫斯科郊外的晚上》。这本是列入黄歌的,平时大家总是背地里哼哼,今天胡立仁竟敢当着大家的面这样放歌。我默默地瞅着胡立仁,他脸上的表情很难看。俗话说,女愁哭,男愁唱,他一定寂寞惆怅、满腹愁肠。

郑义平推了他一把,小声说:"我知道你心里难受,可这是黄歌呀。"

　　胡立仁冷笑了一声:"什么他妈的黄歌,我才不管那套。我好心给他们讲故事解闷,却说我下流,其实他们心里比谁都肮脏。我怎么啦?我是滑点儿,可啥活落下了我?我再不行,也比二嘎子、胖头鱼、猴蹦子他们强吧。那母猴子带头写扎根申请,可她回城比谁都心切。她跟地缸子睡一觉,就他妈的能回城,咱们都让她给骗了。你郑义平能干不?白剑峰能干不?可咋的啦,照样回不了城。我反正也他妈的回不去了,谁爱说啥就让他说去吧。"

　　胡立仁说着说着眼圈红了,扑簌簌的泪珠成串地落下。他一边哭一边唱,唱得人心里发酸。

　　女宿舍前,也站着一排人。她们听到胡立仁的歌声,目光一齐扫过来。

　　这时,不知谁唱起了那支熟悉的歌曲《沈阳啊,沈阳》:

　　　　沈阳啊,沈阳啊,
　　　　我的故乡,
　　　　马路上灯火辉煌。
　　　　……

　　这首歌借用了朝鲜电影《鲜花盛开的村庄》里插曲的曲调,重新填的词,在盘锦众多的沈阳知青中间广为传唱。平时,大家经常哼唱,我并没感到多么激动,可今天,当这首歌再次唱起时,我的心如海浪拍岸,激起的汹涌浪花深深撞击着我的灵魂。沈阳啊,沈阳,尽管离开了你,可我们却像一只风筝,不管飞得多远,总被故乡的思念之线牵拉着。

胡立仁跟着唱了起来。郑义平、谢元庭、田达利他们一起唱了起来,我也放开喉咙,尽情地唱着。雄浑嘶哑的男声与柔婉凄哀的女声混为一体,形成了一个巨大的声浪,在夜空中回响震荡。那些压抑的情绪在这一时刻,如火山迸发,如洪水倾泻,倒海翻江,肆意宣泄,放纵奔流。

韦翠花突然抱住尚慕春号啕大哭起来。女青年情不自禁地抱在一起呜呜地哭作一团。

男青年刚开始还拼命地唱着,到后来被女青年所传染,终于有人哭了出来。随之,是一片粗犷的大哭。这些平时看上去无比刚强的汉子,此时竟像一个受了多大委屈的孩子,呜呜地大哭,毫无顾忌。

整个青年点被悲恸的哭声所淹没。

第三十章

为了弥补我连干部的空缺，营里将黎义鸣和冷霜月调回二连任连长和指导员，我们这一车来的同学又聚到了一起。

这天晚饭后，我正跟黎义鸣、谢元庭等人在宿舍外闲聊，胡立仁急匆匆地跑过来喊道："哎，快去看哪，黄树田赶车把黄喜凤家的鸭子轧死啦。"

"什么？"我一愣，忙对身边的人说，"走，瞧瞧去。"

于是我跟着大伙儿一窝蜂似的向青年点房后那条土道跑去。只见黄喜凤蹲在地上，两条辫子垂到胸前。她摸着脑袋轧成肉饼的鸭子，心疼得直掉眼泪。她涨红了脸，忽地站起身来，指着黄树田说："你赶车咋不看着点儿？"

黄树田把大鞭子往车上一插，翻着雌雄眼瞥着地上的死鸭子瓮声瓮气地说："这鸭子自个往车轱辘底下钻，俺咋看着呀？"

"这鸭子咋不往别的车底下钻?啊,你故意轧的,还有理啦?"黄喜凤抹了一把眼泪瞪起眼睛,"你看咋办,总不能白轧吧?"

"咋啦,不白轧咋的?"黄树田转身跳到车辕子上,拿起鞭子就要赶车。忽地,从旁边蹿出一个女人,穿着打着补丁的破衣服,半敞着怀,两个大奶子鼓鼓撑着,一颤一颤的。她是从兴城来的,住在黄喜凤家西边的小土屋里,大伙儿都叫她朱嫂。她长着猪肚子脸,平时大大咧咧,天热时,在家就光着膀子。胡立仁说房后那个总露着俩大奶子的,指的就是她。

朱嫂瞪着眼,指着黄树田大声叫道:"咋的,欺负人呀,你轧死喜凤家的鸭子,还想溜咋的?你得赔。"

"俺凭啥赔?"黄树田也不甘示弱,"你个臊娘们儿,有你啥事儿?"

"啥?你说谁是臊娘们儿。"朱嫂气得呼哧呼哧胸脯直颤,"没有臊老娘们儿,你从哪儿出来?"

"去你妈的,你个王八犊子。"黄树田坐在车上骂道。

"俺看你才是王八。"朱嫂胳膊挥舞着,指着他的脸嘲笑道,"人家方怡玫本来只跟白剑峰好,硬让你给抢去了。你看雪芳哪点长得像你。你不是王八,是什么?"

"你……"黄树田气得脸涨成猪肝色,说不出话来。

"你什么你,你当你的王八去吧。"朱嫂嘴一撇,手一挥嚷道,"今天你不赔人家的鸭子,俺就在全营喊,你是王八。"

黄树田气得举起鞭子朝朱嫂一甩,朱嫂一侧身,那鞭梢抽到朱嫂的肩头。

朱嫂疼得嗷嗷大叫,猛地扑上来。她张开长着长指甲的胖手,照着黄树田的脸就是一下子,顿时挠出一条血印。

黄树田疼得"哎呀"直叫。他抡起巴掌向朱嫂的脸上猛地抽去。黎义鸣疾步上前挡住黄树田的胳膊,那巴掌才没落到朱嫂的脸上。大伙儿围成一圈看热闹。冷霜月此时也赶来,忙将气呼呼的朱嫂拽到一边。

方怡玫闻讯领着雪芳赶到了。雪芳转眼之间已是满地跑。小细脖上顶着个大脑袋,她忽闪着天真的大眼睛挥动小手,冲黄树田喊着:"爸爸,爸爸。"

黄树田眼珠子通红,冲雪芳喊道:"滚,谁是你爸!"

雪芳愣愣地瞅着黄树田五官挪移的脸,吓得哇哇大哭起来。方怡玫赶紧抱起孩子,对黄树田说:"你干吗冲孩子发火?"

黄树田气急败坏地对方怡玫吼道,"你他妈的装×,都是你干的好事!"

"黄树田,你嘴干净点。"我忍不住冲过去手指着他,"你轧死人家的鸭子还有理咋的,拿她娘俩出什么气?"

"拿她娘俩出气咋的?俺他妈的看你就来气。"黄树田说着操起鞭子。

"小样儿,把你能耐的,你还想动手咋的?"我一把拽住他手中的鞭子。

"剑峰,你干啥?"方怡玫放下孩子过来拽我,"快松手。"

我被迫松了手,可眼睛仍狠狠瞪着黄树田。

黄树田操起鞭杆恶狠狠向我抽来,我一闪身,那鞭杆打到地上。我顿时火冒三丈,猛地夺下鞭子,用力扔到喜凤家的房顶上。

他气得红了眼,张牙舞爪地向我扑过来。突然,有人从背后抓住我的衣服向后使劲儿一拽。我转头一看，是黄来宝。

黄来宝冲到我跟前，向后推着我："走吧，别跟他治气，快到俺家去。"他不容分说，硬拽着我往后退。黄喜凤在一边哭哭啼啼地说："哥，这个黄树田也太歪了，轧死俺家的鸭子，还张口骂人。今儿个非得让他赔不可。"

"行了，行了，喜凤你赶紧回去吧。"黄来宝冲着黄喜凤说，"别搭理他这种人，快把鸭子拎回家去。"

朱嫂拾起地上的鸭子，塞到黄喜凤手里说："小妹，你先回去，俺在这儿盯着。"

黄来宝拽着我往家走。黄树田在后头仍破口大骂，我气得欲挣脱黄来宝。黄来宝死死地拽着我："走吧，走吧。"连推带拽将我拉向他家。

朱嫂跟一帮兴城人仍围着黄树田叫他赔鸭子，围观的人跟着嗷嗷起哄。

黄来宝将死鸭子拔毛、开膛，炖了一锅鸭子肉，端到炕桌上。

我被请上了炕。黄喜凤望着粗瓷大碗里的鸭肉，吧嗒吧嗒直掉眼泪就是不肯吃。这是她家里仅有的一只母鸭子，已下了不少蛋。全家人拿这鸭子当个宝，指望它多下几个蛋，没想到被黄树田的马车断送了性命。

尽管黄来宝劝我多吃点鸭子肉，可我心里仍感到憋气，只是象征性地吃了两块。

临走时，我从兜里掏出五元钱放到桌上。这是方怡玫在黄来宝拽我走时悄悄塞进我兜里的。尽管她当时什么也没说，可我清楚，这是她赔的鸭子钱。

黄来宝将钱推给我："咋的，瞧不起俺哪？吃点鸭子肉，还让你掏钱？"

我说："这钱不是我的，是方怡玫让我转交的。她家的黄树田轧死了你家的鸭子，她心里过意不去，你就收下吧。"

"那也不成，方怡玫挺不容易的。"黄来宝说，"再说，又不是她轧死的。"

我一看，知道再这样下去他肯定不会收。我下了炕说："我先回去了。"随手又将钱放到桌上，疾步走出屋外。

"哎，白剑峰，你快拿着。"黄来宝在后面喊道。

我头也不回匆匆地向外跑去。

"剑峰哥，你等一下，俺还有事儿呢？"黄喜凤从后面追了上来。

"啥事儿？"我停住脚步，扭头看着她。

她气喘吁吁来到我近前，将那五元钱递过来说："俺不能要方姐的钱。"

"看你，快收起来，要不你方姐该说我了。"我没接，继续向前走着。

"这……"她迟疑一下，将钱揣到兜里说，"你不收，等哪天俺见着方姐再还给她吧。"

"剑峰哥。"她轻柔地唤了一声。

我停住了脚，回头瞅着她。她两眼低垂，脸红红的像熟透的苹果。她从兜里掏出两个咸鸭蛋递给我说："给你。"

我一愣神，没接。

她露出羞涩的柔情，说："快拿着吧，青年点整天是'军舰汤'，这咸鸭蛋管咋的比那强。"

我怔怔地看着她说:"你这是干啥?留着自己吃吧。"

她忙将那两个鸭蛋塞到我兜里,低着头说:"上后边走走啊?"

我不解地望着她,难道她有什么话在这儿不便说?我迟疑地跟着她。

我们来到房后那片荒滩前,一大片红碱草被晚霞映得红彤彤。她指着苇丛旁边说:"就坐这儿吧。"她随手折了一些苇子铺在地上。

"嗯。"我答应着,随她坐在了苇子上。

她低头瞅着自己的脚尖,双手不住地搓着,半天没吭声。

天色渐渐暗了下来,这里变得极安静,我甚至能感觉到她突突的心跳。

我说:"喜凤,你找我有啥事儿?"

她仍低着头,没有吭声。

我有些沉不住气了,对她说:"你快说啥事儿?总不能在这干坐着呀?"

她这才缓缓抬起头,手抚弄着小辫说:"剑峰哥,你对俺家成是好了,给俺们衣服,还给俺……纱巾,俺真不知咋感谢你。"

我说:"谢啥?那衣服放在家里也没人穿。再说,我也不用纱巾,可你正需要。"

黄家人淳朴、憨厚,对我很好。每次我来,兄妹俩总是把我让到热乎乎的炕头上,为我端上贴得黄莹莹带嘎渣儿的大饼子。黄喜凤坐在一边,忽闪着水灵灵的眼睛,她好奇地听我讲城里的事儿。我见她的家人穿的实在太破,这儿的风又大,女知青下地都戴着纱巾,可她却没有,我就趁着放假回沈阳时,找了几件我和母亲穿过的衣服带给她家。母亲听说这儿风大,就给我带了一条纱巾。我见点里男青年没人戴，就给了黄喜凤，喜凤乐得不得了。每次我到她家，她都特意围上这条纱巾在地上转几圈，喜滋滋地问我："好看不？"

"好看。"我嘴上说着，心里却不是滋味。这纱巾在城里再普通不过了，哪个女人没有？可农村的姑娘见了纱巾像宝似的。唉，她们可真苦，一条纱巾就高兴得这样。

黄喜凤水汪汪的眼睛泛着柔情，她说："剑峰哥，你看俺咋样儿？"

"你挺好哇。"我说。

"那你在点里处对象没？"她问。

"处啥对象，谁能跟我？"我自嘲地说。

"那，那……"她涨红了脸，支支吾吾。

我瞅着她，心里合计，平时她不这样，有啥话就直说呗，今天是怎么啦？

"俺知道，俺是农村人，土里土气没啥文化。"她说，"你是不是瞧不起俺？"

"没有哇。"我说，"你们家对我这么好，你没嫌弃我就不错了。"

她默不做声，一双眼睛却悄悄投来关注的目光。半晌，她鼓起勇气说："俺想，跟你……好。"

啥？跟我好，这不是要跟我处对象吗？我心头一震。我压根儿没合计她会提出这事儿，一时竟不知该咋回答她。

说心里话，别看她是农村姑娘，可心地淳朴，善解人意，比有些女知青强多了。可我始终拿她当小妹妹看待，根本没想到与她处对象。我心里只有方怡玫一个人，在方怡玫身上我倾注了全部情感。尽管她嫁给了那个丑八怪，可心里仍惦记着我。我知道，我们不可能再结合，可我对她的那份挚情却挥之不去，难以割舍。今天突然又冒出个黄喜凤，而且在我毫无准备的情况下，这个农村姑娘竟提出这样一个问题，着实令我措手不及。

处对象并不见得以后真的能结合。青年点不是有人今天跟这个处几天，明天黄了又跟别人处了吗？可我做不出来。我想既然明确了关系，就要认真对待，付出自己的真实感情。

我看着黄喜凤，说："这可是件大事，你可得慎重考虑呀，你知道，我家庭有问题啊。"

"俺才不管你是啥家庭，俺逗是看上你这个人。"黄喜凤激动地说，"俺早就考虑好了，俺知道你跟方姐好过，可她现在嫁给了黄树田。俺逗知道你一个人挺苦的，难道你不喜欢俺吗？"

黄喜凤身子挪了挪，靠近我，突然抓住我的手。她的手很热，手心已攥出了汗。那是一个纯情的姑娘情窦初开时才有的。我该怎么办？是答应，还是拒绝？我真不知自己该怎样回答她。我怕伤害了她的一片好心。

我想了想说："你是个让人喜欢的姑娘。可是，我不能欺骗你，不能欺骗自己。你知道，我对方怡玫的感情。再说，我也不想在这儿成家呀。"

"啥？你说啥？"黄喜凤猛地抬起头，胸脯颤动着。她吃惊地瞅着我，仿佛在看一个陌生人。

"真的喜凤，我不能误了你，你可以在当地找一个更好的。"我说。

喜凤霍地站起身，两行热泪扑簌簌地从她脸上滚落下来，接着转身飞奔而去。

"喜凤，喜凤。"我急忙站起，大声呼喊。

喜凤头也不回，跟跟跄跄地向前跑去。

我想追上去跟她解释，可双脚像粘在地上，竟迈不动步。我怔怔地望着她的背影，呆若木鸡。

我不知自己是怎么回到的宿舍，只觉脑袋昏沉沉的。

翌日清晨，我拎着饭盒去打饭。电线杆上的大喇叭里突然奏起了哀乐。我一愣怔，停住了脚。广播里传出令人震惊的消息：毛泽东主席因病医治无效，于一九七六年九月九日零时十分与世长辞。

播音员语调异常沉重，反复播送着中共中央、全国人大常委会、国务院、中央军委告全国人民书。

这突来的噩耗，如晴天霹雳，在祖国的上空震荡回响。我简直不敢相信自己的耳朵，这是真的吗？

记得"文革"前的一天，我在报纸上惊奇地发现，套红的大字赫然地登载着特大喜讯：毛泽东主席非常健康。据医学专家测定，毛主席可活到一百四十岁……

可今年，毛主席才八十三岁啊！怎么会……我不敢往下想。一九七六年真是多灾多难不同寻常啊！唐山那场7.8级的强烈大地震使一座城市瞬间变为废墟。一月八日，周总理逝世。几个月后，朱德委员长逝世，现在毛主席又与世长辞，让人觉得仿佛整个天都要塌下来，地都要陷进去。

我的心像被掏空了似的，有如挖心摘肝般痛苦不堪，泪水不自觉地涌出，像泉水般在我的脸上淌着。

我默默地向前望去，大家不约而同地走了出来。被这消息惊呆了的人们，表情沉重、悲伤，比家里亲人去世还要悲痛。

冷霜月迷惘失神的双眼显出内心极度的哀痛，眼泪断线般滚滚而下。韦翠花痛苦得如失去双亲的小姑娘，双手掩面嘤嘤地啜泣起来。男青年都耷拉着脑袋。郑义平紧咬着嘴唇，极力控制着自己的悲痛，可泪水还是从他的眼里滚出。

伙房里冷冷清清，几乎没人打饭，整个青年点被极度的悲痛所笼罩。

今天没有上工。平时大家难得休息，可今天却听不到一丝欢声笑语。沉抑、痛楚写在每一个人的脸上，气氛异常的凝重。

我拖着沉重的步子走回宿舍，心潮翻滚着。我从小就崇拜毛泽东，听到《东方红》的歌声便激动不已。我爱读毛主席的诗词，他的诗词我背得滚瓜烂熟。我一读到《七律·长征》，就想起红军的两万五千里长征，那真是人类历史上的一个伟大壮举。没有毛主席的领导，也许我们现在仍生活在水深火热之中。我永远忘不了他的恩情。虽然我不情愿到盘锦，可我对他提出"知识青年上山下乡"的号召还是响应的。我是吃了不少的苦头，可比起两万五千里长征，这点苦又算得了什么？现在，他老人家去世了，我悲痛得不能自制。我该怎样表达此时的心情？我从箱子里翻出日记本，我要写下此时的感受。我拿起钢笔，手不住地颤抖着，视线完全被涌出的热泪所模糊。我强忍住悲痛的情绪，几乎是蘸着泪水写下一首诗：

　　导师长辞惊雷处，
　　举国悲痛泪如注。
　　高山峻岭披素装，
　　苍松翠柏映平湖。

> 伟大思想照万代,
> 光辉业绩垂千古。
> 挥泪继承领袖志,
> 誓将遗愿化宏图。

一会儿,黎义鸣进来了,耷拉着眼皮对我说:"你这个小'老九',下午营里在俱乐部召开追悼大会,你帮着想两条标语吧。"

我强忍着悲痛,擦去脸上的泪痕,说:"我刚写了一首诗,你看用后两句行不?"

我顺口念了一遍。黎义鸣听完点点头,说:"我看挺好,就用这两句吧。"

黎义鸣又说:"我先回去准备。今天下午两点在俱乐部召开全营大会,有一头,算一头,都得参加,这可是政治任务啊。"

开完悼念大会,我依然沉浸在巨大的悲痛中。沉重的心情使我的脚步也变得缓慢。我抬起头,无意间发现小队部前,黄树田凑近黄树山眨着雌雄眼正嘀咕些什么。

我心里霎时涌起一股厌恶。丑八怪跟黄皮子说些什么?会不会跟我有关?黄树田见我正瞅着他俩,扭头便走开了。我正想回宿舍,黄树山突然喊了一句:"白剑峰,你上我这来一下。"

我停住脚,犹豫了片刻,还是跟他来到了小队部。

黄树山脸上挤出一丝笑,让我坐在了炕沿儿上。他掏出一盒"大生产"烟,抽出一支递过来。我朝他一摆手:"我有。"随即从兜里掏出一支"万里"烟,划火点着。

黄树山尴尬地将手里的那支烟叼在嘴上,自己划火点着。他小眼睛眨巴了一下，面部表情似乎挺沉重。他喷了一口烟说："真没想到主席会逝世，母这心里难受得不得了。唉——"他瞅着我，眉头皱了皱："母们要化悲痛为力量，继承他老人家的遗志。你们知青要虚心接受贫下中农的再教育，按照他老人家的路线继续走下去。你说，是不？"

我诧异地望着他，今天这黄皮子咋变得这样？本来我已经够悲痛的，没想到他却哭丧个脸对我说这些，谁知道他是不是真悲痛？他的表情和举止真让人费解。

黄树山抽了一口烟，突然话题一转："白剑峰啊，你下乡也有几年了吧。你是个聪明人，啥事儿也能看出个一二来。母也看出来了，你们这帮城里来的小青年没几个想在这儿扎根的。只要你们听贫下中农的话，别惹是生非的，都有机会回城。你琢磨是这个理儿不？"

他这不是拿话敲打我吗？我瞟了他一眼。心说，回不回城还不是你这当队长的说了算？我狐疑地望着他，他这葫芦里究竟卖的什么药？我问道："黄队长，你找我到底有啥事？"

"哦，也没啥大事。"他眼珠一转，"大伙儿都知道你跟方怡玫的关系。可现在她已经结婚了，响应主席的号召，在这儿扎根了，也算走上了正道。你就别老合计以前你俩的那点事儿了。应该看明白现在的形势，是不？"

我不解地问："我咋啦？"

他说："最近母听人反映，你跟方怡玫还挺近乎。"

我说："有时我是去看看方怡玫。毕竟在一起劳动了好几年，都是知青嘛，这有啥大惊小怪的？"

"可你也得注意影响啊。"他瞥了我一眼，"方怡玫不是在早时的一个人。她现在跟黄树田成家,有人照顾,你就不用操那份闲心了。还是考虑考虑自己今后的前途吧。"

"这是啥意思?"我不解地望着他。

黄树山瞅了我一会儿,说:"有人说雪芳是你跟方怡玫鼓捣出来的,让黄树田当了——"他大概感觉后面的话说不出口,突然停住了。

我这才恍然大悟,黄树山绕了半天,真正的用意才露出来。一定是黄树田刚才嘀咕了我什么。我不禁心头一震,既恐慌又厌恶,说不出是何滋味。我故意气愤地说道:"你别听他们瞎猜疑。有些人没事就爱造谣,他们有啥证据?"

"那雪芳咋长得不像黄树田?你的意思人家是编巴啦。"黄树山盯着我问。

"我哪知道?孩子这么小能看出个什么四五六?"我不服地看着他,"我招谁惹谁了,他们这样埋汰人?"

黄树山眼睛眨巴了几下,见我倔劲儿又上来了,突然语调有所缓和:"不管咋说,母是队长,听见了不能不提醒你。"他装作关心的样子说:"以后你没啥事儿尽量少往方怡玫那儿跑,省得人家议论,对谁都影响不好。你看,母说的中不?"

我心说,去看方怡玫是我的自由,别人无权干涉。我刚想张嘴辩解两句,黄树山马上朝我摆了摆手:"好啦,你先回去吧,以后注意就是了。"

第三十一章

上次黄树山跟我谈完话后,我心里一直疙疙瘩瘩的。他怎么连我去看方怡玫都限制?为了避免风言风语给自己和方怡玫带来麻烦,我还是极力克制着情绪,少去方怡玫那儿,但内心里一直牵挂着她娘俩。

转眼到了一九七六年的国庆节。连里杀了一头猪,尽管开了荤,可我的心情仍是郁闷压抑,跟郑义平他们喝了没几口酒,就醉倒了。第二天晚饭后,我终于忍耐不住对方怡玫和雪芳的思念,身不由己地向房后走去。恰好路过小卖部,我决定先向兰桂芳打听方怡玫的近况,然后再去看她娘俩。毕竟兰桂芳经常去看方怡玫,了解的情况更详细。

兰桂芳一见到我,目光焦虑地问道:"你看方姐去没?"

"我正想过去呢,"仿佛有种不祥的预感,我急着问,"方怡玫咋的啦?"

"你还不知道哇?"兰桂芳睁大眼睛瞅着我,"昨天她让黄树田打了。黄树田这家伙太狠了,把方姐都踹流产了。方姐正在炕上躺着呢。"

"什么?"我只觉得脑袋嗡的一下。我吃惊地望着她,"这家伙凭啥打她?"

兰桂芳愤愤地说:"那天,朱嫂当众埋汰他是王八,他憋了一肚子火,随后就找了黄树山,听说回来就拿方姐撒气,骂她不是东西,让他戴了绿帽子。昨天过节我寻思看看方姐和小家伙,还没进屋,就见院门口围了一群人,我朝里一望,大吃一惊,只见雪芳站在地上,头上插着芦花,身子直哆嗦,眼泪鼻涕流了一脸。黄树田正拿着鞭子照雪芳头顶上的芦花啪啪一个劲儿地猛抽,抽下的芦花落了雪芳一身,粘了一脸,他嘴里还不停地骂着'小杂种'。方怡玫急了,上前去拽黄树田。黄树田气得像疯狗,一脚踹在方姐的肚子上,方姐当时就摔倒了。方姐怀孕没多久,哪禁得起他这么踹?我气得冲进屋,把黄树田臭骂了一顿,赶紧扶着方姐上了卫生所,这才发现她流产了。今儿中午,我过去一看,方姐还在炕上躺着哪。"

"这个黄树田,也太他妈的残忍了。"我气得牙根紧咬,一扭头出了小卖部,直奔方怡玫家。

方怡玫面色苍白,由于失血过多,脸白得像纸。她头发蓬乱,眼角出现了细密的鱼尾纹,脸明显消瘦,下巴颏儿尖尖的。见她这副憔悴的样子,我一阵心酸。这才几年啊,方怡玫就变成了这样?这个黄树田真是狼心狗肺,把方怡玫摧残得不成人样。

"这个丑八怪,也忒狠毒了。"我愤愤地说,"我非找他算账不可。"

"剑峰,你别胡来。"方怡玫紧紧抱着我,泪水刷刷地从脸上流下来。

"他都把你打成啥样了?"我痛苦地望着她,"你不能再跟他过下去了,干脆跟他离婚。"

"剑峰,我真没曾想他会变成这样啊。"方怡玫呜呜地哭着,"我的命咋恁苦?雪芳跟着我也没得好哇。"

我紧紧抱着方怡玫,悲怜地望着她:"怡玫,你这样叫我多难受,趁早跟他离了,我们就在这儿成个家吧。"

方怡玫抽泣着摇着头:"剑峰,不能啊。那样别人会咋看咱们?你没听见外面的风言风语,说雪芳不是黄树田的孩子,我真要离婚跟了你,你连回城的希望也没了。"

"我宁愿不回城,也要跟你在一起。"我死死拉住她的手,"我不能看你这样遭罪,我不能看着你被那个丑八怪欺负呀!"

方怡玫痛楚地望着我重重地叹息道:"唉——我咋恁倒霉呢?我对不住你,对不住孩子呀。我真是——"

我将她揽在怀中,她的身子不住地颤抖着。我心疼地紧紧搂着她,生怕她被人抢了去。

门咣当一声开了,黄树田走了进来。他突然一愣,恶狠狠地盯着我:"都搂到一块儿啦,这回让俺堵着了,你还想让俺当王八?"

"呸!"我松开方怡玫,怒视着他,"你这丑八怪,打媳妇算什么能耐?"

"俺打媳妇跟你有啥关系?俺就打她了,俺还要打死你呢。"

黄树田噌地蹿上来,对着我就是一脚。我一闪身,跳到地上,他的脚正蹬在炕沿儿上。

趁他立足未稳,我上去就是一拳,正砸在他的脑门上,这家伙噔噔倒退了几步。方怡玫挣扎着下了地，大声喊着："剑峰，你快走。"

我一把扶住方怡玫说："你别管，今天我跟他没完。"

"俺让你走。"黄树田从门后操起一只镐把，抡圆了向我的头上砸来。

我的注意力正集中在方怡玫身上，丝毫没想到黄树田会这样发狠。方怡玫大叫一声扑过来，用身体护住了我。我一扭头，黄树田的镐把已经下来，咣地重重砸在方怡玫头上。方怡玫扑通一声跌倒在地。

"怡玫，怡玫！"我惊叫着扑到她身边，使劲儿摇着她的肩膀。

黄树田也傻了眼。他呆呆地望着地上的方怡玫，手一撒，镐把咣当落到地上。

方怡玫两眼紧闭，鲜血顺着她蓬乱的头发缓缓流出，一滴一滴落到脏兮兮的地面上。她的脸色变得愈发苍白。

"怡玫，怡玫，你醒醒啊！"我大声呼叫着。

雪芳站在一边，望着倒下的方怡玫，"哇"地大哭起来。我扭头看着雪芳，叫道："雪芳。"

雪芳胆战心惊地来到方怡玫身边，推着方怡玫哭喊着："妈妈，妈妈……"

黄树田也走了过来，低着头，瓮声瓮气地叫着："怡玫，你睁开眼啊，俺不是故意的。"

"咋啦，这是咋回事儿？"兰桂芳突然跑了进来，惊叫着扑向方怡玫。

她手摸着方怡玫苍白的脸，大声哭喊着说："方姐，方姐……"

方怡玫静静地躺着，双眼微闭。我惊恐地将手伸到她的鼻子前，希望能感觉到她的气息,哪怕只有微弱的气息也行啊。

可是我失望了,方怡玫已停止了呼吸。她就这样突然离开了我,竟没有留下一句话。

仿佛有几把钢刀同时扎进了我的心脏,搅得我心房破碎,肝胆俱裂。我的精神崩溃了,一头扑到方怡玫的身上,放声大哭起来。

一会儿,黎义鸣、郑义平、谢元庭等人闻讯赶来了。

我一头扑向黄树田,眼里冒着火:"我操你八辈祖宗,你还方怡玫的命。"

黄树田竟在原地一动不动,几滴浊泪从他那丑陋的脸上流了下来。

郑义平怒目圆睁,满脸的络腮胡子不停地抖动,他一把揪住黄树田,吼道:"你他妈的也太狠了,敢对咱知青下毒手。"

黄树田惊恐地眨着雌雄眼:"俺不是……"

黎义鸣平时总是耷拉着的眉毛霎时立了起来,他眼冒凶光逼视着:"什么不是,你个臭老土,欺负到咱知青头上,你他妈的是不是活腻了?"上去给了黄树田一拳。那家伙仰头倒地,谢元庭、兰桂芳等人也围了上来,指着黄树田怒骂。雪芳吓得哇哇直哭。

"雪芳别哭。"兰桂芳心疼地抱起雪芳走出了屋。

吴大山进来了,他扫视了一眼平躺着的方怡玫,眉头紧缩。他狠狠地瞪了黄树田一眼,说:"到底怎么回事?"

黄树田垂着头,哭丧着脸说:"俺看白剑峰抱着方怡玫,就来气了。俺,俺不是故意的。"

"什么,你说什么?"我浑身颤抖不知说什么才好。

知青们纷纷嚷着让黄树田偿命,吓得黄树田面如土色,身子不住地颤抖。"都住嘴,"吴大山大声喝道,"你们还嫌不乱啊?都冷静点,这事儿以后再说,先考虑方怡玫的后事。"他冲着黄树田说:"快去张罗做口棺材,钱不够,去营里借。"

黄树田看了一眼地上的方怡玫,跟跟跄跄地走了出去。

吴大山瞅着大伙儿说:"大伙儿都回去吧,等棺材打好了,把方怡玫埋了吧。"

"营长,黄树田把人打死就这样算啦?"谢元庭不解地问。

吴大山瞥了我一眼:"黄树田没说吗,他不是故意的。总不能死一个再搭一个吧?"

郑义平满脸怒气说:"方怡玫不能不明不白地死了,总得有个说法呀!"

"是呀。"黎义鸣、谢元庭跟着附和着。

"那你们说咋办?"吴大山瞅着大伙儿。

"咋办?"郑义平大声说,"这人死了可不是小事儿呀,咋的也得让法医鉴定一下,再决定如何处理。"

"这死因不是明摆着吗?"吴大山说,"还用得着鉴定吗?"

黄树山进来了,他小眼睛发出贼光扫视了一圈,最后落到我身上。

"怎么不用鉴定?"郑义平气愤地说,"方怡玫可是咱知青,这可是迫害知青致死的严重事件啊!不鉴定怎么处理凶手?"

黄树山鼠眼一转,尖着嗓子说:"你说谁是凶手?"

郑义平瞪了一眼黄树山:"我们跟营长说话呢,你跟着瞎掺和啥?凶手是谁,这不是秃子脑袋上的虱子——明摆着吗?"

"郑义平,"黄树山小眼睛一瞪,尖声道,"母是队长,咋就不能管?这儿有你啥事儿?你这不是狗拿耗子——多管闲事吗?"

"放你妈的屁!都死人啦,你还说咱们多管闲事儿?"郑义平气得攥紧拳头,胡子都立了起来。

"咋?"黄树山脖子一歪,"在这儿你还想要横呀!"

吴大山不耐烦地摆了下手:"行了,行了,别在这里瞎吵吵。鉴定就鉴定,没啥大不了的。"他回头对黎义鸣说:"你是连长,就安排法医鉴定吧。"

"行。"黎义鸣点点头。

吴大山看着大伙说:"行了,这事儿就这么定了。"

黄树山"哼"了一声,一甩袖子出去了。

吴大山对黎义鸣说:"你派俩人在这儿守着,其余的人都回去吧。"

黎义鸣说:"我跟郑义平在这儿,别人先回去休息吧。"其他人这才陆续往外走。

吴大山见我没有走,问:"你咋还不走?"

我站着没吭声。

吴大山冲黎义鸣使个眼色,黎义鸣马上过来将我向外推,我死死拽住门框,说:"不,我要留下来陪方怡玫。"黎义鸣向吴大山递去征询的目光。

"唉,"吴大山看着我和黎义鸣,"既然这样,你们就替我看好方怡玫吧。"说着他眼圈红了。他紧咬着嘴唇,转身走了出去。

冷霜月、韦翠花领着一帮女青年来了。冷霜月将一个白布单轻轻盖在方怡玫的身上。她们垂着头,默默地掉眼泪。

我静静地站在方怡玫的身旁,我要陪她度过这最后的夜晚。

冷霜月打来一盆水来到炕前，韦翠花颤抖着轻轻掀开蒙在方怡玫脸上的白布，她俩用毛巾沾着盆里的水擦拭着方怡玫脸上的血迹。这张曾经让我心动、让我揪心的熟悉面容此时惨白如纸，鼻翼两侧和嘴角边的沟纹清晰可见，长长的睫毛遮盖了那曾经美丽而忧郁的双眸。我茫然地望着这张惨白的脸，不禁想起第一次见到她时我惊诧的心跳，想起了红海滩上她向我敞开心扉的真挚，想起了她饱受歧视仍偷偷关心我、鼓励我，想起了苇丛中她与我相拥的忘情时刻……这些往事历历在目，又恍如梦境，搅得我心痛如割。

第二天，黎义鸣领着几名公安人员来验尸。法医掀开白布单，仔细察看了一番，在法医鉴定上写道：死者头部遭钝器击打，造成脑颅损伤，窒息而亡。

黄树山没能保住黄树田，警车离开时也带走了黄树田。

当天下午，在东雪梅的坟旁不远处又挖了一个深坑，我和几个青年将方怡玫轻轻放进棺材里。我手里捧着那个茶缸，凝视着上面鲜红的字迹："赠给最可爱的人"。当我红着眼圈向大伙儿揭开了方怡玫的身世时，人们顿时愣住了。有人悄声说，真没想到方怡玫是烈士的遗孤啊！韦翠花忍不住低声啜泣。我将茶缸郑重地放在方怡玫的身旁，泪水再一次夺眶而出。

在培土的一刹那，又响起了一片哭声。我抓起带有红碱草的泥土，一下一下培到方怡玫的坟上。

随后全连的知青纷纷上前抓起成片的红碱草，培到坟包上，整个坟包被厚厚的红碱草所覆盖，犹如蒙上一层大红绒布。

黄树山这些天没少往农场跑。他找到牛主任，反复说是误伤，让他替黄树田说句话。牛主任真的上县里去求情,还真起了作用。尽管没有最后宣判,但听说,最多判七年。

听到这个消息,青年点炸了营。这个黄皮子也太可恶了,他的活动能量真大。打死人偿命,这是天经地义的,怎么他就能改变。

大家商量过后,决定到县里去告。

我写了一封上告信要求严惩杀人凶手,郑义平拿着让全连人在上面签字,按了手印。我将上诉状抄了一份,与黎义鸣、郑义平一起到县知青办找到了张海川。他现在是知青办组长。

张海川看完上告信,气愤得一拍桌子:"简直是岂有此理,光天化日之下竟敢把人打死,这还了得。"

郑义平说:"张组长,方怡玫死得太惨了。她是抗美援朝烈士的遗孤。黄树田对她太残忍了,您可得给我们知青做主哇。"

他望着我们,说:"你们放心,我以知青办的名义去找他们,对迫害知青的人,一定要严惩。"

过了些日子,传来消息,黄树田被判处死刑。

刑场设在黄屯不远的一片凹地里。

前几年这儿建了个砖场,就地取土。后来土挖得差不多了,砖厂就迁走了,只剩下这一个大大的深坑,成了县执行枪决的法场。

这天午后,我们知道要在这儿对黄树田执行死刑,全营所有的男知青和一些胆大的女知青都早早聚集在这儿。附近的农民和一些半大孩子也三三两两地过来瞧热闹。

上午刚下过一场雨,我们的农田靴上沾满了厚厚的泥。大家凑在一起,七嘴八舌胡扯神侃。

胡立仁晃着脑袋说:"你说这黄树田其实也够倒霉的,娶个漂亮媳妇没过上几天好日子,就让人给戴上个绿帽子,想出气吧还没等出了,搭上媳妇不说,自己小命也要交代了。"

杜金彪瞪着大眼珠子说:"他倒霉活该。瞧他那熊样儿,还他妈的娶了方怡玫。他也不照照镜子,有那个命吗?这纯粹是给烧的。"

胡立仁头一歪说:"当初他要不娶方怡玫也没这事,起码能躲过枪子儿。"

杜金彪说:"其实他妈的该毙的是黄树山,要不是他搅和,方怡玫能嫁给那个丑八怪吗?这不扯起来啦。"他一捅身边的我:"小白脸,你说是不?"

我望着他没吭声,心里乱糟糟的说不出是个什么滋味。

"哎,你们瞧,来了。"胡立仁用手一指。

两辆卡车开来,荷枪实弹的武警跳下车,绕刑场设立了警戒线,看热闹的人群被远远地挡在标志线以外。

黄树田被法警从车上推下来。

他被剃成了光头,头耷拉着像霜打的茄子。一阵凉风吹来,他竟打个寒战。看得出麻绳捆绑的手已经麻木,沉重的镣铐把他的脚脖子磨出了血。他穿着一双旧胶鞋,被法警推搡着,一步一步慢慢向前蹭着。兰桂芳领着雪芳赶来了。她拨开人群,雪芳一眼看见了黄树田,张开小手大声哭喊着:"爸爸,爸爸……"

黄树田一激灵,他停住脚,扭过头极力睁大那双雌雄眼,瞅着雪芳。

雪芳哭着要奔过来,被兰桂芳死死地拽住。

黄树田几滴浊泪从眼眶里涌出,他张开嘴喊了一声"雪芳"便再也说不出话来。

身边头戴墨绿色钢盔的押解执刑人员,悄悄弯下腰用一根小绳系在镣铐上,帮他提在手里。黄树田被推着向前走了几步,腿一软,身子瘫倒在地。两名执刑人员架起他,来到了一个事先挖好的土坑前,手一撒,黄树田便跪在了坑前。

从后面上来两个持枪的人,一人走到黄树田身后,举枪对着他的脑袋,扣响了扳机。砰的一声,黄树田扑倒在坑里,身子蠕动了一下,后面的一人过来,又补了一枪。随后离去。

我看得心惊肉跳,心里不知是啥滋味。几天前我还对黄树田恨得咬牙切齿,可现在看见他死狗般地倒在坑里,心里咯噔一下,一种莫名其妙的负罪感油然而生。

望着兰桂芳怀里声嘶力竭嗷嗷大哭的雪芳,我狠狠掐了一下自己的大腿,然后迈着沉重的双腿走出了人群……

第三十二章

雪芳才三岁多,就成了可怜的孤儿。

雪芳是我亲生女儿的消息像长了翅膀传遍了全营。我知道瞒不住了,索性将雪芳接过来。

我有责任抚养她。我暗下决心,不管有多苦多难,也要把她拉扯大,我要对得起死去的方怡玫。

可是雪芳太小,我不能带她下地干活,又不能不上工整天看着她。雪芳平时对我很亲热,可自从方怡玫、黄树田死后,她的眼神突然对我变得警惕和不安。这种表情分明在告诉我,是我害死了她的爸爸和妈妈。我知道无法向她解释清楚。有些事情连大人都难以弄懂,更何况是一个不谙世故的幼童。她叫我舅舅时,我能感觉她是不大情愿,却又无可奈何。

我思来想去,没跟黄树山请假,便将雪芳带回了沈阳。

母亲见我领回一个小女孩,甚感惊讶。她仔细打量雪芳半天,这才问我:"老老实实告诉妈,这孩子是谁的？你带回沈阳干什么？"

我不愿让母亲知道事情的真相，只是说："这是方怡玫的孩子。这孩子的父母都死了，怪可怜的。妈您就带着她吧。"

母亲满眼愤怒和无奈："你还在瞒我，都听说了你和小方之间的关系。这孩子是你和小方的吧？"

"这……"我头轰的一下大了，恨不能有个地缝钻进去。母亲忧虑地瞅着我说，"你知道咱家的状况，多少眼睛盯着呢。你在农村咋尽给家添乱？这孩子，别人要问起，可咋说？你想过没有，你没结婚就带着个孩子。唉，前儿个公社逮了一帮男男女女游街，都是没登记就结婚的，里面就有老韩家你二哥。"

我心里一阵紧缩，呆愣了好一会儿才说："妈，不管咋说，这孩子我带回来了，您先看着，以后我再慢慢想办法。"我近乎哀求了："妈，孩子是您的孙女，您总不能把这孩子扔大街上不管吧。"

母亲紧皱着眉头，默默瞅着雪芳。

"你呀，唉——"母亲重重叹息道，"真拿你没办法。咋办？我先带几天看看吧。"

母亲总算勉强答应了。母亲见雪芳穿得太破，连夜为她缝了一套小衣服。

雪芳用陌生的眼神瞅着我的母亲一声不吭。我见状捅了她一下："奶奶对你多好哇，快叫奶奶呀。"

雪芳胆怯地眨着眼睛，瞅瞅我，又瞅着母亲，半晌也没吭声。

母亲想将雪芳揽在怀里，可雪芳却躲着一个劲儿往后退。母亲失望地摇了摇头："唉，这孩子。"

我不敢在家多呆，第二天就匆匆返回了青年点。

没过两天,我收到母亲让我速回的电报,我只得再次偷偷跑回了沈阳。

半夜时分,我赶到了家。刚一推开门,便被眼前的情景惊呆了,只见雪芳站在墙角,撅着小嘴,满脸泪痕,眼神充满了敌意与恐惧,任母亲怎样招呼就是不过去。母亲一脸愁云地对我说:"这孩子咋变得这样,给她换衣服不穿,也不好好吃饭,我想给她洗头,她就连踢带叫。唉,把居委会那个老左太太都惊动来了,一个劲儿追问这孩子是不是你带回来的。这可咋整啊?"

正说着,居委会主任左大妈带俩人进来了。她一见我回来,把嘴一撇嘿嘿冷笑道:"你小子行啊,下乡这几年出息了,还整出个后代来。哼,跟你爹一样风流啊。"

我气愤地瞪着她说:"我的事不用你管,请你别操那份闲心。"

"啥,我不管你更完了。"左大妈指着我,"你老实交代这孩子咋回事儿,态度不好可别怪专政队给你办班啦,你自个儿掂量着办吧。"说完,扭头领着人气哼哼地走了。

母亲无奈地望着我:"孩子,你可惹祸了。这孩子我实在没法带,不能再让她呆在家里了,真要办班还有好吗?明儿一早,你赶紧把孩子带走吧。妈实在没招了。"

"妈……"我心情复杂地看着母亲,不知如何是好。

第二天天未亮,我无奈地领着雪芳登上了返回的火车。

刚到青年点,黄树山就晃晃地过来了。他指着我的鼻子恨恨地说:"你小子还回来呀!有能耐领着孩子在沈阳呆着呀?"

我瞪了他一眼冷冷地说:"你管我回不回来?我的事儿不用你操心。"

"啥？不用母操心？"黄树山尖叫着，"你带个小狗崽子连个屁也不放，就私自跑回沈阳，这也太放肆啦。母是队长，咋就不能管？"

他一把拽过雪芳说："这孩子不用你管，母亲自送到营部。"

我一看急了，上前去抢雪芳，雪芳吓得"哇"的一声大哭起来。我见状只得松开手。

黄树山趁机抱着雪芳直奔营部，我气急败坏地穷追不舍。

到了营部，黄树山将雪芳往吴大山跟前一放，上气不接下气地指着跟进的我说："这孩子，不能让这小子带。"

"我不能带谁能带？"我知道跟黄树山讲不通，便对吴大山说，"营长，雪芳已成了孤儿，你就让我带着她吧。"

"凭什么你带？"黄树山对我竖起了鼠眼。

吴大山冲黄树山一摆手："行了，你先回去吧，营里会有安排的。"

黄树山"哼"了一声，气冲冲走出屋。

吴大山瞅瞅我皱着眉道："你还嫌不乱哪？要不是因为这事儿，方怡玫、黄树田能死吗？关于孩子这事儿呀，你就甭操心啦，啊。"

吴大山的话戳到了我的痛处，我咽了口唾沫不甘心地说："雪芳那么小，不能没有人照顾啊，还是让我带着她吧。"

吴大山说："我都安排好了，暂时先让兰桂芳带着，女青年咋说也比男的心细。你还得下地干活。再说，你一个大小伙子，没结婚就领着个孩子，也不是那回事呀。"

我想了想，吴大山说的也有道理，我总不能带着雪芳下地干活。兰桂芳带着绝不会亏待雪芳，她跟方怡玫是挚友，一定会精心照料这孩子的。

晚上，我来到小卖部，雪芳正在炕头上玩兰桂芳用碎布头做的布娃娃。炕头上摆着方怡玫的箱子。

兰桂芳看着我说："来看雪芳啊，她在我这儿，你还有啥不放心？"

我说："谁不放心啦？我想芳芳了。"

她对雪芳说："芳芳啊，你看谁来啦？"

雪芳看了我一眼，很勉强地叫了声："舅舅。"

我吃惊地望着雪芳，心不住地抽搐起来。半响，我心力交瘁地从兜里掏出仅有的一块钱，塞到她的小手里："芳芳，想吃啥就让你兰姨给你买。"

"不。"雪芳把钱又递过来，眼睛充满稚气和仇恨，"你是坏蛋，我不要你的钱。"

"孩子，拿着吧。"我爱怜地瞅着她。

"不，我不要。"雪芳扔下钱一头钻进了兰桂芳的怀里。

我无可奈何地摇了摇头，随后将这一块钱又递给兰桂芳："钱不多，给孩子买点饼干什么的。"

兰桂芳一把推过来："咋的，瞧不起我呀，我还能亏着孩子？"

我将钱放到炕沿儿上说："这孩子就全靠你啦，让你费心了。"

"看你这人，咋变得婆婆妈妈的？"兰桂芳白了我一眼，"啥叫费心？看在方姐面上，我也得好好待她呀。不管咋说，这是咱知青的后代，我要把她培养成像方姐那样善良的人。"

兰桂芳一指炕上的箱子："我到方姐家收拾东西，她家里啥也没有，这箱子里除了几件方姐的衣服，就是中学课本。我就把这箱子搬来了。等芳芳长大后，再还给芳芳。我打开课本看了看，上面有方姐做题画的道道。方姐可真用功，啥时也没忘学习。她曾对我说过，她做梦都想上大学，可现在……"兰桂芳眼圈一红，说不下去了。

我感到一阵心酸。

兰桂芳慢慢抬起头说："剑峰，我知道你爱读书，以后要用课本就来拿。"

"啊。"我点点头。

雪芳对我的敌意，深深地刺痛了我，不管我承不承认，是我在她幼小脆弱的心上留下了难以愈合的创伤。

但是，对我的折磨还没有结束。

这天晚上，我又来到小卖部。柜台前没人，从里屋传来女人的哭声。难道雪芳惹兰桂芳生气了？我轻轻敲了两下门，一会儿黎义鸣拉开门，一见是我，说："进来吧。"

黎义鸣正和兰桂芳处对象，没事就到小卖部，俩人的关系全连都知道。我进了屋，兰桂芳手捂着脸正呜呜地哭着，却不见雪芳的身影。平时，她就在小屋里玩布娃娃，今天跑到哪儿去了？我小心地问："兰姐，咋的啦？"

兰桂芳这才抬起头，本想止住哭声，不想竟抽泣起来。

黎义鸣手搭在她肩上劝道："桂芳，你别哭了，光哭这孩子也找不到呀。"

"孩子？雪芳咋啦？"我一惊，呆愣地瞅着兰桂芳。

"唉，"黎义鸣叹息道，"我刚才进来，就见她一个人趴在炕上哭，我问了半天，她才告诉我，雪芳她……"

"她怎么啦?"我急切地问,一种不祥的预感袭上心头。

黎义鸣声音低沉,慢吞吞地说:"雪芳……丢了。"

"什么?"我脑袋轰地一下,像撞在门框上,只觉耳边嗡嗡作响。

我不敢相信自己的耳朵,追问了一句:"这是真的吗?"

黎义鸣眉头挤在一起,默默地点了下头。

"到底咋回事儿呀?"我跺了下脚焦急地问道。

兰桂芳这才抽抽搭搭地讲述了经过。

今天下午,兰桂芳带着雪芳坐着"小蹦蹦"到县里去进货。她将雪芳抱下车,领着她进了商店。兰桂芳到收款处交钱,雪芳挣脱着跑出了店门。她第一次到县城,见什么都新鲜,活蹦乱跳。兰桂芳正要交钱,不放心地喊了声:"芳芳,别乱跑哇。"

雪芳"哎"了一声。

兰桂芳以为雪芳就在门口玩,也没在意。交完款,就到后面的仓库去提货。今天上的货品种挺多,开"小蹦蹦"的青年也进来帮着搬东西。

等她搬着货物装上车,回头一瞅,雪芳不见了。

她急得问路边上的一个人:"看见孩子上哪儿啦?"

那个人摇摇头。

兰桂芳急了,满街转悠,边跑边喊:"雪芳,雪芳……"嗓子都喊哑了,可就是没有回音。"小蹦蹦"在街里转到天黑,仍不见雪芳的踪影。

我心如刀绞,双手抱着头,痛苦地闭上了眼睛。

黎义鸣劝着我们:"别着急,明天咱们再去打听打听。"

我跌跌撞撞地出了小卖部,一到宿舍,就栽倒在炕上。

第二天，黎义鸣领着我和兰桂芳又到了县城，寻遍了小巷的每个角落，一直找到天黑，仍没有下落。

一个多星期过去了，雪芳仍没有一点消息。兰桂芳哭得眼睛都肿了，圆脸变成了长脸。我看着揪心，本想劝她，可刚一开口，自己竟哽咽了。

晚上，我默默地来到方怡玫的坟前，惨白的月光下，却见兰桂芳正趴在坟上放声痛哭。她的手深深地抓进坟土里，不住地说："方姐呀，我对不起你，我没有看好雪芳，我……"

我过去扶起兰桂芳，强打精神安慰道："兰姐，我知道你心里不好受，我何尝不是如此啊！你已经尽力了，别再自己折磨自己啦，走吧。"

兰桂芳仍在抽泣，头低垂着不肯离去。

这时，黎义鸣跑了过来，他一见兰桂芳，就说："我到处找你，原来你在这儿。看你眼睛哭得像烂桃似的，快回去吧，好几个人等着买烟呢。"

兰桂芳这才转身，抹着眼泪回了小卖部。

雪芳失踪后，我像丢了魂似的，满脑子都是芳芳。

每隔几天，我就要跑到县城，在那条不长的街道上晃来晃去。我常常伫立在商店门前，眼睛紧盯着过往的孩子，我期望着奇迹的出现。

一个中年妇女领着一名活蹦乱跳的孩子从我身旁一闪而过。我觉得那孩子特像芳芳，便冲动地跑过去，大声叫喊着："芳芳、芳芳。"

当那小孩子一扭脸，吃惊地望着我时，我失望了。而手拉孩子的妇女,见我正拽着孩子,便使劲儿推我,尖声叫着:"你这人有病啊!"

那妇女拽着孩子气哼哼地说:"走,别搭理他,神经病!"

我怔怔地站着,像一个木桩,脑子里一片木然。

第三十三章

随着时间的流逝,女儿离我越来越远,而我依然没有变化。

我开始想到了回城。田达利已当兵离开了青年点。前些日子,辽河油田到点里招工,我的那些同学,像谢元庭、孙福禄、尚慕春见回沈的希望不大,便选择了辽河油田。尽管没有回归故里,但毕竟是招工,算是离开了青年点。

只有冷霜月、黎义鸣和我仍留在点里。冷霜月是指导员,黎义鸣是连长,一定都在等待着回沈的机会。可我呢,别说回沈阳,想离开青年点都不敢想。

这天晚上,营里下来紧急通知,第二天所有男知青都要到辽河大堤边上挖冻土,修筑大堤。

我们这些修堤大军坐着马车,在如针扎的朔风中颠簸了几十里,才到达了目的地。跳下车时,手脚已冻得麻木了。

我们连被安排在大堤附近的老乡家住。我和郑义平两个宿舍的七个人被分到一个房子里住。说是房子，其实就是装杂物的小偏厦。

老乡临时将里面的东西搬了出来。小屋不大，只有一铺小炕，边上有一个小炕洞。这炕上从来没住过人，连个炕席都没有，土炕上积满厚厚的尘土。

我们扫去尘土，垫了一层稻草，将行李铺到上面。小屋没有窗户，也没有电，凉风顺着破门的缝隙钻进来。

胡立仁从院里拽进一捆稻草，点了一绺，就往炕洞里塞，刚烧了一会儿，那烟顺着炕洞咕咚咕咚地冒了出来。我找了一个破笤帚往里煽风，不知是潮气太大，还是烟道堵塞，反正那烟就是不往炕里进。我一看不行，扔下笤帚跑了出来。胡立仁不甘心，拿着干树枝拨弄着稻草，边烧边用嘴往里吹气。一会儿，他蹲到了门外，那双眼睛被烟熏得通红，一个劲儿往下淌眼泪。

杜金彪瞅着胡立仁大笑："瞧这狐狸眼都成了兔子眼了，这不扯起来啦。"

胡立仁用袖口擦着眼睛，说："你就会站在那说风凉话。你来烧试试，我看你能变成啥？"

"就说你笨死了，炕都烧不好。"杜金彪大声嘲笑着他，"也难怪，狐狸都睡山洞，哪睡过什么火炕啊。"

"行了，行了，我不跟你玩嘴皮子，反正这炕我不烧了。"胡立仁甩了一把鼻涕，"谁有能耐谁烧吧。"

这么冷的天，不烧炕可咋睡呀？我想了想，说："我烧吧。"

杜金彪一把拽住我："得了，这破炕谁烧也不往里进烟，干脆就这么睡吧。"

我说:"那炕不凉吗?"

胡立仁翻了翻通红的眼珠说:"这不是傻小子睡凉炕,全凭火力壮吗?"

大伙儿一阵哈哈大笑,再也没有人烧炕了。

吃过了晚饭,我们几个人就钻进了被窝。这炕顶多睡四个人,这回挤上来七个,咋睡呀?仰面躺着放不下身子。我们只得侧着身,一个挨着一个。

刚躺了一会儿,我就觉得肩膀压得发酸,想翻下身却动弹不了。胡立仁叫着:"我的肩膀都麻了,赶紧翻下身。"

周围的人也吵吵起来。大伙儿动了动身,竟没翻过来。

杜金彪也受不了了,大声说:"要翻咱一起翻,哥们儿喊一、二、三,大伙儿一齐使劲儿。"接着他喊道:"一、二、三。"

"嗨!"我们七个人吼着一齐用力,费了半天劲儿总算将身子翻到另一侧。

我长长出了一口气,以为能好受点儿。一会儿,这边的膀子又压疼了。没办法,大伙儿只好再喊一、二、三,一齐又翻过身。

这一宿,光是翻身就折腾了十几次。西北风飕飕钻进小屋,冻得鼻头发凉,我们只好将破棉袄蒙在头上。折腾得实在困乏了,才睡过去。

"嘟——嘟——"哨音急促地响了起来。我揉揉眼睛一看,天还没亮。

黎义鸣推门进来,大声吆喝着:"起床啦,快起来。"

这声音跟我们刚下乡时达子吆喝的声音是那么相像。

我们这才钻出被窝,迅速穿好衣服。

下了炕,第一件事先活动肩膀。大伙儿舒展双臂,揉着肩头。

胡立仁使劲儿摇了两下手臂,说:"这一宿两膀子挤得酸疼,这哪是睡觉哇,跟上刑似的,咱大老远地跑这儿遭洋罪来啦。"

杜金彪一点他的鼻子:"这要有俩女的钻你被窝,你他妈的再不嫌挤了。"

胡立仁说:"这瘪地方,见个女的比见皇帝都难。别说有俩,有一个女的还不被你霸占了,还能轮到哥们儿?"

"这小子,就他妈的惦记女的。"杜金彪回头对着我说,"剑峰,狐狸真没出息,是不?"

我苦笑一下,没吱声。

吃过早饭,我们拎着工具来到工地上。

风就像从冰窖里生出,带着阴森森的寒气,在这旷野上低沉沉地喧嚣。尖厉的呼号,透着一种威胁,吹到人脸上,就像是一个个锥子,扎得皮肤发痛。

胡立仁小脸冻得像紫茄子,鼻孔下挂着冰珠,他说:"这鬼天气冷得撒尿都得用棍敲。"

杜金彪晃着大脑袋说:"哥们儿拿棍给你敲敲,省得你憋出毛病。"

黎义鸣过来说:"干站着能不冷吗?抡一会儿大锤保管你浑身发热。"

我们裹着破棉袄,腰里系一条麻绳子。面对满地苇茬的冻土,挥舞着大锤,朝嵌着一尺来长圆木的扁长铁钎使劲儿砸去。十八磅的大锤,咚咚地荡在上面,一会儿那圆木就卷了边,像一朵菊花。

杜金彪舞锤,胡立仁扶着钎子。这胡立仁怕杜金彪锤头抡偏了砸他的手,用两根短木棍夹着。他蹲在地上,眼睛向上瞟着,说:"我说彪子,你的锤子可得长眼,别砸偏了。"

"哥们儿准着呢。"杜金彪不屑地说,"就你怕砸手,别人咋不怕?"说着,抡圆了大锤,带着一股风声向下砸来。

胡立仁吓得一闭眼。只听咔嚓一声,那扶钎子的木棍霎时断为两截。

胡立仁一激灵,猛然站了起来:"还说准着呢?要是哥们儿拿手扶着,还不得被你砸成肉饼。哥们儿可不敢扶着了。"

"瞧你那熊样儿。"杜金彪手扶锤把,大眼珠子一瞪,"刚才哥们儿是试试你胆儿,这回哥们儿轻点抡,保证砸不着你的狐狸爪。"

胡立仁一扭身子:"你找别人扶吧,哥们儿苦胆都让你吓破了。"

"别走哇。"杜金彪拽住胡立仁,"要不你抡锤,哥们儿扶钎子。"

胡立仁说:"行。"

杜金彪没用木棍,直接用手扶着钎子。胡立仁抡起锤头向下砸来,正中圆木中央,可却像弹脑壳似的。他抡了几下,汗珠子就掉下来。他放下锤子,喘着气说:"这破锤子真他妈的沉,哥们儿这体格可受不了,还是你来吧。不过,这回你先轻点,等钎子进了土里,再使劲儿砸。"

"行啦,别磨磨叽叽像老娘们儿似的。你赶快扶着吧。"杜金彪说完,举起锤子,开始几下用力较轻。胡立仁看着钎头已进入冻土,这才撒了手站到一边,说,"这回你可劲儿砸吧。"

杜金彪真是体大力沉,咣咣几锤子就砸裂了一大块冻土,那帮鞍山小青年忙着将冻块挪到麻袋里,两个人扛着扁担抬走了。

我和黎义鸣配合得很默契,开始时,他扶钎子,我抡锤。等我抡累了,他接过锤子继续砸,直抡得我们大汗淋漓,我们干脆甩掉棉衣棉帽,只穿一件秋衣,浑身仍冒着热气。

干了十天,大堤上堆起了一米多高的冻土,只等春天冻土化了再用推土机轧实。指挥部下达了命令,为了加快进度,要用炸药炸冻土。

炸冻土的场面真是壮观。点着吱吱冒着火星的导火索,一会儿工夫,便响起一串串的爆炸声。冻土被炸得蹿起多高,就像故事片中炮火连天激烈的战争场面,让人看着都觉得刺激。

这天下午,天阴沉沉。黎义鸣带人领了不少炸药和导火索,我和郑义平等人负责点燃炸药导火索。那导火索扯得挺长,有的刚烧到半截就灭了,只好重点。我们划着火柴,点燃了导火索。那导火索哧哧冒着白烟,飞溅着火星迅速地燃烧起来。我们撒腿拼命地往回跑,像被狗追急的兔子似的没命地蹿跳着,生怕跑慢了被炸开的冻土伤着。我们气喘吁吁地跑出近百米,一下子扑在地上,手护着脑袋,小心地抬头盯着爆炸的方向,等待那山崩地裂般的爆响。

一会儿,咚咚的爆炸声此起彼伏连成一片,震耳欲聋。纷飞的冻土块在半空中炸裂成无数个大大小小的碎块,铺天盖地砸下来,震得大地颤抖。

我双手捂着帽耳,眼睛盯着自己点燃的那个炸药。别人点的都已炸响,唯独我点的炸药毫无反应。我感到纳闷。爆炸声已渐渐地平息,可我点燃的炸药还没响。是导火索太长了,中途灭了,还是导火索返潮?

我按捺不住了,噌地站起身,对身边的郑义平说:"我点的咋没响?我过去看看。"

郑义平一把拽住我,将我摁倒在地。他说:"危险,再等一等。"

我们又等了一会儿,仍没有响声,我再也忍不住了,刚要站起,郑义平一把按住我,他噌地站了起来,说:"你先老实趴着,我过去看看。"

"那怎么行?"我急着说,"大哥,还是我去吧。"

他眼睛一瞪:"别啰嗦,我比你有经验。"不等我回答,他已向我埋炸药的地方跑去。

我刚要追过去,黎义鸣一把拽住我:"别动,这可不是闹着玩的。"

我只好蹲在地上,睁大眼睛瞅着前方,紧张得心怦怦直跳。我的眼睛不敢眨一下,心一下子提到了嗓子眼,手心里攥出了汗。

郑义平正在接近,不到十米远了。突然,惊天动地一声巨响,我吓得一激灵,本能地扑在地上。只见冻块雨点般地落下来,郑义平刚想卧倒,一块脸盆大的冻土像从天而降的陨石,正正当当砸在他的头上。他扑通一下,摔倒在地。

我惊得"啊"了一声,倏地跃起,高喊着"郑大哥……"便不顾一切发疯般向他奔去。黎义鸣等一伙人随后跟了上来。

我跑到近前,顿时傻眼了。郑义平直挺挺地躺在地上。他的半个头盖骨都塌陷了,冻土贴在头上,冒出的血变成黑红色。他面无血色,双眼紧闭,鼻翼剧烈地一起一伏,嘴里、鼻孔里不停地涌出泡沫状的血。

黎义鸣一惊,忙问:"谁有纱布?快给他包扎。"

谁上工还带着纱布啊?身旁没有卫生员,这可咋办哪?情急之中,我掀开秋衣,从里面的白背心撕下一大条,迅速和黎义鸣两人将他的头紧紧地包扎住，可鲜血还是慢慢浸透了白布。我急得摇晃郑义平的双肩，不停地喊："郑大哥，你醒醒，你醒醒……"

郑义平勉强睁开一只眼，气若游丝，只说了一句"剑峰……"便头一歪，任我怎样呼唤，再也睁不开眼睛了。

第二天，黎义鸣带领全连的人撤回了青年点。

在方怡玫的坟旁不远，又起了一个坟包，郑义平永远长眠在这里了。

我和杜金彪、胡立仁等人，用镐刨开冻土，挖了一个深坑。下葬时，全连的人紧紧围在一起。凛冽的寒风呼啸着，可大伙儿仍脱下棉帽，垂下头向郑义平的遗体告别。

黎义鸣强忍住悲痛，走到韦翠花跟前，他从兜里掏出一张发皱的信纸，递给韦翠花说："这是从郑义平棉袄兜里翻出来的。"

韦翠花接过一看，竟是她几个月前悄悄塞给郑义平的一封信。胡立仁曾悄悄地告诉过我，那是韦翠花给郑义平的情书。韦翠花曾经暗恋着郑义平。就在临出工前，还特意为郑义平浆洗了被单。此前，郑义平因东雪梅的死，一直怨恨韦翠花。韦翠花有意跟他接触，却遭到郑义平的冷落，直到最近他才对韦翠花的态度有所转变。没想到，郑义平将韦翠花的信一直保留在身上。

韦翠花捧着被郑义平珍藏的那张信纸，手不住颤抖着，她缓缓地走到郑义平的坟前，扑通跪倒在地，泪水从她那双晶亮的大眼睛里涌出，她大喊一声："义平……"哇地扑倒在坟头上。

灯熄灭了，屋里的人都睡下了，可我却如烙饼似的在炕上翻来覆去睡不着。郑义平的死，强烈地撞击着我的心灵。他埋拉吧汰的黑脸，扎扎的胡子，总在我眼前闪现。他在这片盐碱滩上艰难苦干了近十年，若不是亲眼所见，我真不相信世界上还有这种人。他不趋炎附势，他嫉恶如仇。他正直、倔强得让人担心。他对人火热心肠，从不考虑个人得失。他从容面对恶劣的环境，不惧苦和累。他舍得出力气，他甩出的汗，岂能用沟量井装。他为了我，永远地倒下了。他的理想，他的信念，都埋葬在这里。

第三十四章

一九七七年冬恢复高考,终于让我看到了回城的希望。

我和冷霜月、郑义平等人都报了名。十二月一日清晨,我们顶着呼啸的北风,徒步十几里到达东方农场中学的考场,心情忐忑地迈进了简陋的教室。

我坐在课桌前,将方怡玫和雪芳的合影摆在准考证旁。这原是方怡玫生前一家三口的合影,方怡玫死后,我从镜框里取出,将雪芳身旁的黄树田的形象撕掉,如今这残缺的照片上只有方怡玫和雪芳俩人。我望着照片心里默默地说,苦命的怡玫呀,今天我要实现你的理想,你能感觉得到吗?

卷子发下后,一位中年妇女模样的监考老师走到我身边。她奇怪地瞅着那照片,说:"这照片是谁?考试哪有摆这儿的?快收起来。"

我抬头望着她说:"这是我的妻子和女儿,我就是为她们而考的。"

她低下头仔细瞅了一会儿,摇了摇头,轻轻叹息了一声,默默走开了。

我稍稍稳定下情绪,这才认真地答卷。考题并不难,可对于已荒废学业多年的我来说,仍有点面对天书的感觉。要没有这一个月的玩命复习,我恐怕连题都看不懂。我拿起钢笔刷刷地写着,虽然题都答上来了,自我感觉不错,可我心里仍没底。

考试过后的一个月,我和郑义平、冷霜月被通知到县医院体检。体检合格了,我终于松了一口气。冷霜月告诉我,报上介绍了全国参加高考的人达到五百七十万人,最小的十六岁,最大的三十三岁,而只录取三十七万,录取率仅为十五比一。而体检合格,真正能被录取的也只有三分之一。我的心一下子又提了起来。

第二天,我们又到辽河大堤挖冻土,郑义平为我失去了生命,他的大学梦也化为了泡影,一想到这,心里便刺痛难忍。

再有两天点里就放假了,可通知书仍不见踪影,我怕回家收不到,和冷霜月一合计,为稳妥起见,干脆留在青年点等信吧。

晚上,我刚想躺下休息,韦翠花走了进来。

她来到近前,眨着大眼睛瞅着我:"后天青年点就放假了,我真希望你能收到通知书。"

我说:"谢谢,坐会儿吧。"

她坐在了炕上,用手梳了一下五号头。她抬眼时,额头出现了浅浅的抬头纹,细密的鱼尾纹悄悄地爬上了她的眼角。她一张嘴便露出那镶嵌的假牙。我默默地瞅着她,她那原本光滑、润泽的脸庞,如今竟变得粗糙、松弛,被强烈的日光晒得黑黝黝的,满是黑斑,像个地地道道的农村妇女。我不禁心头一颤,暗自感叹:她这近十年的青春光景就这样过去了,换来的是如今这副模样,唉。"

她望着我说:"有啥需要我帮忙的尽管说。"

我说:"没啥,真要有信儿,我只把这被褥带回去,别的啥也不要了。"

她瞅了一眼我炕上的褥子,那个褥面洗得已经褪了色。她说:"这褥面也太旧了,我想明天到县里买块新布换上吧。"

我一眼瞅见褥面上那个红补丁,心里一阵发热。那是我刚下乡时,褥子烧了个大窟窿,她亲手补上的。我说:"不用换,看到这个褥面我就想到了青年点,想到了你。"

"你真的不记恨我了?"她的眼里闪着惊诧,"以前我对不起东雪梅,对不起方怡玫,伤了你的心。现在我真的很后悔。我那时真糊涂哇。"

我有些伤感地望着她说:"过去的事儿还提它干啥?现在一切都变了,但愿以后再不会发生那样的事儿。我以前对你发过火,耍过脾气,也请你原谅。"

她的眼睛湿润了,眼里流露出依依不舍的神情:"这些天我心里也挺不好受的。你真能考上大学,我打心眼儿里为你高兴,可我们相处这么长时间,你这冷丁儿一走,我这心里也闪了一下。剑峰……"她眼里闪着泪花,声音竟有些颤抖,"咱俩曾是干姐弟,你还肯认我做干姐吗?"

我心情复杂地瞅着她,不觉有些激动。我沉默了片刻,突然深情地叫了一声:"姐。"

她的泪水一下子涌出。她双手捂着脸,呜呜地哭出声来。我一怔,竟不知怎样劝她。

过了一会儿,她抬起头来擦去眼泪,故意笑了一下说:"这被褥姐给你拆洗吧,这也许是姐为你最后一次洗被褥。以后真上了大学,姐再也帮不上你的忙了。"她说完,摊开我卷着的被褥,动作麻利地将被衬、褥单拆了下来,卷成一团,夹在腋下。她站起身说:"我先回去了,明天浆洗完,再给你做上,保证误不了事儿。"

她噔噔地走了出去,我送她到门口,说:"姐,又让你受累了。"

她回过头,眼睛又湿润了。她咬了下嘴唇,冲我摆了一下手说:"啥受累?你快回去吧。"

我站着没动,只觉嗓子眼儿堵得慌,目送她的背影心里说不出是啥滋味。

青年点放假了。平日偌大喧嚣的青年点一下子静下来,只有我和冷霜月孤零零地留守。不知怎的,我觉得心里空荡荡的。

在他们走后的一个星期,一封来自北京一所大学的信寄到了青年点,收信人是郑义平,我急切地撕开一看,竟是录取通知书,要求他二月二十五日前到校报到。我和冷霜月呆怔地望着通知书,泪眼相对,缄默无语。

又过了两天,我们同时收到了沈阳一所大学寄来的录取通知书。

我捧着录取通知书,手不住地颤抖,看了一遍又一遍。

天哪!我终于如愿以偿!我的心血我的努力没有白费。这回我可以名正言顺地离开青年点,可以有更多的时间、更多的机会、更多的自由去寻找雪芳了。

我要走了,就要离开艰苦奋战多年的这片土地。我给这里留下了什么?这里又留给我什么呢?……

盘锦,当初我是怀着怎样的心情走进你的怀抱。在这片盐碱滩上，我曾经毫无保留地释放着全部的青春激情，为之付出了我单纯、虔诚的情感，毫不吝啬地洒下我的汗水。我想拼命摆脱自己的命运，我想堂堂正正地做人，做一个有尊严、不受歧视的人，可竟是那么难哪！我和许许多多的热血知青一样，渴望把这里变成辽宁的"南大仓"。我不知这个愿望是否能实现。我期待着收获稻子的同时，也能收获我最珍视的爱情。可是，我得到了什么呢？我曾经怨恨过、迷茫过、痛苦地挣扎过，甚至绝望过。可当我看到沙沙作响的芦苇，看到那吸吮苦涩仍顽强生长的似火的红碱草时，总是激动得不能自制。这里的风风雨雨，冲刷掉我当年的单纯与羞涩。不管你是否情愿，最终被雕琢成如今的这副模样。我不知自己的青春是否真有意义。可不管怎样，这里留下了我的青春，我的汗水，承载着我的苦痛、悲酸。我也曾有过欢乐和温馨。尽管那么短暂，那么不尽如人意，却如断藕丝丝相连，难以割舍，让我永生难忘，令我刻骨铭心。而这片荒滩上埋葬着四位我的战友，他们的孤魂是否还在游荡？在我离开之际，我要向他们做最后的道别。

  我默默地朝路边那个坟包走去。那里埋葬着周庆福，我们曾经睡在一铺炕，干一样的活。我总也想不通，他会做出那样的蠢事。多少年了，我不敢到他的坟前为他培一把土。今天，我就要离开这里，不必瞻前顾后、心惊胆战了。

  我站在他的坟前，周围枯干的苇子簇拥着被北风吹得沙沙作响。这个不起眼却曾闹得人心惶惶的土包已被枯黄的杂草所覆盖，透着凄凉的荒芜。我慢慢蹲下身，一点一点拔除上面的荒草。

  "剑峰。"一个声音从背后传来。

  我转过头，见冷霜月走了过来。她手里拎着一个旧书包，垂着头对我说:"谢谢你,还能来看看他。"

我缓缓地站起身说:"冷霜月,我曾经挨着他睡,挺同情他的。过去我不敢来,今天我要走了,再看他一眼。唉,他这人咋净想歪门邪道?要不,能……"

"剑峰。"冷霜月说着从书包里拿出一个木牌。

我不禁大吃一惊,那木牌上写着"周庆福之墓",竟是当初被人踩倒的那个木牌,这……难道是她立的?

我顿时恍然大悟。那个在草垛里同周庆福悄悄在一起,后来又几次为他培坟的竟是冷霜月。怪不得营里几次派人看守抓不到人,谁会想到是会上积极发言批判周庆福的指导员啊?我睁大眼睛,惊异地瞅着冷霜月:"你这是重新给他立牌呀?"

她红着眼圈说:"在这个青年点,也许大家都不知道,我是他最亲近的人了。脱谷时,有天晚上,在草垛里俺俩确定了关系。他当时对这里的环境很不适应,情绪低落。我劝他想开点往前看。谁曾想,他后来竟偷听敌台,为的就是那几个钱。他被抓后,我对他真是又气恨又可怜。在那种场合,我不得不带头批判。可晚上,我心里难受,忍不住啊。我蒙上被子偷偷地哭,却又怕被别人听见。她母亲让我照顾他,可我却无能为力。我真是有苦说不出哇。我偷偷为他立了牌,深夜借检查的机会,偷偷地为他培坟。周庆福他太苦了,临死都落下个骂名。"

冷霜月的泪水如断了线的珠子,扑簌簌滚落下来,滴到坟头上。她抽泣着说:"这些年,我也有几次回城的机会,可我都让出去了。别人认为我多么无私,多么高尚。其实,他们哪里知道,我是舍不得周庆福,我默默在这儿陪伴着他。我知道,你临走前会来这儿的。今天，我就把这一切告诉你。我埋藏好几年的痛苦，今天终于可以倾诉了。我之所以把这个木牌带来，就是时刻提醒自己，在我们曾经生活过的青年点，还有一个周庆福。不管他是对是错，他毕竟是我们的同学啊。"

她已经泣不成声，一头扑倒在坟头上，她手拍打着坟包，大声呼喊着："庆福，庆福，我和白剑峰来看你了，看你来了。"

我感到胸口像塞进一团棉花，堵得要命。我接过木牌，找来一块碎砖头，将它深深砸进土里。

良久，冷霜月才站了起来。她一抹眼泪，抬头对我说："我知道，你还想去哪。走吧，我陪你去。"

……

尾　　声

当三轮摩托车把我颠簸到卫红村时,雨恰好停了。正是晌午,太阳露出了笑脸,尽力地把温暖洒向大地,苇叶很有韵律似的挂着未及蒸发的水珠。

我站在村口望去,记忆中的景象已不复存在。当年的大队部迁移到北边,变成了村委会。好大的一个院落,门却上着锁,不知村干部上哪儿忙去了。俱乐部也不见了,饮水的水泡子消失了,取而代之的是一片新建的砖房,往来的村民竟是陌生的面孔。我在惊诧的同时,努力寻找过去的记忆。

我转悠好一阵,才发现夹在新房中的一个弧形屋顶的旧房。我像发现了新大陆,奔过去仔细观瞧,心头霎时掠过一阵兴奋。这不是我当年住过的青年点房子吗?把山的那间敞着门,门上挂着小卖店的牌子。

我走进小卖店。

店内,一个黑瘦、瓦刀脸上爬满垄沟似皱纹的老农瞅了片刻问我:"你买点儿啥?"

"我打听个人……"我仔细打量着他，忽然惊异地脱口而出，"你是黄来宝！"

那人转着黑亮的小眼睛一愣神，突然，他双手抱住我的肩头："啊，白剑峰！快到屋。"

他扭头对里间屋喊道："孩儿他妈，你出来照看一下，俺朋友白剑峰来啦。"

他随后领我来到旁边的那间屋。但见四壁用旧报纸糊着，北面墙立着一排白色的组合家具，摆放着彩电。我抬头一看，房梁的圆木上还残留着当年的大字报，墨迹依稀可见。炕上铺着印有艳丽方格的地板革。

我说："先给我来杯水吧，好久没喝泡子水了，看看是不是还那味儿。"

他走到外屋，拧开自来水龙头，接了一大碗水递给我："俺这儿早就不喝泡子水了。这是从乡里接过来的自来水，你尝尝吧。"

我喝了一大口，咂咂嘴，说："嗯，没以前泡子水味正。"

"嗬，这么多年都没忘泡子水是啥味。"黄来宝瞅着我笑道。

我问他："我走后，这里都有啥变化？"

"啥变化？那变化逗是大去了。"他眨着眼瞅着我说，"你考上大学没几个月，青年点就哄哄知青要清底，谁还有心思干活呀？地里的草长得老高，也没几人下地去拔。气得黄树山抻脖子直叫唤，骂他们是懒蛋，说不好好干甭想回城。可谁听他的？那年的稻子真减产不少。别说，这消息真准。一九七九年春节过后，这些知青真就清底了。他们呼啦一走，整个青年点空荡荡的。唉，你们青年在时，当地老农嫌闹得慌，可你们这一走，倒清静了。冷丁儿俺这心里还真空落落的。咋说在一块呆好几年了,能没个念想?"

我感慨地点点头,递给他一支"红塔山",问:"咋没见黄队长和喜凤?"

他吐了一口烟,说:"你说俺爹呀,你们知青清底后,他就当了村委会主任,一直干到前年才退下来。他操劳了一辈子,总算清闲了。俺妹子在你上大学的第二年就嫁到县城里,妹夫在县工商局开车,今年新装修的房子,前两天开车接俺爹娘上那儿住几天。"

"哦。"我点点头。我又询问他家里的情况。他告诉我,他娶了个外地媳妇。他的儿子已经二十岁了。前年当的兵,今年夏天考上了军校。队里分田到户,他家分得十五亩地。农活也不像以前那么累。每年能收入两三千元钱。他花四千元买了青年点的房子。隔壁是朱嫂一家。兴城来的没几户了。后来从外地陆续搬来不少人,他们扒了青年点的旧房盖起了新房。青年点的房子如今只剩这最后一个了。他说,他媳妇身体不好,常常吃药,花了不少钱,等他攒够了钱,也想盖新房。我打趣地说:"这房你不能扒,珍贵着哪,以后拍电视剧说不定能用上呢。"

他哈哈大笑。

一会儿,朱嫂领着她男人朱福过来了。她比以前更胖了,黑红的脸上绽着笑容。她说:"刚才俺看见一个人进来,准知道是点里的知青,没想到是白剑峰。咋样,在城里发了吧?"

"咱一个上班族,上哪儿发呀?"我笑着说,"不过,咋的也比在青年点时强啊。"

"那是呀。"她一捅身旁的朱福,"哎,老朱,去拎点螃蟹过来,让剑峰尝尝,多拿点儿。"

"嗯哪。"朱福应了一声出去了。

一会儿,朱福拎了一塑料袋螃蟹进来了,个个有小碗口大,足足有几十只。

"你在哪儿整这么多螃蟹?"我看着那些张牙舞爪的蟹子问。

"俺自家稻田养的。"朱嫂爽快地说,"咋没把媳妇、孩子带来?"

我苦笑着说:"她们都忙。再说,这么多年没回来,我真不知能不能碰上熟人啊。"

"瞧你说的。"黄来宝笑着对我说,"咋的俺这些人不能都走光吧。你别说,俺还真想你们这些知青。前两年,有知青回来,都拿着相机在俺这儿拍照呢。"

我说:"这些年,我也惦记着回来看看,可一直抽不出空。今年国庆放长假,我才有机会回来。其实,我也真的好想你们,想我们在青年点生活的那些日子。"

"可不是咋的,"朱嫂说,"别说你们想,连来宝他爹见面还念叨你哪。说白剑峰能干,心眼儿实,就是没赶上好时候,在这儿遭了不少罪。"

我说:"那时你们也不易。黄队长没少帮我,在苇塘救过我的命,我一直念念不忘。我遭了罪不假,可当时就那环境,谁也没办法。再说,没有下乡那段经历,我们能相识吗?"

黄来宝点点头:"嗯,白剑峰说的也是。"他望着我说:"这次回来,你还想见见谁。"

我说:"认识的都搬走了,可能的话,我想见见吴大山。"

"吴大山哪,"朱嫂说,"人家进了县人大,不知在家不。俺给他挂电话试试看吧。"说着到隔壁的小卖店去了。

一会儿，朱嫂回来了，说："吴大山没在家。他现在可是个大忙人，过节也不闲着。"

黄来宝摆上桌子，他媳妇忙着炒菜。朱福端上一盆煮熟的螃蟹，满屋子飘着诱人的香味儿。

我从兜子里掏出两瓶古井贡酒，一条"红塔山"烟摆在桌上。

"咋不抽'万里'，改'红塔山'；不喝地瓜酒，改古井贡啦，行啊。"黄来宝说，"得了，今天让你尝尝俺们这儿的大米酒，逗是好喝，不上头。"

黄来宝打开塑料桶盖，给每人倒上了大米酒。大家端起酒碗，互相碰了一下。我扬脖一气喝下半碗。大米酒是盘锦特产，我头一次品尝，真有股淡淡的甜味儿和清爽的稻香，那味道确实不一样。

黄来宝给我夹了一只螃蟹问道："回城后过得还好吧？"

我说："环境是比那时好多了，可我仍怀恋青年点的那些日子。我心里一直惦记着丢失的芳芳。"

黄来宝眨着小眼睛瞅着我，突然想起了什么，说："两年前，逗是这时候，俺去给知青上坟，看见有个姑娘在方怡玫的坟前跪着流眼泪，那眼睛跟方怡玫一模一样，那鼻子、下巴也挺像你的。"

"啊，难道是芳芳！她现在在哪儿？在哪儿？"我激动地抓住他的手，不停地问。

"唉，俺不知她从哪来的，也没敢问。后来，她把那白色的鲜花放到坟上，磕了仨头，就含着眼泪悄悄走了。"黄来宝看着我，说，"等俺再见到她，一定替你打听打听。"

此时，我已无心喝酒，满脑子全是芳芳的影子。

我放下酒碗说："我想去坟地看看那些战友。"

"走吧,俺领你去。"黄来宝说着,从小卖部拿出几瓶饮料递给我和朱嫂。我们一起向外走去。

黄来宝告诉我,几年前,乡里下了命令,不准坟头占用土地,周庆福、东雪梅、郑义平、方怡玫等人的坟都被迁到红海滩拦潮大堤下不远的一块闲地上,那儿新栽的小杨树,已长成树林,不少当地农民的坟也挪那儿去了。

我们沿卫红村前的公路朝红海滩方向走去。当年的小土道,已铺成了柏油路,不时有去红海滩参观的车辆从我们身旁驰过。

正走着,路边一个老头佝偻着身子,在一块空地上晒太阳,身旁胡乱放着一堆饮料瓶,那人见我手中拿着饮料瓶,说:"你的饮料瓶喝完别扔,给母留着。"

这有些嘶哑的尖声,我听着耳熟。我转过头好奇地瞅着他。他紫茄子皮的脸上满是皱纹,稀疏的花白头发乱得像荒草,小眼睛可怜巴巴地瞅着我。

这人好像在哪儿见过。我问黄来宝:"他是谁?"

黄来宝说:"他你都认不出来啦?当年他当过你的小队长,让你吃了不少苦头。"

"什么,他是黄树山?"我问黄来宝,"这家伙咋混成这样?"

黄来宝说:"这人哪可真没法看,当年在青年点多神气。你们走后,这家伙不知让谁告了,因迫害知青被判了十几年,回来后老伴儿儿子都不管他。这家伙就整天到处闲逛,靠捡些饮料瓶卖钱混日子。人哪,混到这份儿上,你说,还有啥意思?"

黄树山已老眼昏花,显然没认出我,眼睛仍盯着我手中的饮料瓶。

我愤怒地将饮料瓶朝他甩过去。那瓶子在地上蹦跳着,冒着泡沫滚到他身边。他一把抓起,既感激又羞愧地望了我一眼,然后连瓶上的泥土也顾不上擦,就咕嘟咕嘟喝起来。

"你还认得我吗?"我按捺住激愤的心情问道。

黄树山用那满是青筋的脏手擦擦眼屎望了望我摇摇头。突然间,他的目光中满是恐惧:"你……你……"

"呸!"我朝他吐了口唾沫,咬牙切齿地道,"真是人不报天报!"

我懒得再见他那副惨样,一扭头,大步向前走去。

我们来到了杨树林,周围长满了红碱草。红碱草紫红紫红的,依旧茂盛。里面布满坟头,坟头参差不齐地立起了各式各样的石碑,刻上了死者的名字。黄来宝说,他每年都要给这些知青的坟培土,他一看到坟头就想起这些人。

我们依次找到了周庆福、东雪梅、郑义平的坟,在坟前上了香。这些曾经与我共同生活过的好战友,如今却孤单单躺在这里。他们的青春,他们的憧憬,永远埋葬在这儿。我心里陡地泛出一股凄楚哀痛的感觉,鼻子酸酸的,眼睛不觉湿润了。

当我们终于找到方怡玫的坟头时,猛然发现一个身穿白色紧身衣的姑娘跪在坟前。听见脚步声,那姑娘抬起头来,我不由惊愕地张大了嘴巴,原来她正是大客车上我身旁的那位姑娘。

"大叔,你……你也是知青,你……认识我妈妈?"姑娘同样愕然地问。

望着面前这张似曾相识的面孔,瞬间我的心猛烈抽搐起来,方怡玫——雪芳!

我强忍着内心的激动,颤抖着身躯点燃一炷香,插到坟前。

姑娘肯定猜出了什么,她面色苍白,声音也走了调:"叔……叔叔……你是知青,对不对?你……是我妈的好朋友对不对?你是……"

我仔细端详那双晶莹的大眼睛,不禁脱口而出:"芳芳!你是芳芳对不对?"

这姑娘一怔,猛然立起身,惊讶地盯着我,眼里交织着惊诧、疑惑、不解。她半张着嘴,竟然说不出话来。

黄来宝拽了下我的衣襟,悄声说:"两年前来这儿上坟的逗是她。"

我站起来,再次端详她,那鼻子、下巴跟我太相像了。没错,她就是雪芳,是我苦苦寻找的芳芳啊!我泪眼婆娑地望着她说:"芳芳,我就是你的生身父亲。我是你爸爸,还记得我吗?是找了你二十多年的爸爸……"

"什么?"她睁大眼睛,吃惊地望着我。

我从怀里掏出那张方怡玫与雪芳的合影,递到她的眼前。

她瞅着发黄的照片,泪水止不住掉下来。突然,她抬起头,恶狠狠瞪了我一眼,声嘶力竭地喊道:"不!"

她倒退了几步,忽然一扭头,向前狂奔。

我在后面紧追不舍,边跑边喊:"芳芳,你停下,你听我说。"

芳芳毫不理会,只顾拼命奔跑,脚上的旅游鞋划出道道白色的弧线,在无情地撕扯着我。

我挥舞着手臂,边追边不住地喊着:"芳芳,芳芳……"

跑着跑着,眼前出现一道长长的拦潮大堤。芳芳噔噔地奔了上去。突然,她脚下被什么绊了一下,摔倒在大堤上。

我疯一般蹿了上去，把她扶了起来。黄来宝、朱嫂紧跟着也上了大堤。

芳芳一见是我，愤怒地一甩胳膊，挣脱了我，欲往堤下奔去。

堤下的大片滩涂，满是一眼望不到边的"红潮"，通体紫红的红碱草，簇拥着铺展成一个硕大无朋的"红地毯"。再往前，隐约可见苍茫的大海。

我急了，用身体上前挡住她。大声喊道："芳芳，你听我说，你听我说呀……"

芳芳愤怒地指着我，声音尖厉："你……你是谁的父亲？我的父亲是黄树田……不，我没有父亲……我没有父亲！"

是呀，我配做她的父亲吗？我尽到父亲的责任了吗？我满脸羞愧，无地自容。

我可怜巴巴地瞅着芳芳，说："我知道你恨我。可你哪里知道，我和你母亲当时是怎样的一种处境？我与你妈妈相爱，却不能结合，那种痛苦有谁能知道呢？"

芳芳默不做声，一甩头，飘逸的秀发铁帚般扫到我的脸上，火辣辣的疼。

她的沉默和怨恨刺痛了我的心。此时我真希望她淋漓尽致地发泄她的怨恨，哪怕把我骂个狗血淋头，骂个体无完肤，也比这样痛快。可她仍没开口，只是脸色惨白，对我不屑一顾，怒目圆睁盯着远处。

我急得如坐针毡，手足无措，像祥林嫂似的只顾喋喋不休地说着我和方怡玫那段痛苦的经历以及寻找芳芳的艰难经过，语无伦次，我都不知道自己到底是如何说的。

芳芳仍然一声不吭，她的双颊不住地抽搐着。脸色一会儿红，一会儿白,泪水像决堤的潮水不住地涌出,滴落在大堤上。

痛楚像刮刀在我的心上反复刮着,绞得我肝胆俱裂。我知道,我纵有千万条理由也不能为我的过错辩解。我扑通一声跪在她的面前嘶哑着嗓音说:"我真蠢。当初,我怎么没领着方怡玫私奔。我干吗要让兰桂芳带着你?有什么比我的女儿更重要?我真他妈的卑贱,真他妈的连狗都不如……"

泪水顺着我嘴唇两旁深细的皱纹流进嘴里,一股苦涩的咸味渗进心田。骤然间,我感到内心一片茫然,万念俱灰。

我挣扎着站起来,跟跟跄跄地走下大堤,如醉汉般在滩涂上一步一步艰难地挪着。

脚下的滩涂越往里走越发泥泞。我的眼睛越来越模糊,双耳全是雪芳玻璃碴儿刮心般的声音:我的父亲是黄树田……不,我没有父亲!

海风越来越大,脚下是"红潮",眼前是灰色的浪,耳边是呼叫着的海风。我感觉神情恍惚,身体似乎在向另一个陌生的地方飘去。这时,一位仙女从远处飘逸而来。呵,我看清了,是怡玫。我兴奋而失声地喊道:"怡玫,我找到芳芳啦。可她……"方怡玫一如从前,那样凄美,那样柔顺,她的眼神仍是那么忧郁。她见到我吃惊而又责备地说:"剑峰,你这是往哪里走?孩子在你的身后呢,难道你还想再一次逃避吗?"

突然,我感到一阵头晕,只觉天旋地转,没有一丝力气。我只是拼命地喊着:"怡玫,怡玫……"

倏地,我腿一软,身体失去了重心。就在我晃晃悠悠将要倒下的瞬间,一双湿漉漉的手从后面把我抱住,一个声音嘶哑而急促地喊着:"爸爸……"